KB240812

제국 권력에의 야망과 반감 사이에서

소설을 통해 본 식민지 지식인 이광수의 초상

In the Ambivalence of the Imperial Power

저자 최주한(崔珠瀚, Choi, Ju-han)은 1971년 경기도 연천에서 태어났다. 숙명여자대학교 화학과를 졸업하고, 서강대 대학원 국어국문학과를 졸업하였다. 현재 서강대에 출강중이다. 논문 「이광수 소설 연구」(2000)로 박사학위를 받았고, 「이광수 친일소설의 자전적 공간 연구」로 박사후연수과정(2003)을 마쳤다. 역서로는 로즈메리 잭슨의 『환상성』(서강여성문학연구회 공역), 나카에 초민의 『삼취인경륜문답』(연구공간 '수유+너머' 일본근대사상사팀 공역)이 있으며, 그 외 논문으로는 「염상섭 소설과 민족주의 담론의 젠더 이데올로기 연구」(2002), 「식민지적 일상성과 범죄의 서사」(2003), 「계급 담론과 성의 정치학」(2003), 「개조론과 근대적 개인」(2004) 등이 있다.

제국 권력에의 야망과 반감 사이에서
: 소설을 통해 본 식민지 지식인 이광수의 초상

1판 1쇄 인쇄 2005년 6월 20일
1판 1쇄 발행 2005년 6월 30일

지은이 / 최주한
펴낸이 / 박성모
펴낸곳 / 소명출판
출판고문 / 김호영
등록 / 제13-522호
주소 / 137-878 서울시 서초구 서초동 1621-18 (란빌딩 1층)
대표전화 / (02) 585-7840
팩시밀리 / (02) 585-7848
somyong@korea.com / www.somyong.com

ⓒ 2005, 최주한

값 17,000원

ISBN 89-5626-161-X 93810

제국 권력에의 야망과 반감 사이에서

소설을 통해 본 식민지 지식인 이광수의 초상

In the Ambivalence of the Imperial Power

최주한

소명출판

"여보게 춘원……"

사람들이 가득한 茶房 안에서 커다란 목청으로 이렇게 부르는 사람이 있다. 나와 마주 앉았던 춘원이 고개를 돌려 그 쪽을 본다.

"여보게, 그 자네 創氏 이름말야…… 뭐라고 불러야 되나? '고오장'인가 '가오리야마'ㄴ가……."

분명 衆人 앞에서 놀려주자는 惡意이다. 춘원은 얼굴을 좀 붉히면서 "마음대로 부르게나……" 한다. (…중략…) 벌써 십 몇 년 전, 創氏라는 것이 생겼을 때, 춘원이 솔선해서 '香山'이란 일본 姓을 쓰기 시작한 바로 직후이다.

—김소운, 「푸른 하늘 은하수—인간 춘원의 片貌」, 『삼오당잡필』에서

교정본을 덮고 나서도 한동안 이 일화가 머릿속을 떠나지 않았다. 사람들이 가득한 다방에서 일부러 커다란 목청으로 춘원의 창씨(創氏) 성을 삐딱하게 부르고 있는 사내, 그리고 기꺼이 "香山"을 자처하고자 했으면서도 사내의 악의 섞인 놀림 앞에서 기껏 얼굴을 붉히며 묵묵부답

할 수밖에 없었던 이광수. 소위 민족을 위한 친일이라는 명분 아래 솔선하여 창씨개명에 나섰고, 내선일체만이 민족보존의 길이라며 서슴없이 징병제까지 주장했던 이광수가 아니었던가. 그런데 그러한 그에게도 마음 한켠에는 자신의 행위가 그리 떳떳한 것은 못 된다는 자괴감이 자리하고 있었던 것일까. 김소운은 이어서 얼굴을 붉히면서 대답이 없던 춘원의 모습을 두고 "그 날의 그 '쇼크'를 나는 십수 년이 지나도록 잊을 수가 없다"고 적고 있거니와, 필자에게도 이 일화를 처음 접했을 때의 놀라움은 아직도 선명하다.

겉보기에는 나름의 신념에 투철한 외곬의 지식인처럼 보이는 이광수가 자신의 신념에 대해 끊임없이 회의하며 갈등했던 나약한 인간의 면모를 동시에 지니고 있다는 사실을 필자가 깨닫게 된 것은 그의 소설을 통독하면서부터였다. 변절이니 타협이니 하는 세상의 비난 한가운데에서도 합법적인 테두리 내에서의 민족운동에 대한 신념을 피력하기를 주저하지 않았던 사상가로서의 이광수가 보여주는 단호함에 비추어볼 때, 이러한 면모는 다소 의외라 여겨질 것이 틀림없다. 그러나 『무정』에서 『원효대사』에 이르기까지, 시종일관 의무와 욕망 사이의 양자택일의 문제에 직면하여 욕망과 타협한 데 대한 자책감에 휩싸이고 있는 인물들을 다루고 있는 이광수의 소설들은 그러한 신념 이면에서 이광수가 그 신념의 정당성에 대해 얼마나 고심했는가를 보여주기에 모자람이 없었다. 필자가 그간 계몽작가 혹은 통속작가라는 폄하, 그리고 친일작가라는 외면 속에서 제대로 천착의 대상이 되지 못했던 소설가로서의 이광수의 면모를 재조명해보겠다는 생각을 가지게 된 것도 여기에서 비롯된 것이다. 사상가로서의 이광수가 다 말해줄 수 없었던, 제국과 식민지 사이에 끼인 채 그 사이에서 갈등하지 않을 수 없었을 식민지 지식인 이광수의 인간적인 면모는 그러한 갈등과 우회적으로 대면하고 있는 그의 소설을 재조명할 때 비로소 오롯하게 드러날 수 있을 것이라 생각했던 것이다.

이 책의 1부에 실린 논문은 이러한 사고를 단초로 하여 써내려 간 박사논문을 수정한 것이다. 수정이라고는 해도 논의를 전체적으로 손보았다기보다는 논지를 다듬는 차원에서 문장을 부분적으로 수정하는 데 그치고 말았다. 여기에는 논문을 쓰던 당시의 곤혹스러움이 한 몫을 했는데, 그 곤혹스러움이란 이 논문의 근본적인 결함이라 할 수 있는 방법론상의 문제와 관련이 있다. 이에 대해서는 기왕에 작품은 그 자체로 자족적인 것인 까닭에 그것을 작가의 문제와 연결시켜 논하려는 것은 섣부른 것이라는 지도교수님의 지적도 있었지만, 필자는 아직까지도 이 문제를 제대로 해결하지 못했다는 점을 인정하지 않을 수 없다. 이 논문이 애초에 주제를 다분히 가설적인 방식으로 제기하고 그 가설을 입증하는 연역적인 방식을 취하고 있는 이유도 여기에서 비롯된 것이었는데, 그 결과 굉장히 흥미로운 주제임에도 불구하고 논의가 다소 도식적으로 이루어진 것은 지금 생각해도 무척 아쉽다. 언젠가 좀더 유연하고 폭넓은 사고에 기반한 글쓰기가 가능해지는 시점이 되면, 소설에 기반한 작가론을 좀더 깊이 있게 역동적으로 써보겠다는 소망으로 일단은 그 아쉬움을 달래본다.

2부에 실린 「민족보존론과 '가면'의 병리학」은 「이광수 친일소설의 자전적 공간 연구」라는 과제로 학술진흥재단에서 연구비를 지원받아 씌어진 것이다. 처음에는 친일소설을 대상으로 논의할 예정이었으나, 이광수가 적극적인 협력의 길을 걷게 되기까지의 과정을 전면적으로 조명하기 위해 그가 동우회사건을 계기로 전향하게 된 시점에서 씌어진 『사랑』에서부터 『세조대왕』, 『원효대사』, 친일소설들에 이르는 소설들을 모두 다루게 되었다. 최근에 논의되고 있는 친일문학론은 그 내적 논리를 중시하는 가운데 피식민 주체의 자발성과 적극성을 지나치게 강조하는 나머지, 제국이 피식민 주체에게 가한 다양한 기제의 물리적·심리적 폭력의 측면을 간과하는 경향이 있는 것 같다. 그러나 피식민 주체의 자발성과 적극성만을 강조하다 보면 자칫 식민주의를 비판할 수 있는 중요한 거점을 놓쳐버릴 우려가 있다. 일찍이 파농이 얘기한 것처럼, 식민지인의 모든 신경증과 비정상성의 현시, 그것은 식민지적 상황의 산물이다. 일면 내적 자발성인 것처럼 보이는 것도 실은 그것을 내적 자발성에 의한 것인 양 인식하게 만드는 제국 권력의 논리가 내재해 있다는 사실을 간과해서는 안 되는 것이다. 이러한 맥락에서, 필자는 이 글에서 이광수의 민족보존론이 전제하고 있는 협력의 논리가 제국 권력의 폭력을 어떻게 내면화하며 만들어진 것인지, 그리고 이광수 자신 그러한 협력의 논리를 내세우며 제국 권력에의 반감과 야망 사이에서 얼마나 심각한 분열증을 앓고 있었는지를 조명함으로써, 식민주의 비판을 위한 논의의 한 거점을 마련하고자 하였다.

마지막으로 3부 '이광수론을 위한 몇 가지 시론들'에 실린 논문들은 이광수와 관련된 논의들을 묶은 것이다. 단지 이광수론과 관련이 있다는 이유에서 끌려나온 혐의가 짙지만, 여기에는 독자가 또 다른 관점에서의 이광수론을 접할 수도 있지 않겠느냐는 나름의 타협도 한몫 했다.

박사논문을 제출한 것이 2000년, 벌써 사 년여의 세월이 흘렀다. 논문을 정리하여 책으로 세상에 낸다니 마음이 홀가분한 한편, 무거운 마음 또한 크다는 것을 고백하지 않을 수 없다. 근대 식민지 지식인 가운데 그 누구보다도 파란만장한 삶을 살았던 이광수. 사상가가 아닌 인간으로서의 그의 면모를 오롯이 드러내고자 했던 필자의 의도가 논의의 미흡함으로 인해 독자에게 과연 얼마나 전달될 수 있을까 하는 걱정이 가장 앞선다. 해방 후 이광수는 "죄 없는 자가 나에게 돌을 던지라" 했다던가. 필자에게 이 말은 그 모든 죄를 개인의 탓으로만 돌려서는 안 된다는 말처럼 들린다. 비록 그것이 제국 권력에 협력한 데 대한 변명에 불과한 것이라 하더라도, 그의 협력 행위에는 그의 의지와는 이질적인 여러 요소들 또한 작용하고 있었다는 사실을 간과해서는 안 된다. 죄 있는 자에게 돌을 던지는 것만이 능사가 될 수는 없다. 민족을 위하고자 했던 그가 '왜' 그리고 '어떻게' 민족의 배반자의 처지에 놓일 수밖에 없었던가 하는 맥락을 복원하지 않는다면, 제국과 식민지 사이에서 발생하는 복잡한 문제들이 모두 개인의 윤리적 결단의 문제로 환원되어 버릴 우려가 있기 때문이다. 이러한 의도가 얼마나 관철되었든, 이 책이 이러한 사고의 중간 결실이라는 것은 분명하다. 앞으로 좀더 넓고 깊어진 시야를 가지면서 이 문제에 천착할 것을 기약해본다.

이 작은 결실을 맺기까지 주위에서 많은 도움을 입었다. 먼저 미흡한 제자에게 지속적인 관심을 보여주셨던 지도교수 이재선 선생님, 그리고 공부하는 사람으로서의 성실함을 일깨워주시고 작은 일에도 격려를 아끼지 않으셨던 김학동 선생님께 깊이 감사드린다. 공부하는 데 다양한 자극과 힘이 되어 주었던 대학원 동료 및 선후배들에 대한 감사도 빠뜨릴 수 없다. 논문 심사 때 여러 가지 조언으로 도움을 주셨던 박철희 선생님, 윤홍로 선생님, 그리고 부족한 후배에게 여러 모로 큰 힘이 되어 주셨던 우찬제 선생님께도 감사드린다. 마지막으로 필자의 박사후연수 과정 지도를 맡아주셨던 이경훈 선생님, 그리고 이 부족한 논문에 대해 조언과 격려를 아끼지 않으셨던 정선태 선생님께도 깊이 감사드린다.

공부하고 가르치는 딸을 자랑스러워 하시면서도 늘 안타깝게 지켜보시는 부모님. 이래저래 핑계거리가 많아 딸 노릇 하나 제대로 하지 못하는 미안함과 그래도 언제나 걱정을 먼저 해주시는 데 대한 고마움을 이 책으로 대신하고 싶다. 두 아이를 낳고도 지금까지 공부할 수 있도록 물심양면으로 도와주셨던 시부모님께도 이 책이 작은 고마움의 표시가 되었으면 좋겠다. 공부하는 아내를 위해 이것저것 여러 일에 신경 써 주는 남편, 그리고 사랑하는 두 아이와도 이 작은 기쁨을 함께 하고 싶다.

마지막으로 선뜻 이 책의 출판을 허락해주신 연세대 근대한국학연구소 김영민 선생님, 소명출판 박성모 사장님께도 감사드린다.

2005년 5월

최 주 한

제국 권력에의 야망과 반감 사이에서
소설을 통해 본 식민지 지식인 이광수의 초상

책머리에 · 3

제1부

정치적 삶의 부침과 자전적 글쓰기
제1장 서사와 자전적 삶의 상호공간성 · 13

제2장 '정당한 관계'라는 '항변' · 37
   1. 『무정』-신분 상승을 향한 개인적 야심의 민족적 사명감과의 절충 … 38
   2. 소결-타협과 그 정당함에 대한 항변 ………………………………… 52

제3장 '부적절한 관계'에 대한 '변명' · 55
   1. 『재생』-타락이라는 세상의 몰이해에 대한 원망 …………………… 56
   2. 『흙』-배반에 대한 자책감과 극복 가능성에 대한 신념 …………… 73
   3. 『유정』-부정이라는 세상의 비난에 대한 반발 …………………… 88
   4. 소결-타협과 그 부적절함에 대한 변명 ……………………………… 101

제4장 '부정한 관계'에 대한 '참회' · 105
   1. 『그 여자의 일생』-부정한 일생에 대한 자기 고백과 참회 ………… 106
   2. 『애욕의 피안』-애욕에 대한 염오와 순결에의 강박적 지향 ………… 120
   3. 소결-참회와 새로운 삶의 길 모색 …………………………………… 134

제5장 '불가피한 관계'라는 '합리화' · 137
   1. 『사랑』-자기 희생과 진정한 사랑의 역설 ………………………… 138
   2. 『원효대사』-파계와 중생구제 보살행의 역설 ……………………… 151
   3. 소결-전향과 민족 보존에 대한 역설적 신념 ……………………… 168

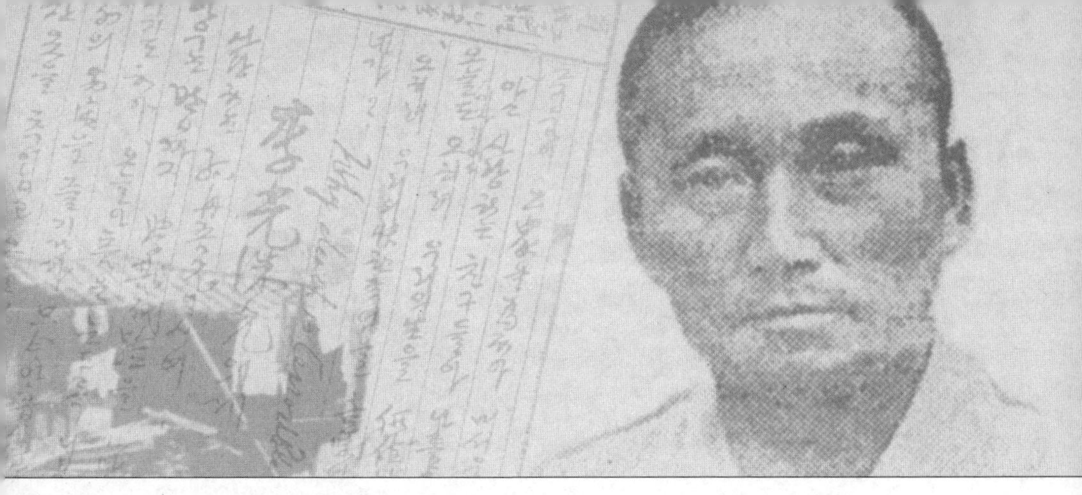

제6장 결론을 대신하여 · 172

보론 : 자전소설 『나』의 '참회록'으로서의 성격 · 178

제2부 **협력의 길과 분열의 징후**
민족보존론과 '가면'의 병리학 · 197

    1. 제국 권력에의 야망과 반감 사이에서 ·········· 197
    2. 1차 전향―물리적 폭력에의 굴복과 의식적 '가면' 쓰기 ·········· 204
    3. '가면' 쓰기의 신념과 자책감 사이 ·········· 214
    4. 2차 전향―심리적 폭력에의 길들여짐과 '가면'의 내면화 ·········· 221
    5. '식민지적 타자성'과의 맞닥뜨림과 분열의 징후들 ·········· 232
    6. 결론을 대신하여 ·········· 240

제3부 **이광수론을 위한 몇 가지 시론들**
『유정』의 이원적 플롯 · 247

    1. 『유정』이 제기하는 모순된 과제 ·········· 247
    2. 인물의 서사와 서술자의 서사의 이원성 ·········· 250
      1) 인물의 서사―의지적 행동과 내적 기질의 대립 ·········· 251
      2) 서술자의 서사―대립의 초월적 결합 지향 ·········· 258
    3. 이원적 플롯과 모순된 욕망의 서사적 해결 ·········· 263

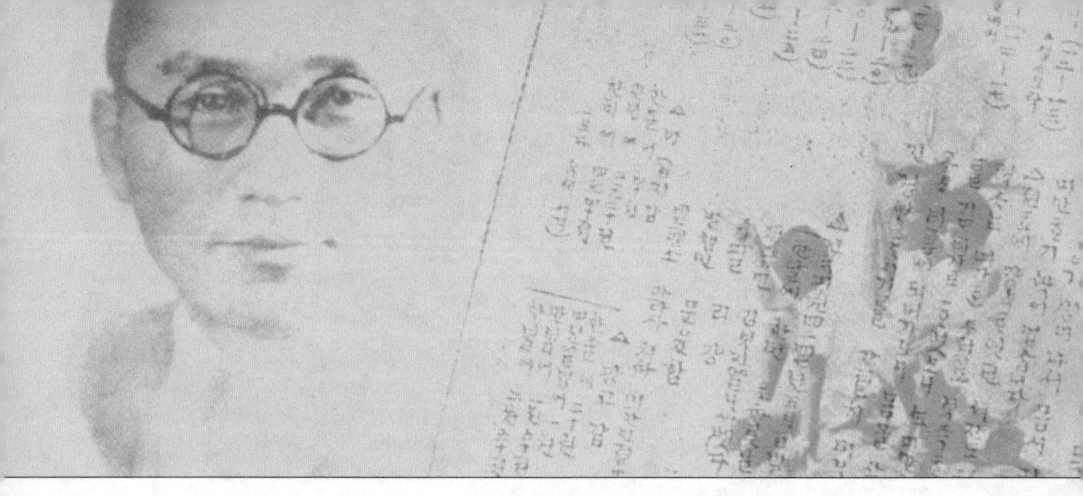

이광수의 역사소설에 대하여 · 266

: 역사적 공간의 자전적 공간화 양상을 중심으로

1. 역사소설의 역사성과 허구성 ······································· 266
2. 역사적 공간과 자전적 삶의 상호공간성 ····················· 269
3. 자전적 공간화의 두 가지 양상 ································· 272
  1)『단종애사』·『세조대왕』—사적 욕망의 추구와 자책감의 투영 ········· 272
  2)『이순신』·『이차돈의 사』—공적 의무의 사수와 자존감의 투영 ······· 285
4. 정치적 삶의 부침과 자전적 글쓰기 ·························· 294

개조론과 근대적 개인 · 297

: 이광수의 민족개조론을 위한 시론

1. '개조론'을 둘러싼 문제들 ···································· 297
2. 확장된 '인본주의' 사상으로서의 세계개조론 ················ 300
3. 인본주의적 사회개조론과 '개인'의 발견 ····················· 304
4. 인격적 개인과 사회적 봉공의식의 내면화 ···················· 310
5. 결론을 대신하여 ··· 316

참고문헌 · 319

정치적 삶의 부침과 자전적 글쓰기

제1장 서사와 자전적 삶의 상호공간성

제2장 '정당한 관계'라는 '항변'

제3장 '부적절한 관계'에 대한 '변명'

제4장 '부정한 관계'에 대한 '참회'

제5장 '불가피한 관계'라는 '합리화'

제6장 결론을 대신하여

보론 : 자전소설 『나』의 '참회록'으로서의 성격

1. 1927년의 춘원(36세)
2. 춘원의 대표 작품 『무정』 연재 첫회(1917년)

서사와 자전적 삶의 상호공간성

　본 연구의 목적은 작가로서의 이광수의 면모에 관심을 두고, 그의 소설 전반에 대한 분석을 토대로 이광수 소설의 구성 원리와 그 의미를 조명하는 데 있다. 다시 말해 이광수가 그의 평생에 걸친 소설 쓰기를 통해 일관되게 추구했던 작가로서의 주제는 무엇이며, 이를 위해서 어떠한 방식의 소설 쓰기를 택했는가 하는 것에 관심을 가지고자 하는 것이다.

　이광수는 우리 근대문학사에서 거대한 산맥을 형성하고 있는 작가이다. 그의 소설 쓰기는 그 시기만 하더라도 근대문학의 여명기인 1910년대에서 식민지 시대를 거쳐 해방 이후에 이르기까지 폭넓게 걸쳐 있으며, 그 양으로 보더라도 장편만 대략 20여 편에 이르는 방대한 분량으로 이루어져 있다. 그럼에도 불구하고 이광수에 대한 논의는 대개 사상적인 측면에서 이루어져 왔을 뿐, 그의 작가로서의 면모에 대한 논의는 미미한 형편이다. 이는 이광수의 문학은 근대문학의 개척자라는 문학사적 위치를 제외하고는 문학적인 관점에서는 평가해 줄 것이 별로 없다는 통념을 제공한 몇 가지 '해석의 관습'[1]이 이광수 문학에 대한 다양한 접근의 가능성을 제한했기 때문이라 생각된다.

그 첫 번째 해석의 관습은 이광수를 계몽작가로 보는 관점과 관련이 있다. 이광수가 계몽작가라는 관점은 이광수의 소설을 평가하는 가장 강력하게 자리잡은 해석의 관습 가운데 하나로, 춘원은 소설을 언제든지 "설교 기관"[2]으로 삼았다는 김동인의 평가와 "문학적 작품을 쓴다는 의식으로 썼다는 것보다는 논문 대신으로"[3] 소설을 썼다는 이광수 자신의 공언과 더불어, 백철과 조연현의 평가를 거치면서 확고하게 자리잡았다. 백철은 "그러한 시대, 그러한 환경에서 작품을 쓰기 시작한 춘원의 문학이 곧 계몽주의적이게 된 것도 당연한 일일 수밖에 없다"[4]고 평가하고 있고, 조연현 또한 "춘원의 문학적인 포부나 의욕이 처음부터 순문학적인 것이 아니며, 처음부터 계몽적인 것이었다"[5]고 잘라 말하고 있는데, 이들 선학의 논의는 그 후대의 연구자들에게까지 지대한 영향을 주었다.[6] 이광수 소설에 대한 논의가 대개 계몽주의 소설의 범주에 들어가

---

1) 여기서 해석의 관습이란 "실재라는 의미를 만들어 내는 공유된 방식", 즉 "의미를 구성하는 데 있어서 집단 허가를 받은 전략"들을 말하는데, 그것은 독자에게 전통적인 관습으로서 받아들일 만한 설명을 제공할 뿐만 아니라, 독자가 그 텍스트의 의미를 구성하게 하는 구성적인 관습으로서 기능하기도 한다는 점에서, 해석상에 가장 중요한 강제로 작용한다. Steven Mailloux, *Interpretive Conventions*(Cornell U. P., 1982), pp.149~152.
2) 김동인, 「춘원연구」, 『삼천리』, 1934~1936; 『김동인 평론전집』, 삼영사, 1984, 94면.
3) "내가 『무정』, 『개척자』를 쓴 것이나 『재생』, 『혁명가의 아내』를 쓴 것이나 문학적 작품을 쓴다는 의식으로 썼다는 것보다는 대개나 논문 대신으로" 썼으며, "그러므로 소설을 쓰는 것은 나의 一 餘技다."(이광수, 「余의 작가적 태도」, 『조광』, 1931.4; 『이광수 전집』 16, 191면) "글을 쓰면 당당한 논문을 쓸 것이라고 자인"했고, 이 생각은 지금도 마찬가지여서 "소설을 할 수 없어서 쓰는 부기, 여기라고밖에 생각하고 싶지 않은 것이 나의 심정이다."(이광수, 「다난한 반생의 도정」, 『조광』, 1936.4; 『이광수 전집』 14, 399면)
4) 백철, 「춘원의 문학과 그 배경」, 『자유문학』 32호, 1959.11; 동국대 편, 『이광수 연구』 상, 47면; 백철, 「『무정』의 미학」, 『최남선과 이광수의 문학』, 새문사, 1981, 65면.
5) 조연현, 『한국현대문학사』, 성문각, 1969, 168면.
6) 그 외에도 이광수의 소설을 계몽문학의 관점에서 평가하고 있는 논의들은 셀 수 없이 많다. 전반적인 작가론에 국한하여 제시하면 다음과 같다.
   안동민, 「춘원 이광수론」, 『현대문학』, 1955.5~6; 김팔봉, 「작가로서의 춘원」, 『사상계』, 1958.2; 유종호, 「어느 반문학적 초상」, 『문학춘추』, 1964.11; 윤병로, 「문학의 사회

는 『무정』이나 『흙』에 치중되어 그 외의 작품들은 소홀히 취급되고 있는 것이나, 그나마 그들 소설에 대한 분석 또한 계몽주의라는 선험적인 잣대로 인하여 대개 계몽성이라든가 민족주의 이념을 찾아내는 다소 환원적이고 동어 반복적인 논의에 그치고 있는 것은 그러한 해석의 관습의 영향력을 잘 입증해 준다.

　다음으로 강력하게 자리잡은 해석의 관습은 그를 통속작가로 보는 관점과 관련이 있다. 김동인이 이광수에게서 발견해내고 있는 또 하나의 면모는 그가 "소설의 흥미를 그대로 '이야기의 재미'와 '연애 혹은 정사의 재미'로서 빚어 보려 한 데"7) 있다는 점이다. "춘원이 문학사에서 맡은 바 몫은 사실상 『무정』으로 끝난 것이다. (…중략…) 『재생』이라든가 『흙』을 쓴다는 것은 김동인의 지적대로 한갓 통속작가임을 천하에 드러내는 것에 지나지 못한다"8)는 김윤식의 지적이나, "이광수의 소설은 저열한 흥미를 노린 통속소설이면서 주제과잉의 설교조 소설이라는 양면성"을 가진 "이행기 문학의 변태적 양상"9)을 지속시킨 것이라는 조동일의 비판은 이러한 관점의 연속선상에 놓여 있다. 이러한 관점을 극단적으로 밀고 나간 이동하는 "이광수는 통속적 인기물을 만드는 재주가 비상하였지만, 진정한 문학적 차원에서 훌륭한 소설가가 될 수 있는 기본

적 기능」, 『성대문학』 17집, 1971; 천이두, 「근대와 반근대의 이율배반」, 『문학사상』, 1972.10; 정창범, 「계몽주의 문학」, 『월간문학』, 1974.9; 이선영, 「이광수론―개화식민지 시대의 문학가」, 『문학과지성』 22호, 1975; 김우종, 「민족문학과 훼절」, 『식민지 시대의 문학연구』, 깊은샘, 1980; 윤홍로, 『이광수의 문학과 삶』, 한국연구원, 1992.
　한편 이광수의 소설을 목적 소설과 예술 소설로 분류하면서 예술 소설에 강조 점을 두고자 하는 한용환의 시도는 기존의 연구가 보여주고 있는 편향된 시각에 문제제기하고 있는 것은 사실이지만, 그 역시 『무정』을 비롯하여 『흙』, 『사랑』에 이르기까지 기존의 연구 대상이 되어 왔던 작품들을 일괄적으로 목적 소설의 범주로 분류하고 있다는 점에서 기존의 해석의 관습을 벗어났다고 보기는 어렵다. 한용환, 『이광수 소설의 비판과 옹호』, 새미, 1994.
7) 김동인, 「춘원연구」, 『삼천리』, 1934~1936; 『김동인 평론전집』, 삼영사, 1984, 110면.
8) 김윤식, 『이광수와 그의 시대』 1, 솔, 1999, 617면.
9) 조동일, 『한국문학통사』 4, 지식산업사, 1986, 440면.

적 자질을 결여하고” 있다고 잘라 말하고, 급기야는 “『사랑』이니 『원효대사』니 하는 것들을 놓고 문학성을 찾으려 애쓰며 공들여 분석을 하는 것 자체가 어떻게 보면 정력의 불필요한 낭비”10)라고 단언하고 있을 정도이다. 이광수의 소설이 통속성을 지니고 있다는 지적은 일면 타당하다. 그러나 통속적이기 때문에 문학사에서 제외되어야 하고 연구의 대상에서 제외되어야 한다는 주장은 지나치게 독단적이라 할 수 있다. 그것은 이광수가 계몽주의 작가라는 평판 못지 않게, 그 통속성의 의미를 제대로 천착할 수 있는 가능성과 더불어 작가로서의 이광수의 면모에 접근할 수 있는 여지를 원천적으로 가로막고 있기 때문이다.

물론 이광수의 경우 문학 자체로서는 별 볼 일 없다는 이러한 통념에 이의를 제기한 논의들이 없었던 것은 아니다. 구인환·한승옥·신헌재·윤홍로 등은 기존의 편향된 해석의 관습에 이의를 제기하면서 작품을 통한 작가론을 전면에 내세우며 의욕적인 논의들을 보여준 바 있다.11) 그러나 그럼에도 불구하고 이들의 논의 또한 결과적으로는 기존의 통념을 오히려 공고히 하는 데 보탬이 되고 말았는데, 그 이유는 이들 논의가 작품을 사상의 반영으로 해석하는 관점에서 여전히 벗어나지 못한 데서 기인한다. 한 예로, 윤홍로가 이광수의 작품을 해석하는 기본 틀은 “춘원의 사상적 변모”, 즉 “자기 개량적인 계몽 → 민족적 각성을 통한 민족 개조→ 종교적인 성찰을 통한 인류 구원으로 확대해가는 경향”12)에 맞추어져 있음을 볼 수 있다. 이러한 해석틀은 그 밖의 논자들에게서도 그대로 확인된다. 그런데 그것은 결국 “그가 근대 한국의 거의 유일한 문호로서 인상되는 것은 그러한 다방면에 亘한 다량의 문장생활을 통하여 반영된 정신적인 자세와 사상적인 지향 때문”이며, 따라서 “이광수를 하나의 작가

---

10) 이동하, 『이광수―무정의 빛, 친일의 어둠』, 동아일보사, 1992, 115·134면.
11) 구인환, 『이광수 소설 연구』, 삼영사, 1983; 한승옥, 『이광수 연구』, 선일문화사, 1984; 신헌재, 『이광수 소설의 분석적 연구』, 삼지원, 1986; 윤홍로, 『이광수의 문학과 삶』, 한국연구원, 1992.
12) 윤홍로, 『이광수의 문학과 삶』, 한국연구원, 1992, 146면.

로서 이해하거나 해석하려고 하는 것은 반드시 정확한 것은 못된다"는 전제 아래, "『무정』은 이광수의 민족주의적인 이상과 그의 계몽주의적인 정열이 처음으로 가장 노골적으로 표시된 작품이다. (…중략…) 그의 이 상주의적 사상이 점차로 그의 정신적 사상적인 내용의 거의 전부를 형성해 감에 따라 그는 도리어 종교적인 세계로 들어가고 말았다"[13]고 평가하고 있는 조연현의 논의 틀과 그다지 다르지 않은 것이다.

이러한 해석의 관습에 더하여, 이광수가 일제 말기에 보여주었던 부일 협력에 대한 부정적인 평가 또한 작가로서의 이광수의 면모에 대한 진지한 접근의 가능성을 가로막는 또 하나의 강력한 해석의 관습을 형성하고 있었던 사실을 간과할 수 없다. 그의 협력 행위가 "일신의 안전을 위해 민족을 배반한 규탄 받아야 할 행위"[14]이고, "민족 전체를 '행복한 돼지'로 팔아버리려던" "천추에 용서될 수 없는 죄"[15]이며, "경우에 따라선 일본을 쉽게 자신의 집으로 간주할 수도 있는 식민지인의 부정적인 모습으로부터 그가 완전히 벗어난 적은 합방의 그 날부터 해방의 그 날까지 한 번도 없었던 것"[16]이라는 식으로 원칙적인 도덕적 잣대 아래 단죄되고 있는 분위기에서, 그의 문학만이 유독 그러한 도덕적 잣대 아래서 자유로울 수는 없었고, 그 결과 그의 문학은 으레 논외의 대상이 되어 버리곤 했던 것이다. "작가이면서 제 나라 국어까지 버릴 것을 주장한 그 좁고 옅은 눈은 이미 작가의 시력을 상실한, 따라서 그때부터의 춘원은 한국의 문학가로서 평가할 만한 역할도 가치도 없는 것"[17]이라는 이선영의 극단적인 단언은 그러한 저간의 사정을 잘 보여준다. 타협에서 적극적인 협력에 이르기까지, 이광수의 행적이 그야말로

---

13) 조연현, 『한국현대문학사』, 성문각, 1969, 170~174면.
14) 송건호, 「춘원 이광수론」, 『한국근대문학사론』(임형택·최원식 편), 한길사, 1982, 627면.
15) 임종국, 「이광수의 비극과 그 원천」, 『한국인』, 1985.3, 52면.
16) 이동하, 『이광수—무정의 빛, 친일의 어둠』, 동아일보사, 1992, 36면.
17) 이선영, 「이광수론—개화식민지 시대의 문학가」, 『문학과지성』 22호, 1975; 동국대 편, 『이광수 연구』 상, 동국대 출판부, 481면.

식민지 지식인의 부정적인 모습을 대표하는 것이라는 지적에는 그 누구도 이의를 제기할 수 없을 것이다. 그러나 바로 그러하기 때문에라도, 전향 이후에도 지속되었던 그의 소설 쓰기는 오히려 주목되어야 한다. 전향 이후에도 소설 쓰기를 그만 둘 수 없었던 이광수의 작가로서의 고민은 바로 그의 소설만이 이야기해 줄 수 있을 것이기 때문이다.

이광수가 계몽작가이자 통속작가이고, 계몽 이념에서 시작하여 민족주의 이념을 거쳐 종교적 이념에 도달하게 되었으며, 그리고 결국 협력의 길에 나섰던 작가인 것은 틀림이 없다. 그의 소설은 계몽적 의도의 산물임을 공공연하게 드러내고 있고, 통속적인 애정 관계를 일종의 이야기 구성 기법이나 소재 차원에서 즐겨 차용하고 있으며, 시기에 따라 계몽 이념과 민족주의 이념, 종교적 이념, 더 나아가서는 친일 이념을 명백하게 드러내고 있는 것이 사실이기 때문이다. 그러나 그렇다고 해서 이들 요소들을 모두 종합했을 때 작가로서의 이광수의 면모가 오롯하게 드러나는가 하면 그렇지 않다. 그것은 단편적인 현상들을 기반으로 한 기존의 논의를 종합한 것에 불과한 까닭에, 이광수가 그의 평생에 걸친 소설 쓰기를 통해 일관되게 추구했던 주제는 무엇이었으며, 그리고 이를 위해 어떠한 방식의 소설 쓰기를 택했는가 하는 것을 구명하기에는 역부족인 것이다.

이에 본고에서는 그의 다양한 작품 전체를 꿰뚫어 논의할 수 있는 새로운 관점이 필요하다고 보고, 그의 소설에서 지속적으로 발견되는 '애정삼각관계'의 특징적인 양상에 주목하여 이광수 소설 전반을 아우를 수 있는 논의의 토대를 마련하고자 하였다. 그리고 그것이 궁극적으로는 작가의 자전적 맥락에서 특히 조선과 일본을 가운데 둔 정치적 행로의 문제와 관련된 내적 갈등과 모종의 상관성을 지니는 구조임을 밝힘으로써, 이광수에게 소설 쓰기란 단순히 사상의 산물이거나 논문의 풀어쓰기가 아니라, 그의 일생을 지배했던 정치적 타협의 문제와 거기서 비롯된 내적 갈등과 대면하는 작업이었음을 드러내고자 하였다.

*　　*　　*

본고에서 이광수 소설의 가장 특징적인 양상으로 주목한 것은 그의 소설에 일종의 반복 강박이라고 불러도 좋을 만큼 애정삼각관계를 둘러싼 갈등이 지속적으로 반복되고 있다는 점이다. 1910년대의 『무정』에서부터 일제 말기의 『원효대사』에 이르는 대개의 소설은 물론이고, 해방 후의 『꿈』이나 『나』에 이르기까지, 그의 소설 한가운데에는 항상 두 대상과의 관계 사이에서 흔들리고 있는 주인공의 갈등이 반드시 등장하고 있으며, 그 갈등이 작품 전반의 구조를 지배하는 중요한 동인으로 작용하고 있다. 잠깐만 일별해 보더라도, 『무정』과 『재생』, 『흙』에는 배우자의 선택이라는 문제를 둘러싼 갈등이 존재하며, 『유정』과 『나』에는 불륜 혹은 간통이, 그리고 『원효대사』와 『꿈』에는 애정 문제로 인한 파계가 갈등의 중심을 이루고 있음을 볼 수 있다. 배우자의 선택의 문제도 그러하지만, 불륜이라든가 간통, 파계의 문제는 이광수의 소설이 애정 관계를 어떤 양자택일의 문제와 관련하여 구조화하고 있음을 분명하게 보여준다. 말하자면 이광수 소설은 두 대상과의 관계 사이에서 흔들리고 있는 주인공의 갈등을 중심으로 하는 애정삼각관계를 그 구조적인 특징으로 하고 있는 것이다.

단편적인 논의이긴 하지만, 이광수 소설이 근본적으로 이러한 애정삼각관계를 중심으로 짜여져 있다는 것은 이미 여러 논자들에 의해서 언급된 바 있다. 그것은 김동인이 「춘원연구」에서 『흙』의 숭이 정선과 유순 사이에서의 갈등하는 장면과 『무정』의 형식이 선형과 영채 사이에서 갈등하는 장면은 "자자구구까지도 너무도 같은 공상과 번민"[18]을 보여준다 하여 노골적으로 불만을 표시한 이래, 후대의 논자들에 의해서도 거듭 지적된다. 이를테면 "주인공에게 반드시 두 사람의 여성이 등장"한다는 점을 이광수 소설의 "구성의 공식적 유사성" 가운데 하나로 들고

---

18) 김동인, 「춘원연구」, 『삼천리』, 1934~1936; 『김동인 평론전집』, 삼영사, 1984, 171면.

있는 조연현의 언급이 그러하고,[19] "남자 중심의 정삼각형 연애 소설의 구조"는 "춘원 소설의 정서이자 소설 고유의 흥미 유발의 방식"이라는 김윤식의 언급이나[20] "남녀간의 애정에 얽힌 삼각의 갈등 관계가 기본적인 골격으로 반복"되고 있다는 권영민의 언급 또한 그 동일한 양상을 지적한 것이다.[21] 그러나 이들 논의는 애정삼각관계라는 이광수 소설의 핵심적인 양상을 지적하고 있으면서도, 그것을 흥미 위주의 것, 다시 말해 그저 비슷비슷한 이야기를 전제하는 상투화된 기법이거나 엇비슷한 통속적인 소재 차원의 반복을 지적하는 데 그쳤을 뿐, 이광수의 소설이 그토록 집요하게 애정삼각관계의 구조에 강박되어 있는 규명하는 데까지는 나아가지 못했다.

이광수의 소설에서 반복적으로 구조화되고 있는 애정삼각관계는 단순한 기법이나 소재의 차용 차원에서 논의될 성질의 것이 결코 아니다. 우선 단순한 기법이나 소재의 차용 차원의 것으로 치부해버리기에는 그의 소설 쓰기 전반에 걸쳐 있는 반복적인 구조화가 지나칠 만큼 집요하다는 생각을 떨쳐버릴 수 없다. 게다가 그 애정삼각관계를 둘러싼 갈등이 결국은 한 가지 문제, 즉 어떤 불가피한 선택의 문제에서 비롯된 갈등으로 수렴되고 있다는 사실도 주목할 만하다. 그 선택이 불가피한 것은 이광수 소설에서 모든 애정관계가 양자택일의 문제로 구조화되어 있다는 데서 기인하는데, 그의 소설에서 혼인은 물론, 불륜이라든가 통간, 파계의 문제는 모두 그 같은 양자택일의 범위 내에 놓여 있는 것이다. 말하자면 이광수의 소설은 시종일관 애정삼각관계를 둘러싼 갈등을 중심으로 하여 어떤 선택의 문제를 다루고 있는 것인 셈인데, 사정이 이러하다면 이광수 소설에서 반복적으로 구조화되고 있는 애정삼각관계는

---

19) 조연현, 『한국현대문학사』, 성문각, 1969, 188~190면 참조
20) 김윤식, 『이광수와 그의 시대』 1, 솔, 1999, 368면.
21) 권영민, 「춘원의 문학과 김동인의 비판」, 『한국 근대문학과 시대정신』, 문예출판사, 1983, 122~123면.

어떤 필연의 산물이라는 가정도 해봄직한 것이다.

이에 본고에서는 이광수 소설에서 반복적으로 구조화되고 있는 애정삼각관계의 구조를 이광수 소설 전반의 공통 문법을 밝힐 수 있는 중요한 구성 원리의 하나로 간주하고, 그의 소설에서 지속적으로 발견되는 애정삼각관계의 특성을 규정할 수 있는 객관적인 모델을 하나 상정함으로써 일차적인 작품 분석의 기반을 마련하고자 한다.

쟝 샤를르 세뇨레(Jean-Charles Seigneuret)의 『문학적 주제와 모티프 사전』에 따르면, '애정삼각관계(love tiangle)'는 고대에서 현대에 이르기까지 문학에서 지속적이고 보편적으로 다루어진 구조 가운데 하나이다. 그 용어는 20세기 유럽에서 만들어지긴 했지만, 그 무수한 예들은 이미 고대의 신화에서도 발견된다. 그 대표적인 것이 외디푸스 삼각형인데, 이 비극적 삼각형이 아들을 중심으로 하여 아버지의 살해와 어머니와의 근친상간적인 결합을 그 특징으로 하고 있다는 것은 널리 알려져 있는 바이다. 이 같은 외디푸스 삼각형을 비롯하여, 고대에서 현대에 이르기까지 문학에서 애정삼각관계를 둘러싼 갈등의 유형은 수도 없이 변형되면서 다양한 방식으로 다루어져 왔다.22)

주목할 만한 것은 그 무수한 변형에도 불구하고 이들 애정삼각관계에는 하나의 공통된 구조가 존재한다는 점이다. 이들 애정삼각관계는 한쌍의 대립적인 관계, 즉 한편으로는 열정을 고양시키면서 다른 한편으로는 철저하게 도덕성을 규정하는 이분법을 그 기본적인 구조로 한다. 바꾸어 말하면 한편으로는 '욕망'이, 다른 한편으로는 '의무'가 애정삼각관계의 대립 축을 이루고 있는 것이다. 그런 의미에서, 애정삼각관계의 가장 근본적이면서도 보편적인 특징은 한 마디로 '의무'와 '욕망'이라는 두 개의 대립적인 힘간의 갈등관계라고 규정할 수 있는데, 이를 간략하게 도식화시키면 다음과 같다.23)

---

22) Jean-Charles Seigneuret ed., *Love triangle, Dictionary of Literary Themes and Motifs II*, Greenwood Press, 1988, pp.803~817.

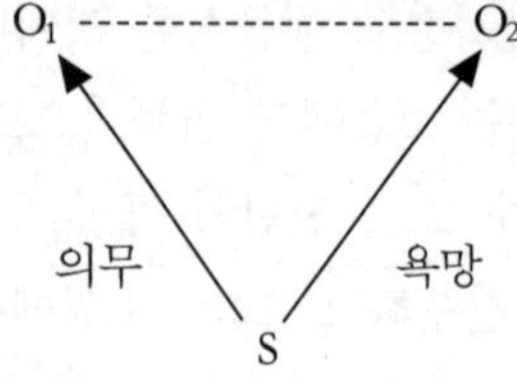

　　그러나 이 모델은 일반적인 애정삼각관계의 보편적인 특징을 설명해 주고 있을 뿐이어서, 이광수 소설의 애정삼각관계의 특질을 포착하기 위해서는 좀더 구체적인 논의가 필요하다. 구체적인 논의를 시작하는 데 있어서 가장 먼저 주목되어야 하는 것은 그의 소설에서 애정삼각관계의 주체가 한편으로 '의무'를 저버려서는 안 된다는 일종의 강박 관념을 가지고 있으면서도, 반드시 '욕망'의 축을 선택하는 경향이 있다는 점이다. 이에 관해서는 이미 사에구사 도시카쓰에 의해서도 지적된 바 있거니와,[24] 『무정』에서 형식이 영채가 아닌 선형을 선택하는 것이나 『재생』

---

23) 여기서 상정하고 있는 애정 삼각관계의 모델은 일반적인 애정소설에서의 삼각관계와는 그 구조를 달리한다. 일반적인 애정소설에서의 삼각관계란 대개 연적, 곧 사랑의 경쟁자를 등장시키는 방법을 의미하는데, 그것은 "두 사람의 사랑을 시험대에 올려 그들의 속마음을 시험함으로써 사랑의 성취가 쉽게 이루어지는 것이 아님을 보여주는 구실"을 하는 데 그 목적이 있다(김창식, 「연애소설이란 무엇인가」, 『연애소설이란 무엇인가』, 대중문학연구회 편, 국학자료원, 1998, 15~16면). 다시 말해 애정소설에서의 삼각관계는 하나의 대상을 사이에 둔 경쟁적인 주체간의 갈등으로 표현되는 바, 이를 도식화시키면 다음과 같다.

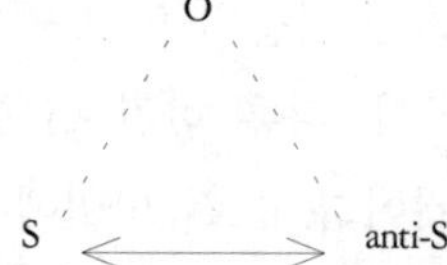

24) "이형식, 신봉구, 허숭은 모두 우연한 상황에서 발생한 의리에 집착하고 거기에 사로잡히고 있다. 그런데 모두 똑같이 이 의리를 고집하면서 심정적으로는 거기서 빠져나갈 수 없다는 강박관념을 보이면서도, 한편으로는 그 의리 관계에 대해 책임있는 적극적 행동을 취하지 않고, 오히려 상대방의 불행을 초래하고 있는 듯하다." 사에구사 도시카쓰, 「『무정』의 유형적 요소에 대하여」, 『조선학보』, 1985(심원섭 역, 『한국문학연구』, 베틀북, 2000, 133~134면). 이와 비슷한 맥락에서, 아사카와 신 또한 '조선'과 '가족'이라는 가치를 중심으로 그 대립 관계를 설정하고, "부유한 '가족'의 일원이 되기를

에서 순영이 봉구가 아닌 백을 선택하는 것, 그리고 『흙』에서 허숭이 유순이 아닌 정선을 선택하는 것은 물론이고, 『유정』에서 최석이 아내보다는 정임에게 이끌리는 것이나 자전소설 『나』에서 주인공 '나'가 아내를 두고도 문의 누님과의 통간에 빠져드는 것 등은 모두 '의무'보다는 '욕망'에 따른 행위라는 점에서 공통된 특징을 보여주고 있는 것이다.

이광수 소설의 애정삼각관계의 특질과 관련하여 한 가지 더 주목해야 할 것은 그 주체가 '욕망'을 선택한 행위에는 반드시 '의무'를 저버린 데 대한 '자책감'이 수반되고 있다는 점이다. 이 '자책감'의 요소는 '의무'와 '욕망' 사이의 갈등과 관련하여 이광수 소설에서 자기 존재에 대한 중심적이고 지속적인 반응으로 거듭 반복되고 있다는 점에서 반드시 주목되어야 한다. 실제로 『무정』의 형식에서부터 『원효대사』의 원효, 그리고 해방 이후에 씌어진 자전소설 『나』의 일인칭 주인공에 이르기까지, 이들 애정삼각관계의 주체는 모두 '의무'를 저버리고 '욕망'을 선택한 데 대한 '자책감'에서 자유롭지 못한 것을 볼 수 있다.

> 영채를 따라 평양까지 갔다가 죽고 산 것도 알아보지 아니하고, 뛰어와서 그 이튿날 새로 약혼을 하고, 그 뒤로는 영채는 잊어버리고 지나온 자기는 마치 큰 죄를 범한 것 같다. (…중략…) 영채가 세상에 없으매 잊어버리려 하던 자기의 죄악은 영채가 살아 있단 말을 들으매 칼날 같이 날카롭게 형식의 가슴을 쑤신다. 형식은 이를 악물고 흑흑 한다. 곁에 선형이가 앉은 것도 잊어버린 듯하다. (『무정』, 268면)

> 어찌하면 이렇게도 갑자기 세상이 암흑이 되어 버릴까. 마치 환하게 광명으로 찬 천당에서 영원한 지옥의 암흑 속에 떨어진 것 같다. 또 어찌하면 이렇게 갑자기 내 몸이 작아지고 더러워지고 천해진 것 같을까. (…중략…) 마치 백설 같은

선택하고 '조선'과 관련된 의리를 위반한다"는 점을 이광수 소설의 시작의 구조라 지적한 바 있다. 아사까와 신, 「이광수 장편소설의 시작의 구조」, 『한국소설연구』, 한국소설학회, 1998, 113~121면.

흰 날개를 펄럭거리며 한없이 넓은 허공을 자유로 날아 다니던 천사의 몸으로서 갑자기 날개를 부러뜨리우고 구린내 나는 더러운 누더기에 감기어, 다니엘이 바벨론에게 잡혀 갇히었던 소굴 속의 이빨에 피 묻는 사자들과 같이 갇힌 듯하였다. (…중략…) 어저께까지의 자기는 지금의 자기 얼굴에 침을 탁 뱉고 비웃는 눈으로 나를 힐끗힐끗 보면서 높이높이 구름 위으로 올라가면서, "마지막이야─ 다시는 나를 못 만나─ 이 죄 많은 더러운 년아" 하고 외치는 듯하였다. (『재생』, 202~203면)

'순을 죽이는 것이 내가 아닌가' 하는 생각이 숭의 가슴을 찔렀다. '그렇다, 내다. 그렇게 나를 따르는 순을 내가 아내를 삼았더면 이러한 비극은 없었을 것이 아닌가. 왜 나는 순을 버리고 정선과 혼인을 하였던가. 순에게 대한 사랑과 의리만 지켰더면 정선의 다리가 끊어지는 비극도 아니 일어났을 것이 아니었던가. 이 모든 비극은 다 나 때문이 아닌가' 하고 생각할 때에 숭은 모골이 송연함을 깨달았다. (『흙』, 387~388면)

나는 아내를 생각하려 하였다. 아이들을 생각하려 하였다. 아내와 아이들을 생각함으로 정임의 생각을 이기려 하였다. (…중략…) 그래도 정임의 일류전은 아내와 아이들의 생각을 미치고 달려오는 절대 위력을 가진 듯하였다. 아, 나는 어떻게나 파렴치한 사람인고 나이 사십이 넘어 오십을 바라보는 놈이 아니야. 사십에 불혹이라고 아니하느냐. 교육가로─깨끗한 교인으로 일생을 살아왔다고 자처하는 내가 아니냐 하고 나는 내 입으로 내 손가락을 물어서 두 군데나 피를 내었다. (…중략…) 그러나, 아아 그러나 그 빨간, 참회의 핏방울 속에서도 애욕의 불길이 일지 아니하는가. 나는 마침내 제도할 수 없는 인생인가. (『유정』, 117~118면)

그러나 이제는 다 끝난 것이 아니냐. 인제는 내 몸은 명규에게 더럽혀졌고 명규의 몸에 붙여서 결박을 지어진 몸이 아니냐. 인제는 내게는 깨끗한 처녀성도 없고 마음대로 임선생을 사랑할 자유도 없지 아니하냐. 이제는 동창의 친하던 친구들조차 손가락질을 하는 돈에 팔려 간첩이 아니냐. 이제는 하나님을 부르고 기도도 못할 몸이 아니냐. (『그 여자의 일생』, 191면)

순옥 자신이 처녀의 몸으로 안빈의 곁에 있을 때의 기쁨이 떠올랐다. (…중략…) '그날은 다시 돌아 올 수는 없다' 하는 탄식이 순옥의 가슴 속에 폭풍 같이 일어났다. 그날은 마음 놓고 제 사모하는 정을 속으로만은, 자유로 안 빈을 향하여 쏟을 수가 있었다. 그러나 오늘은? 순옥은 남의 아내다. 비록 육체에 관련되지 아니한, 순전히 정신적으로 사모하는 정이라 하더라도 함부로 안빈을 향하여서 발할 수는 없는 것이다. (『사랑』, 333면)

사흘 전과는 천지가 온통 변한 것 같았다. 원효는 '나는 청정한 사문이다' 하는 자신을 잃어버린 것이다. 길로 다니는 남녀들과 다름이 없는 중생의 몸이 되어 버린 것이었다. 마치 자유자재로 훨훨 날아다니던 몸이 날개를 잘리워서 땅에 떨어진 것 같았다. 몸에는 천근 무게가 달린 것 같았다. (…중략…) 제 그림자가 물 속에 있는 것을 보고 원효는 고개를 돌렸다. 그것은 사문 원효가 아니요 수염 난 한 사내였다. 계집을 보면 탐심을 내는 한 수컷이었다. "파계승 파계승" 하는 소리가 수없이 귀에 들리는 것 같았다. '파계승' 어떻게나 부끄러운 소린가. 세상에 파계승처럼 천한 것이 또 어디 있으랴. (『원효대사』, 117면)

어쨌으나 나는 천당에서 지옥으로, 흰 옷 입고 향내나는 천사로서 피묻은 옷을 감고 비린내 피우는 악마로 떨어진 것 같아서 지난 봄 실단이와 만나서 울던 시절이 까마득한 가버린 옛날인 것 같았다. 내 양심 앞에 닥쳐 오는 쓴 잔을 면하려고 애처롭고 갸날픈 애를 써보았으나 그것은 단 쇠 위에 떨어지는 눈송이와 같았다. (…중략…) 나는 문의 누님과의 단 한번의 실수가 이처럼 내 혼에 큰 생채기를 낼 줄은 몰랐다. 하물며 그 때문에 생긴 내 혼의 검은 점이 날이 갈수록 자라서 마침내 내 혼 전체를 꺼멓게 썩힐 큰 병이 되리라고는 꿈도 못꾸었다. (『나』, 506~507면)

위의 인용문에서 볼 수 있는 것처럼, 이광수 소설은 이 '자책감'과 관련하여 반복해서 동일한 정서적인 패턴을 보여준다. 죄악을 범한 데 대한 막대한 정신적 불안—"마치 환하게 광명으로 찬 천당에서 영원한 지옥의 암흑 속에 떨어진 것 같다" "마치 자유자재로 훨훨 날아다니던 몸이 날개를 잘리워서 땅에 떨어진 것 같았다"—, 신에 대해 죄 많은 관계에 있는 존재라는 느낌 —"이제는 하나님을 부르고 기도도 못할 몸이 아니냐" "'파계승' 어떻게나 부끄러운 소린가" "나는 천당에서 지옥으로, 흰 옷 입고 항내나는 천사로서 피묻은 옷을 감고 비린내 피우는 악마로 떨어진 것 같아서"—, 그리고 더 나아가 구원의 불가능성에 대한 절망적 의식 —"마지막이야— 다시는 나를 못 만나— 이 죄 많은 더러운 년아" "나는 마침내 제도할 수 없는 인생인가" "그 때문에 생긴 내 혼의 검은 점이 날이 갈수록 자라서 마침내 내 혼 전체를 꺼멓게 썩힐 큰 병이 되리라고는 꿈도 못꾸었다"— 등이 그것이다.

주목해야 할 것은 이광수 소설에서 이 '자책감'의 요소는 단지 '의무'를 저버리고 '욕망'을 선택한 데 수반되는 부차적인 요소라기보다는, 작품 전체를 통어하면서 '스토리 구조'[25] 전체를 지배하는 핵심적인 요소로 기능하고 있다는 점이다. 사실 이광수 소설의 스토리 구조를 지배하는 핵심은 '의무'와 '욕망' 간의 양자택일의 갈등이라기보다는 오히려 그에 수반되는 '자책감'과 관련이 있다. 한 예로 김우창이 『무정』을 논하면서 소설의 대단원에 근대화의 이념이 제시되어야 했던 필연성을 언급했던 것도 바로 이 문제와 무관하지 않다. 그의 논의에 따르면, 형식이 그의 배우자로 선형을 택하는 것은 영채의 기구한 운명의 세계에 대하여 어느 정도 평정화를 이룩한 세계를 선택한다는 것을 말한다. 그러나 형식이 선형을 선택한 것은 결코 마음 편하게 이루어질 수 없는 것으로, 그 마음 편할 수 없음이 바로 그 같은 근대화의 이념, 즉 그가 선택한 삶이 한국 사회 전체가 마땅히 가야 할 방향이라는 것을 내세우는

---

25) 여기서 '스토리 구조'란 다소 표층적인 수준에서의 구조를 의미하는 것으로, 구체적인 사건이 배열되면서 생성해내는 이야기 논리의 구조를 염두에 둔 것이다. S. 코핸과 L. 샤이어스에 의하면, 스토리는 한편으로 "첨가"와 "결합"의 수평축에 따라 "통합적"으로 조직되며, 다른 한편으로는 "선택"과 "대치"의 수직축에 따라 "계합적"으로 조직된다. 필자가 본고에서 사용하는 '스토리 구조'란 이 두 가지 조직 축을 고려하면서 그것을 포괄하여 함께 다루고 있는 개념이다. 이에 관해서는 S. 코핸·L. 샤이어스, 임병권·이호 역, 『이야기하기의 이론』, 한나래, 1997, 제3장 「스토리의 구조—서술」을 참조

문화적 사명감을 만들어냈다는 것이다.[26] 말하자면 형식의 문화적 사명
감이란 영채에 대한 '의무'를 저버리고 선형에 대한 '욕망'을 선택한 데
대한 '자책감'의 산물이며, 그것이 다음에는 역으로 형식의 자책감을 스
토리 구조 내에서 정당화하고 있는 셈인 것이다.

　실제로 이 '자책감'의 무게가 스토리 구조에서 어느 정도 정당화되느
냐에 따라 이광수 소설에서 애정삼각관계는 그 양상을 달리하는데, 이는
그레마스의 기호학적 사각형에서의 의미론적 배분을 통해서 보다 쉽게
확인할 수 있다. 그레마스의 기호학적 사각형에서, m_1과 m_2 그리고 non
m_2와 non m_1은 상반 관계를, m_1과 non m_1 그리고 m_2와 non m_2는 모순
관계를, 마지막으로 non m_2와 m_1 그리고 non m_1과 m_2는 함축 관계를 지
시하며, 이들 관계는 그 총합 속에서 하나의 총체적인 의미론적 체계를
이룬다.[27] 따라서 기본항 m_1에 '의무'가 아닌 '욕망'을 선택한 데 대한
자책감, 즉 관계의 도덕성이라는 내용을 부여하면, 각 의미항 간의 논리
적 관계에 따라 다음과 같은 도식을 얻을 수 있다.

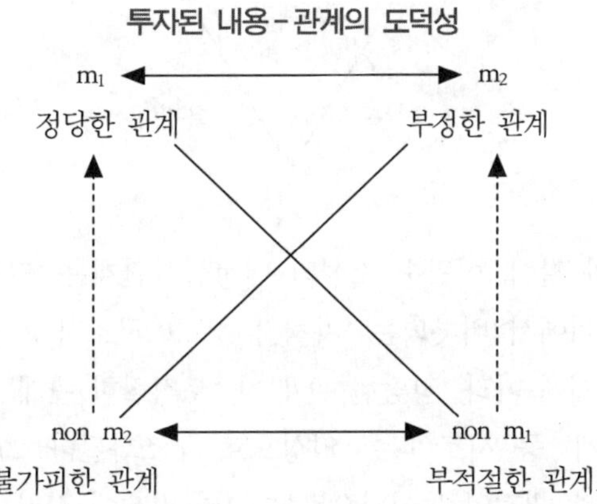

---

26) 김우창, 「한국 현대 소설의 형성」, 『궁핍한 시대의 시인』, 민음사, 1977, 104~106면.
27) 그레마스의 기호학적 사각형에 대해서는 A. J. 그레마스, 김성도 편역, 『의미에 관하
　여』, 인간사랑, 1997, 52~64면 참조.

여기서 m_1이 '정당한 관계'라면, 그와 반대항에 있는 m_2는 '부정한 관계'를 지시한다. 그리고 m_1과 모순항에 있는 non m_1은 정당한 관계는 아니면서 부정한 관계를 함축하고 있다는 점에서 '부적절한 관계'를 지시한다. 마지막으로 m_2와 모순항에 있는 non m_2는 부정한 관계는 아니면서 정당한 관계를 함축하고 있다는 점에서 '불가피한 관계'를 지시한다. 요컨대 이광수 소설의 애정삼각관계는 그 자책감의 정당성 정도에 따라 '정당한 관계'이거나 '부적절한 관계', 혹은 '부정한 관계'이거나 '불가피한 관계'로 각각의 의미론적인 변별성을 보여주게 되는 것이다.

이런 맥락에서, 이광수 소설의 애정삼각관계의 모델은 '의무'와 '욕망' 간의 갈등, 그리고 그로부터 비롯되는 '자책감'의 요소를 그 구조적 기반으로 하며, 이 요소들이 모두 갖추어졌을 때 비로소 논의를 위한 필요충분조건을 만족시킨다고 할 수 있다. 이를 도식화하여 나타내면 다음과 같다.

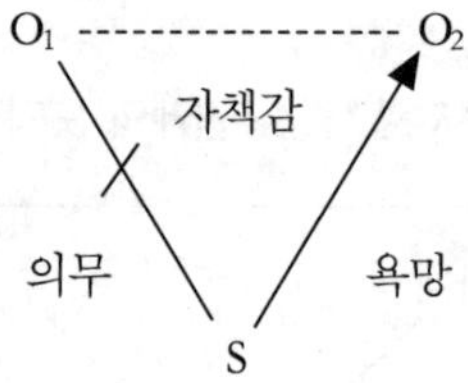

살펴본 바와 같이, 이광수 소설의 애정삼각관계는 '의무'와 '욕망' 간의 갈등과 거기에서 비롯되는 '자책감'을 그 구조적 기반으로 하여 그 '자책감'의 무게에 따라 '정당한 관계'나 '부적절한 관계', '부정한 관계', '불가피한 관계' 등 서로 다른 양상으로 구조화된다. 그런데 주목해야 하는 것은, 작품 내적인 논리만으로는 그의 평생에 걸친 소설 쓰기가 왜 그처럼 '의무'와 '욕망' 간의 갈등과 그에 대한 '자책감'의 문제에 강박되어 있는지, 그리고 그처럼 동일한 문제에 대면하고 있음에도 불구하고

왜 각각의 애정삼각관계는 서로 다른 양상으로 구조화되고 있는지, 한 마디로 말해서 이광수의 소설에서 애정삼각관계가 어떤 의미를 지닌 것이었는지를 밝히기 어렵다는 점이다. 흥미롭게도 그것은 작가의 자전적 삶 가운데 특히 그의 정치적 행로와 관련된 삶의 굴곡과 그대로 대응되는데, 이는 이광수 소설에서 애정삼각관계의 구조가 작가의 정치적 행로와 관련된 '자전적 삶의 구조'와 서로 상동적이거나 이해 가능한 관계에 있다는 점을 암시해준다. 따라서 이광수 소설에서 지속적으로 반복되고 있되, 서로 다른 양상으로 구조화되고 있는 애정삼각관계의 의미를 밝히기 위해서는 작가의 자전적 삶의 문제로 시선을 돌리지 않을 수 없다.

이광수의 소설이 자전적인 요소들을 상당히 지니고 있다는 것은 익히 알려진 사실이다. 그러나 그것은 대개 작가의 자전적인 삶에서 그 유사한 재료들을 빌려오는 차원에서의 논의, 즉 이광수와 자전적으로 유사한 특징을 가지고 있는 고아이거나 민족 지사, 혹은 종교적 지도자와 같은 인물들에 대한 논의에 국한되어 있고—이를테면 『무정』의 형식, 『흙』의 허숭, 『사랑』의 안빈, 『원효대사』의 원효 등의 남성 인물들을 둘러싼 논의들이 그러하다—, 그것도 대개 이광수가 그러한 인물들을 내세워 자신의 사상을 대변하고 합리화하고자 했다는 수준에서 논의되어 왔을 뿐이다. 그러나 이광수 소설의 애정삼각관계의 구조가 지니고 있는 특징과 관련하여 그의 자전적 삶에 주목할 때, 실은 이광수 소설 전체가 작가의 정치적 행로의 문제와 관련된 자전적 삶을 구조화하고 있다는 사실을 발견하게 된다.

이광수 소설의 애정삼각관계의 구조적 특징과 관련하여 이광수의 자전적인 삶은 크게 두 가지 사건을 환기시킨다. 첫 번째 아내인 백혜순과 이혼하고 허영숙과 결혼했던 사건이 그 하나이고, 민족의 지도자로서 끊임없이 제국 권력과 타협하는 길을 선택했고 결국은 일본을 조국으로 받아들이게 되었던 사건이 다른 하나이다. 본고에서 관심을 가지는 것은 물론 후자의 것이다. 제국 권력에의 타협과 그로부터 비롯된 자책감 사이에서의 갈등, 그것은 그의 일생을 지배했던 핵심적인 문제 가운데 하나였다고 해도 과언이 아니기 때문이다.

사실 조선에 대한 이광수의 감정은 민족에 대한 심정적인 의무 이상의 의미를 지니지 않았던 것 같다. "나는 나라의 쇠운에 태어났을 뿐더러 우리 집의 쇠운에도 태어났다"라는 고백으로 시작되는 자전소설 『나』(1947)의 이 한 구절은 나라와 집안의 쇠운에 태어난 불운한 운명의 무게를 충분히 짐작게 한다. 실제로 일찍이 부모를 여읜 고아로서의 불행한 운명은 저주할 만한 성격의 것이었고,[28] 그 불행한 운명을 떨쳐 일어나기 위해 마음 속에 품었던 "세계에 이름난 사람이 되리라"는 야심마저 한일합방 가운데 "문장과 교육으로 동포를 깨우치자"는 한풀 꺾인 것으로 대신하여 오산의 시골 학교에 묻힐 수밖에 없었으며,[29] 그나마 그의 20대 초반을 바친 사 년여간의 교사 생활에 대한 헌신의 대가로 돌아온 것은 학생들과 동료들로부터 배척당하면서 얻은 상처뿐이었다.[30] 그뿐인가. 그 나름으로는 쉴새없이 논설과 소설로 조선을 깨우치

---

28) "어려서 부모를 여의고 돈 한 푼 없는 몸이 동서로 표류하여 가난의 고초를 받을 때, 돌아갈 부모의 품도, 애인의 품도 없어 (…중략…) 고독의 추움을 당할 때 나는 얼마나 나의 생명을 저주하였던가요. 진실로 나는 내가 난 날을 저주하였고, 나를 먹여 기른 젖과 풀과 나무의 열매를 저주하였으며, 나를 이 세상에 있게 한 모든 힘을 저주하였습니다. 천지의 만물이 모두 나의 미움과 원망과 저주의 대상이었습니다." 이광수, 「감사와 사죄」, 『백조』, 1922.5; 『이광수 대표작 선집』 6, 384면.

29) "처음 동경에 유학을 갈 때에는 세계에 이름난 사람이 되리라는 막연한 생각밖에 없었다. 십사 세의 소년일뿐더러 그때 조선에는 이러한 소년에게 무슨 구체적인 야심을 줄 만한 자극이 없었기 때문이다. (…중략…) 그러나 내가 동경 가서 일 년이 못되어서 일진회의 합방 선언서를 보고, 그런지 얼마 아니하여 보호수약(을사조약)이 성립되고, 동경의 한국 공사관이 없어지매 우리의 야심은 방향을 변할 수밖에 없어서 매우 음울하고 잠행적인 야심을 가지게 되었으니 그것이 곧 문장과 교육으로 동포를 깨우치자는 것이었다. 내가 오산 학교에 간 것은 아마 그러한 동기였을 것이다." 이광수, 「다난한 반생의 도정」, 『조광』, 1936.4; 『이광수 전집』 14, 398~399면.

30) "그러나 나는 이 학교를 떠나지 아니하면 아니될 일이 생겼다. 내게서 배운 몇 사람이 나를 톨스토이주의를 선전하는 이단자라고 해서 배척하는 운동을 일으킨 것이다. 열아홉부터 스물세 살까지의 인생의 꽃을 학교를 위해서 시들어버린 내게 이러한 갚음이 오는 것을 볼 때 나는 그만 낙심이 되었다. (…중략…) 내가 가르친 사람들과 동료들에게서 배척받음을 볼 때 나는 환멸의 비애를 느끼지 아니할 수 없었다." 이광수, 『그

는 글을 발표한 것은 물론, 1919년 「2·8독립선언」을 기초하고 독립운동에 뛰어들면서 상해 임시정부를 도와 헌신했고, 1921년 국내에서의 민족운동에 대한 나름의 포부를 가지고 상해에서의 귀국을 결단했음에도 불구하고, 이 같은 헌신과 진정에는 아랑곳없이 무사 귀국한 사실만을 문제삼아 그를 변절자로 낙인찍고 사회에서 매장시키기까지 했던 조선. 자신의 행동에 대한 옳고 그름의 여부를 떠나, 그토록 몰인정하고 몰이해한 조선에게서 그가 또다시 상처입을 수밖에 없었으리라는 것을 짐작하기란 그리 어렵지 않은 것이다. 실제로 그러한 조선에 대한 원망의 감정은 그의 소설 도처에서 산견되는 것이기도 하다.

> 설혹, 내 능력과 정성이 부족하여 나의 노력이 아무러한 큰 효력도 生하지 못하였다 하더라도 나는 실로 내 진정으로 조선 사람을 위하여 한 것이었다. (…중략…) '적막도 해라' '춥기도 해라'할 적마다 '조선이 내 애인'이라고 생각하려고 애도 썼다. 그러나 나의 조선에 대한 사랑은 그렇게 작열하지도 아니하고 조선도 나의 사랑에 대답하는 듯하지 아니하였다. 그래서 아까도 김군께 다만, "아니 나는 오직 혼자요" 하고 대답할 뿐이었다.
>
> ― 「방황」(1918), 『선집』 6, 143면

> 순흥은 스스로 나라를 사랑한다고 자처하였다. (…중략…) 그러나 자기는 조선과 조선 사람이 자기를 사랑하지 아니함을 볼 때에 분노와 원망으로서 그들에게 대하였다. '망할놈의 조선', '모조리 때려 죽일 조선놈들!' 이렇게 자기는 자기의 뜻과 같지 않다고 자기의 사랑을 받지 아니한다고 분노하고 원망하고 실망하여 마침내 몸까지 죽여버리려 하였다.
>
> ―『재생』, 『선집』 3, 405면

> "아니! 나는 고국이 조금도 그립지 아니하이. (…중략…) 그 무기력하고 가난한, 시기 많고 싸우고 하는 그 백성을 그리워한단 말인가. 그렇지 아니하면 무슨 그리워할 음악이 있단 말인가, 미술이 있단 말인가, 문학이 있단 말인가, 사

의 자서전』, 345~346면.

상이 있단 말인가, 사모할 만한 인물이 있단 말인가. 날더러 고국의 무엇을 그리워하란 말인가. 나는 조국이 없는 사람일세. (…중략…) 내게 가장 불쾌한 것이 있다고 하면 그것은 고국이라는 기억과 조선 사람의 존잴세.

―『유정』, 『선집』 3, 69~70면

반면 제국 일본에 대한 그의 감정은 보다 양가적이었던 것 같다. 일본은 한편으로 가진 것 없는 고아에게 나라마저 빼앗아간 운명의 횡포 그 자체이자 동시에 그 지극한 불운을 벗어버리고 떨쳐 일어나고자 하는 야심을 충족시켜 줄 수 있는 유일한 현실적인 힘이기도 했기 때문이다. 잘 알려져 있다시피, 실제로 그가 총독부 기관지인 『매일신보』를 통하여 화려한 문필 생활을 확보할 수 있었던 것이나, 1921년 상해에서의 귀국 후 십 년여간 동아일보 편집국장과 동우회의 국내 책임자로서의 공적인 지위와 안정을 누릴 수 있었던 데에는, 그의 타협과 그에 대한 대가로서의 총독부의 지원이 자리하고 있었다. 그러나 이광수 자신 민족의 지도자를 자처하는 위치에 있었고 보면, 제국 권력에의 타협에 기반한 야심에 편안하게 몸을 맡길 수 있는 처지는 못 되었을 것이고, 따라서 그의 정치적 삶의 행로가 제국 권력에의 타협에 기반한 야심과 그에 대한 내적 자괴감 사이에서 늘 어떤 갈등을 수반했으리라는 것은 충분히 짐작할 만한 일인 것이다.[31]

실제로 그의 정치적 삶의 행로는 끊임없이 조선과 일본을 사이에 둔

---

31) 이를 두고 김윤식은 그것을 "밤의 논리인 심정적 세계"와 "대낮의 논리로서의 합리주의" 간의 곡예로써 설명한 바 있다. 그러나 그의 논의는 그 곡예가 "논설의 줄에서는 논리적 세계에 기울면서 문학적 줄에서는 심정적 세계로 은밀히 기운", 즉 논설과 문학의 두 줄을 사용한 것으로써 이해되고 있다는 점에서 본고와는 그 견해를 달리한다(김윤식, 『이광수와 그의 시대』 2, 솔, 1999, 47~48면). 필자는 이광수의 소설이야말로 민족에 대한 심정적 의무와 제국 권력에의 타협에 기반한 야심 사이에서의 곡예를 적나라하게 보여주는 장이라고 생각하고 있기 때문이다. 이후에 자세히 논의하겠지만, 그두 관계 사이에서의 곡예, 그것은 그의 소설에서 '의무'와 '욕망' 간의 갈등, 그리고 '의무'보다는 '욕망'을 선택한 데 대한 '자책감'을 그 구조적 기반으로 하고 있는 애정 삼각관계로써 구조화되고 있다는 것이 본고의 기본 관점이다.

어떤 타협의 문제와 직면하게 되는 과정을 그대로 보여주고 있다. 그는 1916년 「대구에서」라는 조선 지식청년의 구제책과 관련된 헌책의 성격을 띤 글을 발표하면서 총독부 기관지인 『매일신보』와 관련을 맺은 것을 그 시작으로 하여, 1921년 상해에서의 귀국 당시에는 국내에서의 활동을 보장해주는 대가로 총독부의 뜻에 부응하는 활동을 하겠다고 밀약한 바 있으며, 상해에서의 귀국 이후에는 국내판 홍사단 조직이라 할 수 있는 동우회를 꾸려가기 위해 합법을 내세우며 총독부의 감독과 지원을 받아들인다. 물론 1934년 도산의 장기 수감과 더불어 동우회가 실패의 위기에 처하고 사랑하던 아들까지 잃게 되는 불운이 한꺼번에 겹치면서, 한때나마 속죄와 중생 구제의 염원을 세우며 법화경 행자로서의 길을 걷고자 했던 것은 사실이다. 그러나 그것도 잠시, 그는 1937년 동우회 기소 사건을 계기로 동우회 회원들을 구한다는 명목 아래 전향을 결단함으로써 다시금 위태로운 정치적 행로에 오르게 되며, 1940년 마침내는 '香山光郞'으로의 전면적인 전향을 선언함으로써 적극적인 협력의 길에 나서고 있음을 볼 수 있는 것이다.

사정이 이러하다면, 이광수의 소설에서 '의무'와 '욕망' 간의 갈등과 거기에서 비롯된 '자책감'을 그 기반으로 하고 있는 애정삼각관계의 구조와 그의 정치적 행로에서 끊임없이 조선과 제국 일본을 사이에 둔 정치적 타협의 문제에 직면해야 했던 이광수 자신의 자전적 삶 사이의 상관 관계는 고려해봄직한 것이 된다. 특히 그것은 이광수 소설의 갈등 구조를 지배하는 핵심이 항상 '의무'를 저버리고 '욕망'을 선택한 데 대한 '자책감'과 관련이 있다는 점에 주목할 때 좀더 설득력을 갖는다. 자전적인 맥락에서 이광수의 정치적 행로는 언제나 민족을 배반한 변절자라든가 배신자라는 비난을 수반한 것이었고, 그 자신 또한 이 문제에 대하여 결코 결백하지만은 않았던 것이 사실이었으니, 그의 소설에서 이 '자책감'의 문제는 그의 자전적 삶의 맥락에서 특히 정치적 행로의 문제와 관련하여 떳떳하지 못했던 데 대한 이광수 자신의 내적 자괴감과 무관

하지 않다고 할 수 있는 것이다.[32]

이에 본고에서는 애정삼각관계를 그 구조적 기반으로 하고 있는 이광수의 소설이 그의 정치적 행로의 문제와 관련된 자전적 삶을 구조화하고 있는, 이를테면 일종의 '자전적 공간'을 구성하고 있다는 가설을 세우고자 한다. 이광수의 소설이 '자전적 공간'을 구성하고 있다고 해서 그의 소설을 일종의 '자서전'이나 '자전적 소설'로 간주하려는 것은 아니다. '자서전'이 언술 행위의 차원에서 작가와 주인공의 동일성을 전제로 하고, '자전적 소설'이 언술된 내용의 차원에서 작가와 주인공의 유사성을 전제로 한다면,[33] 이광수 소설은 근본적으로 허구의 체제를 갖추고 있다는 점에서 이들과 엄밀하게 구분되기 때문이다. 그러나 필립 르죈이 주장한 것처럼, 어떤 텍스트가 허구의 체제를 갖추고 있다 하더라도 그로부터 한 작가의 텍스트 전체의 층위에서 일정한 작가의 모습과 관련된 자아의 상을 구성해낼 수 있다면, 그러한 유형의 소설들은 간접적인 형태로 자서전의 규약을 주장하고 있다는 점에서 '자전적 공간'을 내포하고 있다고 할 수 있다.[34] 따라서 이광수 소설에서 반복하여 구조화되고 있는 애정삼각관계가 그의 정치적 행로의 문제와 관련된 자전적 삶의 구조화임이 입증된다면, 이광수의 소설은 그의 정치적 행로의 문제와 관련하여 일종의 '자전적 공간'을 구성하고 있다고 할 수 있는 것이다.

---

32) 조금 다른 각도에서의 논의이지만, 소설에서의 이 같은 양자택일의 문제가 소설 외적인 맥락과 관련이 있다는 견해는 아사까와 신에 의해서도 지적된 바 있다. 그는 이광수 소설의 시작의 플롯이 "위반"과 "선택"의 과정으로 이루어져 있으며, 그와 같은 플롯의 시작은 "일제시대의 시작이라고 하는 의미를 함축"(120면)한다고 보고 있다(아사까와 신, 「이광수 장편 소설의 시작의 구조」, 『한국소설연구』, 한국소설학회, 1998).
33) 필립 르죈, 『자서전의 규약』, 문학과지성사, 1998, 34~35면.
34) 여기서 '자전적 공간'이란 작가의 자전적 삶의 차원을 가리키는 말이 아니다. 그것은 어떤 텍스트가 작가의 자전적 삶의 재료를 사용하고 있지는 않더라도, 그것이 한 작가의 텍스트 전체와의 상호 연관 속에서 일정한 작가의 모습을 구성해내는 경우, 그들 텍스트의 상호작용이 함께 만들어내는 공간을 지칭하는 보다 구상화된 차원의 개념이다. 필립 르죈, 위의 책, 249~254면 참조

이러한 가설이 입증된다면, 그것은 작가로서의 이광수가 그의 평생에 걸친 소설 쓰기를 통해서 추구했던 문제가 무엇이었는가를 드러내면서 그의 작가로서의 면모를 오롯하게 재구성할 수 있게 된다. 왜냐하면 그 것은 이광수의 소설 쓰기가 공적으로는 그 시기에 따라 계몽 이념이라든 가 민족주의 이념, 그리고 종교적 이념을 내세우고 있었지만, 그리고 그 과정에서 통속적인 애정 관계를 일종의 기법이나 소재 차원에서 차용한 것도 사실이지만, 보다 내밀하게는 그 애정삼각관계 속에서 자신의 정치 적 행로의 문제와 관련된 사적이고도 내밀한 문제와 지속적으로 대면하 는 작업이었다는 사실을 명료하게 드러내 줄 수 있을 것이기 때문이다.

이상의 논의를 토대로 하여, 본고에서는 이광수의 소설을 다음의 세 측면에서 접근한다.

우선 앞서 구성한 애정삼각관계의 모델에 근거하여 각각의 소설을 분 류하고 분석할 것이다. 살펴본 바와 같이, 이광수 소설의 애정삼각관계 는 '의무'와 '욕망' 간의 갈등과 거기에서 비롯되는 '자책감'을 그 구조적 기반으로 한다. 그런데 그 '자책감'의 무게는 '스토리 구조'에서 정당화 되는 정도에 따라서 애정삼각관계의 양상을 서로 다르게 자리매김하면 서 '정당한 관계', '부적절한 관계', '부정한 관계', '불가피한 관계' 등의 의미론적 계열들을 형성하고, 더 나아가 그 관계 양상의 통시적인 변화 를 보여준다. 따라서 이광수 소설의 애정삼각관계가 갖는 양상과 그 의 미의 전체적 윤곽을 조명해내기 위해서는 우선 스토리 구조의 분석을 통 하여 애정삼각관계의 양상을 분석하는 작업이 선행되어야 하는 것이다.

다음으로 앞서 도출해낸 애정삼각관계의 양상을 토대로, 그것을 작가 의 자전적 삶의 차원과 관련하여 논의하는 데 초점을 둘 것이다. 이는 앞서 제기한 가설, 즉 애정삼각관계를 그 구조적 기반으로 하고 있는 이 광수의 소설들이 그의 평생에 걸친 정치적 타협의 문제와 관련된 자전 적 삶을 구조화하고 있는 일종의 '자전적 공간'을 구성하고 있다는 가설을 입증하기 위한 것이다. 이는 이광수 소설에서 애정삼각관계의 변별적인 양상, 즉 '정당한 관계', '부적절한 관계', '부정한 관계', '불가피한 관계' 등의 의미론적 계열들이 궁극적으로는 작가의 자전적 맥락에서 특히 정치적 타협의 문제와 관련된 내적 갈등과 모종의 상관성을 지니는 구조임을 밝히는 작업 가운데서 이루어질 것이다.

이상의 논의를 토대로, 결론에서는 이광수에게 있어서 소설 쓰기란 단순히 사상의 산물이거나 논문의 풀어쓰기가 아니라, 그의 일생을 지배했던 정치적 타협의 문제와 거기에서 비롯된 내적 갈등과 대면하는 작업이었음을 드러낼 것이다.

연구의 대상은 1910년대 『무정』에서 일제 말기의 『원효대사』에 이르기까지 장르적 변별성에 상관없이 전 장편을 대상으로 하되, 본고의 관점에 충실하기 위하여 이광수 소설에서의 애정삼각관계의 특성을 선명하게 보여주고 있는 작품들에 한정한다. 이에 『무정』(1917), 『재생』(1924), 『흙』(1932), 『유정』(1933), 『그 여자의 일생』(1934), 『애욕의 피안』(1937), 『사랑』(1939), 『원효대사』(1942) 등을 그 논의의 대상으로 삼았다. 단, 자전소설 『나』(1947)는 해방 이후에 씌어진 것이라는 점에서 본고의 논의틀에서는 약간 예외적인 성격을 지니므로 보론의 형태로 다루고자 했다.

제2장

'정당한 관계'라는 '항변'

　『무정』(1917)에서 애정삼각관계의 갈등은 한편으로 '욕망'을 지향하면
서도 다른 한편으로 '의무'에서 자유로울 수 없는 데 대한 주체의 딜레
마에서 비롯된다. 주목할 만한 것은 이처럼 한편으로 '의무'에서 자유로
울 수 없기 때문에 그 '욕망'의 선택은 '자책감'을 수반한 것일 수밖에
없음에도 불구하고, 『무정』의 경우 그것은 정당한 것으로 의미화되고
있다는 점이다. 그것은 무엇보다도 스토리 구조 자체가 그 '욕망'의 선
택을 궁극적으로 정당한 것으로 자리매김함으로써, 그에 대한 '자책감'
을 '항변'의 여지가 있는 것으로 구조화하고 있는 데서 기인한다. 작가
의 자전적 맥락과 관련하여 보자면, 이 같은 애정삼각관계의 양상은 이
광수가 1916년을 전후로 하여 『매일신보』를 통해 총독부와 타협한 시점
과 대응하며, 그 '항변'의 구조화는 그 같은 타협이 문명 조선의 건설을
위한 한 방편이 된다는 작가의 신념과 관련이 있다.

1. 『무정』—신분 상승을 향한 개인적 야심의 민족적 사명감과의 절충

『무정』은 1917년 1월에서 6월에 이르기까지 총독부 기관지인『매일신보』에 지면을 얻으면서 연재되었던 이광수의 첫 번째 장편소설이다. 이 작품은 그의 첫 번째 장편소설이라는 점에서 각별한 의미를 지니는 것이기도 하지만, 그것이 총독부 기관지인『매일신보』에 연재된 것이라는 점에서 좀더 주목할 필요가 있다. 이광수에게『매일신보』와의 인연은 그의 평생에 걸친 정치적 행로와 관련하여 총독부와 타협에의 첫걸음을 내딛은 중요한 사건이라 할 만하기 때문이다.

잘 알려져 있다시피, 이광수가 총독부 기관지인『매일신보』와 관련을 맺게 된 것은『매일신보』에 「대구에서」(1916.9)라는 조선 지식 청년의 구제책과 관련된 헌책의 성격을 띤 글을 발표하면서부터이다.35) 이 시점은 그가 와세다 대학 고등 예과를 2등으로 마치고 대학부에 무시험으로 입학할 자격을 갖춘 무렵으로, 그 자신의 출중함에 대한 자부심에 한껏 사기 충천해 있었던 때였다고 할 만하다. 가난하고 외로웠던 초년 시절의 불행은 이제 더 이상 그의 것이 아니었고, 바야흐로 처음 동경에 유학하면서 막연하게 결심했던 "세계에 이름난 사람이 되리라"36)는 야심이 금방이라도 눈앞에 실현될 듯이 보였던 때였던 것이다. 따라서 그가 당시 총독부 기관지『매일신보』에 글을 발표했다는 것, 그것도 총독부 쪽에 조선 통치의 명분과 실리를 동시에 제공해주는 헌책의 성격을 띤 글을 올렸다는 것은, 당시 세상에 이름난 사람이 되겠다는 포부를 지녔던 그의 야심과 떼어놓고 생각하기 어렵다. 말하자면 이광수에게 그것은 총독부를 향한 은밀한 타협의 손짓이자 개인적 야심의 실현을 향한 발

---

35) 이에 관해서는 김윤식,『이광수와 그의 시대』1, 솔, 1999, 6장 「총독부 기관지『매일신보』와 준비론 사상」 참조.
36) 이광수, 「다난한 반생의 도정」,『이광수 전집』14, 398면.

판으로서의 의미를 지니고 있었던 것이다.

　실제로 이러한 헌책이 있은 이후, 이광수는 『매일신보』의 지면을 확
보할 수 있었던 것은 물론, 총독부의 특별 지시 아래 오도답파 민정 시
찰을 위한 조선 행각에 앞장서 「오도답파기」를 남기는 등, 자신의 문재
를 널리 인정받으면서 조선과 총독부의 동시적인 주목 아래 화려한 문
필 활동을 벌이는 기회를 얻을 수 있었다. 장편 『무정』이 『매일신보』에
연재될 수 있었던 것도 바로 이 같은 맥락이 전제되어 있는 것은 물론
이다. 이에 대해서는 「무부츠옹의 추억」이라는 그의 회고적 수필에서
자세한 사정을 엿볼 수 있다.

　　무부츠옹과 처음 만난 그 다음 해인 대정 6년(1917), 동경에 있는 나에게 당
　시 『매일신보』 감사였던 나카무라 겐타로씨로부터 여름방학을 이용해 시정 5
　년의 민정 시찰을 위해 조선을 행각해주지 않겠느냐는 편지가 왔다. 그때는 매
　일신보에 연재한 내 소설 『무정』이 끝나고, 『개척자』라는 두 번째 소설과 『동
　경잡기』라는 기행, 수필 등을 연재하고 있던 때이다. 그리하여 나는 소위 오도
　답파 여행길에 오른 것인데, 조선인 기자로서는 효시라 하여, 회사나 총독부로
　부터도 각지 관헌에 통첩이 가는 등, 가는 곳마다 실로 면목 없을 정도의 성대
　한 환영을 받았던 것이다.[37)]

　그러나 『매일신보』를 매개로 한 총독부 측의 후원이 이광수에게 그저
반갑기만 한 것은 아니었을 것이다. 그것은 한편으로 세상에 이름난 사
람이 되겠다는 야심의 실현을 향한 발판이 되어 주었던 것은 분명하지
만, 그 자신 식민지 지식인이라는 처지에 있고 보면, 총독부 측의 호의
를 무조건으로 받아들이는 일이란 그리 마음 편한 것일 수 없었을 것이
기 때문이다. 실제로 그는 "일본 관헌의 압박이나 유혹은 학생시대로부
터 받아왔다"[38)]고 고백한 바도 있거니와, 당시 그의 화려한 공적 활동

---

37) 이광수, 「무부츠옹의 추억」, 『경성일보』, 1939.3.11~17; 김원모 · 이경훈 편역, 『동포
　　에 고함』, 철학과현실사, 1992, 245~246면.

이면에는 총독부에의 타협에 대한 내적 갈등이 자리하고 있었으리라는 것을 충분히 짐작해볼 수 있는 것이다.

주목할 만한 것은 『무정』의 서사 상황이 제기하고 있는 문제 자체가 바로 이러한 정치적 타협에 대한 이광수 자신의 내적 갈등과 모종의 구조적 유사성을 보여준다는 점이다. 주지하다시피, 『무정』의 서사 상황은 영채와 선형을 사이에 둔 형식의 갈등을 중심으로 전개된다. 이전까지의 논의에서 영채와 선형을 사이에 둔 형식의 갈등은 구시대의 윤리와 신시대의 윤리 간의 갈등 혹은 전근대성과 근대성 간의 갈등을 대변하는 것이라는 관점에서 주로 논의되어 왔지만,39) 그것은 미천한 신분을 떨쳐버리고 새로운 신분을 향해 상승하고자 하는 청년 형식의 야심이 빚어낸 '의무'와 '욕망' 간의 갈등이라는 맥락에서 재해석될 수 있다. 실제로 『무정』의 서사 상황은 재산과 지위와 미모를 두루 갖춘 배우자와의 결혼으로써 새로운 신분을 향해 상승하고자 하는 청년 형식의 야심기라는 맥락에서 개인적인 '욕망'의 추구를 위해 '의무'를 외면해야 했던 데 대한 '자책감'의 문제를 제기하고 있는데, 이는 세상에 이름난 사람이 되겠다는 야심의 실현을 위하여 『매일신보』를 매개로 한 총독부와의 정치적 타협에 뛰어들었던 이광수 자신의 내적 갈등을 그대로 환기시키는 것이다.

사정이 이러하다면, 『매일신보』를 매개로 한 총독부에의 타협이 마냥 마음 편할 수만은 없었을 이광수 자신의 자의식과 영채에 대한 '의무'를 외면하면서 선형에 대한 '욕망'을 선택한 데 대한 형식의 '자책감'의 구

---

38) 이광수, 「나의 고백」 서문, 『이광수 전집』 13, 삼중당, 1962.
39) 그 대표적인 논의를 몇 가지 들자면 다음과 같다.
　　김동인, 「춘원연구」, 『삼천리』, 1934~1936; 김윤식·김현, 『한국문학사』, 민음사, 1973, 신동욱, 『이광수 문학의 재평가』(『고대인문논집』), 1977.12; 김우창, 「한국 현대 소설의 형성」, 『궁핍한 시대의 시인』, 민음사, 1977; 이재선, 『한국현대소설사』, 홍성사, 1979; 백철, 「『무정』의 미학」, 『최남선과 이광수의 문학』, 새문사, 1981; 김우종, 「민족의식과 훼절」, 『이광수 연구』 상, 태학사, 1984; 서영채, 「『무정』 연구」, 서울대 석사논문, 1992.

조 간에 모종의 상관성을 상정해 볼 수 있다. 따라서 본 장에서는 『무정』에서 형식을 중심으로 하는 애정삼각관계의 양상을 분석함으로써, 이광수 자신 당시 『매일신보』를 매개로 한 정치적 타협에서 비롯된 내적 갈등과 어떠한 방식으로 대면하고 있었는가를 살펴보고자 한다.

『무정』에서 서사 구조 전반을 지배하는 애정삼각관계는 형식을 중심으로 영채와 선형 사이에서 이루어진다. 그것은 형식이 한편으로 과거 은사의 딸이자 은사가 아내로 허락했던 영채에 대한 '의무'에서 자유로울 수 없으면서도, 다른 한편으로 미모와 재산과 지위를 두루 갖춘 선형쪽의 청혼에 마음이 기우는 데서 비롯된다. 따라서 『무정』의 스토리 구조는 신분 상승의 기회로 대변되는 이 모종의 '욕망'에 대한 '자책감'에서 비롯되는 형식의 갈등을 중심으로 구조화된다.

잘 알려져 있다시피, 『무정』의 첫머리는 경성 학교 영어 교사인 이형식이 선형의 가정교사로 초빙되어 김장로의 집을 찾아가는 길에 동료 신우선을 만나는 장면으로 시작된다. 이 장면은 앞으로 전개될 서사 상황을 제기하고 있다는 점에서 주목되어야 하는데, 그 서사 상황이란 돈도 남부러워할 만한 지위도 없는 형식이 자신의 처지로는 넘어다 볼 수 없는 시체 하이칼라 처자와의 약혼을 '욕망'하게 될 것이라는 사실과 관련이 있다.

> "옳지, 김장로의 딸일세그려? 응, 저, 옳지, 작년이지. 정신 여학교를 우등으로 졸업하고 명년 미국 간다는 그 처녀로구먼? 베리 굿."
> "자네 어떻게 아는가?"
> "그것 모르겠나. 적어도 신문 기자가. 그런데 언제 엥게지먼트를 하였는가?"
> "아니여. 영어 준비를 한다고 날더러 매일 한 시간씩 와달라기에 오늘 처음 가는 길일세."
> "아따, 나를 속이면 어쩔텐가."
> "에께."

"허허, 그가 유명한 미인이라데. 자네 힘에 웬 걸 되겠나마는 잘 얼러보게. 그
러면 또 보세." (…중략…)

미인이라는 말도 듣기 싫지 아니하거니와, 약혼이라 엥게지먼트라는 말이 이상
하게 기쁘게 들린다. 그러나 '자네 힘에 웬 걸 되겠는가' 하였다. 과연 형식은 아
무 힘도 없다. 황금 시대에 황금의 힘도 없고, 지식 시대에 남이 우러러 볼 만
한 지식의 힘도 없고, 예수 믿는지는 오래나 워낙 교회에 뜻이 없으매 교회 내
의 신용조차 그리 크지 못하다. (…중략…) 실로 형식에게는 시체 하이칼라 처자
의 애정을 끌 만한 아무 힘도 없다. 이런 생각을 하고 형식은 자연히 낙심스럽기
도 하고, 비감스럽기도 하였다.[40] (9면)

물론 선형과 언제 약혼했느냐는 우선의 질문은 형식에게 던지는 놀림
섞인 농담에 불과하며, 형식 또한 표면적으로는 그것을 농담으로 받아들
이고 있는 것이 사실이다. 그러나 우선의 농담은 약혼의 가능성과 형식
과 선형의 신분차에서 비롯되는 약혼의 불가능성을 동시에 예고하면서,
형식에게 선형에 대한 '욕망'을 은근하게 충동이는 결과를 낳고 있다.
말하자면 이 장면은 신분의 차이로 인한 이들 간의 결합 가능성에 의문
을 제기하면서 이후에 전개될 서사 상황을 예고하고 있는 것인데, 따라
서 그것은 앞으로 전개될 스토리 구조가 이들 간의 결합 과정에 초점이
두어져 있음을 예견케 하는 것이다.

실제로 이 같은 신분의 차이는 형식으로 하여금 선형에 대한 '욕망'을
충동이는 강력한 동인이 되고 있다. 선형은 서울 예수교회 중에도 양반
이요 재산가로 두세째에 꼽히는 김장로의 외동딸로서, 여학교를 우등으
로 마치고 명년 미국 유학까지를 준비하고 있는 곱고 유복하게 자란 처
녀이다. 반면 형식은 일찍이 부모를 여의고 가난과 외로움으로 자란 까
닭에 내세울 만한 것이라고는 고학으로 어렵게 획득할 수 있었던 교사
라는 신분이 전부이다. 사정이 이러한 만큼, 형식에게 미모와 재산과 지

___

40) 『무정』의 텍스트는 『이광수 대표작 선집』 1(삼중당, 1968)이며, 이후로도 『무정』의 인
용문에 대해서는 페이지 번호만 표기하기로 한다.

위를 두루 갖춘 선형과의 결합 가능성은 말 그대로 새로운 신분을 획득
할 수 있는 절호의 기회로 여겨질 만한 것인데, 이는 형식이 선형과 약
혼할 기쁨에 젖어 선형과의 화려한 생활을 공상하고 있는 대목에서 분
명하게 드러난다.

> 자기의 운수에 봄이 돌아온 것 같다. (…중략…) 사랑스러운 선형과 한 차를
> 타고 같이 미국에 가서 한 집에 있어서 한 학교에서 공부할 수가 있다. 아아,
> 얼마나 즐거울는지. 그리고 공부를 마치고나서는 선형과 팔을 곁들고 한 데로
> 한 차로 본국에 돌아와서 **만인의 부러워함과 치하함을 받을 수가 있다.** 아아, 얼
> 마나 즐거울는지. 그리고 경치도 좋고 깨끗한 집에 피아노 놓고 바이얼린 걸고
> 선형과 같이 살 것이다. 늘 사랑하면서 늘 즐겁게. 아아, 얼마나 기쁠는지. (…
> 중략…) 형식은 대문 밖에서 한참 주저하였다. 이제는 내가 이러한 대문으로 출
> 입할 사람이 아니로구나 하였다. 자기는 갑자기 귀해지고 높아진 듯하였다. (216
> ~217면)

그러나 형식이 선형을 배우자로 선택하는 것은 그리 떳떳한 일이 될
수 없다. 그것은 무엇보다도 형식이 과거 은사의 딸인 영채를 외면할 수
없는 처지에 있다는 데서 기인한다. 미모와 재산과 지위를 모두 갖추고
있는 유복한 처녀인 선형에 비하면, 몰락한 집안에 나서 부모 잃고 고아
로 떠돌다가 기생 신분으로까지 전락한 기구한 운명의 영채는 형식에게
부담스러운 존재일 뿐이다. 그러나 그 이전에 그녀는 과거 부모를 여의
고 오갈 데 없는 형식을 공부시켜주고 거두어 주었던 은사의 딸이자 은
사가 형식에게 "아내로 허락하였던 여자"(46면)이기도 한 것이다.
　그러나 형식에게 영채가 단지 '의무'의 대상이라면, 게다가 그의 '욕
망'이 이미 선형 쪽을 향하고 있다면, 영채를 구원하여 사랑하겠다는 그
의 다짐은 의식적인 수준 이상의 것일 수 없다. 실제로 형식은 영채를
구원해야 한다는 의무감에 골몰하고 있는 것처럼 보이지만―"옳다. 나
는 영채를 구원할 의무가 있다. 영채는 나의 은사의 따님이요, 은사가

내 아내로 허락하였던 여자라. 설혹 운수가 기박하여 일시 더러운 곳에
몸이 빠졌다 하더라도 구원의 책임이 있다"(47면) —, 형식의 내심은 사실
그 의무로부터 벗어나고 싶은 쪽에 더 가까이 있다. 그것은 영채의 겁탈
사건과 관련하여, 한편으로 영채가 더럽혀졌다는 사실을 부인하고자 하
면서도, 결국은 그것을 기정사실화하는 쪽으로 기울고 있는 형식의 이중
적인 태도에서 분명하게 드러난다.

> 암만 하여도 우선의 '벌써 틀렸다' 하던 뜻을 '영채의 몸은 벌써 더러워졌다'
> 하는 뜻으로 해석하기는 싫다. 마침 더러워지려 할 때에 하늘의 도움으로 나와
> 우선이가 영채를 구원한 것이 아닐까? 그렇다, 그렇다! 하고 형식은 안심하는
> 듯이 한숨을 쉬었다. 그러나, 그 손발을 동여맨 것이 무슨 뜻일까. (…중략…) 아
> 아, '벌써 틀렸다' 하던 우선의 말이 참말이 아닐까. 옳다, 옳다! 영채의 몸은 더러
> 워졌구나. 영채의 몸은 김현수에게 더러워졌구나 하였다. (115면)

사실 형식은 영채의 겁탈 현장의 구체적 정보에 관한 한 자세한 사정
을 알지 못한다. 그는 현장에 늦게 도착했을 뿐만 아니라, 그 현장을 목
격한 신우선조차도 그 사실 여부에 대해서는 일언반구도 하지 않고 있
기 때문이다. "대개 영채가 처녀요, 아님을 아는 이는 김현수와 배명식
과 자기의 삼 인이 있을 따름이다. 우선은 이 비밀을 가지고 오래 두고
형식의 마음을 괴롭게 하리라 하였다."(121면) 그럼에도 불구하고 형식은
이제 영채는 처녀가 아니라고 단정해버리고, 따라서 영채와 결혼할 수
없다고 생각하고 있는 것인데, 이러한 그의 태도는 영채에 대한 의무감
보다도 그 의무로부터 벗어나고자 하는 욕망이 우선하고 있음을 분명하
게 보여주고 있는 것이다.

이러한 형식의 이중적인 태도 이면에 선형의 존재가 자리하고 있는
것은 물론이다. 그것은 영채의 겁탈 사건 이후, 형식의 다음과 같은 공
상에서도 분명하게 드러난다.

이윽고 영채의 모양이 변하여지며 그 백설 같은 옷이 스러지고 피묻고 찢어
진, 이름도 모를 비단 치마를 입고, 그 치마 찢어진 데로 피 묻은 다리가 보인
다. 영채의 얼굴에는 눈물이 흐르고 입술에서는 피가 보인다. (…중략…) 그러
나 여전히 백설 같이 차리고 방글방글 웃는 선형은 형식의 앞에서 손을 내어
밀고, "형식씨! 제 손을 잡으세요, 네" 하고, 고개를 잠깐 기울인다. 형식이가 정
신이 황홀하여 선형의 손을 잡으려 할 때에 곁에 섰던 영채의 얼굴이 귀신같이
무섭게 변하며 빠드득 하고 입술을 깨물어 형식을 향하고 피를 뿌린다. 형식은
흠칫 놀래어 몸을 흔들었다. (118면)

한편에 "피묻고 찢어진" 치마에 눈물과 피로 범벅이 된 영채를 두고
서도, 다른 한편에 "백설 같이" 차린 선형이 내미는 손에 "정신이 황홀
하여" 그 손을 잡고자 하는 형식의 태도가 의미하는 것이 무엇인가 하
는 것은 분명하다. 그것은 형식에게 영채에 대한 '의무'보다는 선형에
대한 '욕망'이 우선하고 있음을 명백하게 보여주고 있는 것이다. 그러나
영채에 대한 '의무'로부터 자유로울 수 없는 처지에 있는 형식으로서는
자신의 '욕망'에 대해 일말의 '자책감'을 가지지 않을 수 없다. 그러한
공상의 와중에서도 자신의 행동을 질책하는 영채의 환영에 "흠칫 놀래"
는 형식의 두려움이 의미하는 것이 바로 그것이다. 말하자면 그 두려움
은 영채에 대한 '의무'보다는 선형에 대한 '욕망' 쪽에 이끌리고 있는 자
신의 태도에 대한 '자책감'을 의미하고 있는 것이다.

주목할 만하게도, 영채와 선형을 사이에 둔 형식의 갈등은 영채의 평
양행으로 간단하게 해소되어 버린다. 영채는 겁탈 사건 다음날 아침 곧
바로 형식을 위하여 지켜오던 정절을 잃었으니 그 죄를 씻기 위해 대동
강 푸른 물에 몸을 던지고자 한다는 유서를 남기고 결연히 평양으로 떠
나는데, 형식은 영채의 평양행을 그대로 영채의 죽음으로 받아들이고 있
는 것이다. 영채에 대한 '의무' 때문에 선뜻 선형을 선택할 수 없었던 형
식의 처지에서 보자면, 영채의 죽음은 그간의 형식의 갈등에 종지부를
찍는 결정적인 사건이 아닐 수 없다. 영채의 죽음은 곧 형식에게는 영채

에 대한 '의무'의 소멸을 의미하기 때문이다. 자신의 평양행이 대동강에 죽으러 간 영채를 찾아나서기 위한 것이었는데도 불구하고, 영채는 안중에도 없이 까닭 모를 안도감에 즐거워하며 서울로 되돌아오고 있는 이유도 바로 여기에서 찾을 수 있다. "그러나 형식은 다만 계향을 떠나는 것이 서운할 뿐이요, 영채를 위하여서는 별로 생각도 아니 하였다. 형식은 차 속에서 '꿈이 깬 듯하다' 하면서 여러 번 웃었다."(169면) 말하자면 거기에는 영채에 대한 '의무'로부터 놓여날 수 있게 된 데 대한 그의 홀가분함이 자리하고 있었던 것이다.

형식의 평양행은 명목상으로는 대동강에 죽으러 간 영채를 찾기 위한 것으로 되어 있지만, 형식에게 그것은 사실 영채와 영채로 대변되는 그 자신의 불행했던 과거를 되돌아보고 그러한 과거와의 의식적인 고별을 하기 위한 제의적 절차로서의 성격을 띤다.41) 실제로 형식이 평양에 도착하면서 가장 먼저 떠올리는 생각은 그 자신이 처음 평양 왔을 때의 기억과 거기서 자연스레 연상되는 영채와의 동질성이다. 부모상도 마치지 못한 참이라 머리에 흰 댕기도 채 벗어버리지 못한 떠돌이 고아의 모습에서 시작하여, 처음 와본 평양 거리의 신기한 문물 구경에 열중하던 일, 그러다가 어느 객주에 들어 황아장사에게 겁탈당할 뻔했던 일을 차례로 떠올리던 형식은 문득 "영채와 자기와는 이상하게 같은 운명을 지내어 오는 듯하다"(147면)고 생각한다. 말하자면 형식에게 평양은 자기의 과거인 셈이고, 그 과거로부터 걸어나온 영채는 형식의 불행한 과거를 환기시키는 자신의 분신(分身)이나 다름없는 것이다. 따라서 영채에 대한 형식의 감정은 양가적일 수밖에 없다. 한편으로는 연민의 정을 가지지 않을 수 없으면서도, 다른 한편으로는 그러하기 때문에 더더욱 벗

---

41) 이와 비슷한 견해를 보여주고 있는 논의로는 사에구사 도시카쓰, 「『무정』의 유형적 요소에 대하여」, 『조선학보』, 1985(심원섭 역, 『한국문학연구』, 베틀북, 2000, 99면); 김성태, 「진보사상이 한국 근현대 소설의 형성에 미친 영향 연구」, 서강대 박사논문, 1995, 55~60면 등을 참조할 것.

어나고 싶은 굴레라는 인식이 그것이다. 형식이 영채를 찾아 평양에 왔으면서도 애써 영채의 행방을 찾아다니기는커녕, 평양서에서 영채의 소식을 듣지 못하게 되자 곧바로 영채의 죽음을 기정사실화하고, 영채의 시체가 대동강으로 떠나가는 모양을 떠올리고도 슬퍼하는 생각이 전혀 없었던 이유도 바로 여기에 있다. 형식에게 영채의 죽음은 곧 잊고 있다고 생각했던 자기의 불우한 과거를 환기시키면서 앞으로 나아가려는 자신의 뒷덜미를 잡고 있던 과거와의 완전한 단절을 의미하는 것이다.

이처럼 영채와 의식적인 고별을 행함으로써, 형식은 김장로의 청혼을 선뜻 받아들일 수 있게 된다. 형식이 "죽은 영채를 어쩐단 말인가. 자네도 따라 죽을 텐가"(201면) 하는 우선의 충고에 기대어 다소 안심하였다는 듯이 약혼을 승낙할 수 있었던 것은 바로 영채의 평양행이 중요한 계기가 되고 있는 것이다. 그러나 형식의 이 같은 갈등 해결 방식은 그 자신 영채에 대한 '의무'보다도 선형에 대한 '욕망'에 이끌리고 있는 데 대한 '자책감'을 자기 합리화한 것에 불과하다. 그것은 그처럼 고대했던 선형과의 유학길에 오른 기차 안에서, 영채가 살아 있다는, 그것도 자신과 한 차를 타고 있다는 소식을 전해듣고 극심한 '자책감'에 휩쓸리고 있는 데서 분명하게 드러난다.

> 형식은 두 손으로 낯을 가리더니, "아무러나, 이런 기쁜 일이 없네" 하기는 하면서도 속에는 여러 가지로 고통이 일어난다. 영채를 따라 평양까지 갔다가 죽고 산 것도 알아보지 아니하고, 뛰어와서 그 이튿날 새로 약혼을 하고, 그 뒤로는 영채는 잊어버리고 지나온 자기는 마치 큰 죄를 범한 것 같다. (…중략…) 영채가 세상에 없으매 잊어버리려 하던 자기의 죄악은 영채가 살아 있단 말을 들으매 칼날 같이 날카롭게 형식의 가슴을 쑤신다. 형식은 이를 악물고 흑흑 한다. 곁에 선형이가 앉은 것도 잊어버린 듯하다. (268면)

위의 인용문에서 분명하게 드러나는 것처럼, 형식의 '자책감'은 그 자신 선형에 대한 '욕망'에 이끌려서 영채에 대한 '의무'를 외면하고자 했다는 데서 비롯된다. 영채가 죽었는지 살았는지도 알아보지 않은 채 영채의 죽음을 기정사실화하여 "영채가 세상에 없으매 잊어버리려" 했던 자신의 태도를 스스로 시인하지 않을 수 없는 것, 그리고 "영채는 꼭 죽었어야 할 것"이고 "살아 있더라도 자기가 몰랐어야 할 것"(272면)이라며, 지금이라도 영채를 위하여 선형과 파혼하는 것이 옳다는 생각 또한 그 같은 '자책감'의 무게를 잘 말해준다. "나는 선형씨에게 이 뜻을 말하고 약혼을 파하겠네. (…중략…) 그것이 옳은 일이지."(289면)

이처럼 형식이 선형을 배우자로 선택하는 것은 영채에 대한 '의무'를 저버리는 것을 의미하고 있으며, 따라서 그에 대한 '자책감'을 수반하고 있다. 주목할 만한 것은 그럼에도 불구하고 이러한 형식의 '자책감'은 스토리 구조상에서 궁극적으로 '정당한' 것으로 자리매김된다는 점이다. 그것은 무엇보다도 스토리 구조 자체가 신분 상승에 대한 야심에서 출발한 형식의 개인적인 '욕망'을 민족 공동체 차원의 것으로 고양시킴으로써, '욕망'에 이끌려 '의무'를 외면했던 데 대한 그의 '자책감'을 '항변'의 여지가 있는 것으로 의미화하고 있는 데서 기인한다.

실제로 영채와 재회하게 됨으로써 다시금 환기되고 있는 형식의 '자책감', 다시 말해 선형에 대한 '욕망'에 이끌려 영채에 대한 '의무'를 외면했던 데 대한 '자책감'은 뜻밖의 사건에 의해 간단하게 해소되어 버린다. 삼랑진 수해의 대단원이 바로 그것이다. 잘 알려져 있다시피,『무정』의 대단원은 삼랑진의 수해 경험을 통하여 형식을 중심으로 갈등의 한가운데 얽혀 있던 인물들이 '민족애'를 깨닫고 화해하는 장면으로 이루어져 있다. 이에 관해서는 김동인이 "삼랑진 수해를 만난 사람들에게 민족애로서 4인의 감정을 융화시킨 점은 용하다"며 "춘원 전작품을 통하여 유일의 '적절한 삽입"[42]이라고 찬탄한 이래, 그 구성상의 적절성과 관련하여 이후의 논자들에 의해서 거듭 논란되어 온 바 있지만,[43] 긍정

---

42) 김동인,「춘원연구」,『삼천리』, 1934~1936;『김동인 평론전집』, 삼영사, 1984, 104~106면.

적으로든 부정적으로든 이 대단원이 '민족애'로써 이전의 갈등의 해결을 꾀하고 있다는 점에 관해서는 의견을 같이 하고 있다. 말하자면 여기서 삼랑진의 수해는 당대의 문명화되지 못한 조선, 그리하여 고통스러우면서도 무력할 수밖에 없는 조선의 모습을 상징하는데, 그 수해의 경험이 이들 인물로 하여금 개인을 뛰어 넘는 민족애를 자각하고 저마다 문명 조선의 건설이라는 선각자로서의 임무를 향해 매진하겠다는 결의를 다지게 함으로써 한 마음 한 뜻이 되도록 하고 있다는 것이다.

> "옳습니다. 우리가 해야지요! 우리가 공부하러 가는 뜻이 여기 있습니다. 우리가 지금 차를 타고 가는 돈이며 가서 공부할 학비를 누가 주나요? 조선이 주는 것입니다. 왜? 가서 힘을 얻어오라고, 지식을 얻어 오라고, 문명을 얻어 오라고 …… 그리해서 새로운 문명 위에 튼튼한 생활의 기초를 세워달라고 …… 이러한 뜻이 아닙니까." (…중략…) 이때에 네 사람의 가슴속에는 꼭 같은 '나 할

---

43) 이 대단원을 긍정적인 관점에서 평가하는 견해로는 "형식의 사랑의 관념은 삼랑진 역에서의 수해의 참담한 재난을 통해서 연민적인 민족애로써 구체화"(이재선, 『한국현대소설사』, 홍성사, 1979, 213면)라는 지적을 비롯, "결말 장면은 이제까지 서로 얽힌 욕망의 갈등을 잊고 새로운 공동 광장을 발견한 것"(구인환, 『이광수 소설 연구』, 삼영사, 1983, 36면), "문화적 노력으로 자기를 확립하려는 노력이 마침내 삼랑진에서의 민족의 운명에의 헌신을 다짐하는 맹서에서 일단 결실된다"(이보영, 『식민지시대 문학론』, 필그림, 1984, 188면은 이보영), "정적 자각의 외연이 점차 확대되어 민족애를 거쳐 인간애로 상승하려는 사상 발전의 경로를 보여준 것"(송민호, 「춘원의 습작기 작품과 장편『무정』」, 『이광수 연구』 하, 태학사, 1984, 47면), "삼랑진 홍수라는 거대한 역사적 상징 앞에서의 영채와 형식의 화해"는 "민족 계몽이라는 이념 속에서 양자가 함께 지양되는 것"(서영채, 「『무정』 연구」, 서울대 석사논문, 1992, 57면)이라는 지적 등이 이에 속한다.
반면에 "이 작품의 결말이 민족적인 각성을 부르짖는 비장한 장면으로 장식되어 대단원을 그리고 있기는 하지만, 그것은 사건의 진행이 디렘마에 빠졌기 때문에 부득이 창안한 비상조치"(김우종, 「민족의식과 훼절」, 『이광수 연구』 상, 태학사, 1984, 489면)라는 지적이나, "삼각관계를 원만히 해소하기 위하여 민족계몽이라는 위압적 주제로 끝을 바꿔치기한 것"(이상섭, 「사실의 준열성」, 『문학과지성』, 1972년 봄, 736면)에 불과하다는 지적, 그리고 "삼랑진 장면은 작가의 사상을 드러내는 데는 성공했을지 모르나 이들의 사랑 이야기를 뚜렷하게 드러내지 못하고, 민족의식이라는 또다른 차원의 이야기 속에 함몰시킨 미봉책일 뿐"(최혜실, 「1910년대 소설에 나타난 사랑과 성」, 『신여성들은 무엇을 꿈꾸었는가』, 생각의나무, 2000, 111면)이라는 지적 등은 그 결말을 구성상의 부적절함의 관점에서 부정적으로 평가하고 있는 경우이다.

일'이 번개같이 지나간다. 너와 나라는 차별이 없이 온통 한 몸, 한 마음이 된 듯하였다. (312면)

주목할 만한 것은 이러한 선각자로서의 임무에 대한 자각과 더불어 형식에게 선형과의 유학행은 단순히 신분 상승이라는 개인적인 욕망을 위한 것이 아니라, 문명 조선의 건설을 기약하기 위한 것으로 전환되고 있다는 점이다. 그것은 "공부할 학비"는 "조선이 주는 것"이라는 사실을 표나게 내세우고 있는 대목에서도 엿볼 수 있거니와, "우리가 공부하러 가는 뜻"이 "새로운 문명 위에 튼튼한 생활의 기초를 세워달라"는 조선의 요구에 있다는 주장에서 다시 한번 분명하게 확인된다.

애초에 형식에게 선형과의 결혼이란 새로운 신분을 획득할 수 있는 절호의 기회로서의 의미를 지닌 것이었고, 그 자신 그러한 '욕망'에 이 끌려 영채에 대한 '의무'를 외면했던 것이고 보면, 그가 선형과의 유학 행에 문명 조선의 건설을 기약한다는 명분을 얻고 있는 것은 중요한 의 미를 가지게 된다. 일찍이 김우창도 이러한 민족적 사명감을 두고 선형 에 대한 선택이 결코 마음 편할 수 없는 형식의 자의식이 만들어낸 산 물이라 지적한 바 있거니와,[44] 그로써 형식은 영채에 대한 '의무'를 외 면한 채 선형과의 결혼을 선택한 데 대한 '자책감'에서 벗어나 그 자신 문명 조선의 건설이라는 중대한 임무를 지닌 선각자라는 당당한 자존감 을 획득할 수 있게 되기 때문이다. 그런 의미에서, 삼랑진 수해의 대단 원은 선형에 대한 '욕망'을 선택한 데 대한 '자책감'이 만들어낸 스토리 구조상의 필연이라 할 수 있다. 요컨대 영채에 대한 '의무'를 외면하면

---

44) "이형식이 그의 배우자로 선형을 택하는 것은 영채의 기구한 운명의 세계에 대하여 어느 정도 평정화를 이룩한 세계를 택한다는 것을 말하여 준다. 그러나 그의 이러한 개화의 생활에 대한 선택은 결코 마음 편하게 이루어질 수 없는 것으로서, 그것이 가능해 지기 위해서는 적어도 그가 택한 삶이 한국 사회 전체가 마땅히 가야할 방향이라는 것을 내세우는 문화적 사명감을 만들어내야 했던 것이다." 김우창, 「한국 현대 소설의 형성」, 『궁핍한 시대의 시인』, 민음사, 1977, 106면.

서까지 선형과의 결혼으로써 신분 상승을 꾀하고자 했던 형식의 개인적 야심은 선형과의 결합이 문명 조선의 건설을 기약한다는 명분을 획득하는 가운데서 정당한 것으로 자리매김될 수 있었던 것이다.

　살펴본 바와 같이, 『무정』에서 형식이 선형을 배우자로 선택하는 것은 신분 상승을 위한 개인적 야심을 위해 영채에 대한 '의무'를 외면해야 했던 데서 비롯된 '자책감'을 수반한 것이었다. 이 같은 형식의 '자책감'은 당시 『매일신보』를 매개로 한 정치적 타협에 결코 마음 편할 수만은 없었던 대한 이광수 자신의 자의식을 환기시킨다. 앞서 언급한 바와 같이, 그가 당시 총독부 기관지인 『매일신보』에 「대구에서」(1916)라는 조선 지식 청년의 구제책과 관련된 헌책의 성격을 띤 글을 발표하면서 『매일신보』를 중심으로 한 활동의 장을 보장받았던 것이 사실이었고 보면, 그 자신 총독부가 보장해주는 활동의 장에서 점차 자신의 타협에 대해 내적인 갈등에 직면했으리라는 것은 충분히 짐작해 볼 수 있는 것이다.
　이와 관련하여 『무정』에서 주목되는 것은 『무정』의 스토리 구조 자체가 새로운 신분을 획득하고자 하는 '욕망'에서 출발한 형식의 개인적인 야심을 민족 공동체 차원의 것으로 고양시킴으로써, '욕망'에 이끌려 '의무'를 외면하고자 했던 데 대한 형식의 '자책감'을 단숨에 극복하고 있다는 사실이다. 애초에 형식이 선형에게 호감을 가진 것은 재산과 지위와 미모를 두루 갖춘 배우자와의 결혼으로써 새로운 신분을 향해 상승하고자 하는 개인적 야심과 직결된 것이었다. 그러나 형식이 선형을 배우자로 선택한다는 것은 과거 은사가 아내로 허락했던 영채의 존재로 인해 그리 마음 편한 것일 수 없었는데, 여기에 삼랑진 수해 사건은 이러한 형식의 갈등에 종지부를 찍는 계기가 되어 주었다. 그로써 형식은 선형과의 결합에 문명 조선의 건설을 기약한다는 명분을 획득할 수 있었기 때문이다. 요컨대 신분 상승에 대한 욕망에서 출발한 형식의 개인적인 야심은 삼랑진 수해라는 극적 사건 가운데서 조선 문명의 건설을 위한 선각자로서의 명분을 획득함으로써 궁극적으로는 그 정당성을 ‘항변’할 수 있었던 것이다.

이러한 ‘항변’의 구조화는 당시 『매일신보』를 중심으로 한 총독부와의 정치적 타협이 나름으로는 정당한 것이라는 이광수 자신의 신념과 그대로 대응한다. 잘 알려져 있는 바와 같이, 이광수는 두 번째 유학 생활에서 독립은 당장에 이루어질 수 없는 것이며, 따라서 일본의 문명 개화를 배워 이를 조선에 적용함으로써 실력을 양성하는 길이 당장으로서는 최선이라는 생각을 가지게 된다. 한일합방이 된 지 이미 수년이 지났고 식민지 체제는 점점 굳어 가는 시점에서 그는 합법적인 틀 내에서의 실력양성론을 고려하게 되었던 것인데, 그 같은 타협이 정당한 것이라는 이광수 자신의 신념이 『무정』에서는 새로운 신분을 향해 상승하고자 하는 형식의 개인적인 야심에 민족적 사명감을 절충함으로써 그것을 ‘정당한’ 것으로 자리매김하고 있었던 것이다.

2. 소결―타협과 그 정당함에 대한 항변

이광수에게 1915년, 그리고 재차 도일하여 1919년 「2·8독립선언서」를 기초하고 상해로 탈출하기까지 와세다에 머물던 몇 년 간은 세상에 이름난 사람이 되겠다는 야심을 향한 첫걸음을 내딛은 기간으로 기억될 만하다. 그의 초년 시절은 일찍이 부모를 여읜 고아로서 자신의 불행한 운명을 저주할 만한 성격의 것이었고, 그나마 동경 유학의 기회를 얻으면서 마음에 품었던 세상에 이름난 사람이 되겠다는 야심마저 한일합방으로 인해 “문장과 교육으로 동포를 깨우치자”는 한풀 꺾인 것으로 대신하여 오산의 시골 학교에 묻힐 수밖에 없었으며, 그 오산 시절마저 그가 가르친 학생과 동료들에게 배척당하고 학교를 그만두게 된 상처뿐인 희생으로서 기억될 뿐이었다. 그러고 보면, 총독부 기관지인『매일신보』와 관련을 맺음으로써 자신의 문재(文才)를 널리 인정받으며 조선과 총독부의 동시적인 주목 아래 화려한 문필 활동을 벌일 수 있었던 이 기간이야말로 이광수에게는 세상에 이름난 사람이 되겠다는 그 당찬 야심의 실현을 향한 첫 출발점으로서의 의미를 지녔다고 할 수 있는 것이다.

『무정』에서 제시되고 있는 서사 상황은 이 같은 이광수 자신의 자전적 삶의 맥락과 그대로 대응하는 구조였다.『무정』은 재산과 지위와 미모를 두루 갖춘 배우자와의 결혼으로써 불행으로 점철된 초년 시절과 단절하고 새로운 신분을 향해 상승하고자 하는 한 청년의 야심기라 할 만한 것인데, 이는『무정』의 스토리 구조와 총독부 기관지인『매일신보』와 관련을 맺음으로써 세상에 이름난 사람이 되겠다는 야심을 향해 첫걸음을 내딛은 이광수 자신의 자전적 삶의 구조 간에 모종의 상관성이 존재함을 보여준다. 실제로 신분 상승에 대한 '욕망'에서 출발한 형식의 개인적인 야심을 민족 공동체 차원의 것으로 고양시킴으로써 '욕망'에 이끌려 '의무'를 외면했던 데 대한 '자책감'을 '항변'의 여지가 있는 것으로 자리매김하고 있는『무정』의 스토리 구조는, 당시『매일신보』를 중심으로 한 총독부에의 정치적 타협이 문명 조선의 건설을 위한 한 방편이 된다는 이광수 자신의 신념과 그대로 대응하고 있었다. 말하자면 그 같은 타협이 정당한 것이라는 이광수 자신의 신념이『무정』에서는 새로운 신분을 향해 상승하고자 하는 형식의 개인적 야심에 민족적 사명감을 절충함으로써 그것을 정당한 것으로 자리매김하고 있었던 것이다.

이 같은 타협과 그 '정당함'에 관한 '항변'의 이야기는 1921년 그의 상해에서의 귀국을 계기로 하여 타협과 그 '부적절함'에 관한 '변명'의 이야기로 전환된다. 1919년 「2·8독립선언서」를 기초하고 독립운동에 뛰어들어 상해 임시정부에서『독립신문』의 주간을 맡으며 활동을 벌였던 이광수는 3·1운동 이후 변화된 국제 정세 속에서 앞길을 가늠하지 못한 채 사분오열되어 있던 임시정부에 회의하고 국내에서의 활동을 기약하며 귀국을 결심한다. 그 과정에서 그는 당국의 뜻에 부응하는 적당한 활동을 한다는 밀약 아래 무사 귀국할 수 있었고, 귀국 이후 총독부의 감시와 지원은 그가 안정적으로 공적 활동을 벌이는 데 중요한 기반이 되었다. 그러나 그러한 모종의 타협을 기반으로 한 안정적인 공적 활동의 이면에서 그는 그 같은 타협에 대해 자괴감을 갖지 않을 수 없었는데, 이와 궤를 같이 하여 『재생』에서 『흙』, 『유정』에 이르기까지 이들 작품에서 애정삼각관계는 모두 '부적절한 관계'에 대한 '변명'을 구조화하고 있음을 볼 수 있다.

'부적절한 관계'에 대한 '변명'

『재생』(1925)·『흙』(1932)·『유정』(1933)에서 애정삼각관계의 갈등은 '의무'를 저버리고 '욕망'을 선택한 데 대한 주체의 '자책감'에서 비롯된다. 『무정』과는 달리, 이들 작품에서 '욕망'의 선택은 처음부터 명백한 과오로 간주되고 있는 것인데, 그런 의미에서 이들 애정삼각관계는 이미 정당하지 않은 관계를 함축하고 있는 것이다. 주목할 만한 것은 그럼에도 불구하고 이들 작품에서 그에 대한 '자책감'은 '변명'의 여지가 있는 것으로 자리매김되고 있다는 점이다. 그것은 무엇보다도 스토리 구조 자체가 그 같은 과오를 극복의 여지가 있는 것으로 구조화함으로써, 그에 대한 '자책감'의 무게를 덜고 있는 데서 기인한다. 작가의 자전적 맥락과 관련하여 보자면, 이 같은 애정삼각관계의 양상은 이광수가 1921년 상해에서의 귀국을 계기로 하여 이후 지속적으로 총독부와 타협한 시점과 대응하며, 그 '변명'의 구조화는 총독부와의 타협과 민족운동에 대한 작가의 신념 간의 긴장 관계와 관련이 있다.

1. 『재생』―타락이라는 세상의 몰이해에 대한 원망

『재생』은 1924년 11월에서 1925년 9월에 걸쳐 『동아일보』에 장백산인이라는 필명으로 연재된 이광수의 두 번째 장편 소설이다. 이 작품은 그가 과로로 병이 들어 척추 수술을 하면서 도중에 연재를 중단할 수밖에 없었음에도 불구하고 수술 후 석왕사에서 요양하면서까지 완성에 대한 집착을 보인 작품인데, 이는 『재생』의 집필이 그에게 그만큼 각별한 의미를 지니고 있었음을 잘 말해준다. 사실 『재생』은 그가 1921년 상해에서 무사 귀국한 것과 관련하여 줄곧 변절자라는 비난에서 벗어나지 못한 채 사회에서 매장당하다시피하던 시기이자 상해에서의 귀국 후 "스스로 작정한 삼년 칩거"[45]가 끝난 이후의 시점에서 씌어진 것인 까닭에, '재생'이라는 그 제목부터가 의미심장한 것이기도 하다.

잘 알려져 있다시피, 1921년 상해에서의 이광수의 무사 귀국은 국내 지식인들 사이에서 커다란 물의를 빚은 사건이다. 「2·8독립선언서」를 기초하고 독립운동에 뛰어들어 상해 임시정부에서는 『독립신문』의 주간을 맡으며 활동을 벌여왔던 이광수가 총독부 측의 아무런 제재 없이 상해에서 무사히 귀국했다는 것은 투항(投降)이거나 제국 관력에의 모종의 타협을 전제한 변절이라는 비난을 받기에 충분한 것이었기 때문이다. 이같은 세상의 비난에 대한 이광수의 입장은 일단 그 자신 비난받아 마땅하다는 것이었다. 이과 관련하여 그는 "내가 상해에서 죽지 아니 하고 돌아온 죄는 면할 수 없는 죄"[46]라고 스스로 고백한 바 있거니와, 실제로 그가 "당국의 뜻에 부응하는 적당한 활동을 한다"는 약속 아래 무사

---

45) 이에 관해서는 「나의 고백」에서 이광수 스스로 그렇게 증언한 바 있다. "내가 상해에서 돌아와서 나 스스로 작정한 삼년 칩거를 치르고나서 나는 동아일보 기자로 들어갔다." 이광수, 「나의 고백」, 『이광수 전집』 13, 삼중당, 1962, 253면.
46) 이광수, 「다난한 반생의 도정」, 『조광』, 1936.4; 『이광수 전집』 14, 삼중당, 1962, 402면.

귀국을 허락받았던 것은 분명한 사실이었기 때문이다. 이에 관해서는
1940년 수양동우회 사건의 재판 기록 가운데 변호사의 변론에서 자세한
사정을 엿볼 수 있다.

> 당국은 당시 독립 사상가, 그 밖의 과극 사상이 속출하여 이를 방지하는 데
> 적당한 인물을 물색 이용하려는 생각이 있었으므로, 양자가 서로 통하여 당국은
> 그의 귀국 후 전 죄를 불문에 붙이기로 하고, 이광수는 그 보답으로써 당국의 뜻
> 에 부응하는 적당한 활동을 한다는 것을 密諾默約하고 귀국 후 바로 당시의 종
> 로서 고등계 차석 三輪和三郎 및 경기도 경찰부장 시라가와 白川祐吉을 중개
> 로 총독 사이토와 회견하고 조선문제에 관하여 서로 이야기한 바 있었다. 독립,
> 기타 과극한 사상 방지의 한 방책으로서 수양 혹은 **민족개조를 목표로** 하는 수양
> **동맹회를** 조직할 것에 의논이 정해지고, 이에 총독 이하 당국의 양해 지원하에
> 동 결사를 조직하고, 국내에 대한 민족주의 기타를 이에 규합하고, 민족 개조
> 또는 수양이라는 목표를 향하여 사상 선도에 노력하면서 당국이 감시하에 성장
> 하여 온 것으로 수양동맹회는 이런 견지에서 조선 통치에 협력하였던 숨은 공
> 로자이다.[47]

애초에 그는 이 같은 타협과 그에 수반되는 비난 정도는 감수해도 좋
다고 생각했던 것으로 보인다. 당시 그는 3·1운동 이후 변화된 국제 정
세 속에서 앞길을 가늠하지 못한 채 사분오열되어 있던 상해 임정에 계
속 남아 있기보다는 국내에 들어와 도산의 흥사단 이론에 기반한 민족
운동을 펼치는 것이 유익하다는 판단을 가지고 있었는데,[48] 그런 만큼
이러한 계획이 진척을 보게 된다면 자신에 대한 세상의 비난은 곧 누그

---

47) 국사편찬위원회, 『한국독립운동사』 5, 411면.
48) "흥사단의 이론은 도산의 실천과 아울러서 깊이 내 마음을 끌었다. 흥사단의 주지를
   들은 내 인상으로는 민족의 독립은 독립은 운동함으로 될 것이 아니요, 민족이 독립의
   실력을 갖춤으로만 이뤄진다는 것이었다. 그런데 민족의 실력을 기르는 길은 민족 각
   개인의 실력을 기르고, 이러한 개인들이 단결함으로 독립의 힘을 발할 수 있다는 것이
   었다. 이렇게 깨닫고 보니 나는 동포들이 많이 사는 속으로 들어갈 수밖에 없었다. 나
   는 제 주권이 없이 남의 식민지가 된 나라의 독립운동은 국내에서 하여야 한다는 결론
   을 얻었다." 이광수, 「나의 고백」, 『이광수 전집』 13, 삼중당, 1962, 247면.

러들 것이고, 적어도 민족을 위해 헌신하고자 하는 자신의 진정만큼은
이해받을 수 있으리라 낙관했던 것이다. 그가 귀국 이후 세상의 비난이
잦아들기를 기다리면서 「민족 개조론」(1922) 이하 「민족적 경륜」(1924) 등
민족운동에 대한 자신의 경륜을 펼치고 수양동맹회 조직을 준비하여 발
기했던 사실들은 이를 잘 말해준다.

그 진정성은 식민지적 조건 아래서의 민족 생존권의 획득이라는, 일
종의 타협적 사상이라 비난해도 어쩔 수 없는 그의 사상적 맥락의 일관
성을 고려해야 한다는 김윤식의 지적49)이나, 마찬가지의 관점에서 그런
식의 타협은 변절이라기보다 그의 애초부터의 타협적 개량론의 부연이
라는 이동하의 지적50)을 고려할 때 좀더 분명하게 가늠된다. 그러한 맥
락에서라면, 상해 귀국 당시 총독부와 벌인 그 모종의 타협은 합법적인
방식으로 국내에서 민족 운동을 전개하기 위한 한 방편이었다는 그의
주장이 설득력을 갖는 것이 사실이기 때문이다.

그러나 그것은 이광수 자신의 낙관에 불과했을 뿐, 현실에서 그에게
되돌아오는 것은 몰이해하고 매몰찬 비난뿐이었다. 잘 알려져 있다시피,
「민족개조론」(1922)이 발표되고 나서는 "상해에서 돌아온 것과 「민족개
조론」에서 민족을 모욕한 죄"를 묻는 일단의 청년들의 위협을 받기도
했고, 그 뒤로도 「민족적 경륜」(1924)이 세상의 물의를 일으켜서 퇴사하
고, 결국은 병으로 앓아 눕기까지 했으니,51) 그 상처의 정도가 어떠했으
리라는 것은 충분히 짐작할 수 있는 것이다.

『재생』은 이처럼 귀국 이후 끊이지 않았던 세상의 비난에 그가 그대
로 노출되어 있던 시기에 씌어진 만큼, 이 작품에 상해 귀국을 둘러싼
이광수 자신의 복잡한 심경이 어떤 식으로든 반영되어 있으리라는 것을

---

49) 김윤식, 『이광수와 그의 시대』 1, 솔, 1999, 735~737면.
50) 이동하, 『이광수─『무정』의 빛, 친일의 어둠』, 93~96면.
51) 이에 관한 자세한 사정은 이광수, 「나의 고백」, 『이광수 전집』 13, 삼중당, 1962, 249
　　~253면 참조

짐작하기는 어렵지 않다. 사실 『재생』이 상해에서의 귀국과 관련하여 세상의 비난에 대한 자기 변명과 관련되어 있다는 점에 대해서는 이미 몇몇 논자들에 의해 지적된 바 있다.

먼저 김윤식은 "춘원에게는 3·1운동 이후 한국 사회가 이렇게도 썩고 냄새나는 데도 상하이 임시 정부를 배반한 '변절자'로 자기를 비난하는 사회가 실로 아니꼽고 가관으로 비쳤음에 틀림없다"는 추측 아래, 『재생』이 3·1운동 이후의 국내 젊은이의 부패상을 거침없이 담고 있는 것은 "작가라기보다는 한 개인으로서 분개했기 때문"이라는 해석을 보여준다.52) 말하자면 3·1운동 이후의 "훼손된 가치"를 "통속적인 수준에서" 부각시키고 있는 『재생』의 분위기 자체가 조선 사회에 대한 역비난적인 성격을 지닌 자기 변명이라고 보고 있는 것이다. 그러나 그의 논의는 이 같은 역비난적 동기만으로는 이 작품이 굳이 '재생'이어야 하는 이유가 분명하게 드러나지 않는다는 점에서, 그리고 작품의 논리를 고려하지 않고 그것을 한갓 시류에 휩쓸린 인물들의 통속적 차원의 이야기로 치부해 버림으로써 이광수가 애착을 가지고 그려내고 있는 여주인공 순영의 타락과 죽음이 가지는 비극의 진정성이 지니는 의미를 간과하고 있다는 점에서, 작품 전체에 대한 올바른 독해를 보여주고 있다고 보기는 어렵다.

한편 사에구사 도시카쓰는 순영을 비극적인 죽음으로까지 몰아간 봉구의 냉정한 태도에서 "작자를 배반한 자기 동포에 대한 복수심의 감정의 표현"을 읽어내는 한편, 순영의 자살에서 "작자 자신 속에 있는 부정적이고 거리끼는 것을 끊어 버리려는 강력한 욕망의 표현"을 읽어내면서, 그것을 이광수의 상해 귀국 때의 사정과 관련된 "감정적인 강박 관념"과 연결시키는 흥미로운 해석을 보여주고 있다는 점에서 주목된다.53) 그러나 그의 논의 또한 작품의 논리에 기반하기보다 작가의 심경적 차

---

52) 김윤식, 『이광수와 그의 시대』 2, 솔, 1999, 141~146면.

53) 사에구사 도시카쓰, 「『재생』의 뜻은 무엇인가」, 『춘원 이광수 문학 연구』(연세대 국학연구원 편), 국학자료원, 1994, 232~233면.

원을 유추하여 작품을 해석한 것이라는 점에서 논리적 비약이 느껴진다.

이러한 논리적 비약을 극복하기 위해서는 작품의 논리에 기반할 수 있는 방법론적인 해석틀이 요구되는데, 여기에 『재생』의 근본적인 스토리 구조가 '의무'와 '욕망' 간의 갈등과 거기에서 비롯되는 '자책감'을 중심으로 하는 애정삼각관계에 기반하고 있다는 점에 주목하는 것은 도움이 된다. 실제로 『재생』의 첫머리의 서사 상황이 제기하고 있는 문제는 기미년 이후 삼 년여만에 처음 봉구와 재회하는 순영의 자기 과오에 대한 '자책감', 즉 이미 부정한 '욕망'에 이끌려 순결을 깨트린 적이 있다는 사실에 대한 '자책감'과 관련이 있다. 주목할 만하게도, 이는 그대로 기미년 이후 상해에서 귀국하자마자 자신에게 쏟아진 세상의 비난에 대해 결코 결백할 수는 없었던 이광수 자신의 자의식과 그대로 대응하는 구조이다. 말하자면 순영의 심경과 이광수 자신의 심경과는 모종의 상관성이 존재함을 볼 수 있는 것이다. 따라서 본 장에서는 『재생』에서 순영을 중심으로 하는 애정삼각관계의 양상을 분석함으로써, 이광수 자신 당시 상해 귀국을 둘러싼 세상의 비난에 대한 자의식과 어떠한 방식으로 대면하고 있었는가를 살펴보고자 한다.

『재생』에서 서사 구조 전반을 지배하는 애정삼각관계는 김순영을 중심으로 신봉구와 백윤희 사이에서 이루어진다. 그것은 순영이 한편으로 재산과 지위에 대한 '욕망'에서 백에게 순결을 내주었으면서도, 다른 한편으로 그에 대해 '자책감'을 갖고 진실한 사랑의 대상인 봉구에게 되돌아가고자 하는 지향을 버리지 못하고 있다는 데서 비롯된다. 따라서 『재생』에서의 스토리 구조는 재산과 지위로 대변되는 '욕망'을 선택한 데 대한 '자책감'에서 비롯되는 순영의 갈등을 중심으로 구조화된다.

『재생』의 첫머리는 순영과 봉구가 함께 석왕사행을 떠나는 것으로 시작된다. 스토리 시간으로 보자면 그것은 기미년 사건 이후 서로 헤어져 있던 이들 두 사람이 삼 년여만에 재회하는 시점에서 발생하고 있는 사건이다. 『재생』의 스토리 구조가 중점적으로 다루고 있는 것은 이 같은 서사 상황의 전제가 되는 과거인데, 『재생』의 상편은 이들 과거에 대한 기술이 전부라 해도 과언이 아니다. 그 과거란 한 마디로 봉구가 기미년 사건으로 2년 6개월 간을 감옥에 갇혀 있으면서도 순영에 대한 사랑을 변치 않았던 반면, 순영은 봉구가 감옥에 있는 사이 학생 시절 봉구와 함께 했던 3·1운동의 정신을 저버리고 백의 재산과 지위에 이끌려 순결을 깨트린 사실이 있다는 것으로 요약된다. 순영과 봉구의 재회라는 사건과 관련하여 보자면, 그것은 이미 그 시작부터 순영 쪽에 '욕망'에 이끌린 부정한 행동이 있었다는 사실을 전제하고 있다. 따라서 순영에게 봉구와의 재회는 그리 떳떳할 수만은 없는데, 실제로 순영과 봉구의 석왕사행이 제기하고 있는 서사 상황은 과거 순영의 과오에 대한 '자책감'과 관련이 있음을 볼 수 있다.

> '모른다— 알 리가 없다' 하면서도 순영은 감히 봉구를 바라 보지 못하였다. 그리고 순영의 마음 속엔 슬픔과 후회의 아픈 정의가 일어났다. 그러나 '나는 봉구 씨를 사랑한다— 가장 사랑한다' 하고 생각할 때 순영은 스스로 위로도 얻었고 또 봉구의 얼굴을 정면으로 볼 용기도 얻었다. (…중략…) "설혹 제가 잘못한 게 있더라도 유우(당신)께서는 모두 용서해주세요— 그렇지요? 유우께서는 저를 사랑하시니까요"하고 말끝이 흐린다. 어떻게 그 어조가 가련하고 순진한가? 진실로 이때의 순영의 가슴 속에는 봉구를 사랑하는 정과 봉구에게 대하여 자기가 진실하고 정성되지 못한 미안으로 차서 울고 싶었다.54) (137면)

위의 인용문에서 볼 수 있는 것처럼, 봉구와 재회하는 시점에서 순영을 지배하고 있는 정서는 한 마디로 "슬픔과 후회의 아픈 정의"이자 "진실하고 정성되지 못한 미안"이다. 다시 말해 그처럼 진실한 봉구 앞에서 숨겨야 할 과거를 가지고 있다는 사실에 대한 '자책감'인 것이다.

---

54) 『재생』의 텍스트는 『이광수 대표작 선집』 3(삼중당, 1968)이며, 이후로도 『재생』의 인용문에 대해서는 페이지 번호만 표기하기로 한다.

순영으로 하여금 그 같은 후회를 불러일으키고 있는 과오란 삼 년 전 동래 온천에서 돈과 지위에 대한 '욕망'에서 백에게 처녀의 순결을 내어 주었던 일을 말한다. 일찍이 백에게 허혼하라는 둘째 오빠 순기의 재촉이 있었던 만큼, 순영이 순기와의 동래 온천 행에 백이 연루되어 있다는 예감을 분명히 가지고 있었던 것은 물론이다. "처음 동래로 오자고 할 때는 어째 그런 듯한 예감이 없지는 않았다."(194면) 그럼에도 불구하고 순영은 "이 기회를 놓치면 일생의 행복이 아주 영영 지나가버리고 마오" 하는 "유혹"(199면) 앞에서 그만 스스로 굴복해버리고 만 것이다.

이에 대해 순영은 "백이 억지로 자기의 정조를 깨뜨린 것"(199면)이라고 변명하고 있지만, 사실 그것은 명백히 백의 재산과 지위에 대한 '욕망'에의 굴복을 의미한다. 순영이 자기의 행실이 "더러운 죄악"(200면)이며, 그 자신 "천당에서 영원한 지옥의 암흑 속에 떨어진 것 같다"고 자책하지 않을 수 없는 것도 바로 그 때문이다.

> 어찌하면 이렇게도 갑자기 세상이 암흑이 되어 버릴까. 마치 환하게 광명으로 찬 천당에서 영원한 지옥의 암흑 속에 떨어진 것 같다. 또 어찌하면 이렇게 갑자기 내 몸이 작아지고 더러워지고 천해진 것 같을까. (…중략…) 마치 백설 같은 흰 날개를 펄럭거리며 한없이 넓은 허공을 자유로 날아 다니던 천사의 몸으로서 갑자기 날개를 부러뜨리우고 구린내 나는 더러운 누더기에 감기어, 다니엘이 바벨론에게 잡혀 갇히었던 소굴 속의 이빨에 피 묻는 사자들과 같이 갇힌 듯하였다. (…중략…) 어저께까지의 자기는 지금의 자기 얼굴에 침을 탁 뱉고 비웃는 눈으로 나를 힐끗힐끗 보면서 높이높이 구름 위으로 올라가면서, "마지막이야— 다시는 나를 못 만나— 이 죄 많은 더러운 년아" 하고 외치는 듯하였다. (202~203면)

주목할 만한 것은 순영은 한편으로 봉구에 대하여 자신이 진실하지 못한 데 대해 '자책감'을 느끼면서도, 다른 한편으로 여전히 백에 대한 '욕망'에 이끌리는 양가적인 태도를 보여준다는 점이다. 그것은 무엇보다도 봉구에 대한 순영의 감정이 그 자신의 '욕망'에 의한 것이라기보다

는 봉구의 지극한 사랑에 대한 인간된 도리, 즉 그의 지극한 사랑을 저
버릴 수 없다는 '의무'에서 비롯된 것이라는 데서 기인한다. "봉구가 지
금까지 만 사 년 동안이나 자기에게 대하여 어떻게 충실하였던 것과, 더
욱이 그가 감옥에 있는 동안에 어떻게 자기를 오직 자기만을 생각하고
있었던 것과, 또 감옥에서 나온 뒤에도 자기를 위하여 어떻게 두 번이나
적지 않은 돈을 만들어 준 것과, 이 모든 일을 생각할 때에 울고 싶도록
봉구가 고마웠다."(137면) 따라서 순영이 "돈이 있는 백과 영혼이 있는 봉
구와"(221면) 어느 쪽을 잡을까 망설이다가 결국 돈을 가진 백을 선택하
고 마는 것은 유혹에 약한 순영의 일면을 분명하게 드러내준다. 실제로
순영은 석왕사 다녀오는 길에 수미암에서 봉구에서 죽는 날까지 사랑할
것을 맹세했음에도 불구하고―"내 일생― 죽는날까지 당신을 사랑하고
당신 곁에 있을께요"(241면) ―, 석왕사에 다녀온 지 한 달이 못 되어 결
국 백과 혼인해버리고 마는 것이다.

이처럼 순영에게 백과의 혼인은 봉구에 대한 사랑의 '의무'를 저버리
고 백의 재산과 지위에 대한 '욕망'을 선택했다는 것을 의미한다. 그것
도 봉구와의 석왕사행이 계기가 되어 봉구의 아이를 가지고 백과 살게
되었으니, 그 '자책감'이 어떠했으리라는 것은 충분히 짐작할 만하다.
"무엇을 대하여도", 심지어 "하나님 앞에서라도" 겁나거나 꺼릴 것이 없
었던 순영이 "부자집 첩으로 시집간 것"이라는 세상의 비난을 의식하고,
"자기 자신의 양심의 눈"을 의식하지 않을 수 없었던 것도 바로 그에 대
한 '자책감'에서 비롯된 것이다.

'아아, 전과 같이 마음 놓고 사람을 대해 보았으면. (…중략…) 아아, 그때에
는― 그때에는―' 하고 순영은 동래 온천 가기 전에 자기를 생각했다. 그때에는
누구를 대하면 부끄러웠던고? (…중략…) 무엇을 대하여도 순영은 겁나거나 꺼릴
것이 하나도 없었다. '하나님 앞에서라도!' 그러나 지금은 어떤고? (…중략…) 밖
의 세상에 대하여서는 부자집 첩으로 시집간 것 때문에, 안으로 남편에게 대해서

는 남편의 자식 아닌 자식을 낳았기 때문에 고개를 들 수 없었고, 이러하기 때문
에 아무쪼록 세상 사람과 남편의 눈을 피하려 하였다. 그러나 순영은 아무리
혼자 어두운 방안에 있어서 모든 눈을 다 피할 수 있다 하더라도 자기 자신의 양
심의 눈까지는 피할 수가 없었다. (291면)

이처럼 순영에게 백과의 혼인은 봉구에 대한 사랑의 '의무'를 저버리
고 재산과 지위에 대한 '욕망'에 굴복한 행위이며, 따라서 그에 대한 '자
책감'을 수반하고 있다. 주목할 만한 것은 그럼에도 불구하고 이러한 순
영의 '자책감'은 스토리 구조상에서 궁극적으로 '변명'의 여지가 있는
것으로 의미화된다는 점이다. 그것은 『재생』의 스토리 구조 자체가 자
신의 과오에 대해 뉘우치고 참되게 살고자 하는 순영의 욕망과 세상의
몰이해한 외면으로 인한 좌절을 반복적으로 구조화함으로써, 용서받고
참되게 살고자 했던 순영의 욕망에 진정성을 부여하고 있는 데서 기인
한다.

『재생』에 대한 그간의 논의에서 순영의 죽음은 그 스스로 타락에 발
을 들여놓은 데 대한 대가라는 측면에서 해석되어 왔다. 순영의 비극은
"지향적 욕구와 순응적 욕구의 갈등을 극복하지 못한 파탄"55)에서 비롯
된다고 보고 있는 구인환의 논의나, "이 소설에서 소경 딸은 상징적 도
구로 쓰이고, 이 속물화와 향락의 탐닉과 안일의 추구가 어떠한 결과를
가져오는지를 암시한다"56)고 본 한승옥의 논의가 그 대표적인 예이다.
그러나 사실 『재생』의 스토리 구조는 '욕망'에 이끌린 행동에 대한 대가
라는 단순한 인과응보의 주제와 관련이 있다기보다는, 그로 인하여 세상
으로부터 비난받을 뿐 이해받지 못하는 외로움이라는 주제와 관련이 있
다. 그것은 순영이 처음 백의 집을 방문하게 되었을 때, 백의 집 창 밖에
서 내다본 남산 위의 "풍우에 흔들리는 외로운 솔"을 자신과 동일시하

---

55) 구인환, 『이광수 소설 연구』, 삼영사, 1983, 72면.
56) 한승옥, 「비극적 세계 인식」, 『이광수 연구』, 선일문화사, 1983, 235면.

고 있는 삽화에서부터 분명하게 암시되고 있다.

> 백이 서창으로 뿌얗게 비에 싸인 남산을 가리킨다. 낙산 마루터기에 꿈틀꿈
> 틀 기어 올라간 성 위에는 웬 뭉투룩한 소나무 한 그루가 외로이 서서 가을 소나
> 기를 몰아오는 바람에 가지를 흔들고 있다. (…중략…) 순영은 속으로 '풍우에 흔
> 들리는 외로운 솔' 하고 혼자 빙그레 웃었다. (177면)

순영이 백의 집을 방문한 사건이 곧 그녀가 백에게 이끌리는 계기로
서 설정되고 있는 것이고 보면, 이 삽화는 얼핏 그와는 무관한 이질적인
것처럼 보인다. 그러나 이 삽화가 값나가는 자동차, 굉장하고도 화려한
집, 그리고 그 집에 잘 어울리는 중후한 중년의 신사인 백에게 순영이
마음이 기울고 있는 시점에서 삽입되고 있다는 점에 주목하면, 그것이
이후 순영 앞에 전개될 삶을 상징적으로 예시(豫示)한 것임을 쉽게 알아
차릴 수 있다. 말하자면 그것은 순영이 아마도 백에 대한 '욕망'에 발을
들여놓게 될 것이고, 그로 인하여 아무에게도 이해받지 못한 채 홀로 고
통받게 될 것이라는 암시인 것이다.

실제로『재생』의 서사 상황이 제기하고 있는 문제는 순영이 맹세를 저
버린 사실이라기보다 그에 대해 '용서'받고자 하는 순영의 욕망과 세상의
몰이해한 외면으로 인한 번번한 좌절이라는 측면과 관련이 있다. 그것은
『재생』의 첫머리, 즉 순영과 봉구의 석왕사행이 제기하고 있는 서사 사황
이 바로 순영이 봉구에게 '용서'를 청함과 관련이 있으며―"설혹 제가
잘못한 게 있더라도 유우(당신)께서는 모두 용서해주세요"(137면)―, 봉구
또한 이에 대해서 "만일 허물이 있다 하면 천 번 만 번이라도 용서"(242면)
하겠다고 맹세한 바 있다는 사실에서 이미 암시되고 있거니와, 순영이 기
회가 닿을 때마다 봉구에게 용서를 빌고 있지만 그때마다 번번이 용서받
지 못하고 좌절하고 있다는 사실에서 분명하게 확인된다.

백과 결혼한 이후, 처음으로 순영이 봉구에게 용서를 청하는 것은 인
천의 남편 별장에서 우연치 않게 봉구와 맞닥뜨리고 난 것이 계기가 되

고 있다. 그 동안에도 부자집 첩으로 시집간 것과 남편의 자식이 아닌 봉구의 아이를 낳았다는 '자책감'에 시달려 왔지만, 막상 봉구와 맞닥뜨리고 나니 더 이상 자신의 죄를 숨기고 살 수는 없다는 생각에, 순영은 "양심에 옳다고 생각"(295면)되는 바를 따라서 행동하라는 동료 인순의 충고를 받아들여 봉구에게 용서를 청하러 가게 되는 것이다.

> "죄는 용서받을 수가 없습니까?" 하는 순영의 말소리는 실로 뼈가 저리도록 애련하였다. (⋯중략⋯) "네, 저를 용서해 주세요. 저를 사랑해 주시던 그 사랑으로 저를 용서해 주세요." 순영은 그만 지금까지 가졌던 침착하고 냉정한 태도를 잊어버리고 울며 봉구에게 매어 달렸다.
>
> "용서요? 인제는 용서할 것이 없지 아니한가요? 용서할 때도 다 지나지 아니했나요? 인제 용서하면 무엇하고 아니하면 무엇해요⋯⋯. 그렇게도 내게 용서받기를 원하시거든 기다리시지요. 한 번은 내가 용서해 드릴 때가 있으니 그때까지 기다리지요— 아마 그 전에는 하나님께서나 용서해 드릴는지 모르지마는 나는 못해요— 나는 못해요!" (⋯중략⋯) "그럼 영— 용서 못하세요?" 하고 순영은 절망하는 듯이 물었다.
>
> "당신이 죽었다면 용서하지요" 하고 봉구의 대답은 여전히 냉랭하고 또 경멸하는 빛을 띠었다.
>
> "나는 가요" 하고 순영은 일어나 나왔다. 순영은 뒤를 돌아 보았다. 봉구는 전송하려고도 아니 하였다. (299~301면)

다소 장황하게 인용된 감이 있지만, 실제로 순영이 봉구를 처음 찾아가 '용서'를 빌고 있는 대목은 거의 세 페이지에 걸쳐 진지하게 서술되고 있다. 여기서 갈등의 핵심은 용서받고자 하는 욕망과 그것이 거부되는 데서 오는 좌절의 문제에 있다. 그것은 이 한 대목에서만도 '용서'라는 어휘가 빈번하게 반복되고 있는 데서 확인되거니와, 서술자의 공감이 애련하게 울며 매달려 용서를 빌지만 차갑게 거절당하여 절망하고 있는 순영에게 있다는 사실에서도 분명하게 드러난다.

비록 순영이 봉구에 대한 사랑의 맹세를 깨뜨린 것은 사실이지만, 그렇다고 해서 자신의 양심까지를 외면해 가면서 백과의 생활에 만족하면서 보냈던 것은 아니다. 그리하여 순영은 자신의 진정을 이해받고 용서받고자 봉구를 찾아간 것인데, 어떤 허물도 용서해 주겠노라고 맹세했던 지난날의 다정한 봉구는 간 곳 없고, 순영에게 되돌아오고 있는 것은 "당신이 죽었다면" "용서"하겠다는 봉구의 냉랭하고 경멸에 찬 대답뿐인 것이다. 모든 허물을 용서해 주겠다며 사랑을 맹세하던 사람에게서도 자신의 진정을 이해받지 못한 순영이 되돌아 갈 곳은 제 자리뿐이다. 이에 순영은 백에게 "'바로 말을 해야 한다'는 결심"을 한 것을 "어리석은 일"이라 생각하고, 백과 함께 "전과 다름없이 자리에 들"(302면)고 만다. 결국 순영에 대한 봉구의 냉랭함과 경멸이 순영의 과오를 돌이킬 수 없는 것으로 고정시키고 있는 셈인 것이다.

용서받고자 하는 순영의 욕망과 그것의 좌절이라는 패턴은 순영이 경훈의 살인죄를 대신 뒤집어쓰고 공판을 받게 된 봉구의 무죄를 증언하는 대목에서 다시 한번 반복된다. 살인은 순영이 봉구에게 용서를 청하러 간 것과 같은 시각에 일어난 것이기 때문에 봉구의 누명을 벗겨줄 수 있는 사람은 순영 자신뿐이다. 그래서 순영은 자신의 증언이 봉구와 백 사이에서의 그간의 모든 죄를 만천하에 드러내게 될 것임을 알면서도, 봉구의 무죄를 증언함으로써 봉구에게 속죄할 것을 결심한다. 그러나 순영의 증언이 결국 봉구를 구하는 데 도움이 되지 않는 것으로 판명됨으로써, 순영의 과오는 용서받을 기회를 얻지 못한 채 다시 한번 되돌이킬 수 없는 것으로 고정되고 마는 것이다.

백에게 돌아온 순영을 기다리고 있는 것은 봉구와의 관계를 의심하기 시작한 백의 변심이다. 순영이 봉구의 증인을 선 때부터 순영의 과거를 캐물으며 태도를 돌변하던 백은 순영을 멀리하고 다른 여학생을 첩으로 들이게 되는데, 순영에게 그것은 그간 봉구에게 용서받지 못한다는 사실에 괴로워하면서도 번번이 백에게로 되돌아 왔던 이유, 즉 본처에 대한 꿈이 사실상 좌절되었다는 것을 의미한다. 그리하여 더 이상 의지할 곳이 없어진 순영은 학생 시절 자신을 올바른 길로 이끌어 주었던 은사 P 부인과 셋째 오빠 순흥을 찾아가 이제라도 용서받고 자신을 구원해내어 새로운 삶을 살고 싶다는 소망을 피력하지만 ― "선생님, 저 같이 더러워진 것이 이제부터라도 하나님 나라의 일꾼이 될 수 있겠어요?"(380면) "오빠, 내 회개할 게요. 내 더러운 생활을 오늘 안으로 끊어버릴 게요. 그렇지 않아도 오늘 올 때에는 오빠보고 그 말을 하려고 왔는데"(393면) ―, 이러한 순영의 간절한 소망은 이들의 당위적이고 몰이해한 태도로 인하여 다시금 좌절되고 만다.

> "순영이 다시 회개하고 '쎌피쉬'한 생각, 제 몸만 위하는 생각 버리고 하나님과 나라 위하여 자기를 희생하고 '써브'하는 정신 가지고 오래 실행함으로 세상의 신용 회복할 수 있소 (…중략…) 나는 순영이 사정 다 들을 필요 없소 순영의 일 순영이 책임 있소 나 순영이 사랑하므로 내가 믿는 것 말한 것이요" 하고 볼 일 다 보았다는 듯이 난로에 석탄을 한번 뒤적거리고는 자기의 자리에 도로 가 앉는다. 자기가 해야 할 무거운 직분을 실수 없이 다한 것이 다행이다. 인제는 내 책임은 다 했다 하는 듯이 안심하는 태도를 가지었다. 순영은 자기가 하려고 가지고 왔던 말을 다 할 필요가 없음을 깨달았다. (381면)

> "그럼, 신봉구의 자식을 배에 넣고 백가의 첩 노릇을 했단 말이지?" 순흥의 어성에는 새로운 분기가 타오른다. "네." 순영은 자기가 용서할 수 없는 죄인인 것을 자백하는 듯이 고개를 숙였다.
> "엑기― 짐승보다도 더러운 것!" 하고 순흥은 벌떡 일어나서 발로 순영의 어깨를 찼다. (…중략…)
> 순흥의 말은 너무도 무정하였다. 너무도 야속하였다. 순영은 순흥에게 대하여 도리어 반감을 일으키지 아니할 수가 없었다. (393~395면)

위의 인용문에서 볼 수 있는 것처럼, 순영에 대한 P부인이나 오빠 순흥의 태도는 지극히 사무적이고 감정적이다. P부인은 다만 책임의식에서 한낱 이론에 불과한 훈계를 사무적으로 주워섬기고 있을 뿐이고, 순홍 또한 자기 감정에 치우친 나머지 순영의 과오를 질책하는 데만 급급해 있다. 말하자면 이들의 훈계나 질책은 오히려 순영의 상처를 덧내는 역할을 하고 있을 뿐인 것이다. 이에 순영은 "자기가 하려고 가지고 왔던 말을 다 할 필요가 없음을 깨"닫고 P부인의 집을 나오고, 무정하고 야속한 오빠 순흥의 단죄에 "도리어 반감을 일으키"고 집을 뛰쳐나오고 만다. 자신의 고통과 불행한 처지를 이해받고 그 죄과를 용서받고자 했던 순영의 욕망은 다시금 좌절되고 있는 것이다.

　이 같은 세상의 몰이해와 거기서 비롯되는 순영의 좌절은 순영의 곁을 맴돌던 김박사와의 일이 악의적으로 신문에 기사화된 것을 계기로 그 절정에 이른다. 여기서 악의적인 기사란 오백만 장자 백윤희의 애첩 순영이 백씨의 집을 쫓겨 나와 모박사와 연애한다는 내용으로, 이로 인하여 순영은 다시금 세상의 비웃음과 비방에 휩쓸리게 되는 것이다. 이에 순영은 조선을 떠나 함께 살자는 김의 제안에 솔깃하여 임신한 아이를 떼고자 약을 먹기에 이르는데, 여기에 그 자신에 대해서 냉대와 비웃음뿐인 "귀찮은 이 세상을 떠나"(437면)고자 하는 자포적 심경이 반영되어 있는 것은 물론이다.

　결국 계획했던 일도 무산되고 몸도 마음도 만신창이가 된 순영은 마지막으로 용서를 얻기 위해서 다시금 어렵게 봉구를 찾아간다. 그러나 그 삶의 벼랑 끝에서 확인하고 있는 것은 "모래 위에 엎지른 물은 다시 주워 담지 못한다"는 냉혹한 사실뿐이며— "모래 위에 엎지른 물은 다시 주워 담지 못한다고 한 봉구의 말이 마치 자기가 일생에 대한 사정 없는 마지막 판결 같이 들렸다"(452면) —, 그로부터 삼 년 후 순영이 병든 몸으로 소경 딸아이와 함께 봉구를 찾아간 시점에서도 사정은 마찬가지이다. 순영은 세상과 단절된 채 병든 몸으로 삼 년이나 고달픈 속죄의 생활을 했음에도 불구하고, 끝내 봉구에게서 따뜻한 위로의 말 한 마디 얻어듣지 못한 채, 결국 소경 딸아이와 함께 금강산 구룡연에 차가운 시체로 떠오를 수밖에 없었던 것이다.

이처럼 순영은 몇 번이나 뉘우치고 참되게 살고자 했음에도 불구하고, 끝내 그 같은 자신의 진정을 이해받지 못한 채 자살로써 자신의 삶을 마감하고 있다. 김동인은 이러한 결말을 두고 구성상의 필연성과는 무관한 춘원의 고유한 비장벽의 발동일 뿐이며, 그것이 바로 소설 전편을 망쳐버린 사인(死因)이라고 지적한 바 있다. 순영은 용서받아야 하고, 그것이 『재생』이라는 제목의 의도와도 맞아떨어지는데, 이 결말은 엉뚱한 방향으로 흘렀다는 것이다.[57] 그러나 보아온 것처럼, 『재생』의 스토리 구조가 용서받고자 하는 욕망과 그에 대한 거부로 인한 좌절을 반복적으로 구조화하고 있다는 점을 고려한다면, 순영의 죽음은 스토리 구조상의 필연이라는 사실이 분명해진다. 이는 『재생』의 대단원이 순영의 죽음이 아니라, 순영을 그렇게 죽게 한 데 대한 봉구의 회오로 마무리되고 있는 데서도 잘 드러난다.

> 한 마디만 말을 하였으면 한이 없겠다. 봉구 자기가 지금까지 변함 없이 순영을 사랑하여 왔다는 것과 순영의 지나간 모든 허물을 용서해 주겠다는 말만 들려 준 뒤에 순영이가 죽었더라도 한이 없을 것 같다. (…중략…) 과연 나는 무정한 사람이다. 내 몸을 의탁하고 들어 온 두 생명을 건져 주지를 아니하였다. 마치 물에 빠지어 살겠다고 허덕거리고 살겠다는 두 생명을 내 손으로 떼밀어 낸 것과 같다. 아아, 무정한 봉구야 너는 이천만 조선 불쌍한 생명을 건지기 위하여 몸을 바치겠다고 하면서 네 품으로 들어오려는 순영과 그의 불쌍한 소경 딸을 건지지 못하였구나! (476~477면)

위의 인용문에서도 볼 수 있는 것처럼, 순영의 죽음 앞에 선 봉구를

---

57) "이 결말은 작자의 본시의 기도는 아니리라. 순영을 밉게 보기 때문에 봉구는 세상을 버리고 농촌에 숨었으나, 봉구가 진심으로 순영을 미워한 것은 아니었고, 순영의 눈물을 볼 때에 봉구의 마음은 다 녹아버렸다, 이런 기도가 아니었을까. 그렇지 않다 하면 『재생』이라는 제목은 무의미하다. 요컨대 『재생』은 그 단원에 있어서 이것을 비극적 비장미를 내게 하기 위하여 작중 인물들을 억지로 끌어들인 데 이 作의 死因이 있다." 김동인, 「춘원연구」, 『삼천리』, 1934~1936; 『김동인 평론전집』, 삼영사, 1984, 138면.

회오케 하고 있는 것은 무엇보다도 "모든 허물을 용서해 주겠다는 말"을 들려주지 못한 채 순영을 죽게 했다는 사실에 있다. 적어도 순영의 경우 배반은 했으나 뉘우치고 참되게 살고자 했고 죽음을 앞둔 순간까지도 자신의 진정을 이해받고 싶어했던 점을 상기한다면—"죽을 때에 하는 한 마디는 믿어 주실 줄 믿나이다. 순영이 비록 당신님의 사랑을 배반하였다 하더라도, 순영은 이 세상에 있는 동안에 오직 당신님을 사랑하였을 뿐이로소이다"(486면)—, 앞서 수미암에서의 맹세를 위반한 책임의 소재는 이제 봉구 쪽에 돌려지게 되는 것이다.

주목할 만한 것은 이 같은 봉구의 참회로 인하여 순영은 한편으로 끝내 몰이해한 태도로써 자신을 비참한 죽음의 길로 내몰았던 무정한 세상에 대한 원망의 표현을 획득하면서, 동시에 봉구에 대한 자신의 진정을 이해받을 수 있게 된다는 점이다. 순영의 무덤 앞에 봉구가 세운 "나의 사랑하는 아내 순영의 무덤"(178면)이라는 목패가 의미하는 것이 바로 그것이다. 말하자면 순영은 죽음에 이르러 비로소 자기 사랑의 진정을 이해받고 봉구에게 다시금 받아들여질 수 있었던 것이다.

살펴본 바와 같이, 『재생』에서 봉구에 대한 순영의 사랑은 한때 백에 대한 '욕망'에 이끌려 봉구에 대한 '의무'를 저버렸다고는 해도 몇 번이고 뉘우치고 참되게 살고자 했던 노력에 있어서 만큼은 그 진정성이 인정된다는 점에서 '변명'의 여지를 가진 성격의 것이었다. 봉구에 대한 이러한 순영의 심경은 상해 귀국을 두고 변절자라고 몰아부치는 세상의 몰이해한 비난에 대한 이광수 자신의 심경을 환기시킨다. 앞서 언급한 바와 같이, 상해 귀국 당시 무사 귀국의 조건으로 총독부의 뜻에 부응하는 적당한 활동을 밀약(密約)한 그의 타협이 일면 합법적인 방식으로 국내에서 민족운동을 전개하기 위한 한 방편이기도 했고 보면, 총독부와 타협한 데 대한 그의 자의식 한켠에는 자신의 진정을 이해받고자 하는 심경 또한 자리하고 있었으리라는 것은 충분히 짐작해 볼 수 있는 것이다.

이와 관련하여 『재생』에서 주목되는 것은, 『재생』의 스토리 구조 자체가 자신의 과오에 대해 뉘우치고 참되게 살고자 하는 순영의 욕망과 세상의 몰이해한 외면으로 인한 좌절을 반복적으로 구조화함으로써, 용서받고 참되게 살고자 했던 순영의 욕망에 진정성을 부여하고 있다는 점이다. 순영은 일면 근본적으로 재산과 지위에 약한 인물이지만, 동시에 '욕망'의 충족을 위해 자신의 순결을 내어준 행위가 무엇을 의미하는지에 대해 반성할 수 있을 만큼은 도덕적으로 예민한 양심의 소유자였다. 그리하여 그는 몇 번이고 뉘우치고 참되게 살고자 하는 각오를 다졌지만, 그때마다 순영에게 돌아오는 것은 세상의 냉담하고 몰이해한 비난뿐이었다. 어떤 허물도 용서해주겠다며 사랑을 맹세하던 봉구에게서조차 끝내 받아들여지지 못했으니, 세상의 무정함에 대해 원망의 마음도 깊었던 것은 물론이다. 여기에 순영의 죽음은 세상의 무정함에 대한 원망의 표현이자 자신의 진정성을 이해받는 계기로 자리매김되고 있었다. 요컨대 순영은 자신의 비극적인 죽음을 통하여 세상의 무정함에 대한 원망의 표현을 획득하는 한편 용서받고 참되게 살고자 했던 자신의 진정성을 이해받게 됨으로써, 과거의 과오에 대한 '자책감'을 '변명'할 수 있었던 것이다.

이러한 '변명'의 구조화는 상해 귀국 당시 무사 귀국의 조건이었던 총독부에의 모종의 정치적 타협이 국내에서의 합법적인 민족운동을 위한 한 방편이기도 하다는 이광수 자신의 타협에 대한 변명과 그대로 대응한다. 사실 상해에서 귀국하던 당시 흥사단 이론에 기반한 국내 활동을 계획하고 있던 이광수로서는 귀국 이후 끊이지 않았던 세상의 비난이 커다란 심리적 부담이 되었을 것이다.[58] 그것은 아무리 변명해도 지울 수 없는 자신의 타협에 대한 내적 자괴감을 끊임없이 환기시키는 한편,

---

58) 이 무렵은 이광수가 상해에서의 귀국 후 스스로 작정한 삼 년 칩거를 끝내고 한때 그의 귀국을 만류했던 도산에게서 자신의 뜻을 인정받아 국내 흥사단 운동의 활성화를 위해 기존의 수양동맹회를 평양의 동우구락부와 합동하여 수양동우회를 만들고 운동을 적극화하라는 지시를 받고 새로운 일을 추진하고 있던 시점이었다. 이에 관한 자세한 사정에 관해서는 김윤식, 『이광수와 그의 시대』 2, 솔, 1999, 159면 참조

자신의 진정을 몰라주는 몰이해한 세상에 대한 원망과 분노의 감정을 동시에 불러일으키는 것이었기 때문이다. 이광수는 이러한 자신의 복잡한 심경을, 용서받고 참되게 살고자 했으면서도 끝내 세상에 받아들여지지 못한 채 비참하게 죽어갈 수밖에 없었던 순영, 그러면서도 그 죽음의 순간까지도 자신의 진정을 이해받고 싶어했던 순영의 비극적인 최후를 통하여 독자들에게 호소하고 싶었던 것 같다. 사실 독자들로 하여금 순영의 비극적 처지에 공감케 하는 일이란, 한편으로 자신의 진정에는 아랑곳 않고 자신을 변절자로만 몰아부치는 조선에 대해 원망을 토로하는 일이자 자신의 진정을 이해받고자 했던 이광수 자신의 욕망이기도 했다. 요컨대 자기 과오에 대한 '자책감'과 세상에 대한 원망의 감정으로 뒤범벅된 순영, 바로 그러하기에 자신의 분신과도 같았던 순영의 죽음을 통하여, 이광수는 상해 귀국을 둘러싸고 끊이지 않았던 세상의 비난에 대한 그 자신의 복잡한 심경을 서슴없이 토로하고 털어내버림으로써 새로운 모습으로 '재생'하고자 했던 것이다.

2. 『흙』―배반에 대한 자책감과 극복 가능성에 대한 신념

『흙』은 1932년 4월에서 1933년 7월에 걸쳐 이광수가 『동아일보』 편집국장으로 있으면서 동지(同紙)에 연재한 소설이다. 그가 『흙』을 연재하던 이 무렵은 당시 러시아를 중심으로 시작된 브나로드 운동이 국내에서도 전국적인 규모로 전개되고 있었는데, 그런 만큼 『흙』은 주로 브나로드 운동이 민족주의적인 입장에서 표명된 농촌 계몽소설이라는 관점에서 평가되어 왔다. 그것은 "그 사죠(브나로드 운동)의 원체인 농민대중이라는 데다기 민족주의를 가미하고 조선 농민계발 운동이라는 데 흥미를 붙이기 시작"한 결과가 창작적 행동으로 나타난 것이 『흙』이라는 김동인의 평가 이래,[59] "춘원으로 하여금 『흙』이란 작품을 통하여 귀농운동을 대변하였을 때 우선 시대적 요구인 '브나로드'에 합류되었고 다음 민족적인 무엇을 보여주기에 노력한 것"이라는 홍효민에게서 다시 한번 확인되었고,[60] 이후의 논의들 또한 대개 부정적이든 긍정적이든 이러한 관점을 크게 벗어나지 않고 있다.[61]

반면 김윤식은 『흙』이 "브나로드 운동을 위해 씌어진 것으로 간주함은 피상적"이며, 그것은 "동우회 운동의 실천 행위"로서의 의미를 지닌다고 보고 있다는 점에서 조금 다른 각도의 논의를 보여준다. 그는 우선 이광수가 이 무렵 동우회 기관지인 『동광』에 발표한 글인 「조선 민족운동의 3기초 사업」(1932.2)이 민족운동의 정당한 인식을 수양동우회의 이론에 결부시켜 논의하고 있다는 점에 주목하면서, 동우회 운동이 총독부의 법치주의적 통치 방식과 문화·도덕·생활 개조운동과의 함수 관계 및 갈등 구조를 이루고 있는 것과 마찬가지로 『흙』 또한 변호사인 허숭을 중심으로 하는 사건들이 대개 법률적 도덕적 문제의 연장선상에 있다는 점을 근거로, 동우회의 의식 구조를 그대로 『흙』의 소설적 구조와 대응시키고 있다. 말하자면 『흙』은 "법치주의의 테두리 속에서, 그 법치주의가 승인하고 만들어낸 가장 높은 수준의 조직물인 변호사 허숭

---

59) 김동인, 「춘원연구」, 『삼천리』, 1934~1936; 『김동인 평론전집』, 삼영사, 1984, 166면.
60) 홍효민, 「귀농운동의 관념화―『흙』의 재구성의 양상」, 『인문평론』 3권 1호, 1941, 80면.
61) 『흙』의 계몽적 민족주의적 입장에 대한 긍정적인 평가는 대개 주인공 숭이 가진 민족적 이상 실현에 대한 계몽적 의지를 긍정적으로 평가하는 논의들에서 발견된다. 그 대표적인 논의로는 조연현의 『한국현대문학사』(성문각, 1969), 이주형의 「『흙』의 시대인식과 미의식」(『최남선과 이광수의 문학』, 새문사, 1981), 윤홍로의 『이광수 문학과 삶』(한국연구원, 1992) 등이 있다. 반면 그 민족의식의 허위성에 주목하거나 그 같은 민족운동이 가지는 체제 내적 한계에 주목하는 논의들은 『흙』의 계몽적 민족주의적 입장에 대해 비판적인 견해를 보여준다. 그 대표적인 논의로는 송욱의 「이광수작 『흙』의 의미와 무의미」(『문학평 전』, 일조각, 1969), 김현의 「위선과 패배의 인간상」(『세대』 17, 1964.10), 이선영의 「『흙』의 서사와 그 의미」(『춘원 이광수 문학 연구』, 연세대 국학자료원, 1994) 등이 있다.

을 내세워, 동우회의 합법적 운동의 가능성과 한계를 동시에 보이고자한" 작품이라는 해석인 것이다.62)

총독부 승인하의 좌우합작 단체였던 신간회의 해체(1931.5)가 보여주듯, 이 무렵이 만주사변(1931.9)을 전후하여 합법적인 테두리 안에서의 민족운동의 존립이 의문시되고 있던 시기였고 보면, 당시 동우회의 책임자였던 이광수 또한 이에 대해 위기의식을 가졌을 것이고, 그것이 동우회의 합법적 운동의 가능성에 대한 모색으로 이어졌으리라는 점은 충분히 짐작할 수 있다. 그러나 이것은 어디까지나 동우회 조직을 떠맡고 있는 이광수의 공인으로서의 모습을 고려했을 때의 문제일 뿐이며, 그것이 곧 『흙』의 구조로 반영되어 있다고 보는 것은 일면적인 해석일 뿐이다.

이후에 자세히 살펴보겠지만, 실제로 허숭을 중심으로 하는 사건들이 대개 법률적인 문제의 연장선상에 있다는 것은 부분적인 내용 차원의 것일 뿐, 『흙』에서 스토리 구조의 근간을 이루고 있는 것은 보다 사적이고 내밀한 문제, 즉 '의무'를 저버리고 '욕망'과 타협한 데 대한 '자책감'의 문제이다. 다시 말해 『흙』에서 제기되고 있는 문제는 동우회의 합법적 운동의 가능성의 모색이라는 공적인 문제라기보다는, 그러한 가능성을 모색하는 가운데 수반되었던 '자책감'이라는 지극히 사적이고 내밀한 문제라고 할 수 있는 것이다.

이 '자책감'의 문제와 관련하여 주목되는 것은 당시 동우회 운동의 국내 총책임자였던 이광수와 총독부의 관계에 관한 것이다. 주지하다시피, 동우회는 그 전신인 수양동맹회 시절부터 총독부의 감독과 지원 아래 조직 성장하여온 것이다.63) 그런 만큼, 그간 이광수의 동우회 총책임자로서의 명예와 안정적인 활동의 이면에 총독부와의 타협적인 관계가 자리하고 있었으리라는 것은 어렵지 않게 짐작할 수 있다. 물론 그러한 타협이 일면 국내에서의 합법적인 활동을 위한 방편으로서의 의미를 지녔

---

62) 김윤식, 『이광수와 그의 시대』 2, 솔, 1999, 189~197면 참조.
63) 국사편찬위원회, 『한국독립운동사』 5, 411면.

던 것은 사실이다. 그러나 만주사변 이후 국내 활동이 점차 어려워지면서, 그 타협 관계는 그 이전보다 더욱 종속적으로 되어가지 않을 수 없었던 것 같다. 합법적인 테두리 내에서의 동우회 운동의 가능성 모색이란 곧 총독부의 정책이 허용하는 한도 내에서의 방편을 전제하는 것이고 보면, 상황이 어려워진 만큼 그가 총독부 측과 좀더 긴밀한 관계를 유지할 필요가 있었으리라는 것은 충분히 짐작할 만한 것이다.

이에 관해서는 이광수가 전향을 선언한 이후에 쓴 「병제의 감격과 용의」라는 글에서 단편적이나마 저간의 사정을 엿볼 수 있다. 이 글은 1943년 조선에 징병제가 실시된 감격과 그 의의를 논하고 있는 글이기는 하지만, 만주 사변(1931.9)을 전후한 총독부의 입장과 그에 대한 이광수 자신의 입장을 회고하는 부분이 있어서 도움이 된다.

> 아마 그때인가 한다. 조선군 고급참모 金子 大佐와 동참모 豊島 中佐와 一夕 환담할 기회에 조선인의 국가에 대한 제일의 소원이 무엇이냐 하는 문제가 날 때에 나는 "조선에 징병제를 실시함"이라고 대답하였다. 그로부터 얼마 후에 豊島 中佐는 나를 보고, "군에서는 조선인 징병에 관한 조사를 개시하였다"고 말하였다. 모두 십여 년 전 일이다. 아마 **만주사변도 일어나기 전**일 것이다. 조선인 징병문제는 이렇게 오랜 것이다. 역시 그 무렵이다. 조선군과 경성사단의 간부 장교들과 조선호텔에서 모였을 때에 또 조선인 징병문제가 났다. (…중략…) 그 때에 나는 고구려가 수, 당의 대군을 격파한 사실을 말하고 또 이순신의 사적을 말하고 끝으로 "조선의 장정아, 일본의 국운을 네 **雙肩**에 맡긴다" 한 마디면 조선의 장정은 기껍게 폐하를 위하여 생명을 바치고 **勇戰**하리라고 말하였다.[64]

물론 이 글은 십여 년 전의 일을 회고하고 있는 것인데다 징병제에 대한 이후의 신념이 투영된 기록이기 때문에, 그가 당시 "조선에 징병제를 실시"해야 한다는 주장까지 했는지에 대해서는 자세히 알기 어렵다.

---

64) 이광수, 「병제의 감격과 그 용의」, 『매일신보』, 1943.7.28~31; 이경훈 편역, 『춘원 이광수 친일문학전집』 II, 평민사, 1995, 393~394면.

다만 『흙』에서도 숭이 정선을 맞으러 경성역에 나간 길에 만주로 싸우러 나가는 일본 군대의 송영 장면을 보고 그들의 애국심에 감동하며 "모든 조선 사람에게 이러한 감격의 기회를 주고 싶다"(258면)고 생각하고 있는 대목이 있는 것으로 보아, 그러한 견해를 피력했을 가능성 또한 배제하기는 어렵다. 일본 군대의 애국심에 대한 감동, 그것은 곧 제국 권력의 힘에 대한 동경과 맞닿아 있는 것이기 때문이다. 1924년, 한때 그의 귀국을 만류했던 도산에게서 자신의 뜻을 인정받고 수양동우회 조직의 국내 총책임자로서의 임무를 떠맡으면서 '재생'하겠다는 새로운 출발을 각오했건만, 그의 진로는 이처럼 다시금 총독부에의 종속적인 타협 관계로 기울어지고 있었던 것이다. 다음의 「마흔한 째 돌」(1932.9)이라는 시에서 보이는 자의식은 이러한 사정과 관련된 내적 자괴감과 무관하지 않은 것으로 보인다.

"마흔 한 째 돌도 그저께 지냈으니 / 나이 이만하면 맘잡을 만하건마는 / 타고 남 흐려 그런가 더욱 들떠하노라. / 고요한 혼자때면 인생이 멀어지네 / 항렬 지난 뒤에 이 몸 혼자 떨어진 듯 / 희망도 따를 기운도 다 풀린 듯하여라. // ××× 일? 아아 ×××일 하노라고 하였것다. / 내 한다 하여 ×× 바로 잡혔던가 / 40년 헛된 살음을 불에 넣고 싶어라. / 모르는 친구들이 나를 아껴주올 것이 / 그적이 더더구나 죽고 싶은 적이로다 / 혹시나 칭찬줄 때면 매맞는 듯하여라. // 40에 한 일 없이 더 바랄 것 무엇이리? / 속임 아니언만 속인 것만 같은지고 / 툭 털어 말씀하오면 염체없는 내외다."[65]

당시 브나로드 운동의 기운을 타고 새로운 민족주의 운동의 가능성이 엿보이는 시점에서 동우회의 국내 총책임자로서 동우회 사업을 주도해 나가야 하는 입장에 놓여 있었던 이광수로서는 적어도 그 같이 종속적인 타협에도 불구하고 민족운동의 지도자로서 자기 입장이 타당성을 가질 수 있을 것인가 하는 문제에 직면하지 않을 수 없었을 것이라 생각

---

65) 이광수, 『이광수 전집』 9, 558면.

된다. 주목할 만하게도, 『흙』이 제기하고 있는 서사 상황은 바로 이미 '욕망'을 선택했으나 '의무'를 저버릴 수는 없는 딜레마를 어떻게 해결할 것인가, 다시 말해 '의무'를 저버리고 '욕망'을 선택한 데 대한 '자책감'을 어떻게 극복할 것인가 하는 문제와 관련이 있다. 말하자면 동우회의 합법적 운동의 가능성의 모색이라는 명분 아래 총독부에의 종속적인 타협에 기울지 않을 수 없었을 이광수의 처지와 '욕망'을 선택했으나 '의무'를 저버릴 수는 없었던 숭의 처지 간에는 모종의 상관성이 존재함을 볼 수 있는 것이다. 따라서 본 장에서는 『흙』에서 허숭을 중심으로 하는 애정삼각관계의 양상을 분석함으로써, 이광수 자신 합법적 민족운동의 가능성의 모색이라는 명분 아래 총독부에의 종속적인 타협에 기울고 있었던 데 대한 자의식과 어떻게 대면하고 있었는가를 살펴보고자 한다.

　『흙』의 서사 구조 전체를 지배하는 애정삼각관계는 허숭을 중심으로, 유순과 정선 사이에서 이루어진다. 그것은 허숭이 한편으로 농촌 사업에 평생을 헌신하겠다는 포부와 더불어 고향 살여울의 처녀인 유순에게 마음을 주었으면서도, 다른 한편으로 미모와 재산과 지위를 두루 갖추고 있는 정선 쪽의 청혼을 거부하지 못하는 데서 비롯되는데, 결국 숭은 정선과 혼인하여 농촌 운동에 헌신하는 타협적인 길을 선택한다. 따라서 『흙』의 스토리 구조는 그러한 타협을 선택한 데 대한 '자책감'을 극복하고자 하는 허숭의 갈등을 중심으로 구조화된다.

　『흙』의 첫머리에 해당되는 1장은 숭이 고향 처녀인 유순에게 마음을 주는 장면으로 시작하여, 유순과의 약속을 저버리고 결국 서울의 부호 윤참판 집 딸 정선과 결혼식을 치르는 사건으로 이루어져 있다. 부모도 재산도 없는 가난뱅이 일개 시골 고학생인 숭의 처지에서 보면, 보통학교밖에 다닌 일이 없고 농사나 지어먹으며 사는 다만 시골 계집애일 뿐인 유순보다는, 이화전문학교 음악과를 나온 미인이요 수재에다가 만석

꾼이요 서울 양반의 딸인 정선 쪽이 '욕망'의 대상이 될 것은 당연한 일
이다. 그러나 이미 유순과는 마음을 약속한 사이이기 때문에, 숭에게 정
선과의 결혼은 결코 마음 편한 것이 될 수 없다. 게다가 그 결혼은 맏아
들을 잃은 윤참판의 사위 겸 아들 노릇까지를 전제한 것인 까닭에, 농촌
에 돌아가 농민 속에서 일생을 바치겠다는 숭의 평소의 신념과 어긋나
는 일이기도 하다. 말하자면 숭에게 정선과의 결혼은 유순과의 약속은
물론 민족운동에 대한 의무를 저버리는 것까지를 의미하고 있는 것인데,
숭 자신 또한 그 사실을 명확하게 인식하고 있는 것은 물론이다. "만일
따님과 혼인을 하며는, 첫째로 유순이라는 여자에게 대한 의리를 저버리
게 되고, 둘째는 농촌에, 농민에 대한 의리를 저버리게 됩니다."(53면)[66]

그러나 이 같은 숭의 양심의 명령은 미모와 양반이라는 지위, 그리고
삼천 석 이상 돌아올 재산 앞에서 그만 그 힘을 잃고 만다. 숭은 한편으
로 자신이 유순과 농민에게로 돌아가야 한다고 생각하면서도, 결국 윤참
판의 구혼을 받아들이고 마는 것이다.

숭은 저와 같이 고등한 정신 생활을 하는 사람이 일개 무식한 시골 여
자하고 일생을 같이하는 것은 저 자신의 불행이자 유순의 불행이며, 농
촌 사업 또한 정선이야말로 훌륭한 동지요 동료가 될 수 있는 짝이라는
생각으로 정선과의 결혼을 합리화하고 있지만, 사실 그것은 정선이 갖추
고 있는 미모와 재산과 지위에 대한 '욕망'에의 굴복을 의미한다. 숭이
자기 한몸의 이해와 고락을 표준하는 생각을 말고 조선 사람 전체를 위
하는 일을 하라는 한 선생의 충고에 그 자신 떳떳하지 못함을 의식하지
않을 수 없는 것도 바로 그에 대한 '자책감'에서 비롯된 것이다.

한 선생은 "무엇이든 개인주의로, 이기주의로만 마시오 허군 한 몸의 이해와
고락을 표준하는 생각을 말고 조선 사람 전체를 위하여 하겠다는 일만 하시오 그

---

66) 『흙』의 텍스트는 『이광수 대표작 선집』 2(삼중당, 1968)이며, 이후로도 『흙』의 인용문
에 대해서는 페이지 번호만 표기하기로 한다.

생각으로만 가지면 서울에 있거나 시골에 있거나 또 무슨 일을 하거나 허물이 없을 것이오” 하였다. 이 말에 허숭의 가벼워졌던 몸은 다시 무거운 짐으로 눌리는 것 같다. ‘과연 내 이 혼인이 조선 사람 전체를 위하여 내 몸을 바치기에 가장 적당한 혼인일까’ 하고 허숭은 거기 대한 답을 아니하기로 힘을 썼다. (58~59면)

이처럼 숭이 정선과의 혼인을 선택한 것은 유순뿐 아니라 조선에 대한 ‘의무’를 저버린 행위이며, 따라서 그에 대한 ‘자책감’을 수반하고 있다. 주목할 만한 것은 그럼에도 불구하고 이러한 숭의 ‘자책감’은 스토리 구조상에서 궁극적으로 ‘변명’의 여지가 있는 것으로 의미화된다는 점이다. 그것은 무엇보다도 스토리 구조 자체가 정선과의 관계를 유지하는 가운데에서도 살여울에서의 농민 운동에 헌신하고자 하는 숭의 노력을 절충적으로 구조화함으로써 그 ‘자책감’을 ‘변명’의 여지가 있는 것으로 자리매김하고 있는 데서 기인한다.

실제로 『흙』이 제기하고 있는 서사 상황은 한 마디로 이미 정선과의 혼인을 선택했으나 농촌에 돌아가 농민 속에서 일생을 바치겠다는 신념을 저버릴 수는 없는 딜레마를 어떻게 해결할 것인가, 말하자면 ‘욕망’을 선택한 데 대한 ‘자책감’을 어떻게 극복할 것인가 하는 문제와 관련이 있다. 그것은 숭과 정선의 결혼이 제기하는 서사 상황이 그 ‘자책감’의 해소와 관련이 있다는 사실에서도 이미 암시되어 있거니와—“‘농촌 사업은 정선이하고 하자. 정선이야말로 훌륭한 동지요, 동료가 될 수 있는 짝이 아닌가.’ 숭은 가슴에 막힌 것이 다 뚫린 듯이 시원하였다”(56면)—, 결혼 이후 숭의 정선과의 갈등을 둘러싼 스토리 라인에서도 분명하게 확인된다.

숭의 정선과의 갈등은 정선의 이기적인 아내로서의 남편에 대한 요구, 즉 돈과 성욕으로 대변되는 자기에 대한 사랑에 충실해 줄 것에 대한 요구에서 비롯된다. 그러나 마음 한켠 농촌에 돌아가 농민을 위해 일생을 바치겠다는 신념을 지니고 있는 숭으로서는 그 같은 정선의 요구를 그대로 받아들이기 어렵다. 숭과 정선의 생활은 애초에 불화의 씨앗을 안고 있었던 것이다. 물론 이 같은 갈등은 숭이 정선과 불화하여 살여울에 내려간 것을 계기로, 두 사람이 여전히 서로에게 필요한 관계라는 것을 깨닫게 됨으로써 일시적으로나마 해결되는 것처럼 보인다. 그러나 숭과 함께 살여울에서 살 것을 약속한 정선이 살여울로 돌아오기는커녕 서울에서 갑진과의 향락에 빠져들고 급기야 갑진의 아이까지 임신하게 되면서, 숭의 갈등은 다시금 본격화되기에 이르는 것이다.

주목할 만한 것은 이 같은 정선의 배신에 대해 숭이 보여주는 양가적인 태도이다. 그는 한편으로 정선의 배신이 바로 유순을 저버리고 정선과 혼인한 "사욕에 끌린 행위에서 오는 면치 못할 벌을 받는 것"(244면)이라고 생각하고 정선과의 관계를 끊고 농민 운동에 투신할 결심을 굳히고 있으면서도—"숭은 혼인이라는 것이 어떻게 나는 가정을 깨뜨려 버리자. 나는 일생을 혼자 살면서 농촌 일을 하자"(244면)—, 다른 한편으로는 여전히 정선에게 집착하고 있는 모습을 보여준다. "숭의 가슴 속에는 정선에게 대한 그리운 생각이 못 견딜 압력으로 복받쳐 오름을 깨달았다."(252면) 그리하여 정선과의 문제를 심각하게 고민하던 숭은 결국자기 신념과 정선과의 문제를 절충할 수 있는 해결책을 찾게 되는데, 그것은 한 마디로 일생의 의무를 돌아보기 위해서라도 아내를 용서하자는절충적 논리로 요약된다.

> 사랑이란 무한하지 아니하냐. 의무도 무한하지 아니하냐. 아내나 남편이나 자식이나 동포나 나라에 대한 사랑과 의무는 무한하지 아니하냐. 그렇다 하면 정선을 사랑해서 아내를 삼았으면 그가 어떠한 허물이 있더라도 끝까지 사랑하고, 따라서 그에게 남편으로서의 의무를 끝까지, 아니 끝없이 지켜야 할 것이아니냐. 또 섬기는 생활이라 하면, 숭이 제가 진실로 동포에 대하여, 나라에 대하여 섬기는 생활을 해야 한다 하면 우선 아내에게 대하여 섬기는 생활을 하여야 할것이 아니냐. (…중략…) 셋째로, 만일 숭이 제가 진실로 우리를 위하여 저를 버리는 사람이라 하면 그래 제가 해야 할 일생의 의무를 아니 돌아보고 이기적 개

인주의와 같은 행동을 하다가 저 한 몸을 장사해 버릴 것이냐. (255~256면)

이 같은 해결책에는 일면 송욱이 지적한 바와 같이 "민족적 차원과 개인적 차원이 구분되어 있지 않"은 "추상적인 윤리"[67]에 의한 기만이 내재해 있는 것이 사실이다. 사랑도 무한하고 의무도 무한하다는 그 동일한 무한성의 전제로 인하여, 숭에게 정선과의 관계와 농촌 사업과 관련된 그의 일생의 '의무'는 대립적이기보다 오히려 양립해야만 하는 문제로 전환되어 버리고 있기 때문이다. 그러나 이 논리가 다만 구구한 합리화에 그치는 것인가 하면 그렇지는 않다. 사랑과 의무의 문제는 결코 대립적인 것이 아니며, 그것을 대립적인 문제로 파악할 때 오히려 원수를 갚는다는 개인적인 문제 해결로 인하여 일생의 의무를 저버리게 된다는 논리는, 이미 선택한 정선과의 관계를 유지하는 가운데서 일생의 의무를 돌아보고자 하는 숭으로서는 어쩔 수 없이 도달해야만 하는 결론인 것도 사실이기 때문이다.

물론 일생의 의무를 돌보기 위해서라도 정선을 용서하겠다는 숭의 의지는 정선의 회개하지 않는 태도 속에서 분노로 바뀌고, 그 분노가 숭으로 하여금 정선과의 관계를 끝낼 것을 결심하게 하고 있는 것은 사실이다. "숭의 지금 생각에는 아내도 없고 여자도 없었다. 영원한 혼잣몸으로 살여울의 농부가 되는 것밖에는 아무 생각이 없었다."(308면) 그러나 그것이 실제로 숭으로 하여금 끝내 정선과 단절하도록 하고 있는가 하면 그렇지는 않다. 정선과의 그 같이 극한적인 갈등은 뜻밖의 사건으로 간단하게 해소되어 버리고 있기 때문이다.

여기서 뜻밖의 사건이란 정선의 철도 자살 시도 사건을 말한다. 숭에게서 버림받았다고 생각한 정선은 절망하여 자살을 결심하고 철도에 뛰어든다. 그러나 이러한 자살 시도가 실패로 돌아가고, 다리 하나를 잃은 채 모든 면에서 무력해져버린 정선이 결국 숭과 함께 살여울로 돌아갈

---

67) 송욱, 「이광수 작 『흙』의 의미와 무의미」, 『문학평전』, 일조각, 1969, 20면.

것을 동의하게 됨으로써, 숭은 그간의 정선과의 갈등에 종지부를 찍을
수 있게 된다. 결국 정선의 자살 시도 사건은 정선과의 관계를 유지하는
가운데서 일생의 의무를 돌아보고자 하는 숭의 딜레마를 해결하기 위한
스토리 구조상의 필연이었던 셈인 것이다.

이상에서 살펴본 바와 같이, 유순과 농민에 대한 '의무'를 저버리고
정선에 대한 '욕망'을 선택한 숭의 '자책감'은 이미 이루어진 선택 위에
서나마 일생의 의무에 대한 헌신을 절충적으로 구조화함으로써 그에 대
한 '자책감'을 '변명'의 여지가 있는 것으로 의미화하고 있다. 그러나 그
같은 스토리 구조가 '의무'를 저버리고 '욕망'을 선택한 '자책감'의 무게
까지도 상쇄시키고 있는가 하면 그렇지는 않다. 정선과 함께 살여울에
정착한 이후의 숭의 농민 사업은 낙관적이라기보다 오히려 비관적인데,
숭의 사업은 살여울 마을의 장리업자 유산장의 아들 유정근의 출현으로
인하여 분명하게도 몰락의 길을 걷고 있음을 볼 수 있기 때문이다.

정근의 출현은 그동안 숭이 정선과 함께 일구어 놓은 협동조합으로
대표되는 살여울 공동체에 파문을 예견케 한다. 숭의 협동조합은 장리와
빚으로 재산을 불려 나가는 정근의 아버지 유산장의 사업과는 정면으로
배치되는 것이기 때문이다. 실제로 정근은 아버지의 사업이 기운 것이
허숭의 선동 때문이라는 것을 알고 분개하여 숭의 사업을 방해하기 위
한 계략의 한 방편으로 숭과 유순의 관계에 대한 악의적인 소문을 대대
적으로 선전하고 다닌다. 그리고 이 같은 정근의 계략은 숭에 대한 동네
사람들의 신임을 떨어뜨려 "숭이가 경영하는 모든 사업에 지장을 일으
키"(371면)는 데 그치지 않고, 유순의 남편 한갑에게 숭과의 관계를 오해
하게끔 충동질하여 임신한 순을 죽게 하는 뜻하지 않은 결과까지를 낳
는다. 그리고 순의 죽음은 다시 순을 죽게 한 한갑에 대한 적대감을 낳
고 동네 사람들 간의 적대감을 부추기면서 결국은 살여울 전체의 파괴
라는 결과를 가져오고 있는 것이다.

주목할 만한 것은 이러한 순의 죽음과 이어지는 살여울 동네의 파괴

라는 그 비극의 원인이 숭에게 바로 자신의 도덕적 결함 탓으로 인식되고 있다는 점이다. 물론 숭이 "이 모든 비극은 정근이가 만들어낸 것"(391면)이라는 사실을 알아차리지 못하고 있는 것은 아니다. 그러나 다음 순간 숭에게 되돌아 온 정근의 비난, 즉 "비극을 만들기는 누가 만들고 사람을 죽이기는 누가 죽었는데"(392면)라는 비난에서 숭은 그 자신이 결코 자유롭지 못함을 깨닫고 있는 것이다.

> 그렇지마는 도덕적으로 생각할 때에 소장의 말은 절절이 옳았다. 유순을 죽이게 한 것은 간접적으로 분명히 자기다. 이 모든 비극의 원인이 숭이라고 부르짖은 정근의 말은 가만히 생각해 보면 하늘이 정근의 입을 빌려서 자기의 양심에 주는 책망인 듯하였다. (402면)

사실 이 같은 정근의 비난은 숭에게 매우 미묘한 문제이다. 자신이 유순을 죽게 한 것은 아니지만, 그렇다고 유순을 죽게 한 책임에서 자유롭지도 않다는 사실을 숭은 인정하지 않을 수 없는 처지에 놓여 있기 때문이다. "'순을 죽이는 것이 내가 아닌가' 하는 생각이 숭의 가슴을 찔렀다. '그렇다, 내다. 그렇게 나를 따르는 순을 내가 아내를 삼았더면 이러한 비극은 없었을 것이 아닌가.'"(387면) 이처럼 순의 죽음이 일차적으로 숭에게 책임이 있는 것이라면, 숭은 순의 죽음으로 인한 살여울의 분열과 그로 인한 자기 세력의 몰락 또한 자신의 탓으로 돌릴 수밖에 없게 된다. 숭의 세력의 몰락은 숭의 징역으로 명백해지며, 이로써 숭을 둘러싼 중심 갈등, 즉 유순과 농민에 대한 '의무'를 저버리고 정선에 대한 '욕망'을 선택한 데 대한 '자책감'에서 비롯된 갈등은 그 죄가를 치르는 것으로 끝이 난다. 요컨대 유순의 죽음과 숭의 세력의 몰락은 스토리 구조상에서 숭 자신의 도덕적 결함의 결과, 즉 유순과 농민에 대한 의무를 저버린 결과로서 자리매김되고 있는 것이다.

소설 전체의 구조로 보아 근본 갈등은 이미 숭의 징역으로 결말지어

졌기 때문에, 숭의 징역 이후의 이야기는 이제 후일담 정도로 이해되어
야 한다. 실제로 징역 이후 숭은 이야기 뒷편으로 사라지며, 이후의 이
야기의 중심을 이루고 있는 것은 부수적 인물들의 회개와 성공적 변모
담이다. 많은 논자들이 불만스럽게 지적해 왔던 것처럼, 정근의 갑작스
런 회개와 그로써 숭과 정근의 세력 싸움을 둘러싼 살여울의 갈등이 해
소되고 있는 이 대목은 우스꽝스러울 정도로 현실의 논리를 무시한 채
마구 써내려 간 흔적이 역력하다.[68] 그것은 이건영에게 농락당하고 상
처 입고 좌절했던 순례가 조선의 음악가로 성공하고 살여울로 귀농한
사건이나, 정선과 간통하면서 타락해갔던 갑진이 검불랑의 농촌 운동가
로 변모한 사건의 경우에 있어서도 마찬가지이다. 그런데도 이 부분에
지나치게 의미를 부여하려 하는 것은 그것이 옹호를 위한 것이든 비판
을 위한 것이든 작품의 의도적 측면, 즉 농촌 계몽의 주제에 지나치게
기댄 결과일 뿐이다. 이광수 자신도 이 사실을 몰랐다고 말하기는 어렵
다. 작가 스스로도 『흙』은 "미성품"이라고 밝힌 바도 있거니와,[69] 실상

---

68) 이 대목에 대한 긍정적인 평가는 대개 정근의 회개가 살여울의 갈등을 해결하는 데
    결정적인 역할을 하고 있다는 점에서 내려지고 있다. 구인환은 기생이었던 선희의 귀
    농 결심과 더불어 농촌 사업을 위해 정근이 내놓는 기부라는 "이 두 기적으로 그 갈등
    이 해소되어 살여울의 새로운 가능성을 보여준다"는 점에 주목하고, 거기에서 "조선주
    의가 성숙할 수 있는 가능성"까지를 보고 있다(구인환, 『이광수 소설 연구』, 삼영사,
    1983, 115~129면). 반면 송욱이나 김현, 이선영 등은 그 같은 해결책이 손쉽게 이루어
    진 것이라는 점에서 다소 비판적인 관점을 보여준다. 송욱은 정근의 회개를 두고 "악인
    이 끝까지 악인으로 머물러 있지 않고 대중소설답게 회개하"고 있다 하여 비판하고 있
    고(송욱, 「이광수 작 『흙』의 의미와 무의미」, 『문학평전』, 일조각, 1969, 14면), 김현은
    정근과의 관계로 벌어지는 장면을 두고 정근과 대결하지 않고 살여울을 떠나 살여울보
    다 더 험한 검불랑으로 가고자 하는 것은 "지독한 현실 도피"이자 "에고이즘을 미화시
    키기 위"한 것으로, 숭의 "위선과 무사제일주의"를 가장 잘 드러내주는 장면이라고 지
    적하고 있으며(김현, 「위선과 패배의 인간상」, 『세대』 17, 1964.10, 151~152면), 이선영
    또한 『흙』에서 제시된 협동조합의 형성의 토대가 "농민의 자생력에 의해서가 아니라,
    자신의 죄과를 부자연스럽게 회개한 재력가인 유정근의 호의에 거의 전적으로 의존"하
    고 있다는 점에서 농촌 부흥 운동에 대한 인식을 높이 평가하기 어렵다고 보고 있다(이
    선영, 「『흙』의 서사와 그 의미」, 『춘원 이광수 문학 연구』, 연세대 국학자료원, 1994).
69) "나는 이 『흙』이 미성품인 것을 자백합니다. 그러나 이 『흙』은 미성품이 되지 아니하
    지 못할 운명을 가진 것이라 믿습니다. 왜 그런고 하면 살여울이 아직 미성품이기 때문

살여울 공동체의 건설이라는 주제는 숭이 징역으로 유순과 농민에 대한
의무를 저버렸던 대가를 충분히 치르고 난 후의 가능성의 영역으로 남
아 있을 뿐인 것이다.

　살펴본 바와 같이, 『흙』에서 숭이 정선과의 결혼을 선택한 것은 유순
과 농민에 대한 '의무'를 저버린 것이었고, 따라서 숭에게 가장 절실한
문제는 '욕망'을 선택하느라 '의무'를 저버린 데 대한 '자책감'을 어떻게
극복할 것인가, 다시 말해 '욕망'을 선택했으나 '의무'를 저버릴 수는 없
는 딜레마를 어떻게 해결할 것인가 하는 문제와 관련이 있었다. 이 같은
숭의 처지는 합법적 민족운동의 모색이라는 명분 아래 총독부에의 종속
적인 타협에 기울지 않을 수 없었을 이광수 자신의 처지를 환기시킨다.
앞서 언급한 바와 같이, 이 시기가 만주사변을 전후하여 민족운동의 가
능성이 경색되었던 때였고 보면, 당시 동우회 국내 총책임자로서 동우회
사업을 주도해나가야 하는 입장에 있었던 이광수로서는 상황이 어려워
진 만큼 총독부와 좀더 긴밀한 관계를 유지할 필요가 있었으리라는 것
은 충분히 짐작해볼 수 있는 것이다.
　이와 관련하여 『흙』에서 주목되는 것은 『흙』의 스토리 구조 자체가
정선과의 관계를 유지하는 가운데에서도 일생에 대한 의무를 돌아보고
자 하는 숭의 헌신을 절충적으로 구조화함으로써, '의무'를 저버리고
'욕망'을 선택한 데 대한 숭의 '자책감'을 '변명'의 여지가 있는 것으로
자리매김하고 있다는 사실이다. 숭은 유순과 농민에 대한 '의무'를 저버
리고 정선을 선택한 데 대한 '자책감'을 정선과의 관계를 유지하는 가운
데에서라도 일생의 의무를 돌아보는 것으로써 극복하고자 했다. 정선의

입니다. 나는 한 선생이 살여울로 들어가시는 것을 보았고, 허숭 변호사가 아직 출옥하
지 아니 하였고, 그밖의 인물들이 무엇을 할지 잘 모르는 까닭입니다. 그러나 나는 그
들이 어느 방향으로 가려는 차를 타는 것까지는 보았다고 믿습니다." 이광수, 「흙을 끝
내며」, 『선집』 2, 삼중당, 1968.

온갖 변덕스러운 행동에도 불구하고, 끝내 정선과 더불어 살여울에 정착하려 애쓴 숭의 노력의 의미도 바로 여기에 있었다. 사랑과 의무의 문제는 결코 대립적인 것이 아니며, 그것을 대립적인 문제로 파악할 때 오히려 원수를 갚는다는 개인적인 문제 해결로 인하여 일생의 의무를 저버리게 된다는 논리가 보여주듯, 숭은 정선과의 관계와 농민에 대한 의무의 문제는 서로 대립적인 것이 아니며, 그 자신의 노력 여하에 따라 얼마든지 이들 간의 절충이 가능하다는 믿음에 매달리고자 했던 것이다.

이러한 '변명'의 구조화는 만주사변을 전후하여 동우회의 합법적 운동의 가능성을 모색한다는 명분 아래 총독부에의 종속적인 타협에 기울지 않을 수 없었던 자신의 입장을 변명하고자 했던 이광수 자신의 욕망과 무관하지 않은 것으로 보인다. 이광수는 그러한 타협의 정당성을 정선과의 관계를 유지하는 가운데서도 살여울에서의 농민 운동에 헌신하고자 하는 숭의 절충적 입장 속에서 모색해보려 했던 것이다.

그러나 살펴본 바와 같이, 겉보기에 가능해 보였던 그 신념은 그것이 자신의 도덕적 결함 위에 세워진 것임을 인식하게 됨으로써 한순간에 그 힘을 잃고 있었다. 그처럼 애써왔던 살여울에서의 사업의 몰락은 숭에게 여전히 유순에 대한 '의무'를 저버린 데 대한 '자책감'의 맥락에서 자리매김되고 있음을 볼 수 있는데, 그것은 당시 이광수에게 총독부와 벌인 타협의 무게가 결코 가볍지 않은 것으로 받아들여지고 있었음을 짐작케 하는 것이다. 그럼에도 불구하고 총독부와의 관계를 단절할 수 없는 것이 현실이라면, 방법은 여전히 그 같은 절충 속에도 가능성은 존재할 것이라는 주관적인 신념을 그대로 밀고 나가는 것뿐이다. 그런 의미에서, 숭에게 살여울 공동체의 가능성이란 실상 숭의 주관적인 신념 그 이상의 의미를 지니지 않는다고 할 수 있다.

3. 『유정』—부정이라는 세상의 비난에 대한 반발

『유정』은 1933년 10월에서 12월에 걸쳐 이광수가 『조선일보』 부사장 및 편집국장을 겸임하던 시기 동지(同紙)에 연재한 다소 짧은 길이의 장편이다. 이 작품은 조연현이 현실적인 도덕률의 관점에서는 용납될 수 없는 최석과 정임의 사랑의 비극을 "정신지상주의적인 애정"으로 승화시킨 작품이라는 관점에서 평가한 이래,[70] 이광수의 소설 가운데서는 다소 예외적인 것으로 다루어져 왔다. 그 이유는 주로 교화적 주제를 가지고 있는 그의 여느 작품들과는 달리, 『유정』이 열정이라는 문학 본래의 창작 동기로서 가장 순수한 주제를 다루고 있다는 점에서 찾아진다. "인간의 힘 중 가장 힘있는 '정'에 대해 썼다"[71]는 점에 주목한 김윤식의 지적이나, "사회적 규범으로부터 일탈하면서까지 개인적 삶의 내실을 추구하고자 하는 자기 지향적이며 심미적인 삶의 경향이 제시"[72]되어 있다는 점에 주목한 한용완의 지적이 의미하는 것이 바로 그것이다.

그러나 본고의 기본 관점, 즉 이광수의 소설은 근본적으로 애정삼각관계를 중심으로 한 '의무'와 '욕망' 간의 갈등과 그로부터 비롯되는 '자책감'이라는 사적이고 내밀한 주제를 지속적으로 다루고 있다는 관점에서 보자면, 『유정』이 문학적이냐 비문학적이냐 혹은 교화적이냐 개인적이냐 하는 차원의 분류는 그다지 큰 의미를 지니지 않는다. 그것은 이광수 소설을 근본적으로 교화적이고 계몽적인 문학의 범주에 가두는 해석의 관습에 따른 관습적인 분류일 뿐이며, 애정삼각관계의 양상과 그로부터 파생되고 있는 '자책감'의 구조라는 관점에서 보자면, 『유정』 또한 『재생』이나 『흙』의 구조와 연속선상에 놓여 있음을 볼 수 있기 때문이다.

---

70) 조연현, 『한국현대문학사』, 성문각, 1969, 180~183면.
71) 김윤식, 『이광수와 그의 시대』 2, 솔, 1999, 224면.
72) 한용환, 『이광수 소설의 비판과 옹호』, 새미, 1994, 103~104면.

『재생』이나 『흙』과 마찬가지로, 『유정』에서도 이 '자책감'의 문제는
조선에 대한 회의에 비례하여 총독부에의 타협에 대한 유혹에 이끌렸던
이광수 자신의 자의식과 관련이 있다. 그가 『유정』을 쓸 무렵은 만주 사
변(1931.9)과 상하이 사변(1932.1)의 여파로 동북 지역의 민족운동은 물론
국내에서의 활동도 점차 어려워지는 시점이었는데다, 도산이 체포되고
사 년 언도를 받으면서 동우회도 위기에 빠지고, 조선일보 이직 사건을
둘러싸고 그 자신 다시금 세상의 비난에 휩쓸리면서, 조선에 대해 더 이
상 기대할 것이 없다는 회의에 빠졌던 시기였다.[73] 그 회의가 어느 정도
였는가 하는 것은 『유정』 곳곳에서 보이는 조선에 대한 회의와 원망, 그
리고 분노의 감정에 대한 직설적인 표현에서 분명하게 확인된다.

> 나는 인제는 세상이 싫어졌다. 더 살기가 싫어졌다. 내가 십여 년 동안 전 생
> 명을 바쳐서 교육한 학생들에게까지 배척을 받을 때에는 나는 지금까지 살아온 것
> 을 생각만 하여도 진저리가 난다. (60면)

> "아니! 나는 고국이 조금도 그립지 아니하이. (…중략…) 고국에 무슨 그리울
> 것이 있단 말인가. 그 빈대 끓는 오막살이가 그립단 말인가. 나무 한 개 없는
> 산이 그립단 말인가. 물보다도 모래가 많은 다 늙어빠진 개천이 그립단 말인가.
> 그 무기력하고 가난한, 시기 많고 싸우고 하는 그 백성을 그리워한단 말인가.
> 그렇지 아니하면 무슨 그리워할 음악이 있단 말인가, 미술이 있단 말인가, 문학
> 이 있단 말인가, 사상이 있단 말인가, 사모할 만한 인물이 있단 말인가. 날더러
> 고국의 무엇을 그리워하란 말인가. 나는 조국이 없는 사람일세. (…중략…) 내게
> 가장 불쾌한 것이 있다고 하면 그것은 고국이라는 기억과 조선 사람의 존잴세."
> (69~70면)

---

73) 이에 관해서는 「다난한 반생의 도정」에서 간략한 사정을 엿볼 수 있다. "내가 연전
동아일보를 나와서 조선일보로 간 것은 세상이 배신 행위라고 비난하는 것도 당연한
일이다. 비록 내 내적 동기가 그렇지 않다고 하더라도 그것이 변명은 되지 아니하는 것
이다. 설사 내가 조선일보로 간 것이 부득이한 사정이 있고 또 공적 견지로 보아서 죄
될 것이 없다 하더라도 내 은인에 대한 배신 행동임에 다름없는 것이다." 이광수, 「다
난한 반생의 도정」, 『이광수 전집』 14, 403~404면.

우리도 이렇게 고국을 떠나 있지마는 그래도 고국 소식이 궁금해서 신문 하나는 늘 보지요. 하지만 어디 시원한 소식이 있어요. 그저 조리복숭이가 되어가는 것이 아니면 조그마한 생각을 가지고, 눈꼽만한 야심을 가지고, 서푼어치 안 되는 이상을 가지고 까불고 싸우고 하는 것밖엔 안 보이니 이거 어디 살 수가 있나.74) (79~80면)

이러한 측면에서 보면, 『유정』은 이루어질 수 없는 남녀의 비극적인 사랑에 관한 이야기라기보다 조선에 대한 회의와 분노에 관한 이야기가 아닌가 하는 생각이 들 정도이다. 그 자신 일생을 조선에 헌신해 왔음에도 불구하고 되돌아오는 것은 비난과 배척뿐이라는 사실에 대한 분노, 그와 더불어 더 이상 조선에서는 기대할 것이 없다는 회의, 이것이 바로 『유정』에서 최석과 그의 아내, 그리고 정임의 애정삼각관계를 둘러싸고 있는 지배적인 정서임을 볼 수 있는 것이다.

게다가 좀더 주목되는 것은 이 같은 조선에 대한 회의와 분노에 비례하여 최석 자신 정임과의 관계가 불륜이라는 세상의 비난에 대해 결코 떳떳할 수만은 없는 처지에 놓이게 된다는 사실이다. 조선을 등질 결심을 하고 정임이 있는 동경에 들렀다가 처음 그녀에 대한 애정에 눈뜨게 된 최석은 이후 걷잡을 수 없이 커져 가는 그녀에 대한 애욕을 그 스스로도 부인할 수 없는 곤혹스런 지경에 직면하고 있기 때문이다. 사정이 이러하다면, 『유정』에서 제시되고 있는 서사 상황, 즉 아내에 대한 '의무'에 매여있는 처지이면서도 걷잡을 수 없이 커져 가는 정임에 대한 감정을 부인할 수 없었던 데 대한 최석의 '자책감'과 조선에 대해 더 이상 기대할 것이 없다는 회의에 비례하여 제국 권력을 향한 모종의 욕망에 이끌렸을 이광수 자신의 자의식의 구조 간에 모종의 상관성을 상정해볼 수 있다. 따라서 본 장에서는 『유정』에서 최석을 중심으로 하는 애정삼

---

74) 『유정』의 텍스트는 『이광수 대표작 선집』 3(삼중당, 1968)이며, 이후로도 『유정』의 인용문에 대해서는 페이지 번호만 표기하기로 한다.

각관계의 양상을 분석함으로써, 이광수 자신 조선에 대한 회의에 비례하여 이러한 모종의 욕망에 이끌렸던 데 대한 자의식과 어떻게 대면하고 있었는가를 살펴보고자 한다.

『유정』의 서사 구조 전체를 지배하는 애정삼각관계는 최석을 중심으로 최석의 아내와 남정임 사이에서 이루어진다. 그것은 최석이 한편으로 교육자로서 딸과 같이 나이 어린 여자와 불륜의 관계를 맺은 위선자라는 세상의 비난과 배척의 부당함을 주장하면서도, 다른 한편으로 마음 한 구석 점차 걷잡을 수 없이 커져 가는 정임에 대한 애욕을 그 스스로 부인할 수 없게 되는 데서 비롯된다. 따라서 『유정』의 스토리 구조는 도덕적으로 용납될 수 없는 '욕망'과 그에 비례하여 증폭되어 가는 '자책감'에서 비롯되는 최석의 갈등을 중심으로 구조화된다.

『유정』에서 최석은 애초에 부당한 오해로 인하여 세상의 비난과 배척을 받게 된 억울한 주인공으로 상정되고 있다. 그는 교사로서 딸과 같이 어린 여자를 농락해서 버려준 "위선자"이자 "도덕상으로 추호도 용서할 수 없는 죄인"(7면)이라는 세상의 비난 속에서, 가정에서는 물론, 십여 년 간을 헌신해 온 학교에서마저 배척당하는 인물로 그려지고 있는데, 그같은 세상의 비난과 배척의 부당함은 『유정』의 도입부, 즉 오해받고 있는 최석을 대신하여 그를 변명해주고자 이 글을 쓰고자 한다는 서술자 '나'의 변에서부터 거듭 강조되고 있음을 볼 수 있는 것이다.

> 세상 사람의 말에 의지하건댄 최석은 나이가 십여 년이나 틀리는, 그러고도 제가 아버지 모양으로 선생 모양으로 감독하고 지도하지 아니하면 아니 될 어린 여자를 농락해서 버려 준 위선자요, 죽일 놈이요, 남정임은 남의 아내 있는 남자, 아버지 같은 남자와 추악한 관계를 맺은 음탕한 계집이다. 이 두 남녀는 도덕상 추호도 용서할 점이 없는 죄인이라고 세상은 판정하고 있다. 최·남 두 사람의 **친구들조차 이제는 이 잘못 판단되는, 모욕되는 두 사람**을 위하여 한 마디로 변명하려고 아니하고 도리어 나간 며느리를 흉보는 모양으로 있는 흉 없는

흉을 하나씩 둘씩 더 만들어 내어, 최석, 남정임 두 사람을 궁흉 극악한, 그야말로 더럽고도 죽일 연놈을 만들고야 말려 한다. (…중략…) 도무지 이 세상이 이렇게 **무정하고 반복무상한 세상**인가보다. 더구나 최석의 은혜를 받고 최석의 손에 길러 났다고 할 만한 무리들까지도 최석이, 최석이 하고 마치 살인강도 죄인이나 부르는 듯하는 것을 보면 눈물이 난다. (7~8면)

여기서 주목할 만한 것은 서술자 '나'의 변명의 초점이 최석과 남정임의 관계의 결백함에 있다기보다는 최석을 시비하는 사람들에 대한 질책에 있다는 점이다. 말하자면 두 사람에 대한 세상의 비난은 "잘못 판단되는" 것일 뿐이며, 잘못은 오히려 남의 말하기 좋아하는 "무정하고 반복무상한 세상"에 있다는 것이다. "세상 사람의 말에 의지하건댄"과 같이 포괄적인 대상에서부터 시작하여 "두 사람의 친구들조차", "더구나 최석의 은혜를 받고 최석의 손에 길려났다고 할 만한 무리들까지도"와 같이 점차 구체적인 대상으로 그 질책의 대상을 좁혀가고 있는 데서도 발견되는 것처럼, 그것은 최석을 잘 모르는 사람들은 그렇다 하더라도 가까운 친구들이나 그의 은혜를 받은 무리들까지도 그를 그런 식으로 몰아대는 것은 너무 무정한 것이 아니냐 하는 항의의 뉘앙스를 지니고 있는 것이다.

사정은 내부 이야기에 해당되는 최석의 편지에서도 마찬가지이다. 최석의 편지의 대부분을 차지하고 있는 지배적인 정서 또한 세상의 몰이해하고 무정한 태도에 상처받은 자의 실의와 분노 바로 그것이라 할 수 있기 때문이다. 최석은 편지에서 "이런 놈의 가정이나 세상을 떠나버리자"(49면)는 동기에서 조선을 등질 결심을 하게 되었다고 밝히고 있는데, 여기서 "이런 놈의"라 함은 가장 가까운 관계라 할 수 있는 아내와 자식은 물론, 동지, 동료 세상의 "믿을 수 없음", 즉 가정과 학교, 그리고 사회, 한 마디로 조선으로 수렴되는 그 모든 것이 자신에 대해 적대적인 태도를 가지고 있다는 인식과 관련이 있다. 최석에게 그 상처가 얼마나 커다란 것이었는가 하는 것은 다음의 고백에서도 잘 드러난다.

나는 인제는 세상이 싫어졌다. 더 살기가 싫어졌다. 내가 십여 년 동안 전 생명을 바쳐서 교육한 학생들에게까지 배척을 받을 때에는 나는 지금까지 살아온 것을 생각만 하여도 진저리가 난다. 그렇지마는 나는 이것이 다 내가 부족한 때문인 줄을 잘 안다. 나는 조선을 원망한다든가, 내 동포를 원망한다든가 그럴 생각은 없다. 원망을 한다면 나 자신의 부족을 원망할 뿐이다. 내가 원체 교육을 한다든지 남의 지도자가 된다든지 할 자격이 없음을 원망한다 하면 원망할까, 내가 어떻게 조선이나 조선 사람을 원망하느냐. 그러니까 인제 내게 남은 일은 나를 조선에서 없애버리는 것이다. 감히 십여 년 간 교육가라고 자처해 오던 거짓되고 외람된 생활을 끊어버리는 것이다. (60면)

위의 인용문에서 볼 수 있는 것처럼, 최석은 겉으로는 "내가 원체 교육을 한다든지 남의 지도자가 된다든지 할 자격이 없"는 탓인 까닭에 "조선을 원망한다든가, 내 동포를 원망한다든가 그럴 생각은 없다"고, 그러니까 "남은 일은 나를 조선에서 없애버리는 것"이라고 이야기하고 있지만, 그것은 사실 배척받은 데 대한 분노와 원망을 뒤집어 표현한 것에 불과하다. 그 분노와 원망의 크기는 동경에서 정임을 만나고 장춘으로 가는 길에 "조선의 하늘을 통과하기 싫어서"(67면) 배를 타고 돌아간 행동에서도 분명하게 드러난다.

배척받음과 그에 대한 실의와 분노라는 주제는 최석이 조선을 떠나 시베리아로 가는 길에까지 그 그림자를 드리우고 있다. 실제로 그 주제는 하르빈에 사는 친구 R과의 만남에서도 다시 한번 반복된다. R은 경술년(1910) A씨 등의 망명객을 따라 갔다가 그곳에서 소비에트 장교로 남아 있게 된 친구로서, 최석이 R을 찾아간 것은 표면적으로는 아라사에 갈 여행권을 얻기 위한 것으로 되어 있다. "그 사람을 찾아야 아라사에 들어갈 여행권을 얻을 것이요, 여행권을 얻어야 내가 평소에 이상하게도 그리워하던 바이칼호를 볼 것이오"(67면) 그러나 실제로 이 삽화가 말하고 있는 것은 조선으로부터 배척받은 데 대한 우회적인, 어쩌면 우회적이기 때문에 더더욱 노골적인 분노의 표현이라고 할 수 있다.

"아니! 나는 고국이 조금도 그립지 아니하이. (…중략…) 이상하게 생각하시겠
지. 하지만 고국에 무슨 그리울 것이 있단 말인가. 그 빈대 끓는 오막살이가 그
립단 말인가. 나무 한 개 없는 산이 그립단 말인가. 물보다도 모래가 많은 다
늙어빠진 개천이 그립단 말인가. 그 무기력하고 가난한, 시기 많고 싸우고 하는
그 백성을 그리워한단 말인가. 그렇지 아니하면 무슨 그리워할 음악이 있단 말
인가, 미술이 있단 말인가, 문학이 있단 말인가, 사상이 있단 말인가, 사모할 만
한 인물이 있단 말인가. 날더러 고국의 무엇을 그리워하란 말인가. 나는 조국이
없는 사람일세. (…중략…) 내게 가장 불쾌한 것이 있다고 하면 그것은 고국이라
는 기억과 조선 사람의 존잴세." (…중략…) 그의 얼굴에는, 군인다운 기운찬 얼
굴에는 증오와 분노의 빛이 넘쳤소. (69~71면)

위의 인용문은 고국이 그립지 않느냐는 최석의 질문에 조선에 대한
자신의 솔직한 심사를 밝히고 있는 R의 고백이다. 눈여겨보아야 할 것
은 여기서 R을 지배하고 있는 정서가 증오와 분노 그 자체로 해석되고
있다는 점이다. "나는 조국이 없는 사람"임을 자처하고, "가장 불쾌한
것이 있다고 하면 그것은 고국이라는 기억과 조선 사람의 존재"라고 단
호하게 잘라 말하는 R의 얼굴에서 최석은 "증오와 분노의 빛"을 읽고
있는 것이다. R과의 만남이라는 삽화가 단순히 아라사에 갈 여행권의
문제 때문에 삽입된 것이라면, 여기에 조선에 대한 직설적인 분노와 증
오의 감정이 적나라하게 표현되고 있는 이유를 이해하기 어렵다. 그러나
십여 년 간 교육자로서 헌신해 왔던 조선으로부터 부당한 오해로 배척
받고 이곳 하르빈까지 올 수밖에 없었던 최석의 입장을 고려한다면, 그
필연성은 분명해진다. "무기력하고 가난한", 그러면서도 "시기 많고 싸
우"기나 하는 조선에 대한 R의 질책, 그것은 곧 조선에서 배척받고 끝내
조선을 등질 수밖에 없었던 최석 자신의 증오와 분노를 우회적으로 대
변하고 있는 셈인 것이다.[75]

---

75) 이는 R의 고백에 대한 최석의 양가적인 반응에서도 분명하게 확인된다. 그는 한편으
　　로 그 같은 R의 태도에 거세게 항의하면서도 —"이 말에 나는 깜짝 놀랐소. 몸서리치

세상에서 배척받은 데 대한 실의와 분노의 주제는 편지를 끝내는 최석의 변(辨)에서 가장 직접적인 방식으로 드러난다. 실제로 편지를 끝내는 마당에 자신의 편지가 "무익하고 어리석음"을 환기시키고 있는 최석의 태도에는 자신에 대해 몰이해하고 무정한 세상에 대한 다분히 거센 반발이 함축되어 있음을 볼 수 있다.

> 다 쓰고나니 이런 편지는 다 부질없는 일이요 내가 이런 말을 한 대야 세상이 믿어줄 리도 없지 않소. 말이란 소용없는 것이요 내가 아무리 내 아내에게 말을 했어도 아니 믿었거든— 내 아내도 내 말을 아니 믿었거든 하물며 세상이 내 말을 믿을 리가 있소 믿지 아니할 뿐만 아니라, 내 말중에서 자기네 목적에 필요한 부분만 믿고, 또 **자기네 목적에 필요한 부분은 마음대로 고치고 뒤집고 보태고 할 것이니까**, 나는 이 편지를 쓴 것이 한 무익하고 어리석은 일인 줄을 깨달았소. (91면)

위의 인용문에서 볼 수 있는 것처럼, 여기서 최석의 변은 "다 부질없"다, "믿어줄 리도 없"다, "믿을 리가 있"겠느냐, 다만 "무익하고 어리석은 일"일 뿐이다 등의 부정적인 수사로 가득 채워져 있다. 이 부정적인 수사들은 얼핏 최석 자신의 변명의 무익함을 향해 있는 것 같지만, 사실 그 강한 부정으로 인하여 세상의 몰이해의 부당함을 강조하는 역할을 하고 있다. 이어지는 언급에서도 분명하게 드러나는 것처럼, 그것은 진실과는 무관하게 세상이 자기네 목적에 따라 자기 말을 "마음대로 고치고 뒤집고 보태고 할 것"에 대한 반발을 함축하고 있는 것이다.

그러나 불륜이라는 세상의 비난과 배척이 부당한 것임을 당당하게 내세울 수 있을 만큼 최석이 그 자신의 결백함을 떳떳하게 주장할 수 있

게 무서웠소 (…중략…) 일찍은 고국을 사랑하여 목숨까지도 바치던 이 사람이 도무지 이처럼 고국을 잊어버렸다는 것은 놀라운 정도를 지나서 괘씸하기 그지없었소"(69~70면) ―, 그에 대해 어느 정도 공감하는 태도를 보여주기도 하는 것이다. "또 생각하면 R이 한 말 가운데는 들을 만한 이유도 없지 아니하오."(71면)

는가 하면 그렇지도 않다는 데서 문제는 복잡해진다. 조선에 대한 실의
와 분노에 비례하여, 최석은 점차 그 스스로도 부인할 수 없는, 자신의
마음 한켠에 걷잡을 수 없이 커져 가는 정임에 대한 '욕망'을 발견하게
되기 때문이다.

> 형! 나를 책망하시오 심히 부끄러운 말이지마는 나는 정임을 힘껏 껴안아 주
> 고 싶었소 나는 몇 번이나 정임의 등을 굽어보면서 내 팔에 힘을 넣으려고 하
> 였소 정임은 심히 귀여웠소 정임이가 그처럼 나를 사모하는 것이 심히 기뻤소
> 나는 감정이 재우쳐서 눈이 안 보이고 정신이 몽롱하여짐을 깨달았소 나는 아
> 프고 쓰린 듯한 기쁨을 깨달았소 영어로 엑스터시라든지, 한문으로 무아의 경
> 이란 이런 것이 아닌가 하였소 나는 사십 평생에 이러한 경험을 처음 한 것이오
> (56~57면)

위의 고백은 조선을 등질 결심을 하고 마지막으로 정임을 보러 동경
에 들른 최석이 정임에게 애정을 깨닫고 있는 대목이다. "엑스터시"라든
지 "무아의 경"이라는 표현에서도 분명하게 드러나고 있는 것처럼, 그것
은 남녀간의 애정에서 비롯되는 충족감이다. 어릴 적 부모가 짝을 지워
준 아내에 대한 일종의 '의무'에서 적막한 혼인 생활을 해왔던 최석의
처지에서 보면, 애정 없고 이해심 없는 아내보다는 그처럼 자기를 사랑
하며 따라주는 정임에게 애정을 느끼게 되는 것도 무리는 아니라고 할
수 있다. 더구나 세상으로부터 배척받고 고립되어 있는 처지였던 만큼,
그 같은 정임의 사랑이 최석에게 위로와 위안이 되었으리라는 것은 충
분히 짐작할 만한 것이다. 그러나 교육자로서 딸과 같이 나이 어린 여자
와 불륜의 관계를 맺은 죄인이라는 세상의 몰이해한 비난과 배척에 상
처받고 실의와 분노로 조선을 등질 결심까지 하고 있던 처지에 있었던
최석으로서는 그 같은 자신의 감정이 곤혹스러운 것이 아닐 수 없다. 그
가 자신의 감정에 대해서 스스로 "책망"받아야 할, "심히 부끄러운" 것
임을 고백하고 있는 것도 바로 그에 대한 자의식을 잘 보여준다.

최석의 비극은 그럼에도 불구하고 한번 눈뜨게 된 이후 걷잡을 수 없이 커져 가는 '욕망'을 그 스스로도 부인할 수 없게 된다는 데 있다. 저를 데리고 가달라는 정임의 애원도 단호하게 뿌리치고 떠나왔건만, 북만주 광야의 벌판의 호숫가를 헤매고 있는 그를 지배하고 있는 것은 온통 정임의 모습뿐이다. 정임에 대한 애욕이 그 자체로 "하느님이 금하시는" "죄"(75면)가 된다는 사실을 분명하게 인식하고 있으면서도, 스스로의 힘으로는 그것을 어찌할 수 없다는 그의 적나라한 고백은 그 '욕망'의 정도가 어떠했는가를 분명하게 보여준다. "설사 죄가 되기로서니 낸들 이것까지야 어찌하오. 내가 내 혼을 죽여버리기 전에야 내 힘으로 어찌하오. 설사 죄가 되어서 내가 지옥의 꺼지지 않는 유황불 속에서 영원한 형벌을 받게 되기로서니 그것을 어찌하오."(75~76면) 그리고 그 절대성이 정임에 대한 애욕의 정당성을 입증해주는 것은 아닌 만큼, 최석은 '욕망'이 커져감에 따라 그에 대한 '자책감'의 그늘도 깊어감을 분명하게 들여다보지 않을 수 없게 되는 것이다.

> 나는 아내를 생각하려 하였다. 아이들을 생각하려 하였다. 아내와 아이들을 생각함으로 정임의 생각을 이기려 하였다. (…중략…) 그래도 정임의 일류전은 아내와 아이들의 생각을 밀치고 달려오는 절대 위력을 가진 듯하였다. 아, 나는 어떻게나 파렴치한 사람인고 나이 사십이 넘어 오십을 바라보는 놈이 아니냐. 사십에 불혹이라고 아니 하느냐. 교육가로— 깨끗한 교인으로 일생을 살아왔다고 자처하는 내가 아니냐 하고 나는 내 입으로 내 손가락을 물어서 두 군데나 피를 내었다. (…중략…) 그러나, 아아 그러나 그 빨간, 참회의 핏방울 속에서도 애욕의 불길이 일지 아니하는가. 나는 마침내 제도할 수 없는 인생인가. (117~118면)

이처럼 최석에게 정임에 대한 애욕은 도덕적으로 용납될 수 없는 것이면서 동시에 그 스스로의 힘으로는 어찌할 수 없는 절대적인 성격의 것으로 자리하고 있으며, 따라서 더더욱 고통스러운 '자책감'을 수반하고 있다. 주목할 만한 것은 그럼에도 불구하고 이러한 최석의 '자책감'

은 스토리 구조상에서 궁극적으로 '변명'의 여지가 있는 것으로 자리매
김된다는 점이다. 그것은 무엇보다도 스토리 구조 자체가 부인할 수 없
는 '욕망'이기는 하되 그것을 죽음으로써라도 억압하고자 했던 최석의
처절한 고투를 극적으로 구조화함으로써, 정당하지 못한 '욕망'으로부터
자유로울 수 없는 데 대한 '자책감'의 무게를 덜고 있는 데서 기인한다.
　실제로 정임에 대한 애욕을 부인할 수 없게 된 이후의 최석의 삶은
한 마디로 사생을 건 '욕망'과의 처절한 고투 그 자체였다 해도 과언이
아니다. 사실 그가 정임에 대한 감정을 인정하는 일이란 교육자로서 딸
과 같이 나이 어린 여자와 불륜의 관계를 맺었다는 세상의 비난과 배척
에 대한 수긍이자, 내적으로는 나름대로 깨끗하고 올바른 길을 걷기 위
해 애쓰면서 교육자로서 조선을 위해 헌신해 온 그간의 자기 삶 자체의
무화를 의미한다. 그런 만큼, 그에게 그러한 '욕망'과의 싸움은 더더욱
사생을 건 결단의 문제로 자리잡을 수밖에 없었던 것이다. 최석이 시베
리아의 눈 덮인 삼림으로 들어가기로 결심한 것도 바로 이 문제를 해결
하기 위한 데서 비롯된 것인데 ― "나는 도저히 이 혁명을 용인할 수가
없소 나는 죽기까지 버티기로 하였소 내 속에서 두 세력이 싸우다가
싸우다가 승부가 결정이 못된다면 나는 승부의 결정을 기다리지 아니하
고 살기를 그만두려오"(92면) ―, 이에 관해서는 그곳에서의 자기 삶을 기
록하고 있는 그의 일기에서 좀더 분명하게 들여다 볼 수 있다.

　　나는 동경으로 돌아가고 싶다. 정임의 곁으로 가고 싶다. (…중략…) 아무도
　듣는 이가 없는 데서 내 진정을 말하라면 그것은 이 천지에 내게 의미있는 것
　은 정임이밖에 없다는 것이다. (…중략…) 그러나 이것은 불가능한 일이다. 이
　일이 있어서는 아니 된다. 나는 이 생각을 죽여야 한다. 다시 거두를 못하도록 목
　숨을 끊어버려야 한다. (118면)

　　아 나는 하루바삐 죽어야 한다. 이 목숨을 연장하였다가는 무슨 일을 저지르는
　지 모른다. 나는 깨끗하게 나를 이기는 도덕적 인격으로 이 일생을 마쳐야 한다.

이밖에 내 사업이 무엇이냐. (121면)

　　아아 무서운 하룻밤이었다. 나는 지난 하룻밤을 누를 수 없는 애욕의 불길에
탔다. 나는 내 주먹으로 내 가슴을 두드리고 머리를 벽에 부딪쳤다. (…중략…)
나는 이 무서운 유혹을 이기려고 내 몸을 아프게 하였다. 나는 견디다 못하여 문
을 박차고 뛰어 나갔다. 밖에는 달이 있고 눈이 있었다. 그러나 눈은 핏빛이요,
달은 찌그러진 것 같았다. 나는 눈 속으로 달음박질쳤다. 달을 따라서 엎드러지
며 자빠지며 달음질쳤다. 나는 소리를 질렀다. 나는 미친 사람 같았다. (121면)

　　나는 죽음과 대면하였다. 사흘째 굶고 앓은 오늘에 나는 극히 맑고 침착한 정
신으로 죽음과 대면하였다. 죽음은 검은 옷을 입었으나 그 얼굴에는 자비의 표
정이 있었다. 죽음은 곧 검은 옷을 입은 구원의 손이었다. 죽음은 아름다운 그림
자였다. 죽음은 반가운 애인이요 결코 무서운 원수가 아니었다. 나는 죽음의 손
을 잡노라. 감사하는 마음으로 죽음의 품에 안기노라, 아멘. (122면)

　　정임에 대한 '욕망'과 그 무서운 유혹을 극복해야 한다는 의지 간의
처절한 고투 가운데서 최석이 궁극적으로 택하고 있는 것은 죽음이다.
최석에게 죽음은 "검은 옷을 입은 구원의 손", 즉 그 스스로의 힘으로는
제어할 수 없는 '욕망'을 죽임으로써 죄로부터 벗어날 수 있는 유일한
해결책이었던 것이다. 그런 의미에서, 『유정』의 대단원이 최석의 죽음으
로써 막을 내려야 했던 것은 그 스스로의 힘으로는 제어할 수 없는 '욕
망'과 끝내 그것을 용납할 수는 없었던 그의 자의식이 빚어낸 스토리 구
조상의 필연이라 할 수 있다.

　　살펴본 바와 같이, 『유정』에서 최석은 한편으로 불륜이라는 세상의
비난과 배척에 대해 부당함을 주장하며 반발하면서도, 그에 대한 실의와
분노에 비례하여 그 자신 걷잡을 수 없이 커져 가는 정임에 대한 애욕
을 부인할 수 없게 되어 버린 곤혹스런 상황에 직면하고 있었다. 이러한

최석의 처지는 당시 조선에 대해 더 이상 기대할 것이 없다는 회의에 비례하여 제국 권력을 향한 모종의 욕망에 이끌렸을 이광수 자신의 처지를 환기시킨다. 앞서 언급한 바와 같이, 이 시기가 만주 사변과 상하이 사변의 여파로 국내에서의 활동이 어려워지고, 도산의 체포와 더불어 동우회 운동의 가능성도 희미해진데다, 조선일보 이직 사건을 둘러싸고 그가 다시금 세상의 비난에 휩쓸리지 않을 수 없었던 때이고 보면, 조선에 대해 더 이상 기대할 것이 없다는 회의에 비례하여 그 자신 이러한 모종의 기울었으리라는 것은 충분히 짐작해 볼 수 있는 것이다.

이와 관련하여 『유정』에서 주목되는 것은 『유정』의 스토리 구조 자체가 부인할 수 없는 '욕망'이기는 하되 그것을 죽음으로써라도 억압하고자 했던 최석의 처절한 고투를 극적으로 구조화함으로써, 정당하지 못한 '욕망'으로부터 자유로울 수 없는 데 대한 최석의 '자책감'을 '변명'의 여지가 있는 것으로 자리매김하고 있다는 사실이다. 정임에 대한 최석의 '욕망'은 세상의 비난과 배척에 상처받은 실의와 분노에 비례하여 점차 걷잡을 수 없이 커져 가는 절대적인 힘으로 자리하고 있었다. 그러나 정임에 대한 애욕을 인정하는 일이란 교육자로서 딸과 같이 나이 어린 여자와 불륜의 관계를 맺었다는 세상의 비난과 배척에 대한 수긍이자, 내적으로는 나름대로 깨끗하고 올바른 길을 걷기 위해 애쓰면서 교육자로서 조선을 위해 헌신해 온 그간의 자기 삶 자체의 무화를 의미하는 것이기도 했다. 그에게 '욕망'과의 싸움이 사생을 건 결단의 문제로 자리 잡고 있었던 것, 그리고 그 처절한 고투의 끝에서 결국 죽음을 선택하지 않을 수 없었던 것은 바로 여기에서 말미암은 것이었다. 말하자면 최석은 그 스스로의 힘으로는 제어할 수 없는 '욕망'과 끝내 그것을 용납할 수는 없었던 도덕적 의지의 양립불가능성을 죽음이라는 극단적인 방식을 통하여 해결함으로써, 스스로도 부인할 수 없게 된 '욕망'에 대한 '자책감'의 무게를 덜고자 했던 것이다.

이러한 '변명'의 구조화는 조선에 대해 더 이상 기대할 것이 없다는 회의에 비례하여 반동적으로 제국 권력에의 유혹에 이끌리면서도 끝내 그것을 용납할 수는 없었던 이광수 자신의 자의식을 짐작케 한다. 최석의 '욕망'이 비장한 죽음으로 귀결됨으로써 억압되어야 했던 필연성, 다시 말해 최석이 죽음으로써라도 '욕망'과 단절해야 했던 필연성이란 이러한 욕망의 무게에 대한 이광수 자신의 내적 자괴감의 산물이자 그 내밀한 욕망과 단절함으로써만 얻을 수 있는 자기 구원의 가능성을 대변하고 있었던 것이다.

4. 소결—타협과 그 부적절함에 대한 변명

이광수에게 1921년 상해에서 귀국한 후의 십여 년 간은, 허영숙과의 결혼으로 시작하여 동아일보에 입사하면서 생활 기반의 안정을 찾은 것은 물론, 동아일보의 편집국장과 수양동우회 총책임자로서의 지위와 더불어 "공인으로서의 활동이 절정에 올랐던 시기"[76]였다는 것이 일반적인 평가이다. 이전까지의 시기가 고아로, 방랑자로, 망명객으로 불안정한 생활에 기반해 있었다면, 그 이후의 시기는 자식을 먼저 저 세상에 보낸 슬픈 아버지로, 동우회 사건의 피고인으로, 세상의 비난을 한몸에 받는 친일파로 고통의 길을 걸어야 했던 까닭에, 이 시기는 "두 개의 어두운 시대에 끼인 유일한 밝음의 시대"[77]였다고 평가되기도 한다. 그러나 살펴본 바와 같이, '의무'를 저버리고 '욕망'을 선택한 데 대한 '자책감'에 대한 고백으로 가득차 있는 이 시기의 작품들은 상해에서의 귀국과 더불어 제국 권력과의 타협에 대한 욕망에 기울어가고 있던 이광수

---

76) 김윤식, 『이광수와 그의 시대』 2, 솔, 1999, 20면.
77) 이동하, 『이광수—무정의 빛, 친일의 어둠』, 동아일보사, 1992, 100~110면.

자신의 자의식을 환기시키고 있는데, 이는 그의 안정적인 공적 활동의 이면에 그 같은 안정을 가능케 했던 총독부에의 정치적 타협에 대한 이광수 자신의 내적 자괴감이 자리하고 있었음을 분명하게 보여준다.

먼저 『재생』은 그 첫머리에서 제시되고 있는 서사 상황부터가 상해에서의 귀국을 두고 변절자라고 몰아부치는 세상의 비난과 이에 대해 결코 결백할 수는 없었던 이광수 자신의 자의식과 그대로 대응하는 구조였다. 『재생』의 첫머리에서 제시되고 있는 서사 상황은 기미년 이후 삼년여만에 처음 봉구와 재회하는 순영의 자기 과오에 대한 '자책감', 즉 이미 백으로 대변되는 재산과 지위에 대한 '욕망'에 이끌려 순결을 깨트렸다는 사실에 대한 '자책감'의 문제였는데, 이는 『재생』의 스토리 구조와 상해에서의 귀국 당시 총독부와 타협한 데 대한 이광수 자신의 자의식의 구조 간에 모종의 상관성이 존재함을 보여준다. 실제로 자신의 과오를 뉘우치고 참되게 살고자 했던 순영의 욕망에 진정성을 부여함으로써 한때 봉구에 대한 '의무'를 저버린 데 대한 '자책감'을 '변명'의 여지가 있는 것으로 자리매김하고 있는 『재생』의 스토리 구조는, 상해에서의 귀국 당시 총독부와 타협한 데 대한 자의식을 변명하고자 했던 이광수 자신의 욕망과 무관하지 않았다. 말하자면 그것은 자신의 타협이 정당하지 못한 것이었을망정 이해받을 만한 여지가 있는 것이라고 변명하고자 했던 그의 욕망을 그대로 대변하고 있는 것이다.

한편 『흙』에서 제시되고 있는 서사 상황은 만주사변을 전후하여 동우회의 합법적 운동의 가능성을 모색한다는 명분 아래 총독부에의 종속적인 타협에 기울지 않을 수 없었던 데 대한 이광수 자신의 자의식의 구조와 대응하고 있었다. 『흙』의 서사 상황이 제기하고 있는 문제는 미모와 재산과 지위로 대변되는 정선에 대한 '욕망'을 선택했으나 유순과 농민에 대한 '의무'를 저버릴 수는 없었던 숭의 딜레마, 다시 말해 '의무'를 저버리고 '욕망'을 선택한 데 대한 '자책감'을 어떻게 극복할 것인가 하는 문제와 관련이 있었는데, 이는 『흙』의 스토리 구조와 합법적인 민족운동의 모색이라는 명분 아래 총독부에의 종속적인 타협에 기울었던 데 대한 이광수 자신의 자의식의 구조 간에 모종의 상관성이 존재함을 보여준다. 실제로 정선과의 관계를 유지하는 가운데에서도 살여울에서의 농민 운동에 헌신하고자 하는 숭의 노력을 절충적으로 구조화함으로써 정선에 대한 '욕망'을 선택하느라 유순과 농민에 대한 '의무'를 저버린 데 대한 '자책감'을 변명의 여지가 있는 것으로 구조화하고 있는 『흙』의 스토리 구조는, 만주사변을 전후로 하여 점차 종속적이 되어갔던 총독부에의 타협에 대한 자의식을 변명하고자 했던 이광수 자신의 욕망과 무관하지 않았다. 말하자면 그것은 총독부와의 관계를 유지하는 가운데서도 조선에 대한 의무를 돌보고자 하는 그 자신의 절충적 입장을 대변하고 있었던 것이다. 그러나 그럼에도 불구하고 숭은 그 도덕적 결함으로 인하여 결국 몰락의 길을 맞지 않을 수 없었으니, 이는 당시 이광수에게 총독부와 벌인 타협의 무게가 결코 가볍지 않은 것으로 받아들여지고 있었음을 말해준다. 『재생』을 쓰면서 조선에 대한 의무를 다지며 '재생'에의 새로운 출발을 각오했건만, 결국 그는 총독부와의 종속적인 타협의 관계로 기울어지면서 그에 비례하는 자의식의 무게와 대면하지 않을 수 없었던 것이다.

　이루어질 수 없는 비극적인 사랑에 관한 이야기로만 알려져 있는 『유정』도 그 스토리 구조의 근간을 이루고 있는 것은 '욕망'의 추구와 그에 대한 '자책감'의 구조였다. 『유정』이 제기하고 있는 서사 상황은 도산이 체포되고 사년 언도를 받으면서 동우회도 위기에 빠지고 조선일보 이직 사건을 둘러싸고 다시금 세상의 비난에 휩쓸리면서, 조선에 대해 더 이상 기대할 것이 없다는 회의에 비례하여 제국 권력을 향한 모종의 욕망에 이끌렸던 이광수 자신의 자의식의 구조와 대응했다. 『유정』의 서사 상황이 제기하고 있는 문제는 도덕적으로 용납될 수 없는 최석의 애욕에 대한 '자책감', 즉 아내에 대한 '의무'에 매여있는 처지이면서도 걷잡을 수 없이 커져 가는 정임에 대한 '욕망'을 부인할 수 없었던 데 대한

'자책감'의 문제였는데, 이는『유정』의 스토리 구조와 조선에 대한 회의
와 원망의 감정에 비례하여 그러한 모종의 욕망에 이끌렸던 이광수 자
신의 자의식의 구조 간에 모종의 상관성이 존재함을 보여준다. 실제로
부인할 수 없는 '욕망'이기는 하되 그것을 죽음으로써라도 억압하고자
했던 최석의 고투를 극적으로 구조화함으로써 정당하지 못한 '욕망'으
로부터 자유로울 수 없는 데 대한 '자책감'을 '변명'의 여지가 있는 것으
로 자리매김하고 있는『유정』의 스토리 구조는, 조선에 대한 회의와 원
망의 감정에 비례하여 반동적으로 기울었던 제국 권력을 향한 모종의
욕망으로부터 단절하고자 했던 이광수 자신의 고투와 무관하지 않았다.
말하자면 그것은 부인할 수 없는 욕망이기는 하되 그 스스로도 끝내 그
것을 용납할 수는 없었던 그의 내적 결단의 산물이었던 것이다.

　이 같은 타협과 그 '부적절함'에 대한 '변명'의 이야기는 1934년 아들
봉근의 죽음을 그 결정적인 계기로 하여 타협과 그 '부정함'에 대한 '참
회'의 이야기로 전환된다. 도산의 체포와 수감으로 일생의 사업으로 여
겼던 동우회 사업도 위기에 빠진 마당에 사랑하는 아들까지 잃게되면서,
이광수는 그 모든 것이 민족의 지도자로 자처했으나 정작 떳떳한 길을
걸어오지 못했던 죄의 대가라는 생각에 빠져들게 된다. 그리하여 그는
속죄와 중생 구제의 염원을 세우며 법화경 행자로서의 길에서 새로운
삶의 길을 모색하게 되는데, 이와 그 궤를 같이 하여『그 여자의 일생』
과『애욕의 피안』에서 애정삼각관계는 모두 '부정한 관계'에 대한 '참
회'를 구조화하고 있음을 볼 수 있다.

제 4 장

'부정한 관계'에 대한 '참회'

『그 여자의 일생』(1935)과 『애욕의 피안』(1936)에서 애정삼각관계의 갈등은 그간 '욕망'에 이끌려 '의무'를 제대로 돌보지 못했던 데 대한 주체의 회오를 수반하고 있다. 『재생』·『흙』·『유정』의 경우, '욕망'의 선택과 그에 대한 '자책감'이 정당하지는 않되 극복의 여지가 있는 과오로서 자리매김되고 있었다면, 이들 작품에서 그것은 이제 되돌이킬 수 없는 무게를 지닌 것으로 간주되고 있는 것이다. 주목할 만한 것은 이처럼 '욕망'의 선택이 돌이킬 수 없는 과오라는 인식이 전제되어 있는 까닭에, 그에 대한 '자책감'은 변명의 여지없는 '부정한' 것으로 '참회'의 대상이 되고 있다는 점이다. 그것은 무엇보다도 스토리 구조 자체가 '욕망'에 이끌린 파멸을 전적으로 인물 자신의 과오에서 비롯된 응당한 죄가로 자리매김하고, 그 파멸의 끝에서 현재를 있게 한 과거의 잘못을 되돌아보는 계기를 마련하고 있는 데서 기인한다. 작가의 자전적 맥락과 관련하여 보자면, 이 같은 애정삼각관계의 양상은 그가 1934년 사업의 실패와 사랑하던 아들의 죽음 등의 불운을 한꺼번에 맞게 되는 것을 계기로 실의에 빠져 법화경 행자의 길을 걷게 된 시점과 대응하며, 그 '참회'의 구조화는 이러한 불행이 그간 총독부와 떳떳하지 못한 관계를 맺어온 데 대한 죄과로서 주어진 것이라는 작가의 회오와 관련이 있다.

1. 『그 여자의 일생』─부정한 일생에 대한 자기 고백과 참회

『그 여자의 일생』은 1934년 2월 『조선일보』에 연재되기 시작하여 동년 6월 이광수가 조선일보를 사직하면서 중단되었다가 다음해 1935년 4월에 다시 연재되어 동년 9월에 끝맺음된 소설이다. 이광수 자신 『그 여자의 일생』을 두고 "이 소설은 현재에 내가 가진 인생관과 예술적 재능과의 총결산이라고 할 것"[78]이라 언급한 바 있는데, 이는 『그 여자의 일생』을 통하여 그간의 작가로서의 삶을 일단락 짓겠다는 결의의 표명인 만큼, 이 작품이 그의 소설 전체에서 어떤 분기점을 형성하고 있으리라는 것을 짐작하기는 어렵지 않다.

그럼에도 불구하고 『그 여자의 일생』은 기존의 논의에서 별로 주목받지 못했고, 언급된다 하더라도 법화경이나 불교의 인과 법칙의 영향 아래 씌어진 것이라는 한 마디로 일축되는 것이 전부였다. 이를테면 "춘원의 이런 창작 방법론은 불교가 많이 강조하는 인과 법칙과 그것에서 벗어나는 방법이 타력(부처님의 힘)에 의지한다는 공식에 엄밀히 대응된다. (…중략…) 『흙』, 『그 여자의 일생』, 『재생』을 거쳐 『사랑』에서 이 방법의 절정을 보여준다"[79]는 김윤식의 지적이나, "『그 여자의 일생』, 『이차

---

78) 이광수, 「作者의 말」, 『그 여자의 일생』.
79) 김윤식, 『이광수와 그의 시대』 2, 솔, 1999, 91면.

돈의 사』,『애욕의 피안』,『그의 자서전』,『사랑』,『무명』,『원효대사』 등은 (…중략…) 모두『법화경』의 감화를 가득히 받은 데서 쓴 것들"[80]이라는 이동하의 지적 등이 그러하다. 그나마 그러한 언급마저도 이광수 소설의 창작방법론 일반의 관점에서 다루어지고 있기 때문에, 이광수의 소설 전체에서『그 여자의 일생』이 차지하는 의미나 위치를 가늠하는 데는 별다른 도움을 주지 못하고 있다.

『그 여자의 일생』을 살펴보는 데 있어서 간과해서는 안 되는 것은 이광수가 이 작품을 연재하기 시작했던 1934년이 그에게 있어서는 가장 불행한 시기 가운데 하나였다는 점이다. 이광수에게 1934년은 일생의 사업으로 몰두해왔던 동우회가 도산의 장기 수감과 더불어 위기에 처해 있었고, 사랑하는 어린 아들 봉근을 잃었으며, 동아일보에서 조선일보로 이직하는 과정에서 생긴 불협화음으로 인해 결국 회사까지 그만두게 되었던 해였다. 이광수 자신도 이 해를 두고 "내 평생 가장 암흑한 시기 중 하나"라고 회고한 바 있거니와, 당시 그를 엄습해오던 불운에 대한 절망감이 어느 정도였던가 하는 것은 다음의 글에서 분명하게 엿볼 수 있다.

> 내가 이 집을 짓던 해(1934)는 내 평생에 가장 암흑한 시기 중 하나였소 내 어린것이 불행하게 세상을 떠난 것이나, 내가 평생을 바쳐보려던 사업이 모두 실패에 돌아간 것이 이 해였소 그뿐 아니라, 나는 정신적으로 모든 희망을 잃어버려서 이제 내가 인생에 아무 것도 바라는 것도 없고, 할 것도 없으니, 이것이 내가 죽을 때가 된 것이 아닌가 하도록 나는 막막한 심경에 빠져 있었소 내가 사랑하고 믿던 이들까지도 다 나를 뿌리치고 가버린 듯하여서 나는 음침한 죽음의 근로에 혼자 버림이 된 혼령과 같이 붙일 곳이 없었소 (…중략…) 그때 한 가지 희망이 있었다 하면 제 죄를 뉘우치는 생활을 하여서 내가 평생에 해를 끼친 여러 중생, 은혜를 진 여러 중생을 위하여서 복을 빌자는 것뿐이었소[81]

---

80) 이동하,『이광수-무정의 빛, 친일의 어둠』, 동아일보사, 1992, 132면.
81) 이광수,「鷺庄記」,『이광수 대표작 선집』 6, 61면.

여기서 주목되는 것은 이 같이 한꺼번에 엄습해온 불운으로 인한 절망감의 한가운데에 어떤 자괴감이 자리하고 있음을 볼 수 있다는 점이다. 그것은 모든 희망을 잃어 막막한 심경에 빠져 있던 가운데 "죄를 뉘우치는 생활을 하여서" 다만 여러 중생을 위하여 복을 비는 데 희망을 두었다는 그의 언급에서 미루어 짐작할 수 있거니와, 이는 당시 이광수에게 그 자신의 불운이 "제 죄"의 대가라는 관점에서 인식되고 있었음을 말해준다. 그러면 이러한 자괴감은 어디에서 비롯된 것일까.

> 스스로 돌아보건대, 제 마음 속은 여전히 탐욕의 소굴이어서 십 오년 전의 내가 그 더러움에 있어서, 그 번뇌에 있어서 조금도 다름이 없음을 발견하였고, 앞으로 살아갈 인생에 대하여 아무 자신도 광명도 없음을 스스로 의식할 때에 나는 자신에 대하여 역정이 나고 말았소. 문학을 하노라 하여 소설 권이나 썼소 사상가 자처하고 논문도 썼고, 지도자 자처하고 나보다 젊은 남녀들에게 훈계같은 말까지도 수천만 어를 하였소 그러나 홀로 저를 볼 때에, '이놈아, 네 발뿌리를 좀 보아!' 하는 탄식이 아니 날 수가 없었소 이러다가 나는 법화경을 읽는자가 된 것이오. (64면)

위의 인용문에 의지하건대, 그 자괴감은 지금까지 민족의 사상가·지도자를 자처해 왔으나 정작 그 자신 떳떳하지 못한 길을 걸어왔다는 인식에서 비롯되고 있는 것으로 보인다. "'이놈아, 네 발뿌리를 좀 보아!' 하는 탄식"이 의미하는 바가 바로 그것이다. 주목할 만하게도, 그 스스로 "죄에 앓고 광명을 찾는 한 여자의 영혼의 괴로움과 슬픔을 그리려 한"[82]다고 밝힌 바 있는 『그 여자의 일생』은 이러한 그의 탄식과 맞닿아 있다. 실제로 『그 여자의 일생』이 제기하고 있는 서사 상황은 '의무'를 저버리고 '욕망'에 이끌려 파멸에 이를 수밖에 없었던 금봉의 '회오'와 관련이 있는데, 이는 금봉의 '회오'와 민족의 지도자로 자처했으나 그간 떳떳하지 못한 길을 걸어온 데 대한 죄가로 인해 절망감에 빠져

---

82) 이광수, 「作者의 말」, 『그 여자의 일생』.

있던 이광수 자신의 회오 간에 모종의 상관성이 있음을 짐작케 하는 것
이다. 따라서 본 장에서는『그 여자의 일생』에서 금봉을 중심으로 하는
애정삼각관계의 양상을 분석함으로써, 아들 봉근의 죽음과 더불어 한꺼
번에 그를 엄습해 왔던 불운 가운데서 이광수 자신 그간 민족의 지도자
로서 떳떳하지 못한 길을 걸어온 데 대한 자의식과 어떻게 대면하고 있
었는가를 살펴보고자 한다.

『그 여자의 일생』에서 서사 구조 전반을 지배하는 애정삼각관계는 금
봉을 중심으로 임학재와 손명규 사이에서 이루어진다. 그것은 금봉이 한
편으로 사모하는 학재의 뜻에 따라 제 한 몸을 돌보기보다는 조선을 위
해 일생을 바치겠다고 맹세했음에도 불구하고, 다른 한편으로 돈과 애욕
으로 대변되는 손명규의 유혹을 뿌리치지 못하는 데서 비롯되며, 금봉은
결국 점차 깊은 타락의 늪에 빠져들다가 파멸의 끝에서야 자기 삶을 되
돌아보는 데 이른다. 따라서『그 여자의 일생』의 스토리 구조는 '의무'
를 저버리고 '욕망'에 이끌린 끝에 결국 파멸을 맞게 되는 금봉의 갈등
을 중심으로 구조화된다.

『그 여자의 일생』의 첫머리에 해당되는 처녀편은 금봉이 불행으로 점
철된 자신의 초년 시절과 단절하고 우여곡절 끝에 동경 유학길에 오르
는 것으로 시작하여, 그 길에 우연히 만나게 된 청년운동가 임학재에 대
한 종교적 동정과도 같은 사랑 속에서 인생의 목표를 세우게 되는 사건
으로 이루어져 있다. 기생 신분으로 아버지에게 소박맞고 우물에 빠져
자살한 어머니, 돈밖에 모르는 아버지, 아버지의 첩살림으로 언제나 불
화한 가정. 이처럼 불우한 가정 환경에서 불행으로 점철된 초년 시절을
보내야 했던 만큼, 처음 접해보는 교회 학교의 엄숙하고 종교적인 분위
기는 한껏 금봉의 마음을 사로잡을 만한 것이었다. 그리고 이 같은 분위
기 속에서 인생의 향락을 단념하고 조선을 위해 일생을 바치고자 분투
하는 임학재는 금봉에게 "유일무이한 사랑과 숭배의 대상"(128면)[83]으로

여겨졌던 것이다. 이에 금봉은 학재의 뜻에 따라 일생을 조선을 위해 살겠다는 엄숙한 맹세를 다짐하기에 이르게 되는데, 그것은 "금봉이가 일생에 처음으로 한 엄숙하고도 정성스러운 맹세"로써 의미화되고 있다는 점에서 주목해둘 만하다. ""무엇이든지 선생님께서 잘 지도해 주셔요. 힘껏은 시키는 대로 하겠습니다" 하고 맹세하였다. 이것은 금봉이가 일생에 처음으로 한 엄숙하고도 정성스러운 맹세를 한 것이었다."(111면)

그러나 이 같은 엄숙한 맹세도 잠시, 금봉은 학재가 비밀 결사 활동으로 체포되어 옥에 갇히게 되는 것을 계기로 곳곳에서 뻗어오는 유혹에 흔들리기 시작하면서 이 같은 인생의 목표로부터 이탈하기 시작한다. 금봉이 첫 번째 유혹에 넘어가게 되는 것은 학재의 부재를 틈타 금봉에게 접근해 오는 심상태의 끈질긴 구애에서 비롯된다. 잘생긴 외모에 여자에게 상냥한 태도까지 갖춘 그가 금봉의 육체를 유혹해 옴에 따라, 금봉은 그 유혹에 몸을 맡기고 싶은 욕망을 그 스스로도 어찌하지 못하여 결국 가마꾸라에 함께 놀러 가자는 상태의 제안을 승낙하게 되는 것이다.

아직 예민한 양심을 가지고 있는 금봉은 "다들 저를 보고 책망하는 것만 같아서" "죄를 짓는구나"(131면) 하는 '자책감'에 다시금 제 한 몸을 위한 사랑보다는 조선을 위해 일생을 바치겠다는 결심을 되새기기도 하지만 — "저는 사랑이라는 것을 도무지 아니 하기로 결심했어요. 저는 조선을 사랑해서, 조선을 위해서 일생을 바치기로 결심했어요."(140면), 그것은 이어지는 두 번째 유혹, 즉 돈 삼천여 원을 내세운 손명규의 유혹에 의해서 결국 꺾이고 만다. 금봉은 한편으로 그 유혹에의 굴복이 "영혼"을 팔아 넘기는 행위와 다르지 않다는 것을 분명하게 인식하고 있으면서도, 결국 일생을 학재의 뜻에 따라 살겠다던 맹세를 저버리고 손의 구애를 받아들이게 되는 것이다.

금봉에게 손과의 결혼은 손명규란 사람 하나를 구원한다는 명목으로

---

83) 『그 여자의 일생』의 텍스트는 『이광수 대표작 선집』 4(삼중당, 1968)이며, 이후로도 『그 여자의 일생』의 인용문에 대해서는 페이지 번호만 표기하기로 한다.

합리화되고 있지만—"손 선생이 부정한 마음을 가진 사람인 줄은 알아. 그렇지만 자기가 하도 나를 사랑하니 나는 손 선생을 새 사람을 만들어 볼라우"(185면) —, 사실 그것은 명백히 부정한 '욕망'에의 굴복을 의미한다. 금봉이 "돈에 팔려간 첩"이라는 세상의 비난을 의식하고, 그 자신 "하나님을 부르고 기도도 못할 몸"이라 여지 않을 수 없는 것도 바로 그에 대한 '자책감'에서 비롯된 것이다.

> 그러나 이제는 다 끝난 것이 아니냐. 인제는 내 몸은 명규에게 더럽혀졌고 명규의 몸에 붙여서 결박을 지어진 몸이 아니냐. 인제는 내게는 깨끗한 처녀성도 없고 마음대로 임선생을 사랑할 자유도 없지 아니하냐. 이제는 동창의 친하던 친구들조차 손가락질을 하는 돈에 팔려 간 첩이 아니냐. 이제는 하나님을 부르고 기도도 못할 몸이 아니냐. (191면)

이처럼 금봉에게 손과의 혼인은 학재에 대한 숭고한 '의무'를 저버리고 돈이라는 부정한 '욕망'에 굴복한 행위이며, 따라서 그에 대한 '자책감'을 수반하고 있다. 주목할 만한 것은 이러한 금봉의 '자책감'은 스토리 구조상에서 어떠한 변명의 여지도 없는 부정한 것으로 고정되고, 결국 '참회'의 대상으로 자리매김된다는 점이다. 그것은 무엇보다도 스토리 구조 자체가 욕망에 이끌린 금봉의 파멸을 전적으로 금봉 자신의 과오에서 비롯된 응당한 죄가로 자리매김함으로써, 그녀로 하여금 그 파멸의 끝에서야 자기 과오를 되돌아보는 계기를 마련하고 있는 데서 기인한다.

실제로 『그 여자의 일생』이 제기하고 있는 서사 상황은 한 마디로 미모와 재주를 겸비한 다정한 처녀였던 금봉이 어떻게 부정한 욕망에 휩쓸리다가 결국 스스로 되돌이킬 수 없는 파멸에 이르고 있는가 하는 문제로 요약된다. 금봉의 초년 시절의 환경에서부터 이미 암시되어 있는 것처럼, 그것은 그녀의 불행한 운명에 대한 반동적인 욕망과 관련이 있다. 불우한 가정 환경에서 고아나 다름없이 불행으로 점철된 초년 시절을 보내야 했던 만큼, 금봉에게 그러한 상처가 반동적으로 영화롭고 행복한 생활에 대한 욕망으로 자리잡았으리라는 것은 충분히 짐작할 만한 것이다. 여기에 금봉으로 하여금 그 같은 야심을 부추기는 촉매와 같은 역할을 하고 있는 것이 있으니, 그것은 다름 아닌 '미모'에 대한 금봉 자신의 자만(自慢)이다. 말하자면 금봉에게 그녀의 '미모'는 곧 행복하고 영화로운 삶을 약속하는 모종의 가능성으로 인식되고 있는 것이다.

> 나이가 열 일곱 살. 금봉은 너무 예뻤다. 금봉 자신도 아침에 체경을 대하고는 스스로 자기의 예쁨에 황홀하는 일이 있었다. 남들이 모두 미인이라고 떠들어주는 것이 듣기 싫지는 아니하였다. 가끔 여왕과 같은 프라이드를 느껴서 세상 사람들이 모두 다 눈 아래로 보이고 그의 앞에는 오직 봄빛과 같은 행복만이 기다리고 있는 것 같았다. 아버지의 무정한 것도 인제는 대수롭지 않고 계모의 독살도 인제는 우스웠다. 인제는 아무때이라도 마음만 나면 이 불쾌한 둥지를 박차고 자유로 봄빛 속에 날개를 쳐서 그의 왕국인 꽃 피고 새 노래하는 동산으로 갈 수 있는 것만 같았다. 졸업한 뒤에 금봉의 소망이 동경 유학인 것은 말할 것도 없었다. (16면)

위의 인용문에서 볼 수 있는 것처럼, 언제든 지금까지의 불행한 운명과 단절하고 행복한 생활로 나아갈 수 있다는 확신, 그것은 '미모'에 대한 금봉의 자기 도취적인 과신에서 비롯된 것이다. 그러나 금봉의 이러한 자기 도취적인 욕망은 현실의 논리를 고려할 줄 모르는 그 극단적인 자기 주관성으로 인하여 금봉에게 치명적인 결함으로 자리잡게 된다.

실제로 금봉의 비극의 시초는 이 같은 자기 주관의 세계에 빠져 현실의 논리를 고려하지 않은 데서 비롯되고 있다. 금봉은 평소에 자기를 아껴주던 학교 선생인 손명규가 동경 유학의 학비를 돕겠다고 제안했을 때, 그가 행실이 좋지 못하니 가까이 하지 말라는 주변 사람들의 주의를 대수롭지 않게 여기고 손의 제안을 가볍게 받아들인다. 돈을 위해 집안

의 사서와 혼인시키려는 아버지의 강권으로 인해 앞으로의 자신의 인생
에 대한 계획마저 물거품이 될는지도 모른다는 위기의식을 가지고 있던
금봉으로서는 한편으로 손의 도움이 절실하게 필요하기도 했거니와, 여
기에는 손의 음흉함 따위는 문제될 것도 없다는 기세 높은 "자존심"이
또한 가세하고 있음을 볼 수 있다.

> 그러나 손선생이 아무리 음충맞다 하더라도 내야 설마 어떻게 하랴 하고 자존
> 심을 가졌다. 금봉의 마음에 그리는 남편은 인물 잘나고 부자요, 대학이라도 동
> 경 제국대학을 수석으로 졸업한 수재였다. 그의 직업은 문사나 변호사나 의사
> 일 것이요, 전문학교 출신이라든지 교수 이하의 교원이라든지는 금봉의 남편의
> 망에도 오르지 못할 것이었다. 그러니까 손선생 따위는 도무지 문제도 되지 아니
> 하였다. 그런 것을 손 부인이 그처럼 염려하는 것이 도리어 자기를 모욕하는 것만
> 같았다. (31면)

물론 금봉은 해운대 호텔까지 따라온 손에게 겁탈당할 뻔한 위기에
처하면서 손의 음흉함이 그리 호락호락한 것이 아님을 깨닫고 있는 것
이 사실이다. 그러나 비록 학비를 도움받기로 했을망정 그 자신 아무나
넘어다 볼 수 없는 존재라는 자존심은 금봉에게 그러한 위기에 처해서
도 오히려 손의 비열함을 비난할 수 있는 힘으로 자리하고 있을 정도로
기고만장한 것이다. "칼이 있으면 그 더러운 입이 닿았던 자리를 끊어버
리고 싶었다. 손가놈의 더러운 손이 닿았던 모가지도 끊어버리고 싶었
다. 도무지 이 욕과 이 원통함을 어떻게 하면 씻을 수가 있을까"(71면)
그러나 스스로에 대한 이 같은 과신은 결과적으로 금봉에게 돌이킬
수 없는 과오가 되어 되돌아온다. 어느 순간 금봉은 별생각 없이 가볍게
받아들였던 손의 도움이 결과적으로는 족쇄가 되어 자신을 얽어매고 있
음을 깨닫지 않을 수 없게 된다. 한껏 높았던 금봉의 자존심은 동경에서
의 자기 생활의 모든 기반이 손명규가 보내준 돈으로 이루어진 것, 그것
도 자기의 마음을 사려고 학교 재산을 빼돌리면서까지 얻은 "부정한 돈"

으로 이루어진 것이라는 사실 앞에서 여지없이 무너져버리고 —"금봉은 지금까지 먹은 밥, 지금 몸에 감고 있는 옷이 다 손선생이 보내어 준 이러한 부정한 돈으로 된 것임을 생각할 때에 죽고 싶었다"(151면) —, 금봉은 그 명백한 사실로 인하여 손에게 굽히고 들어갈 수밖에 없다는 사실을 깨달아야 했던 것이다. 자신의 동경 생활의 기반 자체가 제 도움으로 이루어진 것임을 빌미로 한 손의 위협적인 구애 앞에서, 금봉이 그것을 단호하게 뿌리칠 수 없었던 이유도 바로 여기에서 말미암는다.

> "금봉이, 내가 이번에는 큰 결심을 하고 왔단 말야. 금봉의 허락을 받든지, 그렇지 못하면 내가 동경서 죽어버리고 말든지. (…중략…) 내가 학교에서 쫓겨난 것도 금봉이 때문이어든. 금봉이 일생을 편안하게 해주랴고— 지금 세상에는 돈이 제일이니께루. 돈을 만들랴고 학교에서는 쫓겨나고 세상과는 담을 쌓았단 말야. 금봉이 하나만 있고 보면, 그리고 돈만 있고 보면 끄까짓 놈의 세상 다 망해버리기로 어때? 안 그래?"
> 금봉은 제 몸이 더욱더욱 굵은 철사로 얽힘을 깨닫는다. 팔다리 근육이 모두 마비되어 몸을 꼼짝할 수도 없는 것 같았다. (165면)

결국 금봉이 손의 부정한 구애를 받아들이게 되는 데에는 그 자신 손의 손아귀로부터 자유로울 수 없다는 체념이 자리하고 있다. 그것은 근본적으로 자기 '미모'에 대한 자만에 눈이 가리워져 손이 쳐놓은 덫에 스스럼없이 자신을 내맡겼던 그 자신의 과오에서 비롯된 것이라는 점에서 자승자박(自繩自縛)의 형국에 다름 아니었던 것이다.

주목할 만한 것은 금봉에게 손과의 결혼은 자승자박이라는 체념에 의한 것이면서 동시에 더 깊은 타락의 늪에 빠져드는 계기가 되고 있다는 점이다. 물론 금봉이 손과의 결혼 이후 동창들에게서도 따돌림을 받아 괴로워하고 있던 가운데 '○○부인회'라는 불온단체를 돕다가 육 개월 징역을 치르면서 다시금 동지들의 호응을 얻기도 한 바 있는 것은 사실이다. "금봉은 첫째로 지긋지긋한 남편의 곁을 떠난 것이 기쁘고, 둘째로 거의 파문 상태에 있던 저를 동지들이 아랑곳해주는 것이 기뻤다.”(193면) 그러나 어떤 몸부림을 친다 한들, 금봉이 손의 손아귀로부터 벗어날 수 없다는 것은 자명하다. 손에게 남편의 권리를 준 것은 다름 아닌 금봉 자신이었으며, 금봉이 그것을 후회하고 있다고 하더라도 손의 입장에서는 여전히 그 권리가 유효한 것이 사실이기 때문이다. 실제로 손과의 결혼을 후회하며 일시적이나마 동지들에 사업에 뛰어들었던 금봉이 다시금 새로운 유혹에 발을 들여놓게 되는 빌미는 다름 아닌 손이 제공한 것이다. 손은 파산의 위기에 처하자 사업 자금이 필요하다는 이유로 금봉을 귀족 재산가인 김광진에게 보내는데, 금봉은 그것이 “미인계”라는 사실을 알면서도 손의 제안을 거부하지 못한 채 새로운 유혹에 발을 들여놓게 되는 것이다.

금봉은 한편으로 그 같은 자신의 행동이 부정한 것임을 분명하게 인식하고 있음에도 불구하고—“나는 거룩하던 생애를 버리고 음탕한 생애에 발을 들여 놓으려는 것인가. 하느님의 나라를 떠나서 사탄의 나라로 즐겨 들어가려는 것인가”(217면)—, 끝내 ‘욕망’의 길을 선택하고야 만다. 그 같이 어리석은 탐욕이 결국 그 자신에게 비극과 파멸을 불러올 것이라는 오빠 인현의 충고에 한편으로 두려움을 느끼면서도, 행복되고 영화로운 생활에 대한 집착만큼은 버릴 수가 없었던 것이다. “그러나 금봉은 행복되고 영화로운 생활의 소망을 버릴 수가 없었다. 비록 손명규와의 혼인 생활이 쇠통 실패에 돌아가고 말았더라도, 앞길에는 한량없는 쾌락의 꽃동산이 저를 기다리고 있는 것만 같았다.”(219면) 그리고 여기에 더 이상 지킬 것이 없다는 자포자기적 심경이 가세하면서 금봉의 파멸을 향한 행진은 가속화되기 시작한다.

> 금봉은 이제는 소중하게 지킬 아무 것도 없는 것 같았다. 동경 있을 때에 금봉이가 있는 힘을 다하여서, 목숨을 다하여서까지 지키려던 것은 그의 처녀성이었다. 그러나 지금은 그것도 없다. 아내로서의 정조라 하면, 자기는 호적에도

들지 못한 허울 좋은 첩이었다. (…중략…) 애초에 사랑이 있어 만났더냐? 생각
하면 제 일생을 망쳐 준 원수의 명규 녀석— 이렇게 금봉은 생각하게 되었다.
그러면 더 지킬 것이 무엇인고? 깨끗한 생활? 하늘을 우러러 합장하고 기도하
는 생활? 그것도 집어치운 지가 오랜 오늘날에는 처녀적에 남달리 많이 가졌던
수치심조차도 이제는 거의 다 날아가고 말았다. 이 모양으로 지킬 것이 없어지며
점점 날카로와지는 것은 본능적 충동뿐이었다. (221면)

처녀도 잃고, 허울 좋은 첩인 주제에 아내로서의 정조라는 것도 우스
워진 마당에, 금봉은 이제 그 스스로 유혹에 몸을 맡긴다. 금봉은 한편
으로 김광진과의 관계를 계속 유지하면서, 동시에 남편 손의 공판을 계
기로 집에 드나들게 된 심상태와도 불륜의 관계를 맺는다. 그리고 결국
에는 자신의 부정한 행동의 명백한 증거라 할 수 있는 "죄의 씨"(225면)
를 가지게 되며, 그 "어두운 비밀"(237면)을 감추고 살아야 하는 자책감에
고통스러운 나날을 보내게 되는 것이다.

얼핏 보기에 이 같은 금봉의 타락은 『재생』의 순영의 것과 그다지 다
르지 않은 것으로 보인다. 그러나 순영의 타락이 용서받고 참되게 살고
자 하는 욕망에도 불구하고 자신의 진정이 세상에 받아들여지지 않은
데서 비롯된 것이라면, 금봉의 타락은 참회하고 참되게 살 수 있는 몇
번의 기회가 주어졌음에도 불구하고 끝내 그 스스로 행복되고 영화로운
생활에 대한 욕망을 포기할 수 없었던 데서 비롯된 것이라는 점에서 근
본적으로 그 성격을 달리한다.

실제로 금봉에게는 참회하고 새로운 길을 걸을 수 있는 기회가 한번
더 주어진다. 금봉이 여러 사내의 놀림감이 되고 있다는 소문을 듣고 금
봉의 위태로운 앞길을 걱정하며 찾아온 오빠 인현에게서 금봉은 이제부
터라도 뉘우치고 깨끗한 종교적인 길을 걸어가라는 간곡한 권유를 대하
게 되기 때문이다. 그러나 금봉은 여전히 행복되고 영화로운 생활에 대
한 집착을 버리지 못한 채, 오빠 인현의 권유를 물리쳐버리고 만다. "이

좋은 청춘을 두고 절 구석이나 시골 구석으로 들어가 숨는 것은 죽기보다 더 괴로운 일이었다."(257면)

결국 금봉이 그 자신 어떠한 처지에 놓여 있는가를 몸소 깨닫게 되었을 때는 이미 모든 것이 너무 늦어버린 후이다. "일찍은 세상에서 칭찬과 부러움의 목표가 되었던 제가 이제는 세상의 멸시와 조롱의 웃음거리가 되고만 것을 아프게도 깨달았"(285면)을 때에는 김광진의 둘째 아이, 그것도 남편 손이 사업차 상해로 떠나 부재중에 얻은 부정한 아이를 가진 몸이었던 것이다. 이에 금봉은 될 대로 되어라 하는 심정으로 아주 내놓은 광진의 마나님으로 행세하며 스스로 더. 깊은 타락의 늪 속으로 걸어 들어간다.

이러한 금봉의 태도는 다분히 자포자기적이며, 그 스스로에 대해서 악의적인 성격을 띠고 있다. "퀵샌드에 빠진 나는 점점더 깊이 들어갈 뿐이다. 밑창까지 들어가서 바닥을 보고야 말 작정이다."(296면) 자신은 이미 헤어날 수 없는 구렁에 빠졌다는 인식, 그러니 갈 데까지 가보자는 생각은 이미 행복되고 영화로운 생활의 길과는 거리가 멀다. 그것은 세상에서 손가락질 받을 정도로 타락한 자기 삶에 대한 자포자기와 어쩌면 이 지경에 이르기까지 자기를 방기한 스스로에 대한 응징까지도 함축하고 있기 때문이다. 그리하여 금봉은 마침내 파멸의 끝을 보게 되고야 만다. 사업차 상해로 떠났던 남편 손이 금봉의 부정을 빌미로 한몫 잡을 기회를 엿보며 집으로 돌아오게 되면서, 금봉은 세상 그 어느 곳에도 몸 붙일 곳 없는 처지가 되어 버리는 것이다.

주목할 만한 것은 그 파멸의 끝에서 그 어느 곳에서도 희망을 찾을 수 없게되어서야 금봉은 "내 생활을 이렇게 망쳐버린 것이 무슨 까닭인가"(344면) 하는 의문에 휩싸이고 있다는 점이다. 이광수 소설의 인물들 가운데 이러한 의문이 금봉에 이르러서야 비로소 제기되고 있는 데는 이유가 있다. '욕망'에 이끌려 '의무'를 저버린 데 대한 '자책감'이라는 측면에 있어서는 근본적으로 『재생』의 순영이나 『흙』의 숭, 그리고 『유정』의 최석과 다르지 않지만, 그 '자책감'의 무게는 순영에서 금봉으로 올수록 무거운 것이 되고 있으며, 그로 인한 파멸의 끝을 보아버린 것은 오직 금봉뿐이기 때문이다. 실제로 순영이 자신의 타락을 용서받고 참되게 살고자 했던 진정을 이해해주지 않은 세상의 몰이해 탓으로 돌릴 수 있었고, 숭이 일생을 돌아보고자 하는 의무를 되새김으로써 그것을 극복할 수 있는 가능성에 대한 신념을 가지고 있었다면, 그리고 최석이 정임에 대한 부인할 수 없는 욕망으로부터 자유로워지기 위해 죽음을 결단함으로써 그 자책감의 무게를 덜 수 있었다면, 금봉은 '미모'에 대한 자만과 더불어 그 자신 알게 모르게 차츰 부정한 욕망에 몸을 맡겨왔음을 인정하지 않을 수 없었던 것이다.

> 오늘 아침에는 그 떠오르는 것들을 분류할 여유가 있었다. 제일 많은 것은 '내가 이쁘다'하는 자만에 관련된 것들이요, 그 다음으로 많은 것은 내가 깨끗하고 착하다 하는 자존심에 관련된 것이요, 그 다음에 오는 것은 세상 남자들이 다 나를 우러러 본다 하는 데 관련된 것이요, 그 다음에 많은 것은 마음에 들던 남자들에 관한 것─ 즉 마음으로 그 남자들을 알던 기억이요, 그리고 가장 혹독한 것은 남편과 김광진과 자기와의 삼각관계에 관한 것이었다. 이렇게 생각할 때에 금봉은 혼자 부끄러웠다. 제가 미인이란 것은 혹시 그럴는지 모르지마는, 제가 깨끗하다 착하다 하던 자존심은 여지없이 부서져버리고 말았고, 필경 제가 미인이란 것도 그것이 남자의 정욕을 일으켜서 내 몸의 희롱과 모욕을 끌어오는 것밖에 무엇이냐 하는 생각이 났다. (363면)

이처럼 그 자신의 과오가 너무도 명백한 까닭에, 금봉은 순영처럼 몰이해한 세상을 탓할 수도, 숭처럼 그 대가를 치룬 후의 희망을 가질 수도 없다. 금봉이 불현듯 정작 "정말 사랑은 못해보았다"는 자각에 "임학재 하고 한 번 잘 사랑을 하고 살아보았으면" 하는 소망을 가지면서도, 다음 순간 곧 "모두 허사다"(375면)라고 생각할 수밖에 없었던 이유도 바로 여기에 있다. 금봉은 자신의 과오를 되돌이키기에는 이미 너무 멀리

와버린 것이다. 이에 금봉은 머리를 깎고 불도에 귀의한다. 이미 자신의 과오를 돌이킬 수 없는 시점에 와 있는 금봉에게 자기 구원의 가능성은 다만 참회의 길뿐이었던 것이다.

살펴본 바와 같이, 『그 여자의 일생』에서 금봉의 파멸은 근본적으로 행복되고 영화로운 생활에 대한 '욕망'을 포기할 수 없었던 금봉 자신의 과오에서 비롯된 응당한 죄가였다는 점에서 회오의 대상으로 자리매김 되고 있었다. 주목할 만한 것은 금봉의 이 같은 회오가 일생의 사업이 실패로 돌아가고 더불어 사랑하는 아들마저 잃게 되면서 자신에게 한꺼 번에 몰아닥친 그 불운이 그간의 떳떳하지 못한 길을 걸어온 데 대한 죄가라는 생각에 빠져들게 된 이광수의 자신의 심경을 환기시킨다는 점 이다. 앞서 언급한 것처럼, 이광수 자신 무사 귀국을 조건으로 총독부의 뜻에 부응하는 활동을 할 것을 밀약하고 상해에서 귀국한 이래 점차 총 독부와의 종속적인 타협에 기울지 않을 수 없었던 것이 사실이었고, 『재 생』에서 『흙』, 『유정』에 이르는 작품들은 그에 대한 '자책감'에 시달리 고 있었던 그의 내면 풍경의 고백에 다름 아니었다. 따라서 사업의 실패 와 아들의 죽음이 그에게 가져다 준 절망감이 그로 하여금 그간 떳떳하 지 못한 길을 걸어온 데 대한 '자책감'을 증폭시켰으리라는 것은 충분히 짐작할 수 있는 것이다.

이와 관련하여 『그 여자의 일생』에서 주목되는 것은 『그 여자의 일 생』의 스토리 구조 자체가 한편으로 금봉의 파멸을 금봉 자신의 과오에 서 비롯된 응당한 죄가로 자리매김하면서, 금봉으로 하여금 그에 대해 속죄하고 새로운 길을 모색할 수 있는 '참회'의 계기를 마련하고 있다는 점이다. 금봉은 애초에 행복되고 영화로운 생활에 대한 욕망에서 자유로 울 수 없게끔 타고 난 인물이다. 그의 불행한 초년 시절은 그로 하여금 행복되고 영화로운 생활에 대한 소망을 꿈꾸게 하였고, 거기에 타고난 미모는 그 같은 소망을 부추기는 촉매와도 같은 역할을 했다. 처음에는 가볍게 받아들였던 유혹이 점차 그 자신을 얽어매는 족쇄로 자라나고, 그 다음에는 그것이 세상의 비난을 받을 만한 추악한 죄악임을 분명하게 인식하면서도 그 스스로 점차 부정한 욕망에 몸을 맡기게 된 것은 바로 이 같은 금봉 자신의 인간적인 약점에서 비롯된 것이었다. 그 파멸의 끝에서나마 금봉은 자신의 비극이 그 스스로 지은 죄가임을 아프게 깨닫고, 새로운 삶의 길을 찾고자 했다. 물론 그것이 타락 이전의 삶으로 돌아가는 것을 의미하고 있지는 않았다. 이미 자신의 과오를 돌이킬 수 없는 시점에 와 있는 금봉에게 있어서 자기 구원의 가능성은 참회의 길뿐이었기 때문이다. 요컨대 금봉은 자신의 파멸이 그 스스로가 지은 죄가임을 깨닫고 뉘우침으로써, 참회의 길 가운데서나마 자기 구원의 가능성을 모색하고자 했던 것이다.

이러한 '참회'의 구조화는 일생의 사업이 실패로 돌아가고 더불어 사랑하는 아들마저 잃으면서 자신에게 한꺼번에 몰아닥친 불운의 의미를 그간 떳떳하지 못한 길을 걸어온 데 대한 죄가에서 찾으면서, 참회의 길 가운데에서나마 구원의 가능성을 모색하고자 했던 이광수 자신의 심경을 짐작케 한다. 이광수는 그 같은 자기 구원의 가능성을, 파멸의 시점에서나마 자신의 비극이 그 스스로 지은 죄가임을 아프게 깨닫고 이를 속죄하고자 하는 금봉의 참회 가운데서 모색하고 있었던 것이다.

2. 『애욕의 피안』—애욕에 대한 염오와 순결에의 강박적 지향

『애욕의 피안』은 1936년 5월 『조선일보』에 연재되기 시작하여 동년 12월에 끝맺음된 소설이다. 이광수에게 1936년 이 무렵은 그의 생애 가운데서 비교적 안정되어 있던 시기라고 할 만하다. 동우회의 위기와 아

들 봉근의 죽음이라는 극적인 절망의 파고를 하나 넘으면서 법화경 행자
의 길을 각오한 마당이었고, 도산의 출감으로 동우회에 대한 근심도 일
단은 도산의 뜻에 맡겨둘 수 있었던 상황이었으며, 조선일보에도 다시
고문으로 입사하여 재개했던 공적 활동도 그 자리를 잡아가고 있었기 때
문이다.[84] 그러나 이 시기에 씌어진 『애욕의 피안』은 겉으로 보기에 더
할 나위 없이 안정적인 것처럼 보이는 그의 공적인 활동 이면에, 여전히
모종의 자괴감에 시달리고 있었던 그의 내면이 자리하고 있음을 보여준
다. 그것은 이미 『그 여자의 일생』을 통해서 애욕을 추구하던 끝에 철저
하게 파멸해 갔고, 그 파멸의 끝에서나마 자신의 과오를 속죄하고 구원
의 가능성을 찾고자 했던 금봉의 이야기를 다룬 바 있는 그가 왜 또다시
애욕이라는 주제를 들고 나왔는가 하는 문제와 관련이 있다.

물론 여기서 다루어지고 있는 애욕의 문제는 그 피안의 경지와 관련
되어 있는 것이 사실이다. 그러나 이 피안의 경지가 애욕에 대한 염오의
반동에서 비롯되고 있다는 점은 그냥 심상한 것으로 보아 넘기기 어렵
다. 사실 『애욕의 피안』에서 애욕과는 무관한 순결한 존재로 그려지고
있는 혜련은 애욕에 대한 염오와 순결에 강박되어 있는 인물로 그려지
고 있다. 그간의 작품이 애욕에서 비롯된 '자책감'이거나 애욕에 휩쓸린
파멸과 그에 대한 '회오'에 관한 이야기였음을 고려할 때, 이러한 인물
설정은 무언가 억압해야만 하는 욕망을 의식한 다분히 의도적인 것이
아닌가 생각되는 것이다.

이와 관련하여 주목되는 것은 이광수에게 이 시기가 한편으로 자신의
정치적 행로와 관련하여 그간 떳떳하지 못한 길을 걸어온 데 대해 속죄
하면서 법화경 행자로서의 길을 각오한 마당이었으면서도, 세상에서의
활동을 재개하면서 다시금 제국 권력에의 모종의 타협에 기반한 세속적
인 야심에 기울고 있던 시기였다는 점이다. 이미 『조선일보』 고문으로

---

84) 이에 대한 자세한 사정에 관해서는 김윤식, 『이광수와 그의 시대』 2, 솔, 1999, 253
~266면 참조할 것.

다시 입사하여 재개했던 공적 활동도 안정되어 갔고, 도쿄에 있는 가족들을 만나러 동경을 오가면서 『고쿠민신문[國民新聞]』 사장이었던 토쿠토미 소호, 당시 일본에서 가장 권위 있는 종합지였던 『가이조[改造]』의 사장 야마모토 사네히코 등의 인사들과 가까이 지냈으며, 그후 곧 『가이조』에 「만영감의 죽음」(1936.8)이라는 일본어 작품을 발표하기도 했다는 사실 등은 이를 잘 말해준다.[85] 이와 관련하여 그가 당시 토쿠토미 소호와의 인간적 교유 관계를 회고하고 있는 다음의 글은 주목할 만하다.

① 옹의 서거(1936.1) 후 나는 소호 선생을 방문했다. (…중략…) 선생은 내 어깨를 안으며, "자네도 내 아들이 되어 주게. 내 조선 아들이 되어 주게, 알겠나. 일본과 조선은 하나가 되지 않으면 안 되네, 크게, 되어주게, 알겠나"라며 '알겠나'를 몇 번이나 쓰면서 실로 절절히 말하는 것이었다. (…중략…) 내가 인사를 하고 돌아가려 하자 선생은 천천히 의자에서 일어나 내 손을 잡고, "잘 해주게. 감옥에 들어가는 일은 하지 말아주게. 정치는 일시적인 것이지만 정신은 만대에 남는다. 정신을 전하는 것이 문장 아닌가. 자네는 일생을 문장으로 나아가게. 文章報國말일세. (…중략…) 나는 문장보국의 원을 발해서 그것으로 일생을 지내 왔다네"라고 말하고 또 말하며 내 손을 꽉 쥐고는 흔들었다. 나는 눈시울이 뜨거워지는 것을 느끼며 민우사를 나왔던 것이다.

② 이는 그보다 전의 일인데, 내가 신문사 용무로 우리 회사 간부와 동경회관에서 동경에 있는 명사들을 초청해 하루 저녁의 자리를 만들었을 때, 선생은 마침 강연 여행중이므로 출석할 수 없는 것이 유감이라는 장문의 서한을 써서 전보통신의 미츠가나 사장이 대독하게 한 일이 있었는데, 그 편지는 전문이 나를 推奬한 말로 되어 있었다. 즉 내가 선생과 로카 선생 두 형제가 하는 일을 혼자서 다 하고 있다든지, 선생에게는 중국에 양계초, 조선에 이광수가 있어 그들과 함께 동양을 위한다는 등, 애초에 나 같은 사람에게는 맞지 않는 과찬의 말씀을 하셨지만, 그 두터운 배려와 情誼에 눈물짓지 않을 수 없었다.

---

85) 이와 관련해서는 이광수, 「동경구경기」, 『조광』, 1936.9~11; 「무부츠 옹의 추억」, 『경성일보』, 1939.3.11~17 등을 참조할 것.

③ 그 후 내가 신문일을 그만두고 북한산에 물러나 살고 있을 때, 선생은 간절한 위문의 편지와 "天生我才必有用"이라고 쓴 액자를 보내 나를 격려했다.[86]

①에서 일본과 조선은 하나라며, 감옥에 들어갈 일은 말고 문장보국에 힘써줄 것을 당부하고 있는 토쿠토미의 절절한 권유란 사실 이광수에게 철저한 황국의 신민이 되어 줄 것을 주문한 것이나 다름없다.[87] 그런데 이광수는 그러한 토쿠토미의 권유에서 "눈시울이 뜨거워지는 것을 느꼈"다고 적고 있는 것이다. 물론 ②에서도 볼 수 있는 것처럼, 평소 자신의 재능을 인정해주고 두터운 정의(情誼)를 과시하던 토쿠토미의 당부였으니, 이광수는 그 당부를 다만 자신에 대한 개인적 배려 차원에서 받아들이고 감격하고 있었던 것인지도 모른다. 그러나 그러한 두터운 정의에 대한 감격 가운데서 이광수 자신 다시금 제국 권력에의 모종의 타협에 기반한 세속적 야심을 펼 수 있다는 자신감을 얻고 있었을 가능성도 배제할 수 없음을 ③은 잘 보여준다.[88]

사정이 이러하다면, 『애욕의 피안』에서 다시금 애욕이라는 주제가 등

---

86) 이광수, 「무부츠 옹의 추억」, 『경성일보』, 1939.3.11~17; 『동포에 고함』, 257~258면.
87) 이 文章報國의 의미를 문자 그대로 받아들여 이광수의 전향을 두고 그것을 문장으로써 민족을 보존하고자 했던 의지라 해석하는 논자들이 간혹 있는데(김원모, 「춘원의 친일과 민족보존론」, 『동포에 고함』, 김원모·이경훈 편역, 철학과현실사, 1992; 이중오, 『이광수를 위한 변명』, 중앙M&B, 2000), 사실 그 의미는 철저히 천황 중심주의와 관련된 것이었음을 다음의 글이 잘 보여준다.
　"민우사에 있는 선생의 응접실이나 서재에는 문자 그대로 책이 꽉 차 있다. 선생의 저작만 해도 수백 가지가 될 것이다. 실로 "문장보국"의 일생이다. 더욱이 그 제작들은 천황 중심주의로 일관되어 있다. (…중략…) 나를 만날 때마다 선생은 언제나 두 가지 것을 말씀하셨다. 그것은 정치에 관계하지 말라, 천황 중심주의가 되라는 두 가지이다." 이광수, 「토쿠토미 소호 선생과 만난 이야기」, 『동포에 고함』, 282면.
88) 이는 그가 1940년 향산광랑으로 창씨개명한 당일 토쿠토미에게 보낸 편지에서 자신의 전향과 관련하여 이 일화를 다시금 언급하고 있는 데서도 분명하게 드러난다.
　"언젠가 동경일일신문사에서 자동차를 같이 타고 국민신문사 앞을 통과할 때 "내 자식이 되어다오"라는 선생의 말씀을 들은 지 5년의 세월이 지난 오늘에야 비로소 선생의 高囑에 부응하게 되었습니다." 이광수, 「토쿠토미 소호에게 보낸 1940년 2월 12일자 편지」, 『동포에 고함』, 305면.

장하고 있다는 것은, 그것도 지나치다싶을 만큼의 애욕에 대한 염오와 순결에 대한 강박을 수반하고 있다는 것은 이광수 자신 여전히 제국 권력에의 모종의 타협에 대한 욕망으로부터 자유롭지 않았음을 말해주는 것 아닐까. 실제로 『애욕의 피안』이 제기하고 있는 서사 상황은 갓 이성에 눈뜨기 시작하면서 세상으로 나아가려던 차에 애욕에 눈떠볼 사이도 없이 애욕의 허망함을 알아버려야 했던, 그리하여 성급하게 죽음으로 나아가야 했던 혜련의 비극과 관련이 있는데, 이는 『애욕의 피안』에서 혜련의 순결에 대한 강박과 다시금 떳떳하지 못한 욕망에서 자유로울 수 없었던 이광수 자신의 내적 갈등 간에 모종의 상관성이 있음을 짐작케 한다. 따라서 본 장에서는 『애욕의 피안』에서 혜련을 중심으로 하는 애정삼각관계의 양상을 분석함으로써, 이광수 자신 한편으로 법화경 행자의 길을 각오했음에도 불구하고 다시금 제국 권력에의 모종의 타협에 기반한 세속적 야심에서 자유로울 수 없었던 데 대한 자의식과 어떻게 대면하고 있었는가를 살펴보고자 한다.

이전까지의 소설에서와는 달리, 사실 『애욕의 피안』의 여주인공인 혜련에게는 '의무'와 '욕망' 간의 갈등과 거기에서 비롯된 '자책감'을 기반으로 하고 있는 애정삼각관계의 갈등이 존재하지 않는다. 그것은 혜련이 애초에 애욕에 대한 염오와 순결에 강박되어 있는, 다시 말해 애욕과는 전혀 무관한 존재로 설정되고 있는 데서 기인한다. 그러나 혜련의 이 같은 애욕에 대한 염오와 순결에 대한 강박은 '의무'를 저버리고 '욕망'을 추구하던 끝에 파멸에 이르게 되는 인물들이 중심이 되고 있는 다른 두 개의 극단적인 애정삼각관계, 즉 문임을 중심으로 한 김장로와 설은주의 관계와 강진표를 중심으로 한 그의 아내와 혜련의 관계와 서로 반향하고 있다. 따라서 『애욕의 피안』에서의 스토리 구조 역시 '의무'와 '욕망' 간의 갈등과 그에 대한 '자책감'을 그 구조적 기반으로 하는 애정삼각관계의 갈등과 무관하지 않다고 할 수 있는 것이다.

『그 여자의 일생』에서 금봉이 애욕의 추구 끝에 파멸에 이르는 타락의 화신으로서의 면모를 유감 없이 보여주고 있었다면, 『애욕의 피안』에서 혜련은 애욕과는 무관한 순결한 존재로 그려지고 있다는 점에서 정반대의 성격을 보여준다. 사실 혜련에게는 애초에 애욕에 휩쓸릴 만한 여지가 전혀 주어지지 않고 있다. 그것은 『애욕의 피안』의 첫머리가 제기하고 있는 서사 상황부터가 교회 장로인 아버지의 부정한 애욕과 그에 대한 추악한 질투 속에서 죽어간 어머니에게서 인생의 "더러운 것"을 발견하게 된 혜련의 인생에 대한 회오로 시작되고 있는 데서 잘 드러난다. "혜련의 잔잔하던 처녀의 마음―인생을 아름답게만 보던 처녀의 마음에는 무거운 검은 그림자가 오락가락하였다. (…중략…) '왜 인생의 이런 더러운 것을 발견하기 전에 내가 죽지를 아니하였던가.'"(138~139면)89)

실제로 혜련은 한편으로 이성을 그리워하면서도, 몸의 사랑을 부정이며 죄악이라 생각한다. 혜련이 임준상의 사랑을 받아들이지 못하는 것이나, 강진표에 대한 사랑에서 티끌이나마 몸의 사랑이 섞였을까를 두려워하는 것도 모두 여기에서 기인한다.

> 혜련은 준상의 말과 모양이 마음을 파고드는 것을 느꼈다. 그리고 그것을 위험하게 생각하였다. 아무리 하여도 혜련은 준상에게 몸과 마음을 내던져 주고 싶지 아니하였다. 아니, 준상뿐 아니라 이 세상 아무에게도 몸과 마음을 내던져 주고 싶지 아니하였다. 그렇게도 믿었던 아버지조차도 못 믿게 된 오늘날, 이 세상에서 제가 믿을 수 있는 사람, 저를 마음놓고 맡겨버릴 수 있는 사람을 찾아낼 것 같지 아니하였다. 그렇지 아니한 사람에게 제 몸을 맡기는 것은 깨끗한 제 몸을 더럽히는 것만 같이 생각하였다. (268면)

> 혜련의 정신적인 성격은 누구를 사랑한다 할 때에 그의 몸을 사랑한다는 것이 부정한 것같이 생각했다. 준상이가 허리를 안으려 할 때에 혜련이가 불쾌감을

---

89) 『애욕의 피안』의 텍스트는 『이광수 전집』 8(삼중당, 1962)이며, 이후로도 『애욕의 피안』의 인용문에 대해서는 페이지 번호만 표기하기로 한다.

느낀 것도 그 때문이다. 몸을 사랑하는 것은 죄악 같았다. 그러므로 혜련은 강선생의 몸을 생각하지 말고 그 아름다운 마음만을 가지고 싶었다. (289면)

준상이라는 청년을 마음에 두고 이제 갓 이성에 눈뜨면서 세상에 나아가려던 혜련이 그 욕망을 억압할 수밖에 없었던 이유, 그리고 끝내는 아버지의 구원이라는 명목 아래 성급하게 삶을 마감해야 했던 이유도 여기에서 찾을 수 있다. 혜련의 죽음이 부정한 애욕으로 타락한 아버지의 구원이라는 명목과 관련되어 있는 것은 사실이지만, 그것은 보다 근본적으로 "더러운 세상"에서 그 자신 더 이상 어떠한 소망도 가질 수 없게 되어 버린 삶에 대한 회의에 그 뿌리를 두고 있다는 점을 고려하지 않으면 안 된다. "난 이 세상을 그저 깨끗이 다녀가고만 싶어. 이 세상에서 물들고 싶지는 아니해요. 이런 더러운 세상에 오래 머물러 있고 싶지도 않고."(379면) 말하자면 혜련을 죽음으로까지 몰고 간 보다 근본적인 동인은 애욕에 대한 염오와 순결에 강박되어 있는 그녀 자신의 자의식의 산물이었다고 할 수 있는 것이다.

그럼에도 불구하고 준상이라는 청년을 마음에 두고 이제 갓 이성에 눈뜨기 시작하면서 세상으로 나아가려던 혜련의 욕망이, 그 욕망에 눈떠볼 사이도 없이 애욕의 허망함을 알아버리고, 그리하여 성급하게 죽음으로 귀결되고 있는 데에는 지나치게 성급한 논리가 개입되고 있다는 느낌을 떨칠 수 없다. 그것은 한편으로 문임을 중심으로 한 설은주와 김장로 간의 애정삼각관계와, 다른 한편으로 강진표를 중심으로 한 그의 아내와 혜련 간의 애정삼각관계와의 반향 속에서 비로소 이해할 만한 것이 된다. 혜련에게서 보이는 애욕에 대한 염오와 순결에의 강박적 지향은 바로 이들 애정삼각관계와의 반향 가운데서 그 의미를 분명하게 드러내고 있기 때문이다.

먼저 문임을 중심으로 한 설은주와 김장로 간의 애정삼각관계를 살펴보자. 문임을 중심으로 하는 이 애정삼각관계는 문임이 한편으로 자신과

비슷한 처지에 있는 설은주에게 마음을 주었으면서도, 다른 한편으로 돈과 힘으로 대변되는 김장로의 청혼을 거부하지 못하는 데서 비롯된다. 문임은 "부모도 없고 재산도 없어져서 동무 집에 붙어서 사는"(169면) 외롭고 가난한 처지에 있으며, 그런 만큼 그러한 자신의 처지를 한탄하는 한편 더더욱 인생의 향락에 대한 욕망을 지니고 있다는 점에서 이광수의 여느 주인공들과 다르지 않다. 말하자면 그 같은 고아의식이 바로 문임으로 하여금 자신과 같은 처지에 있는 설은주에 대한 동정과 김장로의 돈과 힘에 대한 '욕망' 사이에서 갈등하게 하는 근본적인 동인이 되고 있는 것이다.

일찍이 부모 잃어 외롭고 가난한 처지에 있는 문임의 처지에서 보자면, 자신과 마찬가지로 어려서 부모 잃고 김장로의 집에서 눈칫밥을 먹으며 자라나 김장로의 일을 돌보고 있는 가난한 설은주보다야 돈과 힘을 지닌 김장로 쪽이 욕망의 대상이 되는 것도 자연스러운 일이다. 그러나 문임에게 김장로에 대한 욕망은 그리 떳떳한 것이 될 수 없다. 문임은 은주가 저와 같이 외롭고 가난한 처지라는 동정과 돈으로 저를 유혹하려는 김장로에 대한 반감에서 이미 그에게 마음을 주고 혼인을 약속한 바 있기 때문이다. "저는 설 선생을 사랑합니다. 저는 오늘부터 설 선생을 아니 떠나겠습니다. (…중략…) 설 선생, 저를 사랑해 주셔요 혼인해 주셔요."(199면)

은주에 대한 의리와 김장로에 대한 '욕망' 사이에서 갈등하던 문임은 결국 자신의 허영을 만족시킬 만한 돈에 대한 '욕망'에 눈이 어두워 김장로를 선택하고야 만다. "문임은 돈이 소원인 것을 절실히 느꼈다. (…중략…) 그렇게 생각할 때에 은주를 사랑하기는 어려울 것 같았다."(237~238면) 문임에게 김장로와의 혼인은 은주를 그가 본래 사랑하는 사람인 혜련과 맺어주기 위한 것이라는 명목으로 합리화되고 있지만 ─ "저는 은주씨를 동정해요. 은주씨가 잘 되는 것을 보지 않고는 저는 아무데도 혼인 아니할 테야요 (…중략…) 혜련이하고 혼인을 했으면 제일

좋고요"(262면) ―, 사실 그것은 명백히 문임 자신의 부정한 '욕망'에의 굴복을 의미한다. 혜련이 은주를 실연케 한 데 대해 자책하는 것을 보고 문임이 "하나님이 혜련의 입을 빌어서 문임을 책망하시는 것 같았다"고 느끼지 않을 수 없는 것도 바로 그에 대한 '자책감'에서 비롯된 것이다.

> "내가 그이를 속이거나 배반한 것은 아니지만, 난 그이헌테 한 번도 마음을 허락하노란 표시를 한 일이 없지만―그래도 어째 그런지 퍽으나 미안해요 지금 불현듯 그런 생각이 나. 내가 그이헌테 퍽으나 잘못했지?" 하고 문임의 얼굴을 본다. 문임의 얼굴은 뇌빈혈을 일으킨 사람 모양으로 해쓱했다. 혜련의 말은 마치 칼날 모양으로 문임의 가슴을 푹푹 찔렀다. 그것은 마치 혜련이가 문임을 단단히 때릴 목적으로 준비한 형벌인 듯하였다. 하나님이 혜련의 입을 빌어서 문임을 책망하시는 것 같았다. (294면)

이처럼 문임에게 김장로와의 혼인은 돈에 대한 '욕망'에 이끌려 은주에 대한 '의무'를 저버린 행위이며, 따라서 그에 대한 '자책감'을 수반하고 있다. 주목할 만한 것은 문임에게 그 '자책감'은 스토리 구조상에서 궁극적으로 어떠한 변명의 여지도 없는 부정한 것으로 고정되고, 결국 비참한 응징의 대상으로 자리매김된다는 점이다. 그것은 무엇보다도 스토리 구조 자체가 문임의 응징을 전적으로 자신의 과오에도 불구하고 그에 대해 뉘우칠 줄 모르는 태도에 대한 응당한 죄가로 자리매김하고 있는 데서 기인한다.

실제로 문임은 한편으로 은주와의 약속을 저버리는 데 대한 '자책감'을 가지면서도, 끝내 김장로와의 혼인을 포기하지 않는다. 은주를 배반한 사실을 추궁하며 그에게 용서를 구할 것을 권하고 혼인을 말리는 혜련의 충고에도 불구하고, 문임은 이미 더러워진 몸이기에 별 수 없다는 자포자기적인 변명으로써 자신의 파멸을 재촉할 뿐인 것이다. "인제 이 더러운 몸과 마음을 가지고 은주씨를 다시 어떻게 보아? 못 보지! 못 보구 말구. 누구든지 이런 몸인 줄 알구 데려갈 사람이 있거든 데려가라고 길바닥에 내던질 수밖에 없지. 천하 사람더러 나를 짓밟으라지. 내게 침을 뱉고 코웃음을 던지라지.”(337면)

이처럼 그 자신을 내던지면서까지 끝내 뉘우칠 줄 모르고 ‘욕망’을 추구한 문임을 기다리고 있는 것은 그에 대한 처참한 응징이다. 문임은 “두 마음 가진”, “더러운”, “못 믿을”, “창기와 같은 음탕한 계집”(364면)이라는 이유로 은주의 칼에 피투성이가 되어 죽음을 맞게 되는 것이다. 이광수의 소설에서 두 마음 먹음, 즉 배반이 이처럼 처참한 응징으로써 처분되는 경우는 일찍이 없었다. 게다가 문임의 처참한 죽음의 장면은 그 급작스러운 상황은 물론 어법에 있어서까지 과장되고 극적인 연출에 의존하고 있기까지 한데, 이는 부정한 ‘욕망’에 대한 단호한 단절 의지의 과시로써 읽힌다. 말하자면 문임의 비참한 죽음은 부정한 애욕에 대한 염오를 극단적인 방식으로 드러낸 것이라 할 수 있는 것이다.

한편 강진표를 중심으로 한 애정삼각관계는 그의 아내와 혜련 사이에서 이루어진다. 강은 『유정』의 최석을 연상시키는 인물이다. 아버지의 동지의 딸에 대한 의리로 시작한 결혼, 혼인한 첫날부터 불화했던 가정, 자신이 여학교 선생이라는 데 대한 아내의 질투, 그리고 그로 인해 사회에서 매장되고 길림으로 쫓겨갈 수밖에 없었음에도 불구하고 끝내 제자였던 혜련을 잊을 수 없어서 괴로워하는 강의 모습은 그대로 최석을 옮겨 놓은 것이라 할 만한 것이다.

그러나 강을 중심으로 한 애정삼각관계의 서사 상황이 제기하고 있는 문제는 강이 길림으로 떠난 후 혜련과의 ‘오 년여만의 재회’에서 다시금 확인하지 않을 수 없었던 혜련에 대한 애욕과 관련이 있다는 점에서, 최석을 중심으로 한 애정삼각관계와는 근본적으로 그 서사 상황을 달리한다. 아내의 질투도 질투거니와 혜련에 대한 그 자신의 ‘욕망’이 두려워 길림으로 떠났고, 거기서 아내에 대한 미움과 혜련에 대한 감정을 다스리고자 그토록 애써왔음에도 불구하고, 결국 혜련을 찾아 그와 재회하게 되는 데서 강의 갈등은 본격적으로 시작되고 있는 것이다. “자작지얼이

다. 내가 무엇하러 거기가? 곧잘 가라앉혔던 마음을 무엇하러 다시 흔들어 놓아?"(311면)

사오 년 간의 수양을 통해서 혜련에 대한 감정에서 벗어나고자 애써 왔던 강으로서는 혜련과의 '재회'에서 다시금 확인하게 된 그 자신의 '욕망'이 곤혹스러운 것이 아닐 수 없다. 그가 스스로 "제 의지력의 약함을 깊이 뉘우"치고 "책망"하지 않을 수 없었던 것도 바로 그에 대한 '자책감'에서 비롯된 것이다.

> 강이 비로봉에서 혜련을 작별하고 마하연을 향하고 내려올 때에 그는 제 의지력이 약함을 깊이 뉘우쳤다. '그게 무에냐? 왜 성자의 태도를 취하지 못하고 감정을 놓아 주었느냐?' 이렇게 강은 저를 책망했다. (…중략…) 사오 년간 전심전력해서 쌓아 놓은 수양의 탑—움직이지 않는 마음의 탑이 우루루 일순간에 무너져버린 것이 애석했다. 그 무너진 것을 다시 모아 쌓으려 했으나, 되지 아니했다. 도무지 오관과 마음에서 떨어지지 아니하는 혜련. 그 모양, 그 빛, 그 소리, 그 촉각. (346면)

이처럼 혜련과의 재회에서 다시금 확인하게 된 강의 '욕망'은 도덕적 수양의 무력함에 대한 탄식과 더불어 그에 대한 '자책감'을 수반하고 있다. 주목할 만한 것은 이러한 강의 '자책감'은 스토리 구조상에서 궁극적으로 '참회'의 대상으로 자리매김된다는 점이다. 그것은 무엇보다도 스토리 구조 자체가 '욕망'에 이끌려 진리와는 먼 길을 헤매왔던 부끄러운 일생에 대한 강의 회오를 삶의 마지막 순간에서나마 깨끗하고 거룩한 마음을 갖고자 하는 염원 속에서 자리매김하고 있는 데서 기인한다.

실제로 혜련과의 재회에서 사오 년 간 쌓은 수양의 탑이 무너져버린 것을 인정하지 않을 수 없었던 강을 사로잡고 있는 것은, 평생을 바르게 살며 옳은 일을 하고자 애쓰노라고 했음에도 불구하고 남은 것은 그 자신 여전히 "사욕과 번뇌의 덩어리"이며 "가정에도 사회에도 쓸데없"이 되어 버린 초라한 모습뿐이라는 사실에 대한 회오이다.

강은 제가 일생에 한 일이 무엇인가 하고 생각한다. 잘한 일, 내놓은 것이 하나도 없음을 발견할 때에 강은 길게 한숨을 지었다. (…중략…) 일생도 낮이 거의 지나고 저녁때를 바라보는 그 머리에 센 터럭조차 희끗희끗 보이기 시작하는 그. 평생에 바르게 살며 옳은 일을 하려고 애쓰노라고 한 그. 그러나 지나온 길을 돌아볼 때에 아무것도 남김이 없고, 현재의 저를 볼 때 수십 년 전과 꼭 마찬가지인 사욕과 번뇌의 덩어리인 그. 가정에도 쓸데없고 사회에도 쓸데없는 그. 그러한 그를 발견할 때에 그는 눈에서 줄줄 눈물이 흘렀다. 눈물이 흐를수록 더욱 서러워지고 서러워질수록 더욱 눈물이 흘렀다. (352면)

일찍이 소년 시절부터 바르게 살자, 남을 위해 저를 희생하는 생활을 하자 하는 것을 목표로 애써왔던 만큼, 혜련에 대한 '욕망'을 어쩌지 못한 채 결국 가정에서는 물론 사회에서도 쓸데없이 되어 버린 초라한 모습으로 남은 그 자신을 발견하게 되었으니, 이에 대한 강의 회오가 어떠했을까 하는 것은 충분히 짐작해볼 수 있다. 멈추지 않고 서럽게 쏟아지는 눈물, 그것은 바로 의지를 이반하는 '욕망'임에도 불구하고 그 '욕망'에 이끌려 결국 인생의 파국을 맞게 된 그 자신의 운명에 대한 회오를 단적으로 보여주고 있는 것이다.

그 회오의 끝에서 강은 돌연 아내와 혜련을 구원하는 데 자신의 값없는 생명을 쓰겠다는 유서를 남기고는 스스로 목숨을 끊는다. 이 같은 강의 죽음은 인생에서 쓸모 없이 되어 버린 자기 존재에 대한 회오라는 극도로 과잉된 감정의 끝에서 결단된 것인 만큼, 다소 급작스러운 연출로 보이는 것이 사실이다. 그러나 그것은 "부끄러운 일생의 마지막 순간만이라도", "동물적인 욕망"을 모두 벗어버리고 "깨끗하고 거룩한 마음"(356면)을 가지고자 했던 강의 간절한 염원 가운데서 그 진정성을 획득하고 있다. 요컨대 깨끗하고 거룩한 마음에 대한 염원에서 비롯된 강의 비장한 죽음은 부정한 욕망에 대한 반대 급부로서의 순결에 대한 지향을 극단적인 방식으로 드러내고 있는 것이다.

이처럼 문임을 중심으로 한 애정삼각관계가 부정한 애욕에 대한 염오

를 극단적인 방식으로 드러내고 있다면, 강을 중심으로 한 애정삼각관계
는 순결에 대한 지향을 극단적인 방식으로 드러내고 있다. 한쪽은 비참
한 응징의 대상이 되었고 다른 한쪽은 참회로써 부끄러운 일생을 청산
하고자 했다는 차이를 제외한다면, 이들 애정삼각관계는 애욕에 휩쓸린
끝에 삶의 파국을 맞고 있는 인물들의 회오를 담고 있다는 점에서 서로
다르지 않다. 혜련의 죽음 또한 그 연장선상에 놓여 있는 것은 물론이다.
요컨대 문임의 비참한 죽음이나 강의 비장한 죽음은 물론이고, 더러운
세상에 물들지 않고 세상을 그저 깨끗이 다녀만 가고 싶다는 소망에서
비롯된 혜련의 죽음은 모두 부정한 애욕, 위선, 비진리에 대한 염오와
순결, 떳떳함, 진리에 강박되어 있다는 점에서 동질적이라 할 수 있는
것이다.

사정이 이러하다면, 이제 갓 이성에 눈뜨기 시작하면서 세상으로 나
아가려던 혜련의 욕망이 애욕에 대한 염오와 순결에 강박된 채 성급하
게 죽음으로 귀결되어야 했던 필연성이 무엇이었는가 하는 점은 분명하
게 드러난다. 말하자면 그것은 애욕에 휩쓸린 끝에 삶의 파국을 맞고 있
는 주변인물들의 회오와의 반향 속에서 깨끗한 몸으로 한 세상을 마감
하고자 한다는 혜련 자신의 비장한 결단이 반영된 스토리 구조상의 필
연이었던 것이다.

살펴본 바와 같이, 『애욕의 피안』에서 혜련의 삶은 애욕에 휩쓸린 끝
에 삶의 파국을 맞고 있는 주변인물들과는 전혀 대조적으로 순결을 지
향하고자 하는 안간힘 그 자체로 시종일관하고 있었다. 이러한 혜련의
안간힘은 당시 조선일보 고문으로 다시 입사하여 공적 활동을 재개하고
동경을 오가며 일본의 유명 인사들과 가까이 지내면서 일본 잡지에 일
본어 작품을 발표하는 등, 다시금 제국 권력에의 모종의 욕망에 기반한
세속적 야심에 기울고 있는 자신을 발견하지 않으면 안 되었던 이광수
자신의 곤혹스러움을 환기시킨다. 앞서 언급한 것처럼, 이광수 자신 이
미 사업의 실패와 아들의 죽음을 계기로 민족의 지도자를 자처했으나

그간 떳떳하지 못한 길을 걸어온 데 대해 속죄하면서 법화경 행자로서의 길을 각오한 마당이었고 보면, 그러한 모종의 욕망을 전제로 한 세속적 야심이란 그 스스로도 경계하지 않으면 안 되는 욕망이었으리라는 것은 충분히 짐작할 만한 것이다.

이와 관련하여 『애욕의 피안』에서 주목되는 것은 『애욕의 피안』의 스토리 구조 자체가 애욕에 휩쓸린 끝에 삶의 파국을 맞고 있는 주변 인물들의 회오와의 반향 속에서 갓 이성에 눈뜨며 세상으로 나아가려던 혜련의 욕망을 성급한 죽음으로 귀결시킴으로써, 혜련의 삶을 애욕과는 무관한 순결함 그 자체로 고정시키고 있다는 점이다. 혜련에게 애정에 대한 '욕망'은 근본적으로 부정한 것이자 억압의 대상이었다. 아버지의 부정한 애욕과 그로 인한 집안의 불화는 갓 이성에 눈뜨며 세상으로 나아가려던 혜련에게 애욕은 곧 부정한 것이라는 인식을 가져다 주었고, 거기에 애욕에 휩쓸린 끝에 삶의 파국을 맞게 된 문임과 강의 두 극단적인 죽음은 혜련의 애욕에 대한 부정적 인식을 더욱 견고하게 만들었다. 결국 혜련은 세상을 깨끗하게 다녀가고만 싶다는 염원 속에서 스스로 죽음을 선택하게 되는데, 이로써 혜련의 삶은 애욕에 더럽혀지지 않은 순결 그 자체로서 자리매김될 수 있었던 것이다.

이러한 모종의 단절 의지에 기반한 '참회'의 구조화는 법화경 행자로서의 길을 각오했음에도 불구하고 세상에서의 공적 활동의 재개와 더불어 다시금 제국 권력에의 모종의 타협을 전제로 한 세속적 야심에 기울고 있는 그 자신을 그대로 용납할 수만은 없었을 이광수 자신의 내적 자괴감을 환기시킨다. 혜련의 욕망이 성급한 죽음으로 귀결됨으로써 억압되어야 했던 필연성, 다시 말해 혜련이 애욕과는 무관한 순결한 존재로 남아야 했던 필연성이란 바로 이러한 세속적 야심을 잠재울 수 없었던 이광수 자신의 내밀한 욕망에 대한 두려움의 산물이자, 그 내밀한 욕망과 단절함으로써만 얻을 수 있는 자기 구원의 가능성을 대변하고 있었던 것이다.

3. 소결─참회와 새로운 삶의 길 모색

이광수에게 1934년은 그의 생애에서 가장 불행한 시기 가운데 하나였
다고 할 만하다. 일생의 사업으로 몰두해 왔던 동우회가 도산의 장기 수
감과 더불어 위기에 처해 있었고, 사랑하는 어린 아들 봉근을 잃었으며,
동아일보에서 조선일보로 이직하는 과정에서 생긴 불협화음으로 인해
결국 회사까지 그만두게 되는 불운이 겹치면서, 삶의 모든 희망을 한꺼
번에 잃었던 시기였기 때문이다. 이러한 절망의 한 가운데서, 그는 소설
쓰기를 통하여 자신을 엄습해온 그 같은 불운의 의미를 묻고 그로부터
새로운 삶의 길을 모색하고자 했던 것 같다. 살펴본 바와 같이, 이 시기
에 씌어진 작품들은 파멸의 끝에서 '의무'를 저버리고 '욕망'에 이끌렸
던 데 대해 뉘우치는 인물들의 회오로 가득 차 있는데, 이는 자신에게
한꺼번에 몰아닥친 불운의 의미를 민족의 지도자 자처했으나 그간 떳떳
하지 못한 길을 걸어온 데 대한 죄가라는 생각에 빠져 있던 이광수 자
신의 자의식과의 관련성을 분명하게 보여준다.

먼저 『그 여자의 일생』은 일생의 사업이 실패로 돌아가고 더불어 사
랑하는 아들마저 잃게 된 절망의 한 가운데서 자신에게 한꺼번에 몰아
닥친 그 불운이 민족의 지도자로서 떳떳하지 못한 길을 걸어온 데 대한
죄가라는 생각에 빠져들게 된 이광수의 자신의 회오와 그대로 대응하는
구조였다.『그 여자의 일생』의 서사 상황이 제기하고 있는 문제는 부정
한 '욕망'을 추구하다가 결국 스스로 되돌이킬 수 없는 파멸에 이르게
된 데 대한 금봉의 회오와 관련이 있는데, 이는『그 여자의 일생』의 스
토리 구조와 그간의 떳떳하지 못한 길을 걸어온 데 대한 죄가로 절망감
에 빠져 있던 이광수의 회오의 구조 간에 모종의 상관성이 존재함을 보
여준다. 실제로 금봉의 파멸을 행복되고 영화로운 생활에 대한 '욕망'을
포기할 수 없었던 금봉 자신의 과오에서 비롯된 응당한 죄가로 자리매

김하면서 그에 대해 속죄하고 새로운 길을 모색하는 ‘참회’의 계기를 마련하고 있는『그 여자의 일생』의 스토리 구조는, 사업의 실패와 아들의 죽음을 계기로 그 모든 것이 그간 떳떳하지 못한 길을 걸어온 데 대한 죄가임을 깨닫고 참회하여 자기 구원의 가능성을 모색하고자 했던 이광수 자신의 심경과 무관하지 않았다. 말하자면 이광수는 그러한 자기 구원의 가능성을, 파멸의 시점에서나마 자신의 비극이 그 스스로 지은 죄가임을 아프게 깨닫고 이를 속죄하고자 하는 금봉의 참회 가운데서 모색하고 있었던 것이다.

한편『애욕의 피안』은 민족의 지도자로서 그간 떳떳하지 못한 길을 걸은 데 대해 속죄하면서 법화경 행자의 길을 각오했음에도 불구하고, 공적인 활동을 재개하면서 다시금 제국 권력에의 모종의 욕망을 전제로 한 세속적 야심에서 자유로울 수 없었던 데 대한 이광수 자신의 내적 자괴감과 그대로 대응하는 구조였다.『애욕의 피안』이 제기하고 있는 서사 상황은 갓 이성에 눈뜨기 시작하면서 세상으로 나아가려던 ‘욕망’이 그 욕망에 눈떠볼 사이도 없이 애욕의 허망함을 알아버리고, 그리하여 성급하게 죽음으로 나아가야 했던 혜련의 비극과 관련이 있는데, 이는『애욕의 피안』의 스토리 구조와 다시금 고개를 들기 시작한 세속적 야심에서 자유로울 수 없었던 이광수 자신의 갈등의 구조 간에 모종의 상관성이 존재함을 보여준다. 실제로 애욕에 휩쓸린 끝에 삶의 파국을 맞고 있는 주변 인물들의 회오와의 반향 속에서 혜련의 삶을 애욕과는 무관한 순결함 그 자체로 고정시키고 있는『애욕의 피안』의 스토리 구조는, 공적 활동의 재개와 더불어 다시금 고개를 들기 시작한 세속적 야심을 용납할 수 없었던 이광수 자신의 내적 자괴감을 환기시키고 있다. 말하자면 그것은 그러한 세속적 야심을 잠재울 수 없었던 내밀한 욕망에 대한 두려움의 산물이자 그 내밀한 욕망과 단절함으로써만 얻을 수 있는 자기 구원의 가능성을 대변하고 있었던 것이다.

이 같은 ‘참회’와 새로운 삶의 길에 대한 모색의 이야기는 1937년 동우회 기소 사건을 계기로 하여 타협과 그 '불가피함'에 대한 '합리화'의 이야기로 전환된다. 동우회 사건은 도산의 죽음과 더불어 그에게 동우회의 운명에 대한 책임의식을 떠안겨주었고, 이를 계기로 하여 속죄와 중생 구제의 염원을 세우며 법화경 행자의 길을 걷고 있던 그는 다시금 총독부와의 관계에 연루되지 않을 수 없는 상황에 처하게 된다. 이에 참회의 길 가운데 자기 구원의 가능성을 엿보았던 그는 소위 민족보존의 명분 아래 협력의 일보를 내딛게 되며, 더 나아가 '香山光郎'으로의 전면적 전향과 더불어 내선일체가 곧 민족구제의 길이라는 역설적 신념에 이르게 되는데, 이와 궤를 같이 하여 『사랑』과 『원효대사』에서 애정 삼각관계는 모두 '불가피한 관계'라는 '합리화'를 구조화하고 있음을 볼 수 있다.

제 5 장

'불가피한 관계'라는 '합리화'

『사랑』(1939)과 『원효대사』(1942)에서 애정삼각관계의 갈등은 '의무'를 위하여 불가피하게 '욕망'을 선택해야 하는 주체의 역설적인 상황에서 비롯된다. 이전까지의 소설에서 그 선택이 개인적인 '욕망'에 좌우된 만큼 부적절하거나 부정한 것으로 자리매김되고 있었다면, 이들 작품에서 그것은 개인적인 선택에 의한 것이라기보다 이미 운명지어져 있는 어떤 불가피한 것이라는 전제로부터 출발하고 있는 것이다. 주목할 만한 것은 이처럼 불가피한 선택이라는 인식이 전제되어 있는 까닭에, 이들 작품에서 그에 대한 '자책감'은 별다른 무게를 지니지 않으며, 혹 무게를 지니고 있다고 하더라도 궁극적으로는 '합리화'되고 있다는 점이다. 그것은 무엇보다도 스토리 구조 자체가 그 '욕망'의 선택을 '의무'의 완성을 위한 한 계기로 자리매김함으로써, 그에 대한 '자책감'을 합리화의 여지가 있는 것으로 구조화하고 있는 데서 기인한다. 작가의 자전적 맥락과 관련하여 보자면, 이 같은 애정삼각관계의 양상은 이광수가 1939년 동우회

사건을 계기로 총독부에의 전향을 선언한 시점과 대응하며, 그 '합리화'
의 구조화는 총독부에의 전향이 궁극적으로는 민족보존을 위한 길이라
는 작가의 역설적인 신념과 관련이 있다.

1. 『사랑』—자기 희생과 진정한 사랑의 역설

전작 『사랑』은 동우회사건이 한창 진행중이던 1938년 1월에 시작되어
1939년 4월에 걸쳐 병석에서 구술로 집필되었다. 잘 알려져 있다시피,
동우회사건이란 1937년 6월 중일전쟁을 앞두고 군국주의 파시즘의 동향
에 발맞추어 동우회 조직을 해산시키고자 했던 총독부가 이광수를 비롯
하여 그 회원들을 대대적으로 검거하면서 시작된 것으로, 애초에 검거된
181명 가운데 42명이 기소되어 1938년 8월의 예심을 끝내고 1939년 12
월 제 1심의 선고에서 전원이 무죄 선고를 받았으나, 다시금 공소되었다
가 1941년 11월 4년 5개월만에 전원 무죄로 끝난 사건을 말한다.[90] 전작
『사랑』이 씌어진 것은 바로 이 시기, 즉 도산의 서거 이후 동우회의 실
질적인 책임자가 된 이광수가 동우회 회원들의 운명이 자기 손에 달려
있다는 책임의식 아래 자신의 정치적인 행로에 대한 문제로 심각한 고
민에 빠져 있던 기간이었다. 이와 관련해서는 이광수가 막 『사랑』 전편
의 집필을 마쳤던 1938년 여름 당시, 김동인이 동우회사건과 관련하여
춘원의 심경을 타진하러 갔던 당시의 일을 회고하고 있는 「춘원과 『사
랑』」이라는 글에서 자세한 사정을 엿볼 수 있다.

---

90) 동우회 사건의 전말에 관해서는 김윤식, 『이광수와 그의 시대』 2, 솔, 1999, 322~328
면 참조

그날 나는 어떤 필요상 춘원의 심경을 좀 타진하러 갔던 것이었다. 그날 타진한 바에 의지하건댄 춘원은 복잡미묘한 선상에서 번민하고 있는 것이었다. 인제는 명예에도 부족함이 없었다. 인제 남은 것은 노와 쇠와 혹 잘못하면 전에 얻었던 명성에 트집이 갈 일이 생길는지도 알 수 없다. (…중략…) 그 뒤 나는 때때로 생각하였다. 그때 그런 거대한 고민(사상적 고민이 아니라 거취에 대한 고민) 가운데서 집필 중인 작품이 어떤 것이 될까? 물론 그 고민이 어떤 형식으로든 작품에 나타날 것은 정한 이치로되 兩路의 고민 때문에 작품에 무리가 안 생길까.91)

여기서 "그런 거대한 고민"이란 김동인의 또 다른 글인 「동우회와 이광수」에서 "총독부에게 대하여 전향을 표명하면 혹은 용서될 수도 있겠거니와, 이광수가 버티면 동우회 40~50명의 생명은 형무소에서 결말을 지을 밖에는 없었다"92)고 명시적으로 확인되고 있는 것처럼, 총독부에의 전향이라는 정치적 결단의 문제를 앞둔 고민과 관련이 있다. 따라서 전작 『사랑』이 이 같은 정치적 결단의 문제를 두고 고민하고 있던 시기 병석에서 구술로 집필되었다는 것은 작품과 작가의 고민간의 상호 관련성의 무게가 심상치 않은 것임을 말해준다.

이에 김동인은 동우회 사건과 관련하여 거취의 문제에 대한 춘원의 고민이 작품 『사랑』에 어떤 형식으로든 반영되어 있을 것임을 지적하면서, 안빈의 행로가 처음부터 끝까지 모순 투성이라는 점과 그의 설교에 주목한 바 있다.93) 그러나 그의 논의는 작가의 고민이 작품에 어떤 왜곡을 가져오게 되었는지를 지적하는 데 관심을 가진 다소 악의적인 성격을 지닌 것으로, 과학적이어야 할 의사인 안빈이 전생 내생의 인과론을 주장하는 것은 모순이니 작중 인물의 모순으로 충일된 행로나 설교 가

---

91) 김동인, 「춘원과 『사랑』」, 『박문』, 1939.12; 『김동인 전집』 6, 삼중당, 1967, 617~618면.
92) 김동인, 「동우회와 이광수」, 『신천지』, 1949.7; 『김동인 전집』 6, 삼중당, 1967, 72면.
93) 김동인, 「춘원과 『사랑』」, 『박문』, 1939.12; 『김동인 전집』 6, 삼중당, 1967, 617~618
면 참조

운데서도 전생 내생의 인과론은 논외로 해야 한다는 식의 재단 비평에
그침으로써, 문제제기의 구체성에 비해 실제로 이광수의 정치적 행로에
대한 고민과 관련하여 작품을 이해하는 데는 별다른 도움을 주지 못하
고 있다.94) 한편 김윤식은 안빈이 춘원 자신의 "성자에 대한 꿈"을 투영
한 자전적 인물이라는 점에 기대어 그것을 "법화경 행자로서의 보살행"
의 명분을 내세운 이광수 자신의 전향에 대한 합리화의 산물이라 평가
하고 있다는 점에서,95) 작가의 고민과 작품의 관계를 좀더 긴밀하게 연
결시키고 있는 것처럼 보인다. 그러나 안빈이 성자로서 인물화되고 있다
는 것과 그것이 춘원 자신의 꿈에 대한 투영인 것이 사실이라 하더라도,
『사랑』에서 자기 희생의 길을 걷고 있는 인물은 안빈이라기보다 오히려
석순옥이라는 점에서, 그의 논의는 당시 동우회 사건과 관련한 이광수의
고민이 과연 안빈을 통하여 제기되고 해결되고 있는가 하는 문제를 제
기하게 만든다.

이 문제를 해결하는 데 있어서도 『사랑』의 근본적인 스토리 구조가
두 애정 대상과의 관계 사이에서 양자택일의 문제에 직면해 있는 중심
인물의 갈등, 다시 말해 '의무'와 '욕망' 간의 갈등을 중심으로 하고 있
는 애정삼각관계와 거기에서 비롯된 '자책감'에 그 기반을 두고 있다는
점에 주목하는 것이 도움이 된다. 실제로 『사랑』의 서사 상황이 제기하
고 있는 문제는 사모하는 안빈을 두고도 허영과의 결혼을 선택할 수밖
에 없었던 순옥의 모순적인 사랑과 관련이 있는데, 이는 동우회 사건과
관련하여 민족의 지도자로서 총독부에의 전향을 선택해야 했던 이광수
의 모순적인 처지와 그대로 대응하는 구조이다. 말하자면 『사랑』의 스
토리 구조와 동우회사건과 관련하여 다시금 총독부와의 관계에 연루되

---

94) 김동인의 평가와 관련하여 한 가지 더 지적할 것은 그의 논의가 작품의 모순을 찾아
   내는 데 너무 급급한 나머지, 『사랑』에서 정작 중요하게 다루어야 할 "전생 내생의 인
   과론"의 문제를 논외로 하는 해석상의 아이러니를 보여주고 있다는 점이다. 그 인과론
   의 문제에 관해서는 본고의 논의에서 자세히 다루어질 것이다.
95) 김윤식, 『이광수와 그의 시대』 2, 솔, 1999, 292~293면.

어야 했던 이광수의 고민의 구조 간에 모종의 상관성이 존재함을 볼 수 있는 것이다. 따라서 본 장에서는 『사랑』에서 순옥을 중심으로 하는 애정삼각관계의 양상을 분석함으로써, 이광수 자신 동우회사건과 관련하여 총독부에의 전향을 선택할 수밖에 없었던 데 대한 모순된 상황과 어떠한 방식으로 대면하고 있었는가를 살펴보고자 한다.

『사랑』에서 서사 구조 전체를 지배하는 애정삼각관계는 석순옥을 중심으로 안빈과 허영 사이에서 이루어진다. 그것은 순옥이 한편으로 안빈을 사모하면서도, 다른 한편으로 안빈에 대한 사랑의 완성을 위하여 허영과 결혼하는 모순을 감당하고자 하는 데서 비롯된다. 따라서 『사랑』의 스토리 구조는 '의무'를 위하여 불가피하게 '욕망'을 선택해야 하는 역설적 상황에 처한 순옥의 갈등을 중심으로 구조화된다.

『사랑』의 첫머리는 전문학교를 졸업하고 중등학교 교원까지 지낸 재원인 순옥이 사모하는 안빈의 곁에 있고 싶다는 일념에서 안빈의 병원에 간호부를 자청하는 것으로 시작된다. 순옥이 안빈을 사모하는 방식은 다소 특이한 구석이 있다. 한사코 안빈에 대한 정신적인 사랑만을 주장한다는 점에서 그렇다. 안빈이 이미 결혼하여 처자를 두고 있는 처지라는 사실을 고려하면, 안빈에 대해 정신적인 사랑만을 주장하는 순옥의 사랑은 동무 인원이 생각하고 있는 것처럼 "이뤄지지도 못할 사랑을 안고 애쓰는"(8면) 극히 가여운 것으로 비춰질 만한 것이 사실이다. 그러나 순옥에게 있어서 안빈에 대한 사랑은 "이미 아내가 있는 남자니까, 할 수 없이 단념하는"(27면)96) 소극적인 의미의 것이 아니다. 순옥에게 있어서 그것은 "시편 이십삼 편의 사랑"(31면), 즉 "육체를 떠나서 영혼으로 여호와라는 육체 없는 이를 사모하는" 신에 대한 사랑으로까지 정신적으로 고양된 의미를 띠고 있기 때문이다.

---

96) 『사랑』의 텍스트는 『이광수 대표작 선집』 5(삼중당, 1968)이며, 이후로도 『사랑』의 인용문에 대해서는 페이지 번호만 표기하기로 한다.

내가 안 선생을 사모하는 사랑은 연애라든지 혼인이라든지보다 훨씬 높은 사랑이라구 나는 믿어요. 도리어 내 사랑에 연애라든지 혼인이라든지 그런 생각이 티끌만치라도 섞이면 그것은 내 사랑의 타락이라고 믿어요. (28면)

한편 이처럼 순수하게 안빈을 사모하고자 하는 순옥에게는 허영이라는 인물과의 인연이 그늘을 드리우고 있다. 허영은 학생시대부터 순옥을 따르던 남자 가운데 하나로, 육칠 년이 되도록 순옥에 대한 사랑을 변치 아니하고 순옥을 따르는 시인이다. 그러나 허영의 사랑은 순옥에게 구애하는 피에서 나온 "아모로겐"이라는 성분이 말해주고 있는 것처럼, 애욕의 고민에서 비롯된 육체적인 사랑의 의미를 지닐 뿐이다. 안빈에 대한 "아우라몬"으로서의 사랑, 즉 초이성적인 사랑을 추구하고 있는 순옥에게 그것은 보잘것없는 애욕 이상은 아닌 것이다.

주목할 만한 것은 그럼에도 불구하고 순옥은 자신이 허영의 그늘에서 자유로울 수 없다는 사실을 깨닫고 결국 허영과의 결혼을 결심하기에 이르고 있다는 점이다.

"순옥이가 우는 것을 보니깐 그렇게 설움이 북받쳐 오르는구만. 어째 모두들 들러 붙어서 순옥이를 가기 싫다는 데로 억지루 끌어 넣는 것만 같단 말이야."
"언니, 인제는 그런 말은 말아요. 내 운명은 벌써 결정이 된 것을."
"글쎄, 그것이 알 수 없는 일 아니야. 왜 사랑하는 사람 곁에 있지를 못하고 원치 않는 사람한테로 아니 가면 아니 되느냐 말이야."
"그게 참 이상해. 언니, 허영이란 사람이 십 년 전부터 그렇게 싫으면서도— 싫다싫다 하면서도 자꾸만 그리로 끌려 가는구려, 언니. 그게 아마 **인연의 힘**이라는 것인가 보아." (253면)

"왜 사랑하는 사람 곁에 있지를 못하고 원치 않는 사람한테로 아니 가면 아니 되느냐"는 인원의 물음이 제기하고 있는 것처럼, 얼핏 보기에 그처럼 사모하는 안빈을 두고 자신의 애욕만을 추구하는 보잘것없는 허영과 결혼을 결심하는 순옥의 태도는 일면 모순된 것처럼 보인다. 이를 안빈에 대한 "초이성적인 애정"[97]이라거나 "성자적 사랑",[98] "보살의 자비행"[99] 등등으로 해석해 보아도 사정은 마찬가지이다. 안빈에 대한 자기 희생적인 사랑까지는 이해할 수 있다 하더라도, 거기에 허영과의 결혼이 개입되어야 했던 필연성은 여전히 잘 납득되지 않기 때문이다.

실제로 순옥이 허영과의 결혼을 결심하는 것은 단순히 그의 이해할 수 없는 성격에서 기인하는 것은 아니며, 초이성적이거나 성자적인 사랑 그 이상의 의미를 지닌다. 이후에 자세히 언급하겠지만, 순옥에게 허영과의 결혼은 인과적 인연에 의한 것이자 안빈에 대한 사랑의 완성으로 나아가는 한 도정으로서의 의미를 지니고 있다. 따라서 안빈에 대한 순옥의 사랑은 비록 그것이 초이성적인 성격의 것이라 하더라도 허영과의 결혼이라는 육체적인 사랑과의 관계 안에서 이해되지 않으면 안 된다. 말하자면 순옥의 모순적인 사랑을 이해하는 관건은 안빈과 허영을 사이에 둔 삼각관계의 역설을 규명하는 데 놓여 있다고 할 수 있는 것이다.

이전까지의 이광수 소설에서 애정삼각관계의 주체가 사랑의 대상을 선택하는 문제는 대개 개인적인 '욕망'에 좌우되었던 만큼, 이들 소설의 갈등 구조를 지배하는 핵심은 항상 그에 대한 '자책감'과 관련이 있었다. 그러나 안빈을 사모하면서도 선뜻 허영과의 결혼을 결심하는 순옥에게서 이제 그 같은 '자책감'은 더 이상 찾아볼 수 없다. 그것은 무엇보다도 스토리 구조 자체가 순옥과 허영의 결혼을 인과적 인연에 의한 필연이자 안빈에 대한 사랑의 완성을 위한 도정으로 자리매김함으로써, 그 같은 순옥의 선택을 숭고한 자기 희생의 행위로써 의미화하고 있는 데서 기인한다.

순옥이 허영과의 결혼을 결심하게 된 계기 가운데에는 결핵으로 죽을

---

97) 조연현, 『한국현대문학사』, 성문각, 1968, 183면.
98) 신상철, 「『사랑』 논고」, 『이광수 연구』 하, 태학사, 1984, 360면.
99) 최징석, 「작품 『사랑』의 사랑 분석」, 『이광수 연구』 하, 태학사, 1984, 304면.

날을 받아 놓고 있는 안빈의 처 옥남이 안빈과 순옥의 관계를 오해하지 않고 마음 편하게 세상을 떠나게 해주려는 배려가 자리하고 있는 것이 사실이다. "난 사모님이 순옥이가 선생님하구 혼인을 하느니라 하는 생각을 품은 대루 세상을 떠나시는 것이 괴롭단 말야."(173면) 그러나 순옥이 그 같은 결심을 하게 된 동기에는 보다 내적인 욕구가 더 크게 자리잡고 있음을 볼 수 있는데, 어떠한 희생을 무릅쓰고라도 안빈에 대한 자신의 순수한 사랑을 지키겠다는 욕망이 바로 그것이다. "내 다른 것은 다 희생해버리더라두, 하느님 앞에서나 사람의 앞에서나 석순옥이가 안선생께 대한 관계만은 청정하니라, 성스러우니라 허두룩 하고 싶어요. 그것이 내 소원야."(180면) 다시 말해 그것은 안빈과의 순결한 사랑을 지켜나가기 위해서라면 내키지 않는 허영과의 결혼도 무릅쓰겠다는 자기 희생의 역설에 다름 아닌 것이다.

그러나 이러한 자기 희생의 역설만으로는 안빈과의 순결한 사랑의 완성에 왜 하필 허영과의 결혼이 개입되어야 하는지에 대한 이유를 납득하기 어렵다. 그 필연성은 앞서 잠깐 암시된 바 있는 "인연의 힘", 즉 안빈이 제기하고 있는 인과적 인연설의 논리에 의해서야 비로소 분명해진다.

> "그러니까 금생의 순옥은 전생의 결과인 동시에 내생의 원인이라고 보는 것이 옳겠지. 이렇게 생각하면 순옥이 일생에 허영이란 사람이 나선 것도 결코 우연한 일이 아니라고 믿소. 다시 말하면, 순옥과 허영이란 두 사람의 전생으로부터 오는 恩怨 관계를 금생에 청산해버리지 아니하면 내생까지도 또 끌고 갈 것이란 말요. 한 번 떨어진 恩怨의 씨는 몇천만 생을 지나더라도 열매를 맺어버리지 않고는 결코 소멸되지 않는 것이 인과의 법칙이니까."
>
> "그래도 그 사람하고 결혼할 수는 없어요. 대하면 싫고 생각만 해도 싫은 걸 어떻게 합니까."
>
> "아니, 꼭 혼인을 하란 말은 아니오. 아까 그이가 왔을 때에 순옥이 하는 말에 성난 기운이 있어서 새로운 악업을 짓는 듯싶으니 말이요. (…중략…) 지금 허영씨도 순옥이 말에서 받은 상처가 아프고 쓰릴 테지. 이리해서 세상에 악의

씨와 원수의 씨가 끊어질 줄을 모르고 눈사람 모양으로 굴러갈수록 더욱 커진단 말야." (78~79면)

여기서 안빈이 제기하고 있는 인과적 인연설의 핵심은 "한 번 떨어진 恩怨의 씨는 몇 천만 생을 지나더라도 열매를 맺어버리지 않고는 결코 소멸되지 않는"다는 데 있다. 그것은 아무리 순결하게 안빈을 사모하고자 하는 순옥이라고 해서 예외일 수는 없다. 안빈의 논리에 의하면, 순옥이 그처럼 싫어하는데도 허영이 순옥에게 구애하는 것은 전생으로부터의 은원 관계에서 비롯된 것이며, 따라서 순옥이 허영의 구애를 거절하는 것은 순옥의 편에서 그것이 아무리 정당한 것이라 하더라도 "새로운 악업을 짓는" 행위가 된다. 순옥이 허영의 구애를 거절한다면, 그 당연한 결과로서 허영은 순옥에게 몇 갑절 커진 악의를 품을 것이고, 그것은 바로 "세상에 악의 씨와 원수의 씨"를 퍼뜨리게 되는 것을 의미하기 때문이다. 요컨대 순옥이 그처럼 싫어하는 허영에게서 결국 "인연의 힘"(253면)을 느끼고 그와의 결혼을 결심하게 된 데는 바로 이 같은 인과적 인연의 논리가 자리하고 있는 것이다.

이처럼 이미 숙명지어져 있는 필연에 의한 것인 까닭에, 순옥에게 허영과의 결혼은 좋고 나쁘고, 옳고 그르고의 가치판단의 문제가 개입될 여지가 없다. 순옥에게 주어져 있는 것이라고는 오직 주어진 길을 얼마나 성실하게 걸어갈 것인가 하는 성실성의 여부일 뿐인 것이다. "내가 허씨허구 혼일헐 바에야 내 몸과 마음을 다해서 그이를 사랑허구 돕구 기쁘게 해드리는 것이 옳지. (…중략…) 그게 선생님 뜻을 받는 것일 거구. 그렇지 않우? 내가 정말 선생님을 사랑허구, 선생님을— 내 생명으루— 내 빛으루 안다면— 그 어른 뜻을 잘 받들어서 실행하는 게 내가 마땅히 헐 일이지."(268면)

실제로 허영과의 결혼 이후의 순옥의 삶은 저를 잊은, 그리고 오로지 허영을 위한 헌신 그것으로 요약될 수 있다. 물론 한때나마 순옥이 그 자신 처녀 때처럼 자유롭게 안빈을 사모할 수 없다는 사실을 깨닫고 허영과 결혼한 데 대해 '자책감'을 느끼고 있는 것은 사실이다. 순옥이 처녀의 몸으로 안빈의 곁에 있을 때의 기쁨으로 충만했던 "그날은 다시 돌아올 수는 없다"고 탄식하고, 그 자신 "순전히 정신적으로 사모하는 정이라 하더라도 함부로 안빈을 향하여서 발할 수는 없는 것"을 의식하지 않을 수 없는 것도 바로 그에 대한 '자책감'에서 비롯된 것이다.

　　순옥 자신이 처녀의 몸으로 안빈의 곁에 있을 때의 기쁨이 떠올랐다. (…중략…) '그날은 다시 돌아올 수는 없다' 하는 탄식이 순옥의 가슴 속에 폭풍 같이 일어났다. 그날은 마음 놓고 제 사모하는 정을 속으로만은, 자유로 안 빈을 향하여 쏟을 수가 있었다. 그러나 오늘은? 순옥은 남의 아내다. 비록 육체에 관련되지 아니한, 순전히 정신적으로 사모하는 정이라 하더라도 함부로 안빈을 향하여서 발할 수는 없는 것이다. (333면)

　주목할 만한 것은 이러한 순옥의 '자책감'은 오직 저를 잊고 허영을 사랑하는 것이 진정한 안빈의 뜻이라는 역설을 되새기는 가운데서 금방 해소되어 버리고 만다는 점이다. 아내가 남편 이외의 남자를 그리워한다면 "간음"(334면)이니, 그것은 "너를 완전히 죽이고 진리 속에서 살라"(268면)고 한 안빈의 뜻과는 거리가 멀다. 이에 순옥은 다시금 안빈에 대해서는 "선생님의 정신만 ― 그 무언의 교훈만을 뫼시구 있어야"(335면) 한다는 결론에 도달하고, 안빈에 비하여 턱없이 모자란 남편이지만 허영을 사랑하는 데 힘쓰기로 결심하게 되는 것이다.
　물론 순옥은 허영이 저 아닌 다른 여자와의 사이에서 아들까지 두었다는 사실을 알고 질투로 괴로워하기도 하고, 자신의 헌신에도 아랑곳 않고 지속되는 그들의 밀통에 대한 배신감에 분노하기도 한다. 그러나 그것은 순옥으로 하여금 더욱더 허영을 위해 헌신하는 계기가 될 뿐, 거기에서 자신이 선택한 길에 대한 회의를 찾아보기는 어렵다. 순옥은 귀득과 결혼하고 싶어하는 허영을 위해 그와 이혼해 주고도 새신부를 잃고 그 충격으로 병을 얻어 쓰러진 그의 병간호를 자청하고, 결국에는 그와 그의 늙은 노모를 위해 북간도로 떠나는 결연한 모습까지 보여준다.

얼핏 이와 같은 순옥의 태도는 보잘것없는 사람을 위해 일생을 바친 것이기에 불쌍한 것으로 비춰지기 쉽다. 동무 인원이 순옥을 보는 관점이 그것이다. "순옥이가 참 불쌍해요. 그도 사람이나 값있는 사람이면 모르지만, 허영이 같은 사람을 위해서 일생을 바치니 그게 무엇입니까?"(424면) 그러나 안빈의 관점에서 보자면, 그것은 중생의 자비심이 "인연 있는 중생을 사랑하는"(427면) 형식으로 나타난 것이므로, "자비와 은혜의 길을 걸어가는"(430면) 보살의 자비행이다. 결국 허영에 대한 순옥의 헌신은 궁극적으로 범인의 경지를 넘어선 보살의 자비행으로서 의미화되고 있는 셈인 것이다.

순옥의 사랑을 이성적인 사랑에서 성자적인 사랑으로 비약하는 데 그 특징이 있다고 보는 기존 논의의 관점에서 보자면,[100] 이처럼 순옥이 허영을 위해 북간도로 떠나는 데서 보살의 자비행으로서의 사랑의 완성이라는 경지는 이미 실현되었다고 보아 무리가 없다. 그러나 이러한 관점에서라면, 순옥의 북간도에서의 삶에 굳이 허영의 비참한 임종이라는 사건이 개입되어야 했던 이유를 납득할 수 없게 된다. 사실 순옥의 북간도에서의 삶은 허영의 비참한 임종이라는 사건을 위해서 아무 이야기나 끌어 들여가며 되는 대로 마구 써내려간 흔적이 역력한데, 『흙』의 그 악명 높은 결말, 즉 숭의 도덕적 인격에 감화받아 정선은 물론 모든 악인이 회개하고 있는 결말에 비추어 본다면, 순옥의 헌신적인 희생에도 불

---

100) 신상철은 "이성간의 에로스적 사랑이 현실적인 극복 방법에 의해 모색되지 않고, 억제와 수양으로 곧장 성자적 사랑으로 비약"(신상철, 「『사랑』 논고」, 『이광수 연구』 하, 태학사, 1984, 360면)한다는 점에 주목하고 있고, 최정석은 "순옥의 사랑은 이성적인 그것을 초월하여 보다 더 거룩한 보살의 자비행으로 옮아가 있다"(최정석, 「작품 『사랑』의 사랑 분석」, 『이광수 연구』 하, 태학사, 1984, 304면)는 데서 그 특징을 찾고 있으며, 윤홍로 또한 "석순옥이야말로 저 높은 중생의 구제 원리인 자기 희생적, 초훼예적인 초월적 사상의 실천 중개자"(윤홍로, 『이광수 문학과 삶』, 한국연구원, 1992, 138면)라 보고 있다.

구하고 끝내 구원받지 못하고 비참하게 죽어간 허영의 죽음이라는 사건
은 다소 의외적인 것이라 할 만하다. 그것은 허영의 죽음으로 인하여 순
옥이 안빈의 곁으로 되돌아 올 수 있었던 대단원을 환기할 때 비로소
이해할 만한 것이 된다. 그랬을 때, 허영의 죽음은 순옥이 허영과의 관
계를 청산하고 안빈의 곁으로 되돌아 올 수 있었던 전제가 되는 사건으
로 자리잡게 되기 때문이다.

> "저는 이 세상에서 가장 행복된 사람 중에 하나라고 믿어요 제 소원은 완전
> 히 성취되었으니깐요— 선생님 곁에서 거진 반생이나 보낼 수가 있었으니깐요.
> 제 만족은 완전해요. 제게는 이 이상의 소원은 하나도 없습니다. (…중략…) 그
> 저 선생님 뜻이 이러시리라 하는 것을 생각하고 그것을 따라서 살아왔습니다.
> (…중략…) 그것은 저를 죽여라, 하는 정신이라고 보았습니다. 저를 죽이고 너와
> 인연 있는 자를 사랑하여라— 무한히, 무궁히, 무조건으로, 이렇게 저는 생각하였
> 습니다. 저는 한량이 없으신 선생님의 덕 중에서 이 한 가지를 배우는 것으로
> 일생의 목표를 삼고 살아 왔어요. 제가 그 정신으로 살 수가 있을 때면 제가 사
> 모하는 선생님의 품에 드는 것이거니, 이렇게 믿고 살아왔습니다." (463~464면)

위의 인용문에서도 볼 수 있는 것처럼, 순옥의 행복은 일생을 안빈의
뜻에 따라 살았고 결국 안빈에게로 되돌아와 그의 곁에서 반생을 보낼
수 있었다는 데 있다. 이를 두고 신상철은 성자의 사랑으로 꾸며졌어야
했을 순옥의 행복의 본질이 뜻밖에도 존경하는 사람에 대한 정신적 사
랑으로 결말지어지고 있다는 점에 불만을 표하면서, 그 원인을 자신을
우상으로서 합리화하고자 하는 작가와 인물간의 미적 거리가 확보되지
못한 데서 찾고 있지만,[101] 그것은 앞서 제기한 바 순옥을 중심으로 하
는 안빈과 허영 간의 애정삼각관계의 역설의 완성을 위한 스토리 구조
상의 필연적인 결말로써 이해되어야 한다.

실제로 안빈을 사모하면서도 허영과의 결혼을 선택했던, 겉보기에 다

---

101) 신상철, 「『사랑』 논고」, 『이광수 연구』 하, 태학사, 1984, 345~346면.

소 모순적인 것처럼 보였던 순옥의 사랑은 순옥이 결국 안빈에게 되돌아오는 결말로써 중요한 의미를 획득하게 된다. 그 결말은 "저를 죽이고 너와 인연 있는 자를 사랑"하라는 안빈의 뜻에 따라 허영에게 헌신하는 것, 그것이 바로 "제가 사모하는 선생님의 품에 드는 것"이라는 순옥의 역설적인 사랑의 논리, 다시 말해 안빈과의 사랑을 완성하기 위한 하나의 도정이었을 뿐임을 구조적으로 가시화하고 있기 때문이다. 순옥이 사모하는 안빈을 두고 허영에게 자신의 삶을 헌신할 수 있었던 것은 이러한 각도에서 비로소 이해될 수 있다. 말하자면 허영에 대한 순옥의 자기 희생은 안빈에 대한 사랑의 완성이라는 미래의 가능성에 자신의 현재를 괄호에 묶어 둠으로써 비로소 가능할 수 있었던 것이다.

살펴본 바와 같이, 『사랑』에서 순옥의 사랑은 한편으로 안빈을 사모하면서도 다른 한편으로 내키지 않는 허영과의 결혼을 선택해야 했던 모순적인 성격의 것이었다. 주목할 만한 것은 이처럼 순옥의 모순적인 사랑은 동우회사건과 관련하여 총독부에의 전향을 선택해야 했던 이광수의 모순적인 태도를 환기시킨다는 점이다. 실제로 당시 기소된 42명 동우회 회원들의 운명은 도산의 서거 이후 동우회의 총책임자가 된 그의 거취에 달려 있었던 것이 사실이었고, 그렇다고 해서 그가 전향을 선택한다는 것은 김동인이 충고한 것처럼 "이제 더 壽를 누리다가 욕이 혹은 더해지겠고 지금껏 쌓은 공이 헛 데로 돌아갈지도 모르는" 명예롭지 못한 일인 것이 분명했으니,102) 이광수는 그 양로(兩路)간의 결단이라는 문제에 직면하고 있었던 것이다.

그러면 이러한 딜레마에 직면하여 이광수 자신 스스로를 납득시킨 논리는 무엇이었던가. 이와 관련하여 작품 『사랑』에서 주목해야 할 것은

---

102) 김동인이 그의 家兄인 김동원의 부탁으로 동우회 사건에 대한 이광수의 의향을 타진하러 그를 찾아갔던 일에 관해서는 김동인, 「동우회와 이광수」, 『김동인 전집』 6, 삼중당, 1968에 자세히 언급되고 있다.

순옥을 중심으로 한 안빈과 허영 간의 애정삼각관계의 역설이다. 살펴본 바와 같이, 안빈을 사모하면서도 허영과의 결혼을 선택해야 했던 순옥의 모순된 행동을 뒷받침해주고 있는 논리는 인과적 인연의 논리와 자기 희생적인 사랑의 역설 두 가지였다. 이 두 가지 논리에 의해서, 순옥에게 허영과의 결혼은 전생으로부터의 인과에 의해 숙명적으로 결정되어 있는 불가피한 것이며, 기꺼운 마음으로 이 인연을 다해야만 안빈에게로 되돌아 갈 수 있다는 역설적인 의미를 획득할 수 있었던 것이다. 그리고 이로써 허영에 대한 순옥의 헌신이 안빈에 대한 완전한 사랑의 완성을 위한 도정으로 자리매김될 수 있었던 것은 이미 보아온 대로이다.

이처럼 순옥을 중심으로 한 안빈과 허영 간의 애정삼각관계에 인과적 인연의 논리와 자기 희생적인 사랑의 역설이 자리하고 있다는 것은 민족운동의 보존이라는 명분 아래 총독부에의 전향이라는 모순적인 선택을 해야 했던 이광수가 그러한 자신의 정치적 행로를 납득시킬 만한 논리를 바로 이 두 가지 논리에서 찾고 있었음을 말해준다. 총독부에의 정치적 타협에 대해서는 그 자신 결코 결백하지 않았던 까닭에 평생을 자책감에 시달렸고, 도산의 체포로 일생의 사업이었던 동우회가 위기에 처하고 아들 봉근까지 잃고 나서는 그 모든 것이 그간의 죄의 대가라고 생각하고 참회하며 법화경 행자의 길을 걷고 있던 그로서는, 자신이 다시금 정치적 타협의 문제에 연루되어야 하는 상황이 매우 곤혹스러웠을 것이 틀림없다. 그러나 이 두 가지 논리는 그러한 선택이 그 자신만 마음이 굳세었다면 흔들리지도 않을 수 있었던 개인적인 선택의 문제가 아니라, 전생으로부터의 인과에 의해 숙명적으로 결정되어 있는 불가피함의 문제이며, 따라서 내키지 않더라도 기꺼운 마음으로 그에 임하는 것이 궁극적으로는 민족을 위한 것이라는 역설적인 신념을 가능케 해주었던 것이다.

이런 맥락에서, "나 하나를 희생함으로써" "그렇게 해서라도 동우회의 사업과 동지들을 살리고 싶었다"[103]는 그의 고백은 일말의 진실을 가진 것이라 할 수 있다. 그러나 다른 한편으로 보자면, 그 진실은 민족의 지도자로서 총독부에의 전향이라는 고도의 정치적인 문제에 대해 인과적 인연이나 자기 희생적 사랑과 같이 초월적인 윤리 차원에서의 개인적 진실만을 내세운 것이라는 점에서 일면 위태로움을 내포하고 있는 것도 사실이다. 다음의 인용문이 보여주는 것처럼, 그 같은 초월적인 윤리 차원의 논리는 이후 그가 "내선일체도 피할 수 없는 인과"[104]라는 눈먼 신념에 이르게 되는 논리의 단초를 분명하게 보여주고 있기 때문이다.

> 불교를 신함으로 천황과 나의 관계를 더욱 분명히 인식할 수 있는 것이니, 이 아비의 아들됨이 전생다겁의 대인연임과 같이 이 임금의 신민됨이 전생다겁의 대인연임을 안다. 조선인이 천황의 신민이 됨도 그러하다. 이것은 대인연이다. 전생다겁에 약속된 대인연으로 우리는 천황의 신자로 황은을 扶翼할 원을 가지고 태어난 것이다.[105]

2. 『원효대사』—파계와 중생구제 보살행의 역설

『원효대사』는 1942년 3월에서 10월에 걸쳐 이광수가 내놓고 협력의 길을 내딛는 가운데 총독부 기관지인 『매일신보』에 연재한 소설로서, 『동아일보』·『조선일보』 등 조선어 국문지가 폐간되고 조선어 폐지가 강요되던 시기에 국문으로 연재된 장편소설이라는 점에서 논자들의 주목을 받아왔다. "나는 검열이 허하는 한 이 소설 속에서 우리 민족의 전

---

103) 이광수, 「나의 고백」, 『이광수 전집』 13, 삼중당, 1962, 263면.
104) 이광수, 「반도청년에게 보냄」, 『신시대』, 1944.10(일문); 이경훈 편역, 『춘원 이광수 친일문학전집』 II, 평민사, 1995, 446면.
105) 이광수, 「일본문화와 조선」, 『매일신보』, 1941.4.22~5.1; 위의 책, 234면.

통적 정신과 영광과 애국심과 민족의식을 그려서 천황만세를 부르고 황
국신민서자를 제창하지 아니하면 아니 될 운명에 있는 동포들에게 보낸
것"106)이라는 작가의 변이 말해주고 있는 대로, 『원효대사』가 민족정신
의 고취를 위해 씌어진 것이라면, 그 같은 소설이 당시의 상황에서 용납
될 수 있었다는 것은 그 자체로 의문의 대상이 될 만한 것이었기 때문
이다.

　이런 까닭에 『원효대사』는 "작가이면서 제 나라 국어까지 버릴 것을
주장한 그 좁고 옅은 눈은 이미 작가의 시력을 상실한, 따라서 그때부터
의 춘원은 한국의 문학가로서 평가할 만한 역할도 가치도 없는 것"107)
이라는 극단적인 단언 아래 아예 논외의 대상으로 치부되어 버리거나,
원효의 대승보살행의 종교적 의미에 주안점을 두는 관점108)에서 언급되
는 경우를 제외하고는, 이광수의 작가적 기여와 그의 친일 행위를 동일
시해서는 안 된다는 입장 아래 민족보존의 한 방도로 씌어진 것이었다
는 관점에서 옹호되어 왔다. 『원효대사』가 신라를 기반으로 한 민족성
연구와도 연계가 있는 만큼, 그것은 "당대의 민족 문화를 신라 시대의
문화로 꽃피워 보려는 춘원의 의도", 즉 "좋은 민족성을 계승하고 발전
하여야 민족의 발전이 이루어진다는 정신적 운동을 전개하려는 의
도"109)에서 집필된 것이라는 윤홍로의 지적이나, 춘원이 철저히 협력 행
위를 하지 않았다면 일제는 절대로 "해동종의 시조로서 민족적 특징을
구비한 인물"인 원효를 내세워 "한국 민족의 근본정신을 재현"하고 있
는 『원효대사』 집필을 허락하지 않았을 것이므로 『원효대사』 집필은
"조선 민족 보존을 위한 한 방도"110)였다는 김원모의 주장 등이 그 대표

---

106) 이광수, 「나의 고백」, 『이광수 전집』 13, 삼중당, 1962, 278면.
107) 이선영, 「이광수론—개화식민지 시대의 문학가」, 『문학과지성』 22호, 1975; 『이광수
　　연구』 상, 태학사, 1984, 481면.
108) 김태준, 「한국소설의 윤리적 가능성」, 『명지대 논문집』 4집, 1971; 전대웅, 「춘원의
　　작품과 종교적 의의」, 『동서문화』 1호, 계명대, 1967.
109) 윤홍로, 『이광수 문학과 삶』, 한국연구원, 1992, 211면.

적인 예이다. 『원효대사』가 "민족의 자주 자립의 정신을 내보이면서도 그 정신의 온당한 사회화보다는 신비화가 앞서 있는 작품"이기 때문에 그것이 "꼭 일제 하에 발표되었어야 옳을 가치를 충분히 지닌 작품이라고 말하기는 어렵다"고 보고 있는 신동욱의 평가도 그것이 "일제하라는 어려운 상황 하에서 민족이 정치적으로나 문화적으로나 확고하게 자립되었던 역사적 시기를 택하여" "당대적 상황의 반성적 의미를 삼을 수 있게 했다"[111]는 관점에 기반하고 있다는 점에서는 다르지 않다.

물론 작품에 대한 작가의 변만을 따로 떼 내어 이해하자면, 『원효대사』에서 재현되고 있는 신라는 우리 고유의 민족 정신을 재현하기 위해 설정된 것으로 보이는 것이 사실이다.

> 나는 원효와 불가분의 것으로 당시의 신라 문화를 그려 보았다. 그 고신도와 거기서 나온 화랑과 역사에 남아 있는 기록으로, 또는 우리말에 품겨 있는 뜻으로 당시의 사상과 풍속을 상상하려 하였다. (…중략…) 나는 원효를 그림으로 불교에 있어서는 한 중생이 불도를 받아서 대승보살행으로 들어가는 경로를 보이는 동시에 신라 사람을 보이고 동시에 우리 민족의 근본정신과 그들의 생활 이상과 태도를 보이려 하였다. [112]

그러나 이 같은 언급은 해방 이후 단행본으로 묶이면서 삽입된 것이라는 점에서 그대로 받아들이기 어려우며, 연재 당시의 작가의 변은 사실 전혀 다른 맥락에 있었음을 볼 수 있다.

> 그 시대 그 인물을 통하야 오늘날 미증유 대전쟁 속에 있는 우리들 앞에 거대한 구상을 가꾸어 오랫동안의 침묵을 깨뜨리고 붓을 든 작자 춘원을 찾아 그의 포부를 듣기로 한다. (…중략…) 나의 소설은 이 요석공주와의 인연을 맺는 것

---

110) 김원모, 「춘원의 친일과 민족보존론」, 『동포에 고함』(김원모 · 이경훈 편역), 철학과현실사, 1997, 329면.
111) 신동욱, 「이광수 문학의 재평가」, 『고대인문논집』, 1977.12, 39~40면.
112) 이광수, 「내가 이 소설을 왜 썼나」, 『이광수 대표작 선집』 12, 삼중당, 1968.

을 중심으로 원효대사를 그리는 한편 신라가 삼국통일을 할 때까지에 눈부신 화랑도와 무열·문무의 양왕, 김춘추, 김유신 등의 어진 신하며 또한 절세의 미인으로 이름을 떨친 김유신의 모당 만명을 비롯하야 당시 요란히 피었던 신라 미인의 모습을 더듬어 가면서 일체유심의 정신과 대승보살행의 정신— 즉 멸사봉공하야 중생을 위한 생활에 나가던 당대의 사기를 총후 독자에게 보내고저 하는 바이다.[113]

여기서 기자가 언급하고 있는 "미증유의 대전쟁"이란 당시 일본 군국주의의 야심 아래 전개되고 있던 대동아 전쟁을 일컫는 것인 만큼, "멸사봉공하야 중생을 위한 생활에 나가던 당대(신라)의 사기"란 그대로 총후봉공(銃後奉公)의 이념과 연관된다고 할 수 있다. 여기서 총후봉공이란 1937년 중일전쟁 개시와 함께 총력전 또는 조선의 병참기지화와 더불어 나타난 일제의 전시동원 슬로건으로서 소위 국민정신 총동원의 캠페인과 특히 관련되는 말인데,[114] 그것은 한 마디로 "국민은 남녀를 물론하고 총들고 전선에 선 각오를 가질 것이다. 목표는 언제나 국가에 있다. 일거수일투족이 전혀 국가를 위한 일이오, 내나 내것을 위하는 일이 없다"[115]는 것으로 요약될 수 있다. 이런 맥락에서, "멸사봉공하야 중생을 위한 생활에 나가던 당대의 사기를 총후의 독자에게 보내고저" 한다는 이광수의 발언은 『원효대사』가 근본적으로 국책에 부응하여 기획된 소설이었음을 분명하게 말해주고 있는 것이다.

게다가 당시 씌어진 글 몇 편만 보더라도 신라라는 시공간이 민족정신과 관련된다는 생각이 얼마나 순진한 것인가는 금방 드러난다. 이경훈이 지적하고 있는 바와 같이, 당시 이광수에게 우리의 고대사란 일본과의 근친성을 강조하는 내선일체의 논리적 기반으로써 재해석된 성격을 띠고 있는데,[116] 그것은 신앙·풍속·제도는 물론이고, 언어의 방면에

---

113) 『매일신보』, 1942.2.27.
114) 이경훈, 『이광수의 친일문학 연구』, 태학사, 1998,92~93면 참조.
115) 이광수, 「신체제의 윤리」, 『이광수 친일문학 전집』 II, 155면.

이르기까지 광범위하게 뻗어 있음을 볼 수 있다.

그러므로 내지와 반도와의 언어, 신앙, 풍속, 제도의 차이는 平安朝 이후, 조선으로 말하면 신라 말 이후 천 년 동안에 생긴 것이다. 이 천 년간에 반도는 원, 명, 청의 영향을 받아서 신도가 쇠하고 유도가 성하고, 한문, 한어, 몽고어의 영향으로 조선어의 음운이 변하였으니 조선어도 본래는 지금 국어와 같이 모음으로 끝나는 언어였다. (…중략…) 조선의 정치가 과거 천 년간 자기의 支那化를 힘쓰는 동안에 이렇게 변해버린 것이니, 만일 천 년 전 우리 조상이 금일의 내지를 보고, 조선을 본다면 내지야말로 그들의 고향이라고 할 것이다. 신사참배도 그러하고 의복, 언어도 그러하다.[117]

구마노 신사의 護符를 열면 "이시나미나미ㄱㅗ디 이사나기나미ㄱㅗ디 ㅅㅜ사나인나미ㄱㅗ디" 라고 씌여 있다. 이는 천 이백 년 이전에 씌여진 位牌인데, 古事記도 이 神代文字로 씌어진 본이 있다고 한다. 이 문자는 금일에는 조선에서만 사용되고 있으나, 원래 內鮮이 나뉘기 전의 문자였던 듯하다. (…중략…) 조선에도 촌마다 신사가 있었으며, 지금도 그 유풍이 남아 있어, 그 祭神은 "서낭님"이라고 불리고 있다. (…중략…) 이로써 사주의 부모자식의 의의가 확실히 될 것이다.[118]

위의 인용문에서 볼 수 있는 것처럼, 여기서 고대의 반도는 독자적인 민족 정신의 기원으로서의 의미를 지닌다기보다, 신앙·풍속·제도·언어 면에서 일본과의 근친성을 지닌 시공간으로서의 의미를 지니고 있다. 이런 관점에서 보자면, 『원효대사』에 재현되고 있는 신라는 단순히 우리 고유의 민족 정신의 상징이라기보다 일본에 종속되어야 할 조선, 즉 내선일체의 대상으로서의 조선을 의미한다고 볼 수 있다.[119] 실제로『원

---

116) 이경훈, 『이광수의 친일문학 연구』, 태학사, 1998, 51~62면 참조.
117) 이광수, 「병제의 감격과 용의」, 『매일신보』1943.7.28~31;『춘원 이광수 친일문학 전집』 II, 396~397면.
118) 이광수, 「국어와 조선어」, 『신시대』, 1942.6;『이광수 친일문학 전집』 II, 343~346면.
119)『원효대사』가 내선일체론이나 대동아공영론의 모티프를 취하고 있다는 사실은 이미

효대사』에서 신라의 신앙·풍속·제도·언어라고 재현되고 있는 모든 것은 내선일체를 염두에 둔 것이며, 그런 만큼 궁극적으로는 일본을 도와 총후봉공(銃後奉公)하여 대동아공영(大東亞共榮)의 이상을 완수하는 것이 마땅하다는 관점과 연결되고 있다. 그것은 다음의 삽화들, 즉 신라의 피정복국인 가야의 유신이 이후 신라를 위해 대공을 세워 충성을 인정받는 일화(내선일체론), 신라가 강한 힘을 얻어서 전쟁을 하여 일시에 사람이 많이 죽더라도 고구려와 백제, 신라가 한 나라가 되어 화근을 끊어버리는 것이 옳다는 원효의 주장(대동아공영론), 해를 쬐고 물로 씻으며 참회하고 수련하여 저를 비움으로써 도에 이르는 과정을 묘사하고 있는 고신도(古神道) 수련 대목(일본정신인 淸明心의 획득, 황민화론), 진평왕의 아들이면서도 자기 존재를 인정받지 못하자 아버지를 원망하고 대궐을 저주하고 도적의 소굴로 들어갔던 도적의 왕 바람의 회개(황민화론), 원효의 제도를 받아 신라가 고구려와 백제를 칠 때 각기 나랏일에 유용한 쓰임이 된 거지 떼와 도적 떼의 삽화(황민화론, 총후봉공론) 등에서 분명하게 엿볼 수 있다.

이러한 측면에서 보면, 『원효대사』는 협력 행위 속에서도 민족 정신을 보존하고자 했던 춘원의 민족의식의 산물이 아니라, 오히려 내선일체의 이념을 바탕으로 한 소설이라는 얘기가 된다. 조선과 일본은 하나이며, 조선이 황민화를 완수하고 총후봉공할 때 조선은 일본과 더불어 영광스러운 앞길을 맞이할 수 있다는 신념, 이것이 바로 『원효대사』에서 원효와 요석공주 간의 애정 관계를 둘러싸고 있는 지배적인 정서인 것

이경훈에 의해서도 지적된 바 있다. 그는 신라와 가야의 관계라는 역사적 모티프를 중심으로, "정복국 신라(일본)와 피정복국 가야(조선)가 결혼을 통해 맺어져 삼국통일을 이룩한다는 이 모티프야말로 내선일체를 통해 서양의 세력을 극복한다는 대동아공영론의 이념을 그대로 상징하는 것"(이경훈, 『이광수의 친일문학 연구』, 태학사, 1998, 178면)이라고 보고 있기 때문이다. 그러나 이 같은 내선일체론을 하나의 모티프 차원이 아니라, 『원효대사』 전체 구조의 차원에서 이해한다면, 『원효대사』에서 신라는 일본을 의미한다기보다 일본과 고대사적 근친성을 지닌 내선일체의 대상으로서의 조선을 의미한다고 할 수 있다.

이다. 사정이 이러하다면, 『원효대사』에서 제시되고 있는 서사 상황, 즉 요석공주와의 인연으로 인한 파계를 계기로 대승보살행의 신념에 이르게 되는 원효와 전면적인 전향을 계기로 내선일체가 곧 민족구제에 이르는 길이라는 확신에 도달했던 이광수의 역설적인 신념 간에 모종의 상관성을 상정해볼 수 있다. 따라서 본 장에서는 『원효대사』에서 원효를 중심으로 하는 애정삼각관계의 양상을 분석함으로써, 이광수 자신 내선일체가 곧 민족보존의 길이라는 전면적인 전향에의 신념에 이르게 되는 논리를 살펴보고자 한다.

『원효대사』에서 서사 구조 전반을 지배하는 애정삼각관계는 원효를 중심으로 하여 불가의 계율과 요석공주 사이에서의 갈등으로 다소 변형되어 있다. 그것은 불가의 승인 원효가 불가의 계율을 깨트리고 요석공주의 청혼을 받아들이는 데서 비롯되는데, 이러한 원효의 파계는 그 이면에 진정한 대승보살행의 완성을 위한 도정으로서의 의미를 동시에 지니고 있기도 하다. 따라서 『원효대사』의 스토리 구조는 '의무'를 위하여 불가피하게 '욕망'을 선택해야 하는 역설적 상황에 처한 원효의 갈등을 중심으로 구조화된다.

원효는 '무애(無碍)'의 경지를 수행의 목표로 삼고 팔 년째 화엄경소 쓰는 일에 심혈을 기울이고 있는 학승이다. 원효에게 화엄경소 쓰는 일은 불경을 세상 사람들에게 널리 알리고 싶다는 염원에서 비롯된 것인데, 그의 개인사적인 맥락과 관련하여 보자면 보다 근원적으로 그것은 조상부모한 채 혈혈단신으로 지내왔던 고적한 생활을 불도를 닦는 것으로 승화시킨다는 의미를 더불어 지니고 있다. "원효의, 지금까지는 세상에서 이르는 바, 고적한 일생이었다. 조상부모하고 혈혈단신인 원효였다. (…중략…) 하여 원효는 불도를 닦는 것으로 큰 원을 삼은 것이었다. 화엄경을 읽으매 원효는 환희심을 얻었다. 더구나 십지품의 십대원은 곧 원효 자신의 원이었다. 이 십대원이야말로 그리운 어머니를 만나는 길이었다.”(83면)[120] 말하자면 원효가 화엄경소 짓는 일에 원을 둔 것은 다만 중생을 위한 것일 뿐만 아니라, 중생을 건짐으로써 그 자신의 구원에 이르고자 하는 염원에서 비롯되고 있는 것이다.

한편 이 같은 대원을 품고 있는 원효에게는 요석공주로 대변되는 오욕의 번뇌가 그림자를 드리우고 있다. 그리하여 원효는 요석공주의 구애가 자신에 대한 시험이라는 사실을 분명하게 인식하고 있으면서도—“원효대사는 왕이 보내신 물건을 받고는 혼자 빙그레 웃었다. 자기 몸에 장차 큰 시험이 올 것을 예기하였던 것이다”(79면)—, 결국 계율을 어기고 요석공주와 사흘 밤의 인연을 맺는데 이르게 된다.

원효의 파계는 요석공주의 편에서 자비행으로 합리화되고 있지만—“공주는 원효가 자기와 생사의 연을 맺은 것은 오직 자기를 제도하려는 자비심— 가여이 여기는 생각에서 나오는 것이라고 믿는다. 파계를 하여서라도 자기의 소원을 들어준 것이라고 믿는다”(121면)—, 사실 원효에게 그것은 사문으로서 가까지 해서는 안 되는 ‘욕망’에의 굴복을 의미하고 있다. 원효가 “청정한 사문”이라는 자신을 잃고 갈 곳 몰라 방황하고, 파계승이라는 세상의 비난을 의식하지 않을 수 없는 것도 바로 이 ‘욕망’에 대한 ‘자책감’에서 비롯된 것이다.

> 요석궁을 나선 원효는 어디로 갈 바를 몰랐다. ‘서로 갈까, 동으로 갈까.’ 원효는 길바닥에서 망설였다. 사흘 전과는 천지가 온통 변한 것 같았다. 원효는 ‘나는 청정한 사문이다’ 하는 자신을 잃어버린 것이다. 길로 다니는 남녀들과 다름이 없는 중생의 몸이 되어 버린 것이었다. 마치 자유자재로 훨훨 날아다니던 몸이 날개를 잘리워서 땅에 떨어진 것 같았다. 몸에는 천근 무게가 달린 것 같았다. (…중략…) 제 그림자가 물 속에 있는 것을 보고 원효는 고개를 돌렸다. 그것은 사문 원효가 아니요 수염난 한 사내였다. 계집을 보면 탐심을 내는 한 수컷이었다. “파계승 파계승” 하는 소리가 수없이 귀에 들리는 것 같았다. ‘파계승’ 어떻게나

---

120) 『원효대사』의·텍스트는 『이광수 대표작 선집』 12(삼중당, 1968)이며, 이후로도 『원효대사』의 인용문에 대해서는 페이지 번호만 표기하기로 한다.

이처럼 원효에게 요석공주와의 사흘밤의 인연은 명백히 불가의 승으로서 지켜야 하는 계율에 대한 '의무'를 저버린 행위이며, 따라서 그에 대한 '자책감'을 수반하고 있다. 주목할 만한 것은 그럼에도 불구하고 이러한 원효의 '자책감'은 스토리 구조상에서 궁극적으로 '합리화'의 여지가 있는 것으로 의미화된다는 점이다. 그것은 무엇보다도 스토리 구조 자체가 원효의 파계를 대승보살행이라는 보다 높은 경지의 실천에 이르는 계기 속에 자리매김함으로써, 불가의 계율을 깨뜨린 데 대한 원효의 '자책감'을 승화시키고 있는 데서 기인한다.

실제로『원효대사』의 서사 상황이 제기하고 있는 문제는 오로지 불성(佛性)만을 응시하는 생활 속에서 화엄경 해석에 열중하던 학승이었던 원효가 어떻게 청정한 사문의 의식을 벗어나 생사의 윤회 속에서 대중을 제도하고자 하는 대승보살행의 경지에 이르고 있는가 하는 문제와 관련이 있다. 그것은『원효대사』의 최초의 사건, 즉 승만왕의 죽음이 제기하고 있는 서사 상황부터가 원효로 하여금 학문이나 지식에 회의를 갖고 새로운 수행의 방식을·모색케 하는 계기로서 자리잡고 있다는 사실에서 분명하게 확인된다.

앞서 언급한 것처럼, 원효에게 화엄경소 짓는 일은 다만 중생을 위한 것일 뿐만 아니라, 중생을 건짐으로써 그 자신의 구원에 이르고자 하는 염원의 성취로서의 의미를 지닌 것이었다. 그러나 승만왕의 죽음은 원효로 하여금 기울어 가는 신라에 대한 걱정과 법사인 원효를 사모하는 번뇌 속에서 도움을 청하던 왕을 평안하게 제도할 수 없었던 자신의 무력함을 아프게 깨닫게 하는 계기가 되고 있는데, 그것은 곧 화엄경소 짓기를 통한 그간의 자기 수행의 무력함에 대한 깨달음에 다름 아니다.

'지나간 십 년에 내가 한 것이 무엇이냐.' 원효는 반성하였다. (…중략…) 멀리

당나라에서 추존을 받아서 불교 해석의 새 길을 연 것은 사실이다. '그러나 나는 그것으로 누구를 건졌는가. 대관절 나 스스로를 건졌는가. 내가 쓴 글을 읽고 과연 어느 중생이 지금 내가 대안대사의 염불 소리에서 받은 환희를 받았는가. 내가 십 년 동안에 쓴 글이 종이에 먹을 묻혀 놓은 것뿐이 아닌가.' (61면)

원효의 파계는 바로 이 지점, 즉 화엄경 해석으로 대변되는 그간의 지식 중심의 수행에 회의를 느낀 원효가 행(行)이 중심이 되는 수행으로 나아가는 길목에 자리하고 있다. 여기서 대안법사와의 만남은 중요한 의미를 지니는데, 대안은 여항과 시정을 다니면서도 거침이 없는 무애의 경지를 이미 체현하고 있는 선각자로서, 무애를 수행의 목표로 삼고 불성(佛性)만을 응시하는 생활을 해왔던 원효로 하여금 청정한 "華藏世界"로부터 오욕의 번뇌로 가득한 "三惡道"로 상징되는 저잣거리로 나오게 하는 역할을 하고 있기 때문이다.

실제로 원효가 요석공주와의 인연에 굴복함으로써 파계하게 된 데에는 중생을 제도하기 위해서는 삼악도 구경도 해보아야 한다는 대안의 제안에 이끌려 저잣거리에서 술을 마신 일이 직접적인 계기가 되고 있다. 뿐만 아니라, 파계 이후 청정한 사문이라는 자신을 잃고 갈 곳을 몰라하던 그가 청정한 사문이라는 명예는 한갓 겉껍데기에 불과할런지도 모른다고 깨닫게 되는 것도 바로 대안에게 이끌려 울긋불긋한 옷을 입고 탈춤을 추던 저잣거리의 춤꾼들에게서 예삿사람을 보게 된 데서 비롯된다. "원효의 몸에 걸친 장삼이나 대안의 몸에 너풀거리는 누더기가 모두 재줏군의 익살만 같이 보여서 원효는 빙그레 웃었다."(120면) 결국 원효에게 파계는 대안법사가 주도한 저잣거리에서의 경험 그 연장선상에서 청정한 사문이라는 의식에서 벗어나 중생 속에 뛰어드는 삶을 예비케 하는 필연적인 계기로서 자리매김되고 있는 것이다.

그러나 원효의 파계가 그 자체로 긍정적인 의미를 지니고 있는 것은 아니다. 살펴본 바와 같이, 파계 이후의 원효를 지배하고 있는 정서는 청정한 사문이라는 자신을 잃은 데 대한 자의식에서 비롯된 불안정함이라 할 수 있기 때문이다. 그러면 이처럼 청정한 사문이라는 자신을 잃은 데 대한 자의식에서 헤어나지 못하던 원효가 "중생을 위하여서는 제 몸이 지옥이나 축생도에 들어가도 꺼리지 아니하는" 행(行)의 실천, 다시 말해 청정한 사문의식에서 완전히 벗어나 중생 속에 제 몸을 던지는 두타행의 경지로 서슴없이 나아갈 수 있었던 것은 어떻게 가능했던 것일까.

이와 관련하여 우선 주목해야 하는 것은 원효의 고신도 수련 대목이다. 여기서 고신도(古神道)란 한 마디로 자기를 비움으로써 도(道)에 이르기 위한 수행으로 요약될 수 있는데—"한 번 내가 공이라고 깨친 뒤에는 萬行是三昧라. 무엇을 하나 다 도에 맞아 저절로 충, 효, 신, 용, 인이 되는 것이니, 내가 보건댄 가상아 수련이나 앙아 수련이 무비 나를 비이게 하는 것인가 하오."(163면) —, 원효는 이를 통하여 해를 쬐고 물로 씻으며 참회하고 수련하여 저를 비우고 신도(神道)와 합일하는 경지에 이름으로써, 무엇을 하더라도 거칠 것 없는 새로운 인간으로 다시 태어난다. 실제로 고신도 수련 이후의 원효의 삶은 한 마디로 청정한 사문으로서의 파계에 대한 자의식에서 완전히 벗어나 중생 속에 몸을 던지는 두타행(頭陀行)도 마다 않는 행의 실천으로 요약될 수 있다. 그는 염병이 휩쓸고 있는 동네에 들어가 마을일을 돕기도 하고, 절에서 가장 천한 구실인 공양주 직분도 마다 않는가 하면, 물난리가 난 동네 사람들을 구제하는 일에도 기꺼이 뛰어드는 등, 자신의 손길을 필요로 하는 곳이라면 어디든 팔을 걷어 부치고 달려가는 일을 마다 않고 있는 것이다.

"중생을 위하여서는 제 몸이 지옥이나 축생도에 들어가도 꺼리지 아니하는 것이 대승보살행"(164면)이라는 이 같은 원효의 신념은 살생을 업으로 삼는 땅꾼 뱀복이들과의 생활에서 극단적인 경지를 보여준다. 이 대목을 두고 사에구사 도시카쓰는 "어떻게 해야 더럽혀진 몸으로 자기 구원이 가능할 것인가 하는 이광수의 절실한 과제"가 "원효가 다시 세속으로 돌아와서 거지들 하층민 속에서 민중구제에 종사하는 모습을 묘사"하는 데 그침으로써, "작품은 이러한 문제의 심각성에 비해 다소 가볍게 흘러가버린 듯하다"121)고 평가한 바 있다. 말하자면 이광수가 자신의 변절 사실을 자각하고 이를 작품에서 다루고 있기는 하지만, 그것을 민중사업에 등장하는 주인공의 도덕적 지침으로써 극복하고자 함으로써 문제를 지나치게 단순하게 해결해버리고 있다는 것이다. 그러나 필자는 이 대목이야말로 청정한 사문이라는 의식으로부터 자유로워져야 비로소 대승보살의 경지에 이를 수 있다는 원효의 역설적 신념을 압축하여 보여주고 있다는 점에서 오히려 주목되어야 한다고 본다.

사실 땅꾼 뱀복이들과의 삽화가 제기하고 있는 문제는 단순히 원효의 민중구제에의 종사라는 측면이라기보다는, 땅꾼 뱀복이들과의 생활로 교문을 더럽힌다는 세상의 비난에 맞선 원효의 대승보살행에 대한 신념의 정당성이라는 측면과 관련이 있다.

> 원효대사가 땅꾼 어미 행상에 앞채를 들었다는 것은 일반 사람에게도 놀라운 일이었으나 더욱 승려간에는 큰 비난거리가 되었다. 이것은 승려의 체면을 더럽히는 것이라고 하여서 원효를 더럽게 비방하였다.
>
> "스님 큰일났습니다. (…중략…) 분황사에 대중이 들고 일어나서 이번에는 스님을 가만 두지 아니한다고 황룡사에랑 흥륜사에랑 장안 큰 절이란 큰 절에 모두 통문을 돌렸소. 파계승 원효를 없애버린다고. 게다가 땅꾼이 되어서 살생을 일삼아서 교문을 더럽힌다고. 무엇을 못해서 깡쟁이 어미 상두군까지 된다고 이번에는 가만 둘 수 없다고 모두들 이리로 몰려올 것입니다."(263~264면)

위의 인용문에서 볼 수 있는 것처럼, 원효가 동료 승려들에게서 비난을 사고 있는 것은 살생을 일삼는 땅꾼들과 가까이하여 "교문을 더럽히"고, 그 미천한 어미의 행상에 앞채를 드는 일까지 도맡아 나섬으로써 "승려의 체면을 더럽힌다"는 이유 때문이다. 그러나 원효가 이들과 가까

---

121) 사에구사 도시카쓰, 「이광수와 불교」, 『춘원 이광수 문학 연구』(연세대 국학연구원 편), 국학자료원, 1994, 219~221면.

이 하고 그 미천한 어미의 행상을 드는 일까지 맡게 된 것은 임종에 원효의 계를 받으면 제도를 받겠노라는 땅꾼 어미의 청을 들어 기꺼이 그를 위하여 법문을 외어주고 장례를 치러주기 위한 것일 뿐이다. 따라서 중생을 위하여서는 제 몸이 지옥이나 축생도에 들어가도 꺼리지 아니하는 것이 진정한 대승보살의 길이라는 확고한 신념을 가지고 있는 원효에게 이러한 비난은 그다지 대수로운 것이 될 수 없다. 게다가 살생을 업으로 삼는 자라 하여 세상이 그처럼 천시했던 땅꾼 뱀복이 종국에 어리석은 중생들을 깨우치기 위해 다녀간 불보살의 화신으로 현현되고 있는 만큼—"오늘 뱀복이 모자 장례가 기연이 되어서 이곳에 한 바탕 도장이 나타났으니 모두 불보살의 대원력이요 대위신력이라"(267면) —, 원효의 신념은 정당한 것으로 자리매김되고 있다고 할 만한 것이다.

불보살의 위신력(威神力)이 자신을 가호하고 있다는 확신, 그것은 논리 이전의 신앙이다. 그리고 신앙인 까닭에, 그것은 신심만 확고하다면 무슨 일에 있어서든 더더욱 거침없이 나아갈 수 있게 하는 동력이 된다. "내게는 천지에 모든 善神이 따르고 있고, 무변법계 제불보살이 다 내 편이니 내가 정정당당하게 불도로 나가는 동안에는 나를 어찌한단 말이요."(295면) 원효가 승려들의 못마땅해 함을 무릅쓰면서까지 날마다 거지떼를 데리고 장안 대로상을 활보하고, 도적의 소굴에 들어가서도 움츠러들기는커녕 오히려 그들에게 회과천선(悔過遷善)을 명하며 당당한 위엄을 가질 수 있었던 것, 그리하여 결국 이들 거지떼와 도적떼를 나라에 쓰일 만한 재목으로 제도할 수 있었던 데는 자신의 행동이 정정당당한 불도에 의한 대승보살행이라는 신념이 자리하고 있었던 것이다.

이런 맥락에서, 원효의 파계는 궁극적으로 단순히 불가의 계율을 깨트린 비난받아 마땅한 죄업이기보다는, 진정한 대승보살행에 이르기 위한 한 도정으로서 자리매김되고 있다고 할 만하다. 다시 말해 그것은 청정한 사문이라는 겉껍데기에 불과한 명예에서 자유로워질 때 비로소 진정한 대승보살행에 이를 수 있다는 원효의 역설적 신념을 구성하는 한 계기로서의 의미를 지니고 있는 것이다.

　살펴본 바와 같이, 『원효대사』에서 원효의 파계는 범부의 눈에는 그
릇되게 보일지언정, 진정한 대승보살행에 이르기 위한 한 도정이라는 역
설적인 의미를 지니고 있다. 주목할 만한 것은 원효에게 이 같은 역설적
인 보살행은 1940년 '香山光郞'으로의 전면적인 '전향'을 선언했던 그의
역설적 신념, 즉 내선일체가 곧 민족구제에 이르는 길이라는 신념에 근
거한 적극적인 협력 행위와 동일한 구조적 양상을 띠고 있다는 점이다.
그것은 이광수가 총독부에의 자신의 전면적인 '전향'을 두고 '훼절'이라
는 말로써 표현하고 있는 데서도 확인되는데,[122] 민족에 대한 절개를 변
한 배신이라는 의미가 강조되고 있는 '변절'이라는 말에 비하면, '훼절'
이라는 말에는 민족에 대한 자신의 절개를 훼손시켰을망정 그것은 어디
까지나 민족을 위한 것이었다는 합리화의 여지가 자리하고 있는 것이다.
　그러나 『원효대사』의 스토리 구조를 좀더 주목해서 보면, 자신의 '전
향'이 "명예롭지 못한 희생의 길"이었다는 이광수의 주장은 결코 솔직한
것이 못 된다는 사실이 금방 드러난다. 살펴본 바와 같이, 한 때 파계로
써 청정한 사문이라는 자신을 잃은 데 대한 자의식에서 헤어나지 못했
던 원효가 그에 대한 자의식에서 벗어나 지옥이나 축생도에 들어가도
꺼리지 아니하는 진정한 대승보살행의 경지에 이를 수 있었던 데에는
다음의 두 가지 계기가 자리하고 있다. 고신도 수련을 통하여 자기를 비
우고 신도(神道)와 합일하는 경지를 획득함으로써 청정한 사문으로서의
자의식으로부터 완전히 벗어날 수 있었던 것이 그 하나이고, 살생을 업
으로 삼는 미천한 자라 하여 그와 가까이 하는 것조차 그토록 비난했던
세상 사람들에게 땅꾼 뱀복이 불보살의 화신으로 현현한 것을 계기로
진정한 대승보살행이란 지옥이나 축생도에 들어가도 꺼리지 아니하는

---

122) "내가 조선 신궁에 가서 절을 하고, 향산광랑으로 이름을 고친 날, 나는 벌써 훼절한
　　사람이었다." 이광수, 「나의 고백」, 『이광수 전집』 13, 삼중당, 1962, 277면.

것이라는 자신의 신념을 다시금 확인하게 된 것이 다른 하나이다. 요컨대 청정한 사문이라는 의식은 오히려 벗어버려야 할 속박이며, 그로부터 자유로울 때 비로소 대승보살의 경지에 이를 수 있다는 원효의 확고한 신념, 거기에는 신도와 불보살의 위신력이 자신을 가호하고 있다는 확신까지 뒷받침되고 있음을 볼 수 있는 것이다.

신도와 불보살의 위신력의 가호에 대한 원효의 이러한 확신이 황민불교의 논리와 관련이 있다는 점에 주목하게 될 때 문제는 좀더 복잡해진다. 그 때 원효의 대승보살행은 "천황은 신이시오 자비시오 정의시오 완전이시오 내가 세상에 온 것은 皇運을 扶翼하는 것이 본원이요 인연이라고 확신하는 皇民的 신앙"123)의 실천이라는 의미를 지니게 되기 때문이다.

실제로 저를 비움으로써 신도와 합일의 경지에 이르고 있는 원효의 고신도(古神道) 수련 대목은 일본의 신도 수행과 근친성을 지니고 있다. 일단 신도라는 어휘가 그대로 사용되고 있는 것도 그러하지만, 무엇보다도 그것은 해[明]를 쬐고 물[淸]로 씻으며 몇 날을 참회하고 수련한다든가, 신도와 합일하는 경지에 이름으로써 비로소 충, 효, 신, 용, 인에 이를 수 있다는 수행의 핵심이 그대로 이광수가 이해하고 있는 일본정신, 즉 청명심의 획득이라는 맥락과 상통하고 있다는 점에서 분명하게 확인된다.

> 일본정신이란 무엇인가. 그것은 밝고 맑은 마음, 즉 청명심이라고 하는 것이다. 이 청명심에서 사람은 신과 접하고 신과 일치하는 것이니, 청명심이란 곧 모든 욕심을 떠난 마음이다.124)

神道의 종교적 일면은 진실로 이 민족적 본질이라고 할 만한 종교적 열정에

---

123) 이광수, 「병제의 감격과 용의」, 『매일신보』, 1943.7.28~31; 『춘원 이광수 친일문학 전집』 II, 403면.

124) 이광수, 「인간수행론」, 『신시대』, 1941,1; 『춘원 이광수 친일문학 전집』 II, 162~163면.

서 생한 것이다. 明淨眞心이라든지 淸明心이라든지 하는 것이 神道 수련의 목
표여니 明淨眞心을 가지고만 신과 접할 수 있다. 신과 접하는 데 필수조건인 명
정진심 또는 청명이야말로 곧 천황을 섬기는 충이오 부모를 섬기는 효요, 형제,
부부, 부자, 붕우, 일반 인류 일반 사물에 대하는 정당한 태도라 함이 종교적 신
도의 정신이다.125)

이 몸이 천황께 바친 몸이거니 무슨 사념이 있으랴. 이러한 심경은 종교적 심경
과 통한다. 모든 사욕과 사념을 절한 경계다. 마음이 이 경계에 달한 때에 사람
은 모든 속박에서 벗어나서 신통력을 얻는다. (…중략…) 이것이 곧 완성된 인격
이요 導師다. (…중략…) 이렇게 되는 것이 수양이오 훈련이다. 먼저 제가 이러
한 경계에 달한 때에 동포 대중을 지도하게 되는 것이다. 일본정신의 극치란 곧
천황일념 외에 타념이 없게 되는 것을 가르치는 것이다.126)

이런 맥락에서라면, 원효가 청정한 사문으로서의 파계에 대한 자의식
에서 완전히 벗어나 무엇에나 거칠 것 없는 새로운 인간으로 태어나는
과정은 일본정신을 획득하는 과정, 곧 황민(皇民)으로 태어나는 과정이나
다름없게 된다. 좀더 극단적으로 말하자면, 원효가 청정한 사문이라는
자신을 잃은 데 대한 자의식에서 완전히 벗어나 무엇을 하나 거칠 것
없다는 신념에 이를 수 있었던 것은 모든 사념에서 벗어나 천황에게 귀
일함으로써 "완성된 인격"의 경지에 도달한 데서 비롯된 것이라고도 할
수 있는 것이다.

게다가 땅꾼 뱀복이 불보살의 화신으로 현현한 것을 계기로 대승보살
행에 대한 확고한 신념 아래 거지떼와 도적떼를 제도하는 데 힘쓰고 있
는 원효의 보살행은 동포 대중에게 일본정신을 지도하고자 하는 황민적
신앙의 실천으로서의 의미를 지니고 있다. 사실 거지떼와 도적떼를 제도
하고자 하는 원효의 목적은 단순히 그들을 회과천선(悔過遷善)시키는 데

---

125) 이광수, 「일본문화와 조선」, 『매일신보』, 1941.4.22~5.1; 위의 책, 232면.
126) 이광수, 「신시대의 윤리」, 『신시대』, 1941.1; 위의 책, 155~156면.

있지 않다. 평소에도 원효의 생각은 그들을 제도하여 나랏일에 쓰이게
하는 데 미쳐 있는데—"원효는 저 거지의 떼와 이 도적의 떼를 나랏일
에 이용할 수는 없을까 이런 생각을 하였다"(282면)—, 이는 원효가 중생
을 제도하는 보다 궁극적인 목적이 그들로 하여금 나라에 충성하는 신
민이 되게 하는 데 있음을 분명히 보여준다. 그런데 나라에 대한 충성이
중생을 제도하는 보살행의 궁극적 목적이라는 것은 원효의 대승보살행
이 곧 불교의 교의를 일본 국체(國體)에 대한 신앙, 다시 말해 천황을 섬
기는 한 수단으로써 간주하는 황민불교의 논리와 그대로 맞닿아 있음을
보여주는 것이다.

> 무슨 종교를 믿든지 황민으로서의 태도가 있으니, 이것을 분명히 하지 아니
> 하면 대의에 어그러지리라. 가령 황민으로 불교를 믿는다면, "나는 큰 인연으로
> 이 임금의 신민으로 태어났사오니 이 제자의 마음을 맑히시고 밝히시와 임금님
> 을 도울 힘을 얻어지이다." 이것이니라. 세존을 스승으로 뫼셔 그의 가르치심으
> 로 성인의 힘을 얻어 우리 임금을 섬기자 하는 것이 황민불교니라.127)

> 불가의 승려들도 上報四重恩이라 하여서 군왕과 부모의 은을 보답하기를 수도
> 의 목표로 삼는 것이다. 이 모양으로 평생에 황은을 의식하여서 황은을 扶讚하기
> 로 목표를 삼는 생활을 하는 것이 곧 神道요 일본정신이요 臣道여서, 이것은 종
> 교생활은 아니나 종교적인 생활이오, 일본인의 제일의적 생활인 것이다.128)

이런 맥락에서라면, 원효의 대승보살행은 단순히 종교적 의미에서의
실천이라기보다 황민적(皇民的) 신앙의 실천이라는 보다 정치적 의미를
지니게 된다. 결국 미천한 중생들을 나라의 충성스러운 신민으로 이끌어
나라에 봉공(奉公)하게끔 하는 것이 곧 중생을 제도(濟度)하는 길이라는
원효의 신념은 "멸사봉공하여 중생을 위한 생활에 나가던 당대의 사기"

---

127) 이광수, 「절하는 마음」, 『신시대』, 1944.7; 위의 책, 424면.
128) 이광수, 「일본문화와 조선」, 『매일신보』, 1941.4.22~5.1; 위의 책, 231면.

를 그리고자 한다던 작가의 변을 그대로 대변하고 있는 셈인 것이다.[129]

사정이 이러하다면, 원효의 파계를 진정한 대승보살행에 이르는 한 도정으로 자리매김함으로써『원효대사』의 스토리 구조가 궁극적으로 합리화하고 있는 것은 "이제부터 조선의 올바른 민족운동은 황민화의 한 길만이 있을 뿐"[130]이라는 내선일체에 대한 신념이라 할 수 있다. 따라서 이 시기의 그의 전면적인 전향에 관한 한, "그것도 한 민족을 위하는 일로 알고 한 것"이라는 그의 변명은 약간 다른 각도에서 이해되어야 한다. 말하자면 그것은 "명예롭지 못한 희생의 길"이라기보다, 내선일체에서 민족보존의 길을 보았던 그의 신념이 뒷받침된 적극적인 실천 행위의 일환이었다고 할 수 있는 것이다.

3. 소결―전향과 민족 보존에 대한 역설적 신념

이광수에게 1937년 동우회 기소 사건과 더불어 시작된 그의 말년은 다시금 그의 생애에 어두운 그림자를 드리운 기간이었다 할 만하다. 동우회 사건은 도산의 죽음과 더불어 그에게 동우회의 운명에 대한 책임 의식을 떠안겨주었고, 이를 계기로 속죄와 중생 구제의 염원을 세우며 법화경 행자의 길을 걷고 있던 그는 다시금 총독부와의 관계에 연루되

---

129) 이런 맥락에서, 불교를 가운데 둔 이광수의 내면 풍경을 니체의 개념인 "노예의 사상", 즉 "현세의 박해를 받는 민중이나 민족이 천국, 지옥의 도덕률을 창조해내어 부자 권력자를 협박하는 논리"에서 찾고, 이광수의『원효대사』나『세조대왕』등을 비롯한 역사소설을 그러한 기능을 수행한 측면에서 분석될 수 있다고 본 김윤식의 논의는 다시 검토되어야 한다고 생각된다. 김윤식,『이광수와 그의 시대』2, 솔, 1999, 245~247면.
130) 이광수의「토쿠토미 소호에게 보낸 1940년 2월 12일자 편지」, 김원모의「춘원의 친일과 민족보존론」, 김원모·이경훈 편역의『동포에 고함』(철학과현실사, 1997, 306~307면)에서 재인용.

지 않을 수 없었기 때문이다. 더구나 '香山光郎'으로의 전면적인 전향을 선언하면서부터 그가 적극적인 협력의 길에 나섰던 일은 이미 악명 높은 바이거니와, 그 대가는 잘 알려져 있다시피 친일파, 변절자에 대한 역사적 단죄였던 것이다. 그러나 살펴본 바와 같이, 이 시기에 씌어진 작품들에서 주체가 '욕망'을 선택하는 것은 어떤 불가피함의 문제이자 궁극적으로는 '의무'의 완성을 위한 한 도정으로 자리매김되고 있는데, 이는 민족을 위한 친일을 주장했던 소위 그의 민족보존론이 그 나름의 신념이 뒷받침된 주장이었다는 사실을 분명히 보여준다.

먼저 『사랑』에서 제시되고 있는 서사 상황은 동우회사건과 관련하여 민족의 지도자로서 총독부에의 전향을 선택해야 했던 이광수의 모순적인 처지와 그대로 대응하는 구조였다. 『사랑』의 서사 상황이 제기하고 있는 문제는 사모하는 안빈을 두고도 허영과의 결혼을 선택할 수밖에 없었던 순옥의 모순적인 사랑과 관련이 있는데, 이는 『사랑』의 스토리 구조와 동우회사건과 관련하여 다시금 총독부와의 관계에 연루되어야 했던 이광수의 고민의 구조 간에 모종의 상관성이 존재함을 보여준다. 실제로 순옥과 허영의 결혼을 전생으로부터의 인과적 인연에 의한 필연이자 안빈에 대한 사랑의 완성을 위한 도정으로 자리매김함으로써 사모하는 안빈을 두고 허영과 결혼할 수밖에 없었던 데 대한 '자책감'의 문제를 합리화하고 있는 『사랑』의 스토리 구조는, 동우회사건과 관련하여 다시금 총독부와의 관계에 연루될 수밖에 없었던 모순된 상황에 처해 있던 그가 스스로 납득할 만한 근거를 이 두 가지 논리에서 찾고 있었다는 것을 분명하게 보여주고 있었다. 말하자면 그것은 자신의 전향이 개인적인 선택의 문제가 아니라 전생으로부터의 인과에 의해 숙명적으로 결정되어 있는 불가피함의 문제이며, 따라서 민족 지도자로서의 명예를 희생해서라도 기꺼운 마음으로 그에 임하는 것이 궁극적으로는 동우회를 위한 것이자 더 나아가 조선을 위한 것이라는 이광수 자신의 역설적인 신념을 대변하고 있었던 것이다.

한편 『원효대사』에서 제시되고 있는 서사 상황은 '香山光郞'으로의 전면적인 전향과 더불어 내선일체가 곧 민족구제에 이르는 길이라는 확신에 이르게 된 이광수 자신의 역설적인 신념의 구조와 대응하고 있었다. 『원효대사』의 서사 상황이 제기하고 있는 문제는 오로지 불성만을 응시하는 생활 속에서 화엄경 해석에 열중하던 학승이었던 원효가 어떻게 청정한 사문의식을 벗어나 생사의 윤회 속에서 대중을 제도하는 대승보살행의 경지에 이르고 있는가 하는 문제와 관련이 있는데, 이는 『원효대사』의 스토리 구조와 민족 지도자로서의 명예의식을 벗어나 협력의 길에 나서는 것이 궁극적으로는 민족보존을 위하는 길이라는 그의 신념의 구조 간에 모종의 상관성이 존재함을 보여준다. 실제로 원효의 파계를 대승보살행이라는 보다 높은 경지의 실천에 이르는 도정으로 자리매김함으로써 파계에 대한 '자책감'을 궁극적으로 합리화의 여지가 있는 것으로 구조화하고 있는 『원효대사』의 스토리 구조는, 전면적인 전향과 더불어 그가 도달하게 된 신념을 합리화하고자 했던 이광수 자신의 욕망과 무관하지 않았다. 말하자면 그것은 내선일체가 곧 민족구제에 이르는 길이라는 이광수 자신의 역설적인 신념을 그대로 대변하고 있었던 것이다.

이로써 제국 권력에의 타협에 기반한 야심과 그에 대한 내적 자괴감 사이에서 갈등했던 이광수의 자의식은 비로소 그 종지부를 찍는다. 살펴본 바와 같이, 이광수의 전면적인 전향은 일본을 조국으로 받아들이는 것만이 조선이 광영되게 살 수 있는 길이라는 확신이 전제된 것이었고, 그것은 친일파라는 대대적인 세상의 비난을 살 만큼 철저한 것이기도 했다. 그것이 일신의 안전을 위한 배반 행위였다거나 민족 보존을 위한 위장이었다는 관점만으로는 그 같은 신념의 투철함을 이해하기 어렵다. 내선일체에 대한 신념, 적어도 이광수 자신은 거기에서 가진 것 없는 고아이자 나라마저 없는 미천한 신분을 벗어버리고 떨쳐 일어나고자 했던 애초의 야심이 민족에 대한 심정적 의무와 갈등을 빚지 않고 함께 나아갈 수 있는 길을 보았던 것이라는 관점에서야 그것은 비로소 이해할 만한 것이 된다. 말하자면 일본을 조국으로 받아들이는 것, 적어도 이광수에게 그것은 자신의 미천한 신분에서 벗어나 떨쳐 일어날 수 있는 기회로서의 의미를 지님과 동시에 조선이 일본과 더불어 광영되게 살 수 있는 방편으로서의 의미를 지녔던 것이며, 그것이야말로 그가 철저하게 내선일체라는 눈먼 신념을 향해 거침없이 나아갈 수 있었던 동력이었다고 할 수 있는 것이다.

제 6 장
결론을 대신하여

이광수의 문학은 근대문학의 개척자라는 문학사적 위치를 제외하고
는 문학적인 관점에서는 평가해줄 것이 별로 없다는 기존의 통념 가운
데서 계몽주의 소설로 간주되거나 그렇지 않으면 애정 통속 소설로 폄
하된 채 진지한 연구의 대상으로 자리잡지 못했다. 본고에서는 이 같은
사실에 문제를 제기하고, 그의 작가로서의 면모에 주목하여, 그가 평생
에 걸친 소설 쓰기를 통해 일관되게 추구했던 작가로서의 주제는 무엇
이었는지, 그리고 이를 위해서 어떤 방식의 소설 쓰기를 택했는가 하는
것에 관심을 가지고자 하였다.

이를 위해서 본고에서는 그의 다양한 소설 전반을 꿰뚫어 논의할 수
있는 새로운 관점이 필요하다고 보고, 우선 그의 소설에서 지속적으로
구조화되고 있는 애정삼각관계의 특징적인 양상에 주목하였다. 그리고
그것이 궁극적으로는 작가의 자전적 맥락에 있어서 특히 정치적 행로와
관련된 내적 갈등과 모종의 상관성을 지니는 구조임을 밝힘으로써, 이광

수의 소설이 그의 정치적 행로의 문제와 관련된 자전적 삶을 구조화하고 있는 일종의 '자전적 공간'을 구성하고 있다는 가설을 입증하고자 하였다.

살펴본 바와 같이, 그의 소설에서 지속적으로 다루어지고 있는 애정삼각관계는 '의무'와 '욕망' 간의 갈등과 거기에서 비롯되는 '자책감'을 그 구조적 기반으로 하고 있다. 이 '자책감'과 관련하여 그의 소설에서는 동일한 정서적인 패턴, 즉 죄악을 범한 데 대한 막대한 정신적인 불안, 신에 대해 죄 많은 관계에 있는 존재라는 느낌, 그리고 더 나아가 구원의 불가능성에 대한 절망적 의식이 반복되는데, 그것이 작가의 자전적 맥락에서 제국 권력에의 타협에 기반한 정치적 삶의 부침과 그에 대해 떳떳할 수 없었던 데 대한 그의 자의식과 관련이 있다는 것은 이미 살펴본 대로이다. 실제로 이광수의 쇼설에서 '의무'와 '욕망'의 갈등, 그리고 그로부터 비롯되는 '자책감'을 그 구조적 기반으로 하고 있는 애정삼각관계의 구조는 어떤 시기적인 전환점을 보이면서 각기 다른 양상으로 구조화되고 있으며, 이는 그의 정치적 행로의 문제와 관련된 자전적 삶의 궤도와 그대로 대응하고 있다.

먼저 '정당한 관계'라는 '항변'을 구조화하고 있는 『무정』(1917)의 애정삼각관계는 1916년 「대구에서」라는 조선 청년 지식인의 구제책과 관련된 헌책의 성격을 띤 글을 발표함으로써 시작된 총독부와의 정치적 타협과 그 정당함에 대한 항변을 구조화하고 있었다. 신분 상승에 대한 야심에서 출발한 형식의 개인적인 '욕망'을 민족 공동체 차원의 것으로 고양시킴으로써 '욕망'에 이끌려 '의무'를 외면하고자 했던 데 대한 '자책감'을 '항변'의 여지가 있는 것으로 자리매김하고 있는 『무정』의 스토리 구조는, 당시 『매일신보』를 중심으로 한 총독부에의 정치적 타협이 문명 조선의 건설을 위한 한 방편이 된다는 점에서 나름으로는 정당한 것이라는 이광수 자신의 신념과 대응하고 있었다.

한편 '부적절한 관계'에 대한 '변명'을 구조화하고 있는 『재생』(1924)·

『흙』(1932)·『유정』(1933)의 애정삼각관계는 1921년 상해에서의 귀국을 계기로 동우회 사업과 관련하여 그 이후까지 이어졌던 총독부와의 정치적 타협과 그 과도함에 대한 변명을 구조화하고 있었다. 먼저 '의무'를 저버리고 '욕망'을 선택한 데 대한 과오를 뉘우치고 참되게 살고자 했던 순영의 욕망에 진정성을 부여함으로써 그에 대한 '자책감'을 '변명'의 여지가 있는 것으로 자리매김하고 있는 『재생』의 스토리 구조는, 1921년 당시 상해에서의 귀국과 관련한 총독부와의 정치적 타협이 과도한 것이었을망정 합법적으로 국내에서의 민족운동을 펼쳐나가기 위한 것이었다는 점에서 이해받을 만한 여지가 있는 것이라고 변명하고자 했던 이광수 자신의 욕망과 대응하고 있었다. 다음으로 정선과의 관계를 유지하는 가운데에서도 일생에 대한 의무를 돌아보고자 하는 숭의 헌신을 절충적으로 구조화함으로써 정선에 대한 '욕망'을 선택하느라 유순과 농민에 대한 '의무'를 저버린 데 대한 '자책감'을 '변명'의 여지가 있는 것으로 자리매김하고 있는 『흙』의 스토리 구조는, 총독부와의 종속적인 관계 가운데에서 동우회 운동의 가능성을 모색하고자 했던 이광수 자신의 절충적 입장을 대변하고 있었다. 마지막으로 정임과의 관계가 불륜이라는 세상의 비난에 반발하여 부인할 수 없는 '욕망'이기는 하되 그것을 죽음으로써라도 억압하고자 했던 최석의 고투를 극적으로 구조화함으로써 정당하지 못한 '욕망'으로부터 자유로울 수 없는 데 대한 '자책감'을 '변명'의 여지가 있는 것으로 자리매김하고 있는 『유정』의 스토리 구조는, 한편으로 조선에 대한 회의와 원망의 감정에 비례하여 점차 총독부에의 타협에 대한 유혹에 이끌리면서도 끝내 그 스스로도 그것을 용납할 수는 없었던 이광수 자신의 내적 고투를 대변하고 있었다.

다음으로 '부정한 관계'에 대한 '참회'를 구조화하고 있는 『그 여자의 일생』(1934)과 『애욕의 피안』(1936)의 애정삼각관계는 1934년 사업의 실패와 사랑하던 아들의 죽음과 관련하여 그 모든 것이 그간의 총독부에의 종속적인 타협에 대한 죄가임을 깨닫고 그에 대해 참회하고 새로운 삶의 길을 모색하고자 하는 염원을 구조화하고 있었다. 먼저 금봉의 파멸을 '의무'를 저버리고 '욕망'에 이끌린 데 대한 과오에서 비롯된 응당한 죄가로 자리매김하면서 그에 대해 속죄하고 새로운 길을 모색할 수 있는 '참회'의 계기를 마련하고 있는『그 여자의 일생』의 스토리 구조는, 그간의 총독부와의 타협이 떳떳한 것이 아니었음을 스스로 인정하고 이를 속죄하고자 했던 이광수 자신의 심정을 대변하고 있었다. 그리고 애욕에 휩쓸린 끝에 삶의 파국을 맞게 된 주변 인물들의 회오와의 반향 속에서 혜련의 삶을 애욕과는 무관한 순결함 그 자체로 자리매김하고 있는『애욕의 피안』의 스토리 구조는, 한편으로 법화경 행자로서의 삶을 각오했음에도 불구하고 제국 권력에의 타협에 기반한 모종의 세속적인 야심을 잠재울 수 없었던 그 자신의 내밀한 욕망에 대한 두려움과 동시에 그 내밀한 욕망과 단절함으로써만 얻을 수 있는 자기 구원의 가능성을 대변하고 있었다.

마지막으로 '불가피한 관계'라는 '합리화'를 구조화하고 있는『사랑』(1939)과『원효대사』(1942)의 애정삼각관계는 1939년 동우회 사건을 계기로 한 그의 총독부에의 전향이 궁극적으로는 민족보존을 위한 길이라는 역설적 신념을 합리화하고 있었다. 먼저 순옥과 허영의 결혼을 인과적 인연에 의한 것이자 안빈에 대한 사랑의 완성을 위한 도정으로 자리매김함으로써 사모하는 안빈을 두고 허영과 결혼할 수밖에 없었던 데 대한 '자책감'의 문제를 합리화하고 있는『사랑』의 스토리 구조는, 자신의 전향이 개인적인 선택의 문제가 아니라 전생으로부터의 인과에 의해 숙명적으로 결정되어 있는 불가피함의 문제이며, 따라서 민족 지도자로서의 명예를 희생해서라도 기꺼운 마음으로 그에 임하는 것이 궁극적으로는 동우회를 위한 것이자 더 나아가 민족을 위한 것이라는 이광수 자신의 역설적인 신념을 대변하고 있었다. 그리고 원효의 파계를 황민불교적인 대승보살행의 경지에 이르는 도정으로 자리매김함으로써 파계에 대한 '자책감'을 합리화하고 있는『원효대사』의 스토리 구조는, 내선일체가 곧 민족구제의 길이라는 역설적 신념을 합리화하고자 했던 이광수 자신의 욕망을 대변하고 있었다. 일본을 조국으로 받아들이는 것, 이광수는 거기에서 가진 것 없는 고아이자 나라마저 없는 미천한 신분을 벗어버리고 떨쳐 일어나고자 했던 애초의 야심이 민족에 대한 심정적 의무와 갈등을 빚지 않고 함께 나아갈 수 있는 출구를 발견하고 있었던 것이다.

이상에서 살펴본 바와 같이, 이광수 소설에서 반복적으로 구조화되고 있는 애정삼각관계는 애정 관계 그 자체에 의미가 있다기보다 그의 자전적 삶에서 특히 정치적 행로의 문제와 관련된 '자책감'이라는 지극히 사적이고 내밀한 문제와 관련이 있다. 물론 그의 소설이 매번 이 같은 자기 고백의 몫을 포함하고 있다고 해서, 그것을 자서전이나 고백록으로 간주하려는 것은 아니다. 그의 소설은 어디까지나 소설이라는 허구의 체계를 지니고 있기 때문이다. 요컨대 이광수는 그의 소설에서 정치적인 삶과 관련된 문제를 정치적인 사실과 관련된 실재가 아니라, 그와는 무관한 듯이 보이는 허구에 비추어 대면하고 있었던 것이다.

그 같은 애정 관계를 둘러싼 허구적인 사건들의 세계 속에서, 이광수는 자신의 모습을 감추는 것에 의존하여 자기 고백에 착수했다. 그리고 그것은 그 자신의 모습이 잘 드러나지 않기 때문에 역으로 더더욱 적나라하게 자신의 모습과 대면할 수 있게 해주었다. 살펴본 대로, 이광수 소설에서 애정삼각관계의 주체는 '의무'와 '욕망' 사이에서 끊임없이 갈등하고 있는 것은 물론, '의무'를 저버릴 수 없으면서도 '욕망'에 기울 수밖에 없는 그 자신의 도덕적 결함에 대한 명료한 인식을 수반하고 있다. 그의 소설에서 '자책감'은 그 같은 인식의 구체적인 산물이다.

그러나 이 '자책감'의 요소는 이광수 자신의 정치적 타협의 문제와 관련된 내적 자괴감에 대한 솔직한 표현이면서, 동시에 좀더 의식적으로 상정된 것이었다고 할 만한 성질의 것이다. 그의 소설에서 '자책감'은 제국 권력에의 모종의 타협에 기반한 야심과 그에 대한 내적 자괴감 사이에서 끊임없이 흔들리면서 그 자신의 도덕성을 훼손한 데 대한 자의식의 적나라한 표현이자, 동시에 그의 양심이 자신에게 수여한 도덕성 윤리성의 명백한 기호였다는 점에서 그러하다.

실제로 그의 소설에서 '욕망'에 이끌려 '의무'를 돌보지 못한 데 대한 '자책감'은 한편으로 신에 대해 죄많은 관계에 있는 존재라는 절망적인 의식을 표현하면서, 동시에 자신의 과오를 자인하고 고백함으로써 구원의 가능성을 획득하고 있음을 볼 수 있다. 그 구원의 가능성이 '자책감'의 무게에 따라 '항변'이나 '변명', 혹은 '참회'나 '합리화'의 방식으로 모색되고 있었음은 이미 살펴본 대로이다. 그런 의미에서, 이광수에게 그의 평생에 걸친 소설 쓰기는 그 자신 공공연하게 주장한 것처럼 단순히 사상의 산물이거나 "논문 대신"으로 쓴 "여기"나 "부기"가 아니라,[131] 그의 정치적 삶의 부침에 대한 자기 의식적인 반성의 산물이자 자기 구원의 가능성에 대한 내밀한 숙고의 산물이었다고 할 수 있다.

---

131) 이광수, 「여의 작가적 태도」, 『전집』 16, 191면; 이광수, 「다난한 반생의 도정」, 『전집』 16, 399면.

자전소설 『나』의 '참회록'으로서의 성격

『나』는 해방 직후, 그러니까 1947년에서 1948년 두 해에 걸쳐 「나―소년편」과 「나―스무살 고개」 두 편으로 간행된 이광수의 자전소설이다. 『나』는 일제 말기 내선일체를 부르짖고 조선인의 황민화를 역설하는 등의 적극적인 협력의 길에 나섬으로써 세상의 대대적인 비난을 받았던 이광수가 해방 이후 자전소설의 형식을 빌어 자신의 삶을 이야기하고자 한 것이라는 점에서, 동시대의 독자들에게는 당연하게도 과거의 과오에 대한 "반성기"이거나 "참회록"일 것이라고 기대되었던 것 같다. 그것도 이광수 자신 『나』의 서문에서 "이 이야기로 내 더러움을, 아니 더러운 나를 살라버리자는 뜻"에서 이 글을 쓰게 된 것이라고 분명하게 밝히고 있으니,[132] 당시 독자들의 그러한 기대가 지나친 것이 아니었음

---

132) 이에 관해서는 다음의 글에서 자세한 사정을 엿볼 수 있다. "그 다음에 발표한 소설 『나』에 단 '나를 쓰는 말'이라는 서문을 부쳐서 마치 과거의 죄를 뉘우치기 위하여 자전 소설을 쓰는 것 같이 가장하였다. (…중략…)『나』라는 제목이 자기비판 같은 인상

은 충분히 이해할 만한 것이다.

> 내가 이 이야기를 쓰는 것은 세상에 빛을 주고 향기를 보내자는 것이 아니다.
> (어찌 감히 그것을 바라랴.) 마치 이 추악한 몸을 세상에서 없이 하기 위하여 화
> 장터 아궁에 들러가서 고약한 냄새가 한꺼번에 나고는 다시 아니 나는 것과 같
> 이 이 이야기로 내 더러움을, 아니 더러운 나를 살라버리자는 뜻이다. 그러므로 혹
> 시나 이 글을 읽으시는 이는 코를 싸고 읽을 것이다. 눈살을 찌푸리며 읽을 것
> 이다. (…중략…) 그러나 나는 나라고 하는 한 생명이 이때에 이 세상에 나온 것
> 이 결코 우연이 아닌 줄을 안다. (…중략…) 그러므로 나라고 하는 한 물건이 어
> 떤 모양으로 살아왔는가 하는 기록은 똑바로만 쓴다 하면, 사람에게 무용한 것
> 이 아니라 믿는다. (…중략…) 루소가 그의 참회록에서 그는 후일 심판날에 하느
> 님의 앞에 내어놓을 답변으로 그것을 쓴다는 뜻을 말하였거니와, 내 이야기는
> 그런 뜻과도 다르다. 나는 어디 답변하려고 이 글을 쓰는 것은 아니다. 무엇에 소
> 용이 될는지는 모르나 한 번 있는 대로 적어보자는 것이다. 다만 그뿐이다.[133]

그러나 당시 이 같은 '참회록'으로서의 의도는 독자들에게 제대로 전
달되지 않았던 것 같다. 김동인이 『나』를 "'오대조는 참판, 육대조는 판
서, 칠대조는 정승' 식의 허위의 집안 자랑과 투전꾼 건달 아버지의 변
명기"로 읽으면서 "『나』는 첫머리부터 끝줄까지가 전부 허위"[134]의 분
위기 아래 씌어진 것이라 하여 불쾌의 감정을 노골적으로 드러낸 것이
나, 김동석이 "香山光郎이와 異名同人인 이광수가 이제 와서 민족개조
론식의 설교를 가지고 독자를 획득할 수 없는 것은 누구보다 자기 자신
이 잘 아는지라, '불의의 애욕을 심각하게 그린 문학일수록 애독자가 많
다'는 奸智에서 『원효대사』니 『꿈』이니 『나』니 하는 가장 악질적인 好
色文學을 가지고" "조선민족을 또 한 번 속이고 자기의 문학적 생명을

을 주었기 때문에 이것도 1년이 못되어 재판이 되었다." 김동석, 「위선자의 문학」, 『뿌
르조아의 인간상』(1949), 서음출판사, 1989, 244면.

133) 이광수, 「『나』를 쓰는 말」, 『전집』 10, 536면.

134) 이광수, 「춘원의 『나』」, 『김동인 전집』 6, 262~263면.

하로라도 연장시켜 보려고 꾀한 것"[135)라는 독설을 퍼붓고 있는 사실
등이 이를 잘 말해준다.

이들의 평가가 『나』에서 소위 "붓의 허위"나 "악질적인 호색문학"에
"도덕적 가치를 도금"하여 다시 한번 문학적 생명을 연장하고자 하는
위선의 태도를 읽는 등의 주변적인 관심에 그치고, 거기서 이광수 자신
의 과거에 대한 고백, 즉 제국 권력에 전향하여 내선일체와 황민화를 부
르짖었던 데 대한 참회까지를 포함한 참회록으로서 받아들일 수 없었던
것은 무엇보다도 『나』에서 다루어지고 있는 시기가 소년편과 청춘편의
초입 부분에 그치고 있다는 점에서 기인한다. 연대기적인 맥락에서 보자
면, 『나』는 이광수가 태어나서 부모를 잃고 고아로 떠돌다가 일본에서
중학부를 마치고 고국으로 돌아와 오산에서 교원으로 활동했던 시기까
지의 이야기를 다루고 있는데, 그가 교회와의 갈등으로 오산을 떠나 시
베리아를 방랑하게 된 것이 1913년인 것을 고려하면, 『나』에서 다루어
지고 있는 시기는 정확히 1913년 이전까지의 일이라 할 수 있기 때문이
다. 김동석이 "香山光郞의 참회가 나올 날은 아직도 멀었다"[136)고 불평
했던 이유도 일차적으로는 여기에서 비롯된 것이다.

그러나 본고에서 필자는 이 같은 연대기적인 질서 속에 스무살 고개,
좀더 정확히 말하자면 1913년 이전 오산 시절까지의 '나'의 역사가 배열
되어 있는 것처럼 보이는 『나』가 실제로는 그의 일생 전반의 과오를 반
추한 회고적 투사라는 것, 다시 말해 그의 소년·청춘기는 물론이고 소
위 '香山光郞'으로의 전면적인 전향 이후의 과오에 대한 참회까지가 투
사된 것이라는 주장을 제기하고자 한다. 그 근거로는 무엇보다도 우선
『나』에서 가장 핵심적인 사건, 즉 오산 시절의 경험을 다루고 있는 여섯
째 이야기에서 '나'의 문의 누님과의 통간이라는 사건이 『무정』 이후
『원효대사』에 이르기까지 이광수 소설 전반의 공통된 주제라 할 수 있

---

135) 김동석, 「위선자의 문학」, 『뿌르조아의 인간상』(1949), 서음출판사, 1989, 253면.
136) 김동석, 위의 글, 244면.

는 '자책감'의 문제를 다루고 있다는 사실을 들 수 있다.

> 어쨌으나 나는 천당에서 지옥으로, 흰옷 입고 향내 나는 천사로서 피묻은 옷을 감고 비린내 피우는 악마로 떨어진 것 같아서 지난 봄 실단이와 만나서 울던 시절이 까마득한 가버린 옛날인 것 같았다. (…중략…) 내 양심은 앞에 닥쳐오는 쓴 잔을 면하려고 애처롭고 갸날픈 애를 써보았으나 그것은 단 쇠 위에 떨어지는 눈송이와 같았다. (…중략…) 내 양심에는 지워버릴 수 없는 점이 박혔다. 나는 문의 누님과의 단 한 번의 실수가 이처럼 내 혼에 큰 생채기를 낼 줄은 몰랐다. 하물며 그 때문에 생긴 내 혼의 검은 점이 날이 갈수록 자라서 마침내 내 혼 전체를 꺼멓게 썩힐 큰 병이 되리라고는 꿈도 못 꾸었다. (506~507면)

위의 인용문에서 볼 수 있는 '자책감', 즉 죄악을 범한 데 대한 불안, 신에 대해 죄 많은 관계에 있는 존재라는 느낌, 그리고 구원의 불가능성에 대한 절망적인 의식 등은 이광수 소설에서 익히 보아온 정서적인 패턴들이다. 그리고 그것은 아내에 대한 '의무'를 저버리고 문의 누님에 대한 '욕망'을 좇은 데서 비롯된 것이라는 점에서, 『무정』에서 『원효대사』에 이르는 작품들의 공통 구조, 즉 '의무'와 '욕망' 간의 갈등과 거기에서 비롯된 '자책감'의 주제와 그대로 닮아 있다. 게다가 그것은 "이처럼 ~ 줄은 몰랐다" "마침내 ~ 되리라고는 꿈도 못 꾸었다"라는 서술이 보여주는 것처럼, 경험 자아 '나'의 일생 전반을 회고하고 조망할 수 있는 능력을 지닌 서술 자아 '나'의 회고에 의한 것이라는 점에서, 적어도 언술 차원에서는 그의 일생 전반을 가로지는 무게를 지닌 성격의 것이라 할 수 있는 것이다.

사정이 이러하다면, 『나』에서 '나'의 문의 누님과의 통간이라는 사건은 『무정』에서 『원효대사』에 이르는 작품들에서 공통되었던 '의무'와 '욕망' 간의 갈등과 거기에서 비롯된 '자책감'을 중심으로 하는 애정삼각관계의 설정이 그러했던 것처럼, 그의 평생에 걸친 삶의 주제 가운데 하나라고 할 수 있는 정치적 행로의 문제와 관련된 '자책감'의 문제와 대면하기 위하여 허구적으로 설정된 것이라는 가정도 해봄직하다. 이는 이광수의 소설에서 이 '자책감'의 주제가 적어도 1916년 이후에 등장할 수 있는 것이라는 점을 환기할 때 좀더 설득력 있는 것이 된다.

실제로 오산 시절의 경험을 소재로 한 단편 「김경」(1915)이나 『그의 자서전』(1936)에서 그 시절의 경험이 다루어지고 있는 대목에는 이 '자책감'의 주제가 등장하지 않는다. 「김경」은 20대 초반을 시골 학교에 바친 "자기희생"적인 헌신을 아무도 기억해 주지 않는 데 대한 회한을 다루고 있으며, 『그의 자서전』 또한 20대 초반 사 년여간의 교사 생활에 대한 헌신의 대가라는 것이 고작 학생들과 동료들로부터 배척당한 데 대한 상처뿐이라는 사실에 대한 환멸을 다루고 있을 뿐이다.[137] 게다가 『나』에서 이 '자책감'의 근원이 되고 있는 통간이라는 사건은 「김경」과 『그의 자서전』에서는 암시조차 된 바 없는 것이다. 그러나 「김경」이나 『그의 자서전』의 오산 시절 대목에서 이 '자책감'의 주제가 등장하지 않는 것은 전혀 이상한 일이 아니다. 이광수 소설에서 이 '자책감'의 주제가 그의 자전적 맥락에서 특히 제국 권력에의 타협과 관련된 '자책감'의 문제와 관련이 있다는 사실을 환기한다면, 그것은 그가 1916년 총독부 기관지인 『매일신보』를 중심으로 총독부와 타협의 첫발을 내딛은 이후에나 등장할 수 있는 주제라 할 수 있기 때문이다.

이처럼 '나'의 문의 누님과의 통간이라는 사건이 『무정』에서 『원효대사』에 이르는 이광수의 소설 전체의 공통된 주제, 즉 '의무'와 '욕망' 간의 갈등과 거기에서 비롯된 '자책감'의 문제와 관련이 있는 사건으로 자

---

137) 물론 『그의 자서전』의 스토리 구조 또한 '의무'와 '욕망' 간의 갈등과 거기에서 비롯되는 '자책감'을 그 기반으로 하고 있는 '애정 삼각관계'를 그 구조적 기반으로 하고 있는 것은 사실이다. 그러나 『그의 자서전』에서 이 '자책감'의 문제는 '나'가 오산을 떠나 방랑하게 되면서, 아라사에서 만나게 된 친구 R이 전장으로 떠나면서 맡긴 R의 아내와 누이와의 관계에 투사되어 있음을 볼 수 있다. "북경에 있는 조선 사람들간에 내가 문제가 되어 있다는 것은 심히 불길한 일이었다. 더구나 그 세 문제─젊은 여자와 함께 산다는 문제, M 신문에 글을 쓴다는 문제, 일본 공사관에 다닌다는 문제는 도저히 변명할 수 없는 문제였다."(408면)

리잡게 되면, 『나』의 전체 스토리 구조는 단순히 '나'라는 한 개인의 성장과 관련된 시간적인 질서를 따른다기보다, '나'의 인생 전반의 과오를 이룬 바탕이 된 '욕망'의 추구와 거기에서 비롯된 '자책감'의 주제와 관련된 논리적 질서에 따르고 있다는 사실이 분명하게 드러나게 된다. 다시 말해 그것은 '나'가 태어나서 부모를 잃고 고아로 떠돌다가 일본에서 중학부를 마치고 고국으로 돌아와 오산에서 교원으로 활동했던 시기, 즉 이광수 자신의 1913년까지의 경험과 관련된 실제 사건의 배열과 관련된다기보다, 그의 정치적 행로에서 비롯된 '자책감'이라는 그의 평생에 걸친 삶의 주제에 기반한 논리적 질서와 관련된다고 할 수 있는 것이다.

그러나 『나』에서 「나―소년편」의 첫째 이야기에서 여섯째 이야기, 그리고 「나―스무살 고개」의 '스무살 안팎' '명암' 등을 포함한 여덟 개의 시퀀스 배열은 이러한 주제와 관련된 논리적 연계와는 무관한 만큼, 『나』의 스토리 구조를 명료하게 드러내기 위해서는 이 같은 분류를 무시하고 그들 시퀀스 단위를 재분절할 필요가 있다. '욕망'의 추구와 거기에서 비롯된 '자책감'이라는 주제의 논리적 질서에 따르면, 자전소설 『나』는 다음의 다섯 이야기 단위로 분절할 수 있다.

> 가. 첫째 이야기 단위―'욕망의 기원'에 관한 이야기.
> 나. 둘째 이야기 단위―'눈먼 욕망'과 '결혼', 그리고 그 파탄에 관한 이야기.
> 다. 셋째 이야기 단위―'증폭된 욕망'과 '통간', 그리고 그 '자책감'에 관한 이야기이.
> 라. 넷째 이야기 단위―'교장되기'로의 '대체된 욕망', 그리고 그 좌절에 관한 이야기.
> 마. 다섯째 이야기 단위―그 '자책감'에 대한 '참회'에 관한 이야기.

먼저 첫째 이야기 단위인 '욕망의 기원'에 관한 이야기를 살펴보자. 첫째 이야기 단위는 '나'의 '욕망'이 근원적으로 어디에 뿌리를 두고 있는가에 대한 탐구로 이루어져 있다. 그것은 "나는 나라의 쇠운에 태어났을 뿐더러 우리집의 쇠운에도 태어났다"(438면)라는 고백으로 시작되고 있는 데서도 이미 암시되고 있는 것처럼, 일차적으로는 집안의 쇠운과 관련이 있다. 김동인은 이 대목을 두고 "'오대조는 참판, 육대조는 판서, 칠대조는 정승' 식의 허위의 집안 자랑과 투전꾼 건달 아버지의 변명기"라 하여 불쾌한 기색을 표했으나, 사실 여기서 자기 집안과 아버지의 일이 소개되고 있는 것은 허위나 변명이라기보다, 집안의 쇠운을 더듬어 내려옴으로써 '나'가 가난과 외로움 속에 세상에 던져져야 했던 근본적인 원인이 어디에서 비롯된 것인가를 설명하기 위한 것이라 보아야 한다. 말하자면 그것은, 고조나 증조 때까지만 해도 웬만한 벼슬살이로 세상의 대접을 받고 살던 집안이 조부 이후로 아버지 대에 와서는 점차 가세가 기울어 구걸하다시피 하는 지경이 되고 일가친척의 발길마저 끊긴 집이 되매, "가난의 설움을 뼛속 깊이"(443면) 느끼지 않을 수 없었던 '나'의 불우함을 부각시키고 있는 것이다. 그리고 여기에 아버지와 어머니마저 일찍이 구몰하게 되었다는 이야기까지 덧붙여지게 되면, 가난과 외로움이라는 혹독한 조건 속에 던져진 '나'의 결핍에 관한 이야기는 비로소 완성되는 것이다.

> 나 한 사람에게는 이 두 죽음이 무의미할 리가 만무하다. (…중략…) 어찌 하여서 어떤 사람은 재물도 많고 형제도 자손도 번성하게 잘 사는데, 어떤 사람은 가난하고 외롭게 살아야 하는가라든가 이런 문제들도 어렴풋하게나마 어린 내 마음에 일어났을 것이다. (478면)

이런 맥락에서, '나'에게 '욕망'이라는 것이 존재한다면, 그것은 바로 집안의 쇠운과 더불어 '나'에게 숙명처럼 조건지어진 가난과 외로움이라는 결핍에 그 뿌리를 두고 있다고 할 수 있다. 이는 '나'의 첫사랑이었던 실단과의 일화에서도 분명하게 확인된다. 대보름 명절, 떠들썩한 고향의 외갓집, 사촌들과의 즐거운 술래잡기 놀이, 그 가운데서 첫눈에 마

음을 끌었던 열다섯 살의 처녀 실단, 그리고 그녀를 집에 바래다주던 길
에 그녀와의 우연한 포옹에서 맛본 충족감이 말해주는 것처럼, 그 첫사
랑의 감정은 조상부모하고 집 없이 떠돌아다니는 청승꾸러기로서의 굶
주린 애정이 이성에게서 처음으로 그 충족의 가능성을 발견한 데서 비
롯된 것이다. 그러나 현실은 가난한 '나'에게 실단을 허락하지 않았고,
실단과의 인연은 결국 가난으로 인하여 간절하게 원하던 애정의 대상을
얻을 수 없었던 데 대한 비참한 운명에 대한 원망의 이야기로 끝맺게
된다. 결국 '나'는 실단과의 실연으로써 가난과 외로움이라는 근원적인
결핍의 비참함을 다시금 확인하고 있는 것인 셈이다.

사정이 이러하다면, 둘째 이야기 단위가 왜 '눈먼 욕망'과 '결혼'에 관
한 이야기인가 하는 것은 분명해진다. 실연의 상처와 더불어 가난과 외
로움의 비참함이 더더욱 확연해진 만큼, "열다섯 살 된 처녀와 논섬지기
가 함께 굴러들온다는"(493면) 조건의 혼처는 불우한 '나'의 운명에 "꿈"
만 같은 사건이라 여겨지기에 충분한 것이라 할 수 있기 때문이다. 그러
나 그것은 "어미 없는 불쌍한 계집애"(491면)에 대한 동정과 재산에 대한
막연한 선망, 즉 '눈먼 욕망'에 의해 성급하게 결정된 것인 까닭에 그 자
체로 결혼 생활의 파탄을 예고하고 있다. 따라서 셋째 이야기 단위가 결
혼의 실패가 불러온 '증폭된 욕망'과 그 충족되지 못한 '욕망'이 자신의
출구를 찾는 이야기로 이어지고 있는 것은 이 같은 '욕망'의 논리가 갖
는 필연에 의한 것이라 할 수 있다.

'나'의 결혼 생활의 파탄에 관한 이야기로 시작되는 셋째 이야기 단위
는 그 파탄의 원인이 결혼으로 어여쁜 처녀와 재산을 함께 가질 수 있
다는 애초의 기대가 충족되지 않은 데서 비롯되고 있음을 보여준다. 새
로 살림을 차린 "집은 이를테면 인근 수백호 가난한 농가 중에도 가장
작기로 한둘을 다툴 집이었"고, "첫날에 벌써 내 눈밖에 난 어린 아내를
보러 학교에서 돌아오는 걸음은 죽으러 가는 소와 같이 무거웠다".(497면)
그리고 그 같은 결혼 생활의 불만은 애초의 기대가 좌절된 데서 비롯된

만큼 더더욱 '증폭된 욕망'을 낳고 있는데 — "내 아내는 다만 만족을 주지 못할 뿐 아니라, 더욱 더욱 내 애욕으로 하여금 배고프고 목마르게 하는 것이었다"(496면) —, 이 '증폭된 욕망'은 그 출구의 필요성을 보여주면서 문의 누님과의 '통간'이라는 사건을 준비한다.

실제로 결혼의 실패에서 비롯된 '증폭된 욕망'은 아내가 장인의 병환으로 친정에 가고 대신 문의 누님이 집에 와 있게 된 것을 계기로, 그녀에게서 충족의 가능성을 발견하게 된다. 그나마 마음에 안 드는 결혼 생활 가운데에서도 아내를 중매했던 문의 누님이 집에 가끔 오는 것을 위안 삼아오던 '나'는 마침내 그녀를 손에 넣을 기회를 가질 수 있게 된 것이다. 그러나 문의 누님에 대한 '욕망'이란 육례를 갖춘 아내에 대한 '의무'와는 양립될 수 없는 것이라는 점에서 그에 대한 '자책감'을 수반한 것일 수밖에 없다. '나'가 문의 누님에 대한 애욕에 충실할 것을 요구하는 "자연주의"적 성향과 도덕적인 양심을 지킬 것을 요구하는 톨스토이의 "이상주의"적 성향 가운데서 번민을 거듭할 수밖에 없었던 이유도 바로 이에서 비롯된 것이다.

그러나 '나'는 이광수 소설의 여느 인물들과 마찬가지로 '욕망'에 굴복하고 마는데, 그것이 '나'의 일생에 얼마나 심각한 영향을 주었는가 하는 것은 다음의 고백이 여실하게 보여주고 있다.

> 나는 문의 누님과의 단 한 번의 실수가 이처럼 내 혼에 큰 생채기를 낼 줄은 몰랐다. 하물며 그 때문에 생긴 내 혼의 검은 점이 날이 갈수록 자라서 마침내 내 혼 전체를 꺼멓게 썩힐 큰 병이 되리라고는 꿈도 못 꾸었다. 나는 이를 어린 나무가 받은 생채기에 비겼다. 처음에는 눈에 보일락말락하던 것이 그 나무가 자라는 대로 자꾸 커지는 것을 보았다. 장차로 그 나무는 아무리 크게 자라더라도 성한 나무는 되지 못하는 것이었다. 그리고 아마 그 나무를 죽일 병이 그 생채기로 말미암아서 들어올 것이 십상팔구다. 나와 문의 누님과의 순간의 잘못은 물론 이보다도 중대한 것임에 틀림없었다. (507면)

위의 인용문에서 볼 수 있는 것처럼, '나'에게 문의 누님과의 통간이라는 사건은 "단 한번의 실수"로 그치고 만 것이 아니라, 그 죄의 흔적이 이후 "내 혼 전체를 꺼멓게 썩힐 큰 병"이자 "나무를 죽일 병"으로 자라난 것으로 간주되고 있다는 점에서, 그의 일생 전반 가로지르는 무게를 지닌 것이라 할 만하다. 말하자면 '나'의 일생에서 그것은 그 한번의 과오와 관련된 '욕망'은 물론이고, 결국 자신의 삶을 파멸로 몰아갈 만큼 자라났던 부정한 '욕망'까지를 환기시키는 심각한 무게를 지닌 사건으로 자리매김되고 있는 것이다.

이처럼 문의 누님과의 '통간'을 통한 '욕망'의 충족은 '자책감'을 수반한 것이라는 점에서 일시적인 것이자 부적절한 성격의 것이었다. 그리하여 넷째 이야기 단위는 이제 부정한 '욕망'을 좇은 데 대한 '자책감'을 극복하고자 하는 '나'의 결연한 의지와 더불어 시작된다. '나'는 "부정한 기억이 있는 집을 단연히 떠나서"(508면) 천한 계급이 사는 동네 한복판으로 집을 옮기고, 청빈한 지사가 될 것을 다짐하며 학교와 동네 일에 전념한다. 그러나 사실 그것은 충족되지 못한 개인적인 '욕망'이 이번에는 공적인 권력의 영역에서 발현된 것이라는 점에서 '대체된 욕망'이라는 성격의 것이라 할 만하다. 그것은 교주집 수탉과의 닭싸움이라는 일화에서부터 분명하게 드러나는데, '나'에게 있어서 교주집 수탉과의 닭싸움이란 곧 학교가 교회 소속이 되면서 점차 세력을 확장해가던 교회 측과의 권력다툼을 상징하고 있기 때문이다.

> 닭 문제는 내게는 결코 작은 문제는 아니었다. 내가 모처럼 학교와 동네에 새로운 기풍을 놓아서 학생이나 동네 남녀들이 잘 내 지시를 믿고 복종할 만치 된 때에 이곳 교회에 내게는 존장이나 되는 나이를 먹은 한 목사라는 이가 부임하여 와서 목사의 권위를 내둘러서 내 권위를 침범하는 일이 적지 아니하였다. (…중략…) 이러한 처지에 있던 나이기에 우리 수탉이 남의 집 수탉에게 암탉들을 빼앗기는 것이 내 꼴인 것도 같아서 그렇게도 성화를 한 것이었다. (510~511면)

이처럼 공적인 권력 획득에 그 기반을 두고 있는 '나'의 영웅적인 의지는 교회와의 팽팽한 대립 가운데서도 결국 세례를 받고 교장에 취임하게 된 데 대한 기쁨이 표현되고 있는 대목에서 그 '대체된 욕망'으로서의 성격을 좀더 분명하게 드러낸다. 무려 네 페이지에 걸쳐 교장이 된다는 기쁨에 가득 차 있는 '나'의 심리적인 상태를 상세하게 기술하고 있는 이 대목은 '교장되기'라는 이름으로 명명될 수 있을 '나'의 영웅적인 의지가 실은 충족되지 못한 개인적 '욕망', 즉 그 자신 인정받고 사랑받고 싶은 '욕망'의 산물임을 솔직하게 보여주고 있는 것이다.

> 나는 초례청에 나갈 신랑 모양으로 설레는 가슴과 나타나는 흥분을 억지로 감추면서 어제까지 내 처소이던 방에 가만히 앉아 있었다. (…중략…) 교장! 나는 오늘 교장이 된다. 기뻐하지 아니할 양으로 아무리 애를 써도 기뻐서 견딜 수가 없었다. (…중략…) 학생들은 모두 새 교장인 나를 우러러 보는 것 같고 부인네 교인들까지도 오늘은 특별히 나를 우러러 보는 것이 분명하다고 생각하면서도 나는 그런 것은 염두에도 아니 두노라 하고 눈을 반쯤 감고 잔뜩 점잔을 뺐다. (…중략…) 교주가 나를 존경하는 뜻을 보이고, 군수가 나와 '절친'하고, 분대장이 나를 칭찬하는 축사를 하여서 나는 하늘에 닿을 듯이 높이 올랐다. **나는 정말 잘날 사람인 것 같았다.** (553~556면)

그러나 전도 여행의 실패를 계기로, '나'는 '교장 되기'라는 이 같은 영웅적인 의지마저도 성공을 거두지 못했음을 고백하지 않을 수 없게 된다. "위대한 영웅이나 사도의 결심"을 가지고 떠났던 전도 여행은 "패장군과 같이 후줄군하게 풀이 죽어서 거기서 쫓겨 나온 것"(572면) 모양으로 처참하게 실패했고, 그 실패는 '나'로 하여금 그동안 얕보았던 선교사들의 신앙와 정열과 인내력에 비하면 오히려 그 자신이 어리석은 교만과 자만으로 가득차 있는 보잘것없는 존재임을 깨닫고 그것을 반성하게끔 하는 계기가 되고 있기 때문이다. "나는 부끄러웠다. '내가 무엇이길래' 하고 저를 돌아보았다. 내가 과거에 한 일과 현재에 마음 속에

먹은 생각을 돌아볼 때에나 나 자신의 적고, 더럽고, 건방지고 한 모양이 분명히 눈 앞에 드러났다."(574면) 말하자면 '나'에게 '교장되기'라는 영웅적인 의지는 '눈먼 욕망'이 성급하게 결정한 '결혼'이나 그 실패에서 비롯된 '증폭된 욕망'이 저지른 문의 누님과의 '통간'이라는 사건만큼이나 '욕망'에 눈이 가리어진 삶을 의미하고 있었던 것이다.

앞의 네 이야기 단위가 최초의 결핍과 그것을 충족시키고자 할 때마다 반복되는 좌절로 인해 '나'의 영혼이 침식되어 가는 시간을 그렸다면, 이제 다섯째 이야기 단위는 그 시간과 내부로부터 단절하고 그 '자책감'에 대한 '참회'의 이야기를 향한다. 물론 스토리 차원에서 보자면, 『나』는 이 다섯째 이야기 단위, 즉 첫사랑이었던 실단과의 우연한 재회의 이야기에서 일종의 단절을 보이고 있다고 할 만하다. 전도 여행의 실패를 계기로 한 '나'의 참회가 눈보라 몰아치는 산 속 암자에서의 실단과의 재회라는 우연하고도 급작스러운 사건으로 이어져야 할 필연성이란 적어도 스토리 차원에서는 발견하기 어려운 것이 사실이기 때문이다. 그러나 '욕망'의 추구와 그에 대한 '자책감'이라는 주제와 관련된 이야기의 내적 논리의 차원에서 보자면, 그것은 앞의 네 이야기 단위와 필연적인 논리의 연쇄를 형성하고 있음을 발견하게 된다. 앞의 네 이야기 단위가 근본적으로 '욕망'의 추구와 그 좌절에 관한 이야기를 다루고 있다면, 실단과의 우연한 재회를 다루고 있는 이 다섯째 이야기 단위는 그 '자책감'에 대한 '참회'의 이야기라 할 수 있기 때문이다.

실단과의 우연한 재회의 이야기를 다루고 있는 이 다섯째 이야기 단위가 스토리 차원에서는 앞의 네 이야기 단위와 단절을 보이고 있으며, 이야기의 내적 논리, 즉 스토리 구조의 차원에서야 비로소 필연적인 논리의 연쇄를 형성하고 있다는 것은 이미 언급한 대로이다. 이는 스토리 차원에서의 비약을 감수하고라도 실단의 이야기를 다시금 끌어들인 데는 나름대로 필연적인 이유가 있었다는 얘기가 되는데, 필자가 보기에 그것은 『나』에서 다루어지고 있는 스토리 시간과 작가가 궁극적으로 다루고자 하는 시간, 그의 인생 전반에 걸친 시기 간의 갭을 극복하기 위한 스토리 구조상의 필연이었다고 생각된다.

스토리 시간에서 볼 때, 이 다섯째 이야기 단위는 이제 겨우 인생의 첫 장을 넘긴 스무 살 고개에 해당된다. 따라서 적어도 스토리 차원에서는 '욕망'을 추구하던 끝에 인생의 파국을 맞게된 자의 자기 삶에 대한 회오까지를 이야기하기란 무리였을 것임은 충분히 짐작할 수 있다. 그러나 실단과의 우연한 재회라는 사건의 설정으로 실단의 이야기가 삽입됨으로써, 이 같은 두 가지 시간 사이의 틈극은 단숨에 극복된다. '나'를 배반하고 다른 남자에게 시집갔다가 끝내 과부가 되었고, 이에 삶의 모든 희망을 잃고 금강산으로 떠났다가 얼마 되지 않아 결국 자살로써 자기 삶을 마감하고 있는 실단의 이야기는, 문의 누님과의 통간이라는 사건으로 '의무'를 저버리고 '욕망'을 선택한 데 대한 '자책감'을 지니고 살아야 했던 '나'와 유사한 인생의 경로를 보여주고 있으면서도, 동시에 그로 인하여 인생의 파국을 맞게된 데 대한 회오까지를 포함하여 하나의 완결된 인생의 이야기를 다루고 있기 때문이다. 그런 의미에서, '나'의 이야기는 실단의 이야기를 통하여 '나'의 인생 전반에 관한 이야기를 완성하고 있다고 할 수 있는 것이다.

실제로 실단의 이야기에서 그것이 '의무'를 저버리고 '욕망'을 추구하던 끝에 삶의 파국을 맞은 데 대해 회오하고 있던, 다시 말해 이 글이 씌어진 1948년 시점에서의 작가 자신의 정서가 투사된 이야기라는 것을 알아채기란 그리 어렵지 않다.

> 아니, 날더러 또 개가를 하란 말씀야? (…중략…) 너 같은 헌 년은 열 스무 번 훼절을 해도 좋단 말씀이죠? 그 말씀 들을 만도 해요 내가 정말 단정한 계집이면야 언제까지라도—평생이라도 당신을 기다리지 왜 시집을 가요? (…중략…) 그러고는 마음은 당신한테 두고 몸만이 다른 데로 시집을 갔어요. 그랬다가 과부가 됐어요. 그러니깐 어차피 훼절한 헌 계집이지요. 그러니깐 당신이 나를 업수이

여겨서 개가해라 하시는 게죠? (…중략…) 무에라고 하셔도 좋아요. 무에라고 하셔도 모르는 체하시는 것보다는 고맙지마는, 왜 내 머리채를 거머쥐시고 이 년, **이 배반한 년**, 하고 때려 주지를 아니하셔요? 그리셨더면 내가 얼마나 기뻤겠어요. (…중략…) 그래 내가 그날 당신께 매달렸더면 당신께서 나를 뿌리치시지는 아니하셨을 거야요. 그랬더면 지금 이 꼴이 안 되었을 거야요. 생각하면 다 제 잘못이지, 다 제 팔자구요. 그런 줄 알건만도 이렇게 설어요. (581~582면)

위의 인용문에서 볼 수 있는 것처럼, 실단에게 가장 커다란 회오는 자기가 "단정한 계집"이 못 되어 "마음은 당신한테 두고 몸만이 다른 데로 시집을 갔"다가 결국 인생의 모든 희망을 잃은 과부가 되었다는 사실에 있다. 주목할 만하게도 그것은 거듭 "훼절" 혹은 "배반" 행위로 표현되고 있음을 볼 수 있는데, 이는 "내가 조선 신궁에 가서 절을 하고, 향산 광랑으로 이름을 고친 날, 나는 벌써 훼절한 사람이었다"[138]는 이광수 자신의 고백을 환기시킨다. 곧 여기서 실단의 회오는 이광수 자신의 공공연한 전향과 그에 대한 '자책감'이 투사된 것임을 말해주는 것이다.[139] 따라서 이제부터라도 인생의 모든 '욕망'을 털어 버리고 누더기

---

138) 이광수, 「나의 고백」, 『이광수 전집』 13, 삼중당, 1962, 277면.

139) 여기서 한 가지 더 주목할 만한 것은 이 같은 훼절 혹은 배반에 대한 회오는 동시에 그 자신으로 하여금 다른 데로 시집가는 것은 내버려두었던 '나'에 대한 원망으로까지. 이어지고 있다는 점이다. "그렇지만 나도 원통한 것이 있어요. 당신을 원망할 것이 있어요. 그날 왜 날더러 다른 데 시집가지 마라 하고 한 마디 못해 주셨던가요. 나는 당신의 입에서 그 말이 나오기를 기다렸어요. 암만 기다려도 당신은 그 말 한 마디를 안 해 주셨습니다. (…중략…) 그랬더면 내가 왜 가기 싫은 시집을 가요? 신랑은 온다고 그러고 하늘 같이 믿는 당신의 입에서는 암 말도 없고, 그래서 나는 에라 될 대로 되라 하고 시집을 간 게야요. 내가 세상을 버린 것은 그 날예요."(581~582면)
  이는 동우회 기소 사건을 계기로 자신에게 무언중에나마 전향의 뜻을 촉구했던 동지들에 대한 원망과 관련이 있는 것으로 보인다. 사실 동우회 기소 사건이 한참 진행중이던 1938년, 김동인이 이광수를 찾아갔던 것이 "춘원을 만나 춘원의 심경을 좀 따져 보라"는 가형 동원의 부탁 때문이었던 것은 익히 알려져 있는 사실이거니와, 김동인 자신 "이것이 나의 독단인지는 모르지만 나는 형이 내게 한 말이 이광수를 전향시키어 동우회 40여명의 생명을 구해달라는 뜻으로 들었다"(김동인, 「동우회와 이광수」, 『김동인 전집』, 71~72면)고 언급하고 있는 것으로 보아 이광수의 전향에는 동지들의 압력 또한 크게 작용했던 것으로 보인다. 그러나 그럼에도 불구하고 그 모든 죄를 혼자서 뒤집어

하나의 몸으로 도를 닦겠다는 그의 결심은 바로 그 같은 회오에서 비롯된 '참회'의 표현이라 할 수 있다. 그러면 그가 금강산으로 들어간 지 사오 년이 못 되어 자살로써 삶을 마감해야 했던 것은 어떻게 이해되어야 하는가.

> 나는 아직도 그가 어떻게 죽었는지를 알지 못하거니와 그렇게도 이쁘고, 얌전하고 재주 덩어리, 열정 덩어리이던 한 여성이 무엇하러 세상에 와서 그런 불행한 생활을 하고 간 것일까 하고는 근 **사십 년이 지난 오늘날까지도** 가끔 그를 생각하고는 슬퍼한다. '정말 중은 누더기 하나로만 살아야 한대요 (…중략…) 커단 집에 배불리 먹고, 뜨뜻이 불 땐 방에다가 포근한 요 깔고, 가뿐한 이불 덮고 그리고 남편이니 아내니 하고 호강스럽게 살자니깐 모두 걱정이지 그 욕심만 버리면야 무슨 걱정야요?' 하던 그 복음을 내게 전하러 이 세상에 나왔던 것인가. 그리고 저는 '그 욕심만 버리면야' 하던 그 욕심을 버리려고 애를 쓰다쓰다 못하여 죽어버린 것일까. (586면)

여기서 주목할 만한 것은 실단의 죽음은 그냥 단순한 죽음이 아니라는 점이다. 그는 죽었지만, 그의 죽음은 "사십 년이 지난 오늘날까지도" '나'에게 모든 '욕망'으로부터 자유로워질 때 비로소 참된 삶을 살 수 있다는 복음을 전해주고 있기 때문이다. 그런 의미에서, 실단의 죽음은 더러워진 '나'의 죽음이면서 동시에 그 죽음으로써 '나'로 하여금 재생의 길을 열어주는 계기가 되고 있다고 할 수 있다. 그리고 이 같은 참회와 재생의 연속성으로 인하여 '나'의 인생 전반의 과오가 된 '욕망'의 추구와 그 '자책감'에 대한 '참회'의 이야기 또한 우회적인 방식으로나마 완성되고 있다고 할 수 있는 것이다.

이상에서 살펴본 바와 같이, 『나』의 스토리 구조는 '욕망'의 추구와 그에 대한 '자책감'의 주제와 관련된 논리적 질서에 따르고 있다. 다시

써야 했던 이광수 자신의 원통함이 그 같은 실단의 원망을 통해서 쏟아져 나온 것은 아닐까 생각되는 것이다.

말해 그것은 집안의 쇠운으로 인해 숙명처럼 짐지어진 가난과 외로움이라는 최초의 결핍에서 출발하여 '욕망의 기원'을 설명하고, '욕망'을 충족시키고자 할 때마다 반복되는 좌절로 인해 '나'의 영혼이 침식되어 가는 과정을 그리면서 그 '자책감'에 대한 '참회'를 이야기하고 있는 것이다. 연대기적인 측면에서 볼 때 그것은 분명 '나'가 오산을 떠나기 이전인 1913년까지의 시간의 질서 속에 배치되어 있는 것이 사실이다. 그러나 스토리 구조의 차원에서 그것이 '욕망'의 추구와 그로 인하여 삶의 파국을 맞게 된 데 대한 회오의 정서가 투사되어 있는 1948년까지의 시간을 다루고 있음은 이미 살펴본 대로이다. 따라서 자전소설『나』의 '참회록'으로서의 성격은 이야기된 내용, 즉 스토리 차원에서가 아니라, 이야기의 내적 질서가 구조화되는 차원, 즉 스토리 구조의 차원에서 비로소 분명해진다고 할 수 있다. 그런 의미에서, 자전소설『나』는 '욕망'의 추구와 그의 좌절을 거듭하다가 결국 인생 전반의 실패를 맞게된 '나'의 회오에 관한 이야기라 할 수 있는 것이다.

협력의 길과 분열의 징후

민족보존론과 '가면'의 병리학

1. 1927년의 춘원(36세)
2. 춘원의 대표 작품 「무정」, 연재 첫회(1917년)

민족보존론과 '가면'의 병리학*

이 세상에는 인간 심리를 자연스럽게 드러내는 정상인들이 있는 반면, 인간
적이지 못한 심리에 병리학적으로 길들여진 사람들도 많다. 이런 비정상적인
인간의 존재는 반드시 사라져야 할 특정한 종류의 현실이 무엇인지를 분별해내
는 데 일정한 도움을 주기도 한다.

— 프란츠 파농, 『검은 피부, 하얀 가면』에서

1. 제국 권력에의 야망과 반감 사이에서

본고는 이광수의 민족보존론, 즉 '민족을 위한 친일'이라는 주장이 갖

* 이 논문은 2003년도 한국학술진흥재단의 지원에 의하여 연구되었음(KRF-2003-237-A00138).

는 양가성을 주목하는 데서 출발한다. 잘 알려져 있다시피, 이광수의 민족보존론은 「나의 고백」(1948)에 나오는 "내가 천황을 말하고 내선일체를 말하는 것은 오직 조선 민족을 위한 것"이라는 악명 높은 주장에서 비롯된 것이다. 그리고 그것은 종종 일신의 안전을 꾀한 것이면서 민족을 명분으로 한 "위선"이라거나 자기 합리화를 위한 "궤변", 혹은 스스로의 힘을 과신한 일종의 "과대망상"이라는 관점에서 비난받아왔다.1) 민족보존론에 대한 이러한 비난은 '민족'과 '친일'이 서로 양립할 수 없는 것이라는 데서 온다. 바꾸어 말하면 친일은 어디까지나 민족에 대한 배신 혹은 변절이라는 이분법적인 사고에서 비롯되고 있는 것이다. 그러나 '민족을 위한 친일'이라는 모순어법을 도덕적 이분법적 잣대로 해석하는 것은 제국과 식민지 사이에 긴 이광수의 양가적인 위치를 간과해버리는 것이 아닐까.

야망과 반감이 교차하는 속에서 제국 권력의 테이블에 초대받은 식민지인 이광수의 이미지를 떠올려보자. 소위 민족의 지도자를 자처했던 인물로서, 한편으로 민족을 식민지의 나락으로 끌어내린 제국에 대한 반감을 지니고 있으면서도, 다른 한편으로는 제국의 권력을 거부할 힘 혹은 의사가 없는 식민지 지식인이 제국의 중심부에서 자기 삶을 영위해 나갈 수 있는 방식이란 결국 어떠한 것일 수밖에 없었는가. 그가 선택한 것이 바로 '민족을 위한 친일'이라는 모순된 신념이었다는 사실은 그가 끝내 제국과 식민지 사이에 끼인 자신의 위치를 넘어설 수 없었다는 사실을 분명하게 말해주는 것 아닐까. 말하자면 이광수의 민족보존론은 위선적인 두 얼굴을 가진 것이 아니라, 민족과 제국 두 개의 방향에 동시에 대면하지 않으면 안 되었던 식민지 지식인의 양가감정의 산물이라 할 수 있는 것이다.

---

1) 김동석, 「위선자의 문학―이광수론」, 『뿌르조아의 인간상』(1949), 서음출판사, 1989, 256면; 송건호, 「춘원 이광수론」, 『한국 근대문학사론』(임형택 · 최원식 편), 한길사, 1982, 639면; 이동하, 『이광수―무정의 빛, 친일의 어둠』, 동아일보사, 1992, 157면.

물론 그가 이러한 자신의 양가감정에 대해 전혀 모순을 느끼지 않았던 것은 아니다. 그러나 그는 그 모순을 명료화하는 것이 아니라, 취소할 수 있는 완전히 다른 질서의 진실을 주장했다. 다시 말해 모순을 모순으로서 드러내는 것이 아니라, 모순을 모순이 아닌 것으로 드러낼 수 있는 논리를 찾아 헤매기 시작했던 것이다. 민족을 위한 친일이라는 모순을 모순이 아닌 것으로 드러낼 수 있는 논리란 무엇이었는가. 이광수의 친일문학이 지닌 내적 구조를 드러내는 데 주목해 온 여러 논자들이 지적해 온 것처럼, 그것이 "차별로부터의 탈출",[2] "스스로 제국주의의 주체가 될 수 있다는 확신을 통해 그 제국주의의 피해자라는 자기동일성을 초극"[3]하기 혹은 "일본 내셔널리즘의 언어를 재현하여 민족의 힘을 성취"[4]하기라는 나름의 논리를 지니고 있었다는 점은 분명해 보인다. 말하자면 그것은 이광수 자신이 주장해온 바대로, 민족 문제 해소의 방편으로서의 친일이라는 일면 자발적이고도 적극적인 논리를 지니고 있었던 것이다.

그러나 이광수의 민족보존론의 실체를 이렇게 한 마디로 명쾌하게 정리해버리기에는 뭔가 석연치 않은 것이 남는다. 그것은 제국의 담론을 받아들이는 피식민 주체의 자발성과 적극성을 지나치게 강조함으로써, 제국이 피식민 주체에게 가한 다양한 기제의 물리적·심리적인 폭력의 측면들을 간과하게 만들기 때문이다. 설사 이광수의 민족보존론이 자발적으로 제국의 논리를 수용한 것처럼 보인다 하더라도, 그것은 어디까지나 제국의 폭력에 노출되지 않을 수 없었던 식민지 지식인의 자기 방어적인 선택에 불과하다. 이후에 자세히 살펴보겠지만, 일면 적극적인 주체성을 앞세우고 있는 것처럼 보이는 그의 민족보존론이 그 이면에 심

---

2) 宮田節子, 「내선일체의 구조」, 『일제말기 파시즘과 한국사회』(최원규 편), 청아출판사, 1988, 356~259면.
3) 이경훈, 『이광수의 친일문학연구』, 태학사, 1998, 34~35면.
4) 조관자, 「'민족의 힘'을 욕망한 '친일 내셔널리스트' 이광수」, 『기억과 역사의 투쟁』, 삼인, 2002, 324면.

각한 자기 분열을 수반하고 있는 이유 또한 여기에서 비롯된다.

　게다가 이광수 자신 아무리 철저히 제국과의 동일성을 추구하고자 하더라도 그가 실상 식민지 조선인이라는 사실은 결코 지워지지 않는다는 문제는 여전히 남는다. 호미 바바가 지적한 것처럼, 제국에 대한 모방은 아주 똑같을 수는 없는 식민지적 차이에 의해 언제든 초과 혹은 미끄러짐이 남을 수밖에 없기 때문인데,5) 이와 관련하여 다음의 일화는 제국과 식민지 사이의 그 분명한 틈 혹은 미끄러짐의 국면을 잘 보여준다.

> 　그를 사숙하던 문학청년 하나가 춘원을 공판정에서 보고 나서 한 이야기. (…중략…) 민족주의자로서 일제의 공판정에 선 춘원이 눈물을 좔좔 흘리며 진심에서 우러나오는 듯한 말로 '나는 천황폐하의 적자'라고 하니까 日人 검사가 '이 놈아 네가 어찌 천황폐하의 적자냐. 노서아 사람 앞에선 공산주의자라고 하겠지. 이놈아 너는 이때까지 민족주의자로 행세하지 않았느냐. 그러니까 네가 그렇게 지도한 청년들에 대한 책임으로 보더라도 어떻게 뻔뻔스럽게 천황폐하의 적자라고 하느냐'고 호령호령하였다 한다. 그랬더니 춘원은 더욱 많은 눈물을 흘리며 목소리를 더욱 간절하게 하여 '천황폐하의 적자'라는 것을, 몇 번이고 몇 번이고 되풀이하여 맹서하였다 한다. 그때의 춘원을 당할 만한 연극배우는 이 세상에 태어나지도 않았다는 것이 그 청년의 감상이오, 그렇게 좋아하던 춘원에 대하여 환멸의 비애를 느꼈다는 것이다.6)

　위의 일화는 아마도 동우회 사건으로 기소된 이광수의 공판에서 있었던 일인 듯하다. 이광수를 위선적인 문학자라고 비판하고 있는 김동석의 글에 간접 인용되고 있기 때문에 당시 상황을 그대로 전달하고 있다고 볼 수는 없지만, 여기서 당시 이광수의 모습을 두고 "네가 어찌 천황폐하의 적자냐"며 호령호령했다는 일본인 검사와 "춘원을 당할 만한 연극배우는 이 세상에 태어나지도 않았다"며 그에게 환멸의 비애를 느꼈다

---

5) 호미 바바, 나병철 역, 『문화의 위치—탈식민주의 문화이론』, 소명출판, 2002, 179~184면.

6) 김동석, 「위선자의 문학」, 『뿌르조아의 인간상』(1949), 서음출판사, 1989, 235면.

는 청년의 반응은 주목할 만하다. 이들은 당시 이광수가 천황폐하의 적자임을, 그것도 눈물을 흘리면서 간절하게 맹세하고 있는 것을 고단수의 '연기'라고 여기고 있는 것인데, 이들의 그러한 동시적인 반응에는 이광수가 아무리 천황폐하의 적자임을 맹세하더라도 그가 식민지 조선인이라는 사실은 바뀔 수 없다는 인식이 전제되어 있다. 말하자면 여기서 이광수가 "천황을 말하고 내선일체를 말하는 것"은 역설적이게도 자신의 식민지적 차이를 매개하여 드러내고 있는 것에 불과한 것이다.

물론 이광수 자신 이 사실을 모르지 않았다. 그리고 그 틈, 차이에 대한 불안이 그를 과도한 모방으로 몰고 갔다는 것도 널리 알려진 사실이다. 한 논자가 적절하게 지적하고 있는 것처럼, 이광수가 『내선일체 수상록』(1941.5)에서 "진실로 내선일체가 된다면 내지인의 조선인에 대한 특권이 없어지기 때문에 내지인은 조선인이 실제로 일본이니 되는 것을 꺼릴 것이다. 조선인 측에서는 어떤 일이 있어도 천황의 신민이 되고자 할 것이다"[7]라고 말한 대목은 이를 단적으로 보여준다. 그런 의미에서, 최근에 이광수의 이중어 글쓰기에 주목하여 "香山光郎이란 이광수의 최대 작품"[8]이라는 해석을 내놓은 김윤식 교수의 논의는 제국과 식민지 사이의 그 틈 혹은 미끄러짐의 국면을 적극적으로 해석하고자 한 시도의 일환이라는 점에서 주목할 만하다.

김윤식 교수에 의하면, 이광수에게 '香山光郎'이라는 '가면' 쓰기는 그를 압박해 오는 일제의 덫에 걸린 짐승의 필사적인 몸부림이자, 그 짐승의 목소리로 일본천황을 부르짖는 노예의 심리적 복수 ― '네 칼로 너를 치리라!' ― 라는 이중적인 의미를 지닌다. 이광수에게 그 '가면'이 "표층적 수사학의 세계"라면, 그 아래 이광수라는 맨 얼굴은 "민족단위의 심정적 사고"에서 한 발자국도 벗어날 수 없었다는 것이다. 이처럼

---

7) 宮田節子, 「내선일체의 구조」, 『일제말기 파시즘과 한국사회』(최원규 편), 청아출판사, 1988, 367~368면.
8) 김윤식, 『일제말기 한국 작가의 일본어 글쓰기론』, 서울대 출판부, 2003, 112면.

이광수에게 제국을 향한 가면과 식민지 조선을 향한 맨 얼굴의 양가성을 부여함으로써, 그는 일본어로 발표되었지만 이광수라는 이름으로 씌어진 「삼경인상기」(1943)와 같은 작품에서는 "이광수식 글쓰기"가 "香山光郎식의 글쓰기"를 누르는 역전현상을 발견해내고, 이를 "한국 근대문학사 속의 가장 휘황한 드라마"[9]로 자리매김하기도 한다.

그러나 당시 이광수 자신은 이광수와 '香山光郎'을 분리하여 보는 것을 못마땅하게 여겼다고 하거니와,[10] 그 사실 여부는 차치하고서라도 '香山光郎'이라는 '가면'과 이광수라는 맨 얼굴을 서로 분리하여 보는 관점은 다음의 두 가지 점에서 문제가 된다. 첫째, 그것은 이광수가 제국의 권력을 향한 야망과 식민지인으로서의 반감을 사이에 두고 연출했던 보다 복잡한 국면을 포착하는 데 한계를 지닌다. 둘째, 그 복잡한 국면을 제대로 포착할 수밖에 없기 때문에 작품을 해석하는 데도 이분법에 의한 선입견이 개입된다. 이를테면 『원효대사』가 "이광수라는 맨 얼굴의 글쓰기로 한 최대의 노력"이라거나, 「삼경인상기」에서 "이광수식 글쓰기가 香山光郎식의 글쓰기를 누르는 역전현상"이 발견된다는 해석 등은 정반대 관점에서의 재해석의 여지가 있다.

이광수에게 '香山光郎'이라는 '가면'이 구성되고 조작되어진 가면이라는 사실은 부인할 수 없다. 그러나 그렇다고 해서 그 '가면'과 이광수라는 맨 얼굴이 확고하게 구분되어 있었던 것은 아니다. 실제로 이광수의 자아는 '香山光郎'이라는 '가면'과 이광수라는 맨 얼굴 사이에서 흔들리는 불안정한 것이었다. 그리하여 그것은 종종 서로 얽히거나 반대로

---

9) 김윤식, 『일제말기 한국 작가의 일본어 글쓰기론』, 서울대 출판부, 2003, 358면.
10) 이에 대해서도 김동석이 전해주는 다음의 일화를 참조할 수 있다. "일전에 어떤 여학교 선생이 학생들에게 향산광랑의 글과 이광수의 글을 구별할 줄 알아야 한다고 했더니 그것을 전해 들은 춘원이 그 학교 교장에게 그런 교원을 내쫓아 버리라고 항의를 제출하였다는 말을 들으면 춘원 자신은 이광수와 향산광랑을 분리하여 보는 것을 못마땅하게 생각하시는 모양이지만……." 김동석, 「위선자의 문학」, 『뿌르조아의 인간상』 (1949), 서음출판사, 1989, 236면.

메꿀 수 없는 틈을 분명히 드러내기도 하는데, 이는 이 시기에 씌어진 그의 소설 전반을 들여다 볼 때 분명하게 드러난다. 그는 식민지 지식인으로서 제국 권력에 대한 반감 속에서 자신을 권력에 완전히 흡수시키는 비전을 지니는가 하면(『사랑』), 제국과의 동일시를 향하면서 동시에 민족의 구제자로서의 강력한 동일시로 미끄러지기도 한다(『원효대사』). 그리고 때로는 제국과의 동일시에 대한 신념과 그에 대한 자의식에 시달리는 분열의 국면을 그대로 드러내고(『세조대왕』), 혹은 돌연 식민지 타자성과 맞닥뜨림으로써 스스로 내면화했다고 믿었던 제국의 정체성이 분열되는 국면을 노출하기도 하는 것이다(중단된 친일소설들).

이처럼 이광수의 민족보존론이 전제하고 있는 '가면'의 논리는 심각한 불안정함과 분열을 각인하고 있다. 이러한 흔들림과 불안정함은 식민지 지식인으로서 제국의 폭력에 노출된 채 심각한 자기 분열을 겪지 않으면 안 되었던 이광수 자신의 정치적 편력을 환기시킨다. 이에 본고에서는 『사랑』에서 친일소설들에 이르는 그의 작품들을 대상으로 이광수가 맨얼굴과 '香山光郎'이라는 '가면' 쓰기 사이에서 연출했던 복잡한 상호작용의 양상을 분석함으로써, 이광수의 민족보존론이 전제하고 있는 '가면'의 논리가 제국 권력의 폭력을 어떻게 내면화하면서 이루어진 것인지, 그리고 이광수 자신 그러한 '가면'의 논리를 내세우면서 얼마나 심각한 자기 분열증을 앓고 있었는지를 조명하고자 한다. 이는 일면 자발적인 것처럼 보이는 그의 협력의 논리 이면에 제국의 폭력이 자리하고 있음을 분명히 드러냄으로써, 식민주의 비판을 위한 논의의 한 거점을 마련하는 데 도움을 줄 수 있을 것이다.

2. 1차 전향—물리적 폭력에의 굴복과 의식적 '가면' 쓰기

이광수의 민족보존론, 즉 소위 '민족을 위한 친일'의 시작은 동우회사건에서 시작된다. 잘 알려져 있다시피, 동우회사건은 1937년 6월 동우회 조직을 해산시키고자 했던 총독부가 이광수를 비롯하여 그 회원들을 대대적으로 검거하면서 시작된 것으로, 1938년 8월의 예심을 거쳐 1939년 12월 제 1심의 선고에서 전원이 무죄선고를 받았으나 다시금 공소되었다가 1941년 11월 전원 무죄로 끝나기까지 무려 사 년 오 개월을 끌었던 사건이다. 이 사건의 배경은 1931년 만주사변 이래 파시즘 체제를 강화해나갔던 제국 일본의 군부가 중일전쟁을 앞둔 준전시 상태에서 철저한 사상 탄압을 앞세웠던 동향과 직결되어 있다. 1935년 일명 천황기관설사건 혹은 미노베 사건이라고 불리우는 메이지 헌법의 자유주의적 해석에 대한 공격, 1936년 군사정권의 수립을 꾀하며 군부가 반란을 일으킨 2·26사건, 그리고 1937년 7월 중일전쟁의 도발로 이어지는 일련의 군부 파시즘 체제는 이를 위협하는 일본 국내의 모든 사상을 철저히 탄압하는 한편, 1938년 국민정신총동원운동, 1940년 신체제운동 등을 통해 전쟁 지지의 국민감정을 육성하기 시작했는데,[11] 동우회사건은 이러한 파시즘 체제가 조선에 미친 여파 가운데 하나였던 것이다.

당시 이광수는 1932년 상해에서 검거되어 수감되었다가 사 년여간의 징역을 치르고 바야흐로 새 활동을 도모하고자 했던 도산과 더불어 여러 갈래의 민족운동을 추진할 계획을 갖고 있었다. 그러나 도산의 출옥 후의 민족운동에 대한 구상은 이 사건과 맞닥뜨리면서 좌초되지 않을 수 없었고, 1938년 3월 병보석으로 입원해 있던 도산마저 서거하게 되면서 이광수는 동우회의 진로에 대해 심각하게 고민하지 않을 수 없게 된

---

11) 이에 관한 자세한 내용에 대해서는 리차드 H. 미첼, 김윤식 역, 『일제의 사상통제』, 일지사, 1982, 제6장 '국민총동원체제'를 참조.

다. 따라서 이광수가 "나 하나를 희생함으로써 이 자유를 건질 수 있다 하면, 그렇게 해서라도 동우회의 사업과 동지들을 살리고 싶었다"[12]는 명분 아래 결국 협력의 일보를 내딛는 결단에 이르게 된 데에는 일차적으로 일본의 국가 통제 기구에 의한 탄압이 개입되어 있다는 사실을 분명하게 해두지 않으면 안 된다. 그리고 그런 만큼, 당시 이광수의 전향에의 결단에는 민족운동에 대한 구상을 좌초시킨 제국 권력에 대한 '반감'이 어떤 형태로든 뙈리를 틀고 있다는 점 또한 분명히 해두어야 하는 것이다.

그가 이전부터 타협적 개량론의 신념을 지니고 있었던 만큼 이를 180도의 전환으로 오해해서는 안 된다는 해석도 있기는 하지만,[13] 이 시기 그의 민족보존론이 이전까지의 민족운동과는 그 성격을 달리한다는 점은 분명하다. 당시 김동인이 적절하게 짚었던 것처럼, 도산의 후광도 없이 동우회사건과 정면으로 맞닥뜨린 이광수는 분명 "장차 이를 비상한 환경에 대하여 이를 정면으로 맞자면 '죽음'이요, 굴복하면 삶"인 "어려운 기로"에 서 있었으며,[14] 명분이야 무엇이었든 결국 제국 권력에의 "굴복"을 선택했던 것이 사실이기 때문이다. 그는 『나의 고백』에서 이러한 자신의 선택을 두고 "훼절"이라 표현하고 있거니와, 그 제1보가 1939년 3월 황군위문작가단 결성에 발벗고 나선 일이며, 제2보는 1939년 12월 조선문인협회 회장일을 맡게 된 것이라 적고 있다.

그러나 당시 이광수의 전향에 대한 결심은 이미 1938년 1월 병석에 누워 『사랑』을 구술로 집필할 각오를 했던 때부터 어느 정도 이루어지고 있었다고 보아야 한다. 1938년 여름 어느 날, 맏형 김동원의 부탁을 받고 동우회 사건과 관련하여 이광수의 심경을 타진하러 갔던 당시의 일을 회고하고 있는 김동인의 「춘원과 『사랑』」은 이를 분명하게 말해준다.

---

12) 이광수, 「나의 고백」(1948), 『이광수 전집』 13, 삼중당, 1962, 263면.
13) 이동하, 『이광수―무정의 빛, 친일의 어둠』, 동아일보사, 1992, 150~151면.
14) 김동인, 「춘원과 『사랑』」, 『박문』, 1939.12; 『김동인 전집』 6, 삼중당, 1967, 617면.

그날 나는 어떤 필요상 춘원의 심경을 좀 타진하러 갔던 것이었다. 그날 타진한 바에 의지하건대 춘원은 복잡 미묘한 선상에서 번민하고 있는 것이었다. 그때의 춘원의 건강으로서는 장차 환경이 악화되는 경우에는 도저히 생명을 유지할 수 없다─. 이러한 일선을 그어놓고 左할까? 右할까? 주저하고 고민하는 것이 분명하였다. (…중략…) 그러면서도 역시 생에 대한 집착이라는 것은 또한 거부할 수가 없는 모양이었다. 장차 이를 비상한 환경에 대하여 이를 정면으로 맞자면 '죽음'이요, 굴복하면 삶─어려운 기로였다. (…중략…) 그 뒤 나는 때때로 생각하였다. 그때 그런 거대한 고민(사상적 고민이 아니라 거취에 대한 고민) 가운데서 집필중인 작품이 어떤 것이 될까? 물론 그 고민이 어떤 형식으로든 작품에 나타날 것은 정한 이치로되 兩路의 고민 때문에 작품에 무리가 안 생길까.15)

장편 『사랑』의 전편이 8월에 탈고되어 10월에 박문서관에서 출판되었으니까, 김동인이 이광수를 찾아갔던 무렵은 이광수가 『사랑』의 전편 집필을 거의 마쳤던 때라 할 수 있다. 당시 이광수는 동우회 사건으로 수감되어 서대문 형무소에서의 4개월여에 걸친 병감 생활을 마치고 병보석으로 출감하여 병석에 누워 있었다. 그리고 이 병석에 누워 『사랑』의 집필에 몰두하는 한편, 자신의 정치적 결단의 문제를 두고 고민하던 중이었다. 이처럼 이 동우회 사건과 관련하여 자신의 정치적 결단의 문제를 두고 고민하지 않을 수 없었던 시기에, "그 수일 전에도 열이 42도 올라서 혼수 상태에 빠지기 수시간이었다 하며 하루에 원고 10여 매 이상을 쓰면 이튿날 반드시 미열이나마 난다는"(617면) 상태에서 『사랑』이 구술로 집필되었다는 것은 무엇을 의미하는가. 그것은 『사랑』과 당시 동우회사건을 둘러싼 이광수의 정치적 고민간의 상호관련성의 무게가 심상치 않은 것임을 말해주기에 충분하지 않을까. 실제로 이 문제를 둘러싼 이광수의 결단은 이미 『사랑』 전편에서 어느 정도 그 윤곽을 분명하게 드러내고 있다.

---

15) 김동인, 위의 글, 617~618면.

주지하다시피, 『사랑』의 서사 상황이 근본적으로 제기하고 있는 문제는 주인공 순옥이 지극히 사모하는 안빈을 떠나 '내키지 않는' 허영에게 갈 수밖에 없는 모순적인 상황에 처해있다는 사실과 관련이 있다. 안빈에 대한 순옥의 사랑은 그 자신 전문학교를 졸업하고 중등학교 교원까지 지낸 재원이면서도 오직 사모하는 안빈의 곁에 있고 싶다는 일념에서 안빈의 간호부를 자청할 정도로 지극한 것이다. 비록 처자가 있는 사람에 대한 사랑이기는 해도, 그것은 단순히 "아내가 있는 남자니까, 할 수 없이 단념하는"(27면) 소극적인 의미의 사랑이라기보다 "시편 이십삼 편의 사랑"(31면),16) 즉 신에 대한 사랑으로까지 고양된 의미조차 띠고 있다. 그러나 이러한 순옥의 사랑은 학생시대 때부터 육칠 년이 되도록 순옥을 따라다니면서 자신의 사랑을 받아줄 것을 집요하게 요구하고 있는 허영이라는 인물의 존재로 인해 예기치 않은 국면에 맞닥뜨리게 된다.

허영에 대한 순옥의 마음은 "가슴속에 안빈에게 대한 사모가 있는 가운데는 다른 남자의 그림자가 들어갈 여지가 없"(46면)는 만큼 분명한 것이지만, 허영에게 거절 의사를 표시할 겸 월미도에 함께 놀러갔다가 측은한 마음에 허영에게 포옹을 허락한 일은 순옥에게 치명적인 덫이 된다. 순옥은 사랑을 단념해 달라는 자기 말에 매우 낙심하는 허영을 보고 측은한 마음에 포옹을 허락한 것이라 여기고 있지만, 허영의 입장에서 그것은 자신의 사랑을 받아들인 것으로 해석되고 있기 때문이다. 그리고 드디어 순옥의 사랑을 얻었다고 자신하게 된 허영은 순옥이 자신의 애인임을 공공연하게 주장하기 시작한다. 게다가 순옥에 대한 허영의 태도를 곁에서 지켜보던 안빈마저 순옥에게 "순옥이 일생에 허영이란 사람이 나선 것도 결코 우연한 일은 아니라"(78면)며 허영과 결혼할 것을 권하고 있다. 이 난처한 상황의 정체는 무엇인가. 이 상황에 도대체 어떻게 대처해야 할 것인가. 순옥이 맞닥뜨리고 있는 문제가 이와 같은 것이

---

16) 이광수, 『사랑』(『이광수 대표작 선집』 5), 삼중당, 1968.

라면, 거기에서 동우회 사건과 관련하여 제국 권력에의 전향을 고려하지 않으면 안 되었던 이광수의 처지를 떠올리는 것도 그다지 무리라고는 할 수 없을 것이다. 이와 관련하여 김동인의 다음과 같은 증언은 참고할 만하다.

> 같은 동우회 형사피고인으로 보석 중에 있던 家兄 동원이 어떤 날 나를 조용히 불렀다. 그때 나는 북경 여행에서 돌아와서 온천장으로 휴양 다니다가 평양에 쉬고 있던 때였다. 형은 나더러 잠깐 상경하여 춘원을 만나 춘원의 심경을 좀 따져 보라는 것이었다. (…중략…) 나이 육십, 이제 또 감옥에 들어갔다가는 반드시 죽는다. 그의 선배 동지 도산 안창호는 얼마 전에 죽어버렸다.
> 동우회의―동우회 회원들의 운명은 이제 춘원 이광수의 거취에 달려 있다. 이광수가 당국에게 대하여 전향을 표명하면 혹은 용서될 수도 있겠거니와, 이광수가 버티면 동우회 4,50명의 생명은 형무소에서 결말을 지을 밖에는 없었다. (…중략…) 이것이 나의 독단인지는 모르지만 나는 형이 내게 한 말이 이광수를 전향시키어 동우회 40여 명의 생명을 구해달라는 뜻으로 들었다.17)

1938년 여름 어느 날 김동인이 자신을 찾아왔을 때, 이광수는 이미 김동인이 자신을 찾은 이유를 짐작하고 있지 않았을까. 물론 이광수 자신 동우회 사건에 대해 어떻게든 책임자로서의 역할을 다해야 한다는 사실을 이미 각오하지 않은 것은 아니었지만, 김동인의 내방(來訪)에서 그는 동지들이 자신의 거취 문제에 예민하게 촉각을 세우고 있다는 것, 동우회의 앞날이 그의 정치적 결단에 달렸다는 사실을 환기시킴으로써 자신을 암암리에 압박하고 있다는 것을 다시 한번 확인했을 것이다. 말하자면 당시 이광수는 동우회 사건과 관련하여 제국 권력과 동지들 양쪽으로부터 동시적인 압박을 받고 있었던 것이다.

허영과 결혼하라는 안빈의 권고에 대해 "그래도 그 사람하고 결혼할

---

17) 김동인, 「문단 30년의 자취」, 『신천지』, 1949.7;『김동인 평론전집』, 삼영사, 1984, 502~503면.

수는 없어요. 대하면 싫고 생각만 해도 싫은 걸 어떻게 합니까"(79면) 하
는 순옥의 반감이 당시 이광수의 심경을 일면 반영하고 있을 것임을 짐
작하기란 어렵지 않다. 더 나아가 어쩌면 순옥, 아니 이광수는 내심 안
빈, 혹은 동지들이 위태로운 처지에 내몰린 자신을 붙잡아줄 것을 기대
하고 있었는지도 모른다. 이와 관련하여 그의 자전소설 『나』(1948)에는
동우회 사건을 계기로 자신에게 무언중이나마 전향의 뜻을 촉구했던 동
지들에 대한 원망과 관련이 있는 듯이 보이는 대목이 나온다. 이 원망이
다만 변명에 불과한 성격의 것이라 해도, 그것은 당시 그의 복잡한 심경
의 일면을 엿볼 수 있다는 점에서 주목할 만하다.

> 그렇지만 나도 원통한 것이 있어요. 당신을 원망할 것이 있어요. 그날 왜 날더
> 러 다른 데 시집가지 마라 하고 한 마디 못해 주셨던가요. 나는 당신의 입에서
> 그 말이 나오기를 기다렸어요. 암만 기다려도 당신은 그 말 한 마디를 안 해주
> 셨습니다. (…중략…) 그랬더면 내가 왜 가기 싫은 시집을 가요? 신랑은 온다고
> 그러고 하늘 같이 믿는 당신의 입에서는 암 말도 없고, 그래서 나는 에라 될 대
> 로 되라 하고 시집을 간 게야요. 내가 세상을 버린 것은 그 날예요.[18] (681~
> 682면)

그러나 당시 이광수에게는 이러한 제국 권력의 폭력에 대한 반감의
한편에 제국 권력에 굴복해서라도 일단 민족 생존의 가능성을 도모해야
한다는 생각 또한 집요하게 똬리를 틀고 있었던 것으로 보인다. 이와 관
련해서는 당시 김동인의 내방(來訪)을 환기시키는 『세조대왕』(1940)의 다
음과 같은 삽화가 그 단서가 된다.

> (연전에) 양정이 평안도 병마절도사로서 상감께 뵈올 때에 마침 신하들이 유
> 교와 불교와 다툼으로 상감을 번거롭게 하는 것을 보고, "상감마마, 봄이 가면
> 여름이 오고 여름이 가면 가을이 오오"하고 아뢰인 일이 있었다. 상감은, "그러

---

18) 이광수, 『나』(『이광수 전집』 10), 삼중당, 1962.

니 날더러 임금의 자리에서 물러나란 말인가" 하고 반문하셨다. "그러하오. 그
만 이 번거로움을 벗으시고 한가하시게 겨오시오" 양정이 이렇게 아뢰이매 상
감은 곧 "면복을 들여라. 내 오늘 전위하련다" 하시고 대노하신 일이 있었다.
그때에도 신숙주가 울고 간하여서 그치고 양정은 그 죄로 斬을 당하고 그 처자
도 각각 극형을 당한 것이다. 상감은 그때에는 입으로는 임금의 자리의 번거로움
을 말씀하시면서도 이 자리를 버리실 생각은 없으셨고, 도리어 애착이 있으셨다.
(164면)

위의 삽화의 일절은 당시 동우회사건과 관련하여 이광수의 심경을 타
진하러 갔던 김동인이 그에게 "수, 부, 귀를 일생의 복록으로 꼽는데 그
대 나이 오십이니 이미 수에 부족이 없고 그대 비록 재산이 없으나 부
인이 넉넉히 자식 양육할 만한 재산이 있으니 부도 그만하면 족하고, 춘
원 이광수라 하면 그 명성이 이 땅에 어깨를 겨눌 자 없으니 귀 또한 족
하다. 이제 더 '수'를 누리다가 욕이 혹은 더해지겠고 지금껏 쌓은 공이
헛데로 돌아갈지도 모르겠으니, 그대의 수를 오십으로 고정시켜서 그대
의 뒤가 헛데로 안 돌아가도록 함이 어떠냐?"19)고 권했던 일을 그대로
환기시킨다. 그런데 임금의 자리에서 물러날 것을 권했던 양정에게 대노
하여 그를 처자와 더불어 죽여버리기까지 한 세조의 행동은 당시 타협
을 통해서라도 일단 민족 생존의 가능성을 도모하는 것이 옳다는 그의
신념이 그만큼 강했음을 분명하게 보여주고 있는 것이다.

실제로 『사랑』의 전편에서 순옥에게 "인과의 법칙"을 운운하며 허영
과 결혼할 것을 설득하고 있는 안빈의 논리는 이미 허영과의 결혼으로
나아갈 수밖에 없는 순옥의 앞길을 예비하고 있는데, 동우회 사건과 관
련하여 거취 문제를 둘러싸고 이광수가 내린 결단의 윤곽은 여기에서
분명히 드러난다. 안빈이 순옥을 설득하기 위해 내세우고 있는 "인과의
법칙"의 핵심은 "한 번 떨어진 恩怨의 씨는 몇 천만 생을 지나더라도

---

19) 김동인, 「문단 30년사」; 『김동인 평론전집』, 삼영사, 1984, 503면.

열매를 맺어버리지 않고는 결코 소멸되지 않는"(78면)다는 데 있다. 이러한 논리에 의하면, 순옥이 그처럼 싫어하는데도 허영이 순옥에게 구애하는 것은 전생으로부터의 은원 관계에서 비롯된 것이며, 따라서 순옥이 허영의 구애를 거절하는 것은 순옥의 편에서 그것이 아무리 정당한 것이라 하더라도 "새로운 악업을 짓는"(79면) 행위가 된다. 순옥이 허영의 구애를 거절한다면 그 당연한 결과로써 허영은 순옥에게 몇 갑절 커진 악의를 품을 것이고, 그것은 바로 "세상에 악의 씨와 원수의 씨"를 퍼뜨리게 되는 것을 의미하기 때문이다. 그러므로 순옥이 이러한 은원 관계의 악순환의 고리에서 빠져나올 수 있는 길은 단 하나, 허영의 구애를 받아들이는 길뿐이라는 것이 안빈의 결론이다. 그리고 순옥은 결국 이러한 안빈의 뜻에 따라 "인연의 길"[20]을 따르기로 결심하는 데 이르게 되는 것이다.

여기서 간과해서는 안 되는 것은 허영과의 결혼 결심을 하고 나서도 여전히 흔들리고 있는 순옥에게 "인생이란 끝없는 수련의 길의 한 토막"임을 환기시키고 있는 안빈의 언급이다. 이와 관련하여 안빈은 "치를 빚은 아무 때에나 치러야 하는 것이고, 빚이란 아무쪼록 빨리 치러버리는 것이 좋은 일"이지만, 그것이 "다 꿈이고 헛개비요 물거품이요, 그림자인 것을 잊지 말"(211면)라고 당부하고 있다. 곧 허영과의 결혼은 다만 인생의 수련을 위한 그림자 한 토막에 불과한 것이니, 한낱 그림자에 그리 집착할 필요는 없다는 논리인 것이다.

이러한 논리는 그가 "일생의 상당히 중요한 시기"를 보냈기에 가장 아끼던 집 홍지동 산장을 팔게 된 이야기를 담담하게 기록한 글인 「육장기(鬻庄記)」(1939.9)에서도 엿볼 수 있다. 이 글의 담담함은 무엇보다도 "집보다 더한 몸뚱이도 때가 되면 버리고 가는"(301면) 것임을 깨닫게 된 자의 초탈(超脫)에서 온다. '나'는 현실은 그 자체로 "사바세계", 곧 "참고

---

20) "인연의 길"은 순옥이 안빈의 뜻에 따라 허영과의 결혼을 결심하는 데 이르는 내용을 담고 있는 장의 제목이다.

견디는 세계”이며 어느 누구도 벗어날 수 없는 것이라고 생각한다. 그리고 설령 괴롭고 모순적이라 하더라도 그 현실에서 벗어날 수 없는 바에야 “내가 받는 것은 모도 다 내가 받을 것을 받는 것”(310면)이라는 생각으로 인과에 순응하는 것이 지혜로운 일이라고 주장한다. 요컨대 ‘나’가 발딛고 있는 현실이 본래 참고 견디는 사바세계라는 사실을 깨닫고 나면 “이 세상에서 아모 데를 가더라도, 무엇을 하더라도 거기가 거기오 그것이 그것”에 불과하니, “내가 이 집을 팔고 떠나는 따위”에 집착할 이유란 없다는 논리인 것인데, 이는 앞서 언급한 안빈의 논리와 그대로 상통하는 것이다.

당시 총독부에의 전향을 결단하면서 이광수가 가졌을 법한 태도가 바로 이러한 것 아니었을까. 그는 제국의 권력에 대해 반감을 지니고 있으면서도 그에 굴복하지 않으면 안 되는 자신의 처지를 거역할 수 없는 인과적 숙명으로써 받아들이는 한편, 그것을 한낱 ‘꿈’이자 ‘그림자’에 불과한 것으로 간주함으로써 자신에게 주어진 모순적 상황을 견디어내고자 했던 것 아닐까.

그러나 주목할 만하게도 이광수에게 이러한 견딤이 다만 제국 권력의 압력에 대한 체념적이고 피동적인 체념만을 의미했던 것은 아니다. 그는 자신의 불우한 운명을 궁극적으로는 보다 숭고한 사랑의 실천을 향한 기회로 재정의함으로써 일종의 도약을 기약하고 있기 때문이다. 순옥에게 “모든 시험과 단련을 다 이기어서 사랑의 일생을 완성할 사람”(349면)이라는 비전이 투사되고 있다는 사실은 이를 잘 말해준다. 실제로 안빈을 사모하면서도 허영과의 결혼을 선택하지 않을 수 없었던 순옥의 모순적인 사랑은 순옥이 허영과의 인연을 다하고 결국 안빈에게 되돌아오는 결말로써 완성되기에 이른다. 다시 말해 그 결말은 “저를 죽이고 너와 인연 있는 자를 사랑”하라는 안빈의 뜻에 따라 허영에게 헌신하는 것이 바로 “제가 사모하는 선생님의 품에 드는 것”(464면)이라는 순옥의 역설적인 사랑의 논리의 완성을 구조적으로 가시화하고 있는 것이다. 순옥이 사모하는 안빈을 떠나 허영에게 헌신하는 삶을 성실하게 실천할 수 있었던 것은 이러한 각도에서 비로소 이해될 수 있다. 그것은 안빈에 대한 사랑의 완성이라는 미래의 가능성을 위해 자신의 현재를 괄호에 묶어둠으로써 비로소 가능할 수 있었던 것이다.

이처럼 동우회사건에서 비롯된 이광수의 1차 전향은 민족이라는 미래의 가능성을 위해 자신의 현재를 괄호에 묶어두고자 한 전략적 의식의 산물이라는 점에서 의식적인 '가면' 쓰기의 성격을 갖는다고 할 수 있다. 당시 이광수는 적어도 주관적으로는, 제국 권력의 물리적 폭력에 굴복할 수밖에 없는 현재를 다만 민족이라는 미래의 가능성을 위한 시험이자 단련이며, 따라서 꿈이자 허깨비에 불과한 것으로 인식하고자 했던 것이다. 이런 맥락에서, "나 하나를 희생함으로써" "그렇게 해서라도 동우회의 사업과 동지들을 살리고 싶었다"[21]는 그의 고백은 1938년을 전후한 그의 1차 전향에 관한 한, 일말의 진실을 가진 것이 사실이라 할 수 있다.

그러나 그 진실은 제국의 권력에 거리를 둔 것이면서 동시에 자신을 그 권력에 완전히 흡수시키는 비전을 전제로 한 것이라는 점에서 이미 위태로움을 내포한 것이기도 하다. 주어진 현실은 불가피하고 불가역적인 것이니 그러한 현실을 인생 수련의 한 토막으로 여기고 인과에 순응하는 것이 지혜로운 일이라는 이광수의 초월적 신념은 그 자체로 모순적 현실에 대한 수긍과 맞닿아 있기 때문이다. 비록 안빈에 대한 사랑의 완성이라는 미래의 가능성을 위한 것이라고는 해도, 순옥은 결국 허영을 위해 일생을 바치는 삶을 살아내지 않으면 안 된다. 그리고 「육장기」에서도 볼 수 있는 것처럼, '나'는 세상에 "전쟁이 없기를 마라지마는 동시에 전쟁을 아니할 수 없"(327면)는 현실의 모순을 인정할 수밖에 없게 되는 것이다. 이후 그가 '내선일체도 피할 수 없는 인과'[22]라는 눈먼 신념

---

21) 이광수, 「나의 고백」, 『이광수 전집』 13, 삼중당, 1962, 263면.
22) "우리가 오늘날 일본 국민이 된 것은 인연 중에도 큰 인연이다. 우리는 전생다생에 천황의 신민으로 재생한 인을 쌓았다. (…중략…) 우리가 천황폐하의 신민으로 갱생하

에 이르게 되는 논리의 단초는 바로 여기에서 찾을 수 있다.

실제로 그의 '가면' 쓰기의 의식적 실천은 부지불식간에 '가면' 자체가 갖는 논리를 내면화하는 형국에 이르게 된다. 『원효대사』(1942)에 이르면 이러한 '가면'이 내면화되는 양상을 뚜렷하게 볼 수 있다. 그러나 그 이전에 이광수는 '가면' 쓰기의 신념과 자책감 사이에서 분열되어 있는 자신과 맞대면하지 않을 수 없었는데, 『세조대왕』(1940)은 그 의식적 고투의 산물이라 할 만하다.

3. '가면' 쓰기의 신념과 자책감 사이

앞서 살펴본 것처럼, 동우회 사건과 관련하여 이광수가 1차 전향, 곧 의식적인 '가면' 쓰기를 각오한 것은 1938년 1월 전작 『사랑』의 집필을 시작하면서부터라 할 수 있다. 그리고 이러한 '가면' 쓰기의 의식적인 실천은 곧 1939년 3월 황국위문작가단 결성에의 협력, 1939년 12월 조선문인협회 회장직 수임, 그리고 1940년 2월 '香山光郎'으로의 전면적 전향과 더불어 이를 전후하여 발표된 친일 시가와 논설 등으로 가시화된다. 그러나 그가 보여주었던 이러한 공적인 행동들과는 달리, 이 무렵 이광수의 내면 풍경은 무엇인가 잃은 자의 허탈함과 두려움, 그리고 거기에서 비롯된 회오의 복잡한 심경을 보여준다. 이에 관해서는 이 무렵 자신의 어지러운 심경을 솔직하게 그리고 있는 글인 「난제오(亂啼烏)」

는 날을 우리는 감사로써 자축하고 우리를 광대무변하신 성은의 품에 거두어 주시는데 대하사와서 盡忠의 誓와 行으로 보답하사옴이 당연한 우리의 의무다." 이광수, 「생사관」, 『신시대』, 1941.2; 이경훈 편역, 『춘원 이광수 친일문학전집』 II, 평민사, 1995, 175면.

(1940.2)에서 분명하게 엿볼 수 있다.

> 나는 내가 지금 걷는 걸음이 침착하지 못함을 느꼈다. 龍行虎步로 왜 나는 무
> 게 있게 위엄 있게 걸음을 걷지 못하는고 하고 제 天稟이 고귀하지 못한 것이
> 슬펐다. 薄德小福! 이것은 내게 꼭 맞는 말씀이다. 나는 내 몸에 걸친 비단옷이
> 황송하였다. 내 분에 넘는 의식주를 하는 것이 損福이 될 것을 믿으므로, 나는
> 내 아내가 없는 동안에 몇 번 회색 무명옷을 만들었다. (…중략…) '내 몸이 부
> 처님 앞에 갈 만하게 깨끗한가?' 내 옷이 깨끗지 못한 것은 가난한 탓이었다.
> 구두는 길가에서 오 전을 주고 닦았다. 그러나 이 모든 것이 다 불결하였다. 손
> 에 끼인 때묻은 가죽 장갑이 내 손 그 물건의 불결함을 상징하는 것 같았다. 이
> 손으로 한 모든 깨끗지 못한 일들이 생각났다. 그러나 그보다도 내 입! 또 그보다
> 도 내 마음! 나는 길가에 지나가는 사람을 대하기가 부끄러웠다.[23]

위의 인용문은 지금 병원에서 앓고 있는 아내와 아이들을 위해 돈을
변통하러 나왔다가 번번이 거절당하고 돌아선 '나'에게 떠오른 상념들
이다. '나'는 지금 "龍行虎步"로 위엄 있는 걸음을 걷지 못하는 "침착하
지 못"한 자신의 걸음걸이를 느낀다. 그리고 자신의 걸음이 위엄과 거리
가 먼 것은 "제 天稟이 고귀하지 못한" 탓이며, "내 몸이 부처님 앞에
갈 만하게 깨끗"하지 못하다는 증거라고 여긴다. 말하자면 그간 자기 손
으로 행한 모든 깨끗하지 못한 일, 깨끗하지 못한 말, 그리고 깨끗하지
못한 마음, 바로 그것들이 자신의 걸음을 허둥거리게 하고 있음을 들여
다보면서 이를 자책하고 있는 것이다.

이 같은 '나'의 착잡한 심경은 무엇을 의미하는 것일까. 당시 이광수
는 자신의 협력 행위가 결코 떳떳할 수는 없는 것이라는 사실을 의식하
고 있었던 것 아닐까. 한편으로 민족보존의 명분이 있는 만큼 당시 자신
의 행위를 정당한 것으로 여기려 애썼겠지만, 그것이 "때묻은 가죽장갑"
처럼 자신의 손을 더럽히고 있다는 자각과 어쩔 수 없이 맞부닥뜨리고

---

23) 이광수, 「난제오」, 『문장』, 1940.2; 『이광수 대표작 선집』 6, 삼중당, 1968, 289~290면.

있었던 것은 아닐까. 실제로 '나'가 K선사가 내어준 화두 '사일난제오(斜日亂啼鳥)'를 되뇌고 있는 마지막 장면은 무엇인가 소중한 것을 잃었다는 허탈함, 그리고 그에 대한 회오(悔悟)의 심경을 분명하게 드러내고 있다.

> "선사대사 독남화경시가 있습니다. 오언절구지요
> 　可惜南華子. 祥麟作孽虎. 廖廖天地闊. 斜日亂啼鳥
> 라고 하셨지요"
> 하고 師는 빙그레 웃었다. 나도 소리를 내어서 웃었다.
> "장자가 괜히 말이 많단 말씀이지요"
> "고맙습니다"
> 하고 나는 일어나서 절하고 물러 나왔다.
> 　집에 오는 길에 나는 '사일난제오'를 수없이 뇌이고는 혼자 웃었다. SS선사는 이 말을 내게 준 것이다.
> "내야말로 석양에 지저귀는 까마귀다."
> 하고 자꾸만 웃음이 나와서 견딜 수가 없었다. (293면)

일찍이 김윤식 교수도 이 대목을 두고 "춘원의 처지에서 보면 이 시구는 가장 뜨끔한 구절"이었을 것이라고 지적한 바 있지만,[24] 이 시에서 본디 상서로운 기린이었으나 재앙스러운 존재가 되어 버린 범과 아득하고 가없는 천지에 어지러이 지저귀는 까마귀가 동일한 의미 자장에 놓여 있음을 알아채기란 그리 어려운 일이 아니다. 비록 어떤 명분을 지닌 것이었든 간에 그 순간 그는 자신이 재앙스러운 범과 같은 존재가 되어 버렸음을 시인하지 않으면 안 되었던 것이다. 그런 의미에서, 집으로 돌아오는 길에 "내야말로 석양에 지저귀는 까마귀다"라고 되뇌고 있는 '나'의 자조는 앞서 보여준 "내 몸이 부처님 앞에 갈 만하게 깨끗"하지 못한 데 대한 자책과 더불어 당시 이광수의 의식적인 '가면' 쓰기의 실천이 그리 떳떳한 것만은 아니었음을 분명하게 드러내 주고 있다고 할

---

24) 김윤식, 『이광수와 그의 시대』 2(개정증보판), 솔, 1999, 310면.

수 있다.

자신이 의식적인 '가면' 쓰기를 각오하고 실천하는 것은 어디까지나 민족보존의 명분에서라고 스스로를 납득시켜 왔던 이광수 아닌가. 그러한 이광수가 왜 다른 한편으로는 이러한 허탈감과 두려움이 뒤범벅된 자책감 속에서 헤어나지 못하고 있는 것일까. 1939년 5월에 시작하여 다음해 5월에 탈고한『세조대왕』은 이에 대한 의식적인 물음이자 이 물음과 대면하고자 한 작가로서의 이광수 자신의 고투의 산물이라 할 수 있다. 『세조대왕』이 세조의 이야기를 업보와 그에 대한 두려움, 그리고 참회라는 관점에서 재구성하고 있다는 점은 이를 잘 말해준다.

실제로 세조 11년 그의 필생의 대사업이라는 대원각사 건립에서 시작하여 그의 붕어(崩御)에 이르기까지의 사건을 다루고 있는『세조대왕』의 이야기 논리는 왕권을 획득하기 위하여 상왕 단종을 비롯하여 여러 동기와 신하를 죽인 업보에 대한 두려움과 회한, 그리고 불도에 깊은 관심을 보임으로써 이를 극복하고자 했던 세조의 참회에 초점이 놓여 있다. 이는 세조의 대원각사 건립이라는 사건부터가 "이 임금의 일생을 흐리게 하는 일", 즉 단종 이하 여러 동기와 신하를 죽이신 "업보를 면하려는 것"(10면)25)이라는 관점에서 서술되고 있다는 데서 잘 드러난다. 게다가 세조가 이처럼 불교에 깊이 들어가게 된 것은, 즉위 이 년만에 세자를 잃은 것이 "계유정란 이래로 수없이 사람을 죽이신 것이 혹시 업보로 돌아온 것이 아닌가 하는 두려움"(21면)에서라고 서술되고 있는 만큼, 『세조대왕』에는 근본적으로 계유정란 이래 세조의 행동이 결코 정당한 것은 아니라는 판단이 전제되고 있다고 할 수 있는 것이다.

그러나 문제가 간단치 않은 것은 그럼에도 불구하고 세조는 다른 한편으로 "내 몸이 천만 겁에 지옥고를 받을 작정하고 이 일을 한 것"(42면)이며, "한 천 겁쯤 지옥고를 치"른다 한들, 그것이 "나라를 위한 일이라

---

25)『이광수 대표작 선집』10, 삼중당, 1968.

면 그만 것이 무엇"(44면)이겠느냐는 신념을 동시에 지니고 있다는 점이다. 게다가 그것은 신숙주의 입을 빌어 "중생을 제도하기 위하여 일부러 생사의 고를 받는다는 보살행의 정신"(43면)이라 칭송되고 있기까지 한 것이다. 여기에 이광수의 민족보존론, 즉 '민족을 위한 친일'이라는 의식적 '가면' 쓰기에 대한 신념이 그대로 투사되어 있음을 알아채는 것은 그리 어렵지 않다. 그러나 이러한 신념에도 불구하고 작품 전반에 걸쳐 떠돌고 있는 회한의 분위기, 그리고 업보에 대한 두려움을 떨쳐버리지 못하고 있는 세조의 불안은 무엇을 의미하는가. 이는 민족보존론에 대한 그의 신념 자체가 그다지 확고한 것이 못 된다는 것을 반증하고 있는 것 아닐까. 이와 관련해서는 노산과 사육신의 혼을 위로하기 위해 마련한 추천재에 김시습을 법사로 응하게 하여, 이를 계기로 그를 벼슬자리에 불러내고자 하는 세조의 의도에서 그 단서를 엿볼 수 있다.

왜 하필 김시습인가. 김시습은 세조의 권력에 반발하여 세상과 인연을 끊고 중이 되어 버린 인물인데, 실제로 그는 을해년 여름 북한 태고사에서 글을 읽고 있다가 수양대군이 즉위하여 왕이 되었다는 말을 듣고는 서울을 향하여서 통곡하고 책을 집어던지고 표랑하다가 중이 된 인물로 소개되고 있다. 그런 까닭에, 김시습이 세조의 뜻에 응하는 일은 "시습의 마음을 돌리는" 것인 동시에 "아직 마음 곧은"(51면) 선비들의 마음을 돌리는 일이 되는 것이다. 그러나 그가 추천재의 법사를 맡아달라는 세조의 뜻에 흔쾌히 응한 일을 두고 "훼절"한 것이 아닌가 하여 유림들의 분개가 여전히 충천한데다, 더 높은 벼슬자리를 내주겠다는 제안에 응할 듯싶었던 그마저 "사슴이 마을에 내리면 개한테 물리는 일밖에 없"(80면)다 하여 일언지하에 거절해버리고, 세조 또한 "나도 임금이 안 되었더면 중이 되었을 것"이지만 이 또한 "업보"(85면)라며 그의 뜻을 수긍할 수밖에 없는 처지에 있다는 데에, 세조, 아니 이광수의 끊이지 않는 불안은 자리하고 있는 것이다.

이후 빼앗아 얻은 임금의 자리라 하여 신하들에게서 인정받지 못하는 괴로움 속에서 차차 몸까지 쇠하여 병이 깊어진 세조는 금강산, 오대산 등지의 사찰로 행차하여 괴로움을 잊고자 한다. 그러나 『세조대왕』의 대단원인 "무상"장은 불경을 읽고 절을 짓고 사찰을 순행하는 등의 갖은 노력에도 불구하고 점점 깊어지는 병마와 계유정란 이래의 피 흐르는 흉흉한 꿈에 시달리던 세조가 결국 자신의 죄업은 어느 것으로도 대신할 수 없으며 그동안 자신이 사직을 위하여 하노라고 한 일의 "무상"을 깨닫고 회오(悔悟)에 젖어 있는 심경을 크게 부각시키고 있다.

> 내 생각으로는 이 나라를 불법 왕법이 함께 빛나서 안으로 백성들이 現世安穩, 後生善處의 낙을 얻게 하고 밖으로 이웃나라와 친하여서 불법을 빛내려 하였으나 제행무상이라, 이 몸의 四大가 흩어질 날이 온 것 같소 (…중략…) 후세에 나를 죄 줄 자 있을 것이요 그것은 내가 상왕을 죽이고 여러 종친과 영묘(世宗)께서 고명하신 제신을 죽인 일이요 (…중략…) 나는 이 악업으로 말미암아서 이승지겁을 지옥고를 받을 줄을 아오 그러면서도 나는 그들을 죽였소 그러면 왜? 내가 임금의 자리를 탐하여서 그런 것이라고 생각하는 자도 있소 내가 인정이 없어서 그러한 것이라고 말하는 자도 있소 또는 나를 도와준 경들이 나로 하여금 그렇게 하게 한 것이라고 하는 자도 있을 것이요 그러나 다 아니오 나는 이 사직을 위하여서 그리 하였소 내가 나서지 않고는 이 사직이 망할 것 같이 생각하여서 그리 하였소 이 나라를 한번 좋은 나라를 만들어볼까 하여서 그리하였소 그러나 십사 년 간 지낸 일을 돌아보니 잘 하여 놓은 일은 별로 없고 남은 것이 오직 악업뿐이요 무서운 추억과 무서운 꿈뿐이요 (164면)

여기서 안으로 백성들이 "현세안온, 후생선처의 낙을 얻게 하"고 밖으로 "이웃나라와 친하여서 불법을 빛내려 하"였던 것이 스스로 악업을 저지른 동기였다는 세조의 고백은 그대로 '민족을 위한 친일'이라는 의식적 '가면' 쓰기를 각오하고 실천해 온 이광수의 민족보존론을 환기시킨다. 그러면 죽음에 임박하여 지낸 일을 돌아보니 남은 것은 오직 "악업"과 "무서운 추억과 무서운 꿈뿐"이라는 세조의 회오가 의미하는 것은 무엇일까. 세조가 선택한 계유정란에는 사직을 위한 명분으로도 돌이킬 수 없는 무엇인가가 남는다는 사실 바로 그것 아닐까. 그 돌이킬 수 없는 무엇, 바로 그 지점에서 이광수는 끝내 머뭇거리지 않을 수 없었던 것인데, 이는 공적으로 민족을 위한 친일의 논리를 내세우고 이를 실천해나가고자 했던 이광수의 자아가 내적으로는 '민족을 위한 친일이 과연 가능한가'라는 질문에 끊임없이 끄달리며 분열되어 있었음을 말해준다.

이러한 분열에 직면하여 이광수가 선택한 것은 세조로 하여금 정사를 떠나 남은 생을 불도 수양의 완성에 바치는 데 몰두하게 하는 것이었다. 불도 수양이 완성된다면, 그도 옛 신라의 조신처럼 "모두 다 꿈이요, 허깨비요, 물거품이요, 그림자야. 이슬이요, 번개야. 내가 아프다고 생각하는 것도 꿈"(174면)이라는 사실을 진정으로 깨닫게 될 수도 있을 것이었다. 그러나 신념과 자책감 사이에서 병이 깊어진 세조는 속세를 떠나 불도 수양에 힘써 이를 완성하고자 했던 꿈을 이루지 못한 채 저 세상으로 들게 된다.

그리하여 다시 속세로 나와 '가면' 쓰기를 지속하지 않을 수 없었던 이광수는 분열의 위기에 처한 자아 정체성을 방어하기 위해서라도 그 '가면'의 논리 한 가운데서 이를 봉합할 수 있는 논리를 발견해내지 않으면 안 되었다. 주목할 만하게도, 그 논리는 그의 2차 전향, 즉 그가 '가면'의 논리 자체를 내면화하기 시작하는 지점에서 온다. 이광수가 제국과의 동일시를 향하면서도 동시에 당당히 민족 구제자로서의 강력한 동일시로 미끄러질 수 있었던 것, 그것은 '香山光郎'이라는 '가면'의 논리를 스스로 내면화하는 데서 비롯되고 있는 것이다.

4. 2차 전향—심리적 폭력에의 길들여짐과 '가면'의 내면화

'민족을 위한 친일'이라는 의식적 '가면' 쓰기를 선택한 이후의 이광수가 얼마나 그 '가면' 쓰기의 실천에 충실하고자 했는가 하는 것은 이미 악명 높은 사실이거니와, 그 일면을 다음의 두 일화에서 엿볼 수 있다.

춘원은 자하문 밖에 있을 때부터 서재에 커다란 일본 국기를 달고 있었다. 부인 영숙은 어처구니가 없어서 그 이유를 물었고 춘원은 이렇게 대답하였다고 한다. "세상 사람들이 이광수를 친일자라고 하지 않소. 그럴 바에야 뚜렷이 표적을 내는 게 오히려 낫지 않겠소." (…중략…) 또 한 가지 부인 영숙을 찾아온 어떤 부인이 이런 말을 하더라는 것이다. 남대문 로타리에 이르렀을 때 마침 정오 사이렌이 울렸는데 그 로타리 한복판에서 묵도를 하는, 두 손을 합장까지 하며 묵도하는 '국민복' 중년이 있었는데 바로 그 사람이 춘원이더라는 것이다.26)

이러한 시국에 술을 먹는다는 것이 좀 뭣하기도 하나 조선 문단의 양 대가와 내지 문단의 한 신인이 술을 먹고 속을 털어놓는 것은 무엇보다 내선일체 따위가 아니라 핑계 없는 즐거움이 있었다. 이윽고 가야마 씨도 유진오 씨도 취해서 최근 다녀온 대동아 문학자대회의 인상을 얘기했고 두 사람 다 내지의 자연과 고적, 인심 등의 아름다움에 진심으로 감동한 듯했다. 여기서 혀가 약간 꼬부라진 듯했으나 가야마 씨는 근래 이삼년 써오던 일기를 보여주었다. (…중략…) 특히 흥미 있는 것은 1940년(쇼와 15) 이후의 것에는 전부 歌日記라 해도 좋을 정도로, 短歌 투성이로 채워져 있었다. 약간 관념적인 것에 지나치고, 좋은 노래라고만 생각되지는 않았으나 놀라운 일은 그 노래의 대부분이 '大君의'로 시작되는 투로 되어 있었다는 점이다. 또한 놀라운 것에는, 이렇게 말하면 놀라는 내 자신이 잘못이지만, 가야마 씨는 이러한 노래가 나올 무렵이 되자, 단좌하여 지금까지의 취태를 갑자기 고쳤다는 점이다.27)

---

26) 박계주·곽학송,『춘원 이광수』, 삼중당, 1962, 453~454면.
27) 田中英光,「조선의 작가」,『新潮』, 1943.2; 김윤식,『일제말기 한국 작가의 일본어 글쓰기론』, 서울대 출판부, 2003, 348면에서 재인용.

세상이 모두 자신을 친일자라고 하는 마당에, 서재에 일장기를 걸고 정오 사이렌의 묵도를 지키며 일본 천황을 칭송하는 단가(短歌)를 지음으로써 스스로 뚜렷이 친일자의 표적을 내는 행위를 어떻게 이해해야 할 것인가. 김윤식 교수는 이를 두고 "보이기 위한" 일종의 "기호행위"이며, 여기에는 "거짓말하지 않기, 표리부동하기, 언어행위와 실천 행위의 일치성"이라는 이광수 특유의 연속성이 발견된다고 지적한 바 있다.[28] 뚜렷이 표적을 내는 행위인 것이 분명한 이상, 그것이 보이기 위한 일종의 기호행위라는 데는 의문의 여지가 없다. 그러나 이들 행위에서 이광수 특유의 연속성만을 보아내는 것은 그 가운데 존재하는 미묘한 차이를 간과하는 것 아닐까. 서재에 일장기 걸기, 철저한 제국의 신민으로 행동하기까지는 의식적인 '가면' 쓰기의 연장으로 이해할 수 있다고 하더라도, 취기 가운데서도 단가를 대하는 단정한 이광수의 태도는 당시 그의 의식적 '가면' 쓰기 자체가 이미 철저하게 몸에 배어 내면화되었다고 할 수밖에 없는 경지에 이르러 있었던 것은 아닌가 하는 의문을 갖게 하기 때문이다. 두 번째 일화가 1942년 12월을 전후한 무렵의 일이라는 사실은 일단 그러한 가능성을 열어둔다.[29]

실제로 이 무렵이면 이광수의 '가면' 쓰기의 실천은 이미 3, 4년 전의 그것과 현저하게 다른 양상을 띤다. 개인사적 측면에서 보자면 그동안 무려 4년 5개월을 끌었던 동우회사건이 1941년 11월 전원 무죄를 선고받은 터였고, 국내외 정세의 측면에서 보자면 중일전쟁 이후 무한한 힘을 과시하며 동방에서 세력을 팽창하던 제국 권력이 마침내 1941년 12월 영미 제국을 상대로 하여 태평양전쟁까지 일으키면서 승승장구하고 있던 때였다. 따라서 이러한 사실들의 복합적인 작용이 이광수에게 제국 권력

---

28) 김윤식, 『일제말기 한국 작가의 일본어 글쓰기론』, 서울대 출판부, 2003, 350면.
29) 이 일화는 다나카 히데미쓰[田中英光]가 8년 간의 서울 생활을 접고 귀국하기 며칠 전 유진오와 함께 이광수의 집을 찾아갔을 때의 일을 회고한 것이라 한다. 김윤식, 앞의 책, 348면 참조

을 현실적으로 승인하지 않을 수 없도록 만든 일차적인 원인으로 작용했을 것이라는 점은 의심의 여지가 없다. 그러나 제국 권력의 현실적 승인과 제국 권력의 내면화는 분명히 차원이 다른 문제이다. 제국의 권력을 현실적으로 승인했던 당대 다른 지식인들이 모두 이광수처럼 제국의 권력의 논리 자체를 철저히 내면화했던 것은 아니기 때문이다. 그러면 도대체 그 사이 이광수에게는 어떠한 일이 일어났던 것일까.

이에 관해서는 일본 지식인과 조선 지식인 사이에 존재하는 전향 내용의 근본적 차이에 주목하면서, 조선 지식인이 내적인 자기 검열로 미끄러져 들어갈 수밖에 없었던 근거를 그 차이의 장소에서 찾고 있는 김인수의 논의가 참고할 만하다. 그에 의하면, "조선인 전향자는 전향을 해도 돌아갈 조국이 없다"고 한 하야시 후사오[林房雄]의 유명한 선언은 곧 일본인은 일본의 혼을 가지고 있기 때문에 전향 자체가 천황에게 귀일하는 것을 의미하는 반면, 조선인은 아무리 사상 전향을 해도 한 단계 더 나아가지 않으면 안 된다는 의미를 내포하고 있다. 여기서 한 단계를 더 나아가야 한다는 말은 늘상 자신의 충성심을 일상의 실천을 통해 증명해야 한다는 말이기도 하며, 따라서 결국 "조선인의 일본어 글쓰기는 늘 의심의 대상이" 되어 "대결과 증명과 인정 욕망의 자기 왜곡적인 인식으로 귀결될 수밖에 없"는 것이 필연적이라는 것이다.[30] 이광수의 의식적인 '가면' 쓰기의 실천 또한 부지불식간에 이러한 자기 검열의 상태로 미끄러져 들어간 것이었다고 이해할 수 있지 않을까.

사실 조선인이 충실한 황민이 된다는 것은 주관적인 노력에 의해 간단히 이루어질 수 있는 성격의 것이 아니었다. 내선일체론이 지닌 동화와 배제의 이중성에 주목하고 있는 일련의 논의들이 보여주는 것처럼, 그것은 인종주의적인 배제성을 전제하면서 국민 통합을 이루고자 했던

---

30) 김인수, 「1940년대 식민지 조선의 사상공간과 언어검열—최재서 『국민문학』을 중심으로」, 『일본 제국주의의 지배와 일상생활의 변화』(한국사회사학회 2005년도 특별 심포지움), 2005.2, 186면.

폭력적 장치의 일환이었기 때문이다.[31] 그것은 한편으로 내선동조를 내세우면서도, 다른 한편으로는 '민도(民度)의 차이'를 내세우며 차별을 합리화하는 이중적인 구조를 지니고 있었다. 민도의 차이가 없어지면, 다시 말해 조선인의 황민화 정도가 일본인과 동일하게 된다면, 차별도 없어지게 된다는 것이 내선일체론의 기본 전제였던 것이다. 그러나 이 민도의 차이란 결코 좁혀질 수 없는 성격의 것이었는데, "조선인 전향자는 전향을 해도 돌아갈 조국이 없다"는 하야시 후사오의 발언이 단적으로 보여주는 것처럼, 조선인은 근본적으로 일본의 혼을 가지고 있는 일본인의 혈통으로부터는 배제될 수밖에 없는 이민족 집단이었기 때문이다.

이러한 사실은 당시 내선일체론에서 차별로부터의 탈출을 꾀하고자 했던 일부 지식인들의 기대가 얼마나 착오적이었는가 하는 것을 분명하게 보여준다. 그러나 다케우치 요시미[竹內好]의 적절한 지적과 같이, "육체가 소집영장이나 징병으로부터 벗어날 수 없는 것처럼, 정신도 그 깊은 내면 깊은 곳까지 전쟁의 사상에 의해 점령당하는 것을 피할 수 없는 것"이 총력전의 본성이고 보면,[32] 이들이 민족보존의 방편을 내선일체론과의 관계 속에서 사고할 수밖에 없었던 것은 일면 불가피했다고도 할 수 있다. 이광수가 제국과 식민지 사이의 이 분명한 틈을 정확하게 보고 있으면서도 오히려 그 틈을 메우고자 과도한 모방에 매달리게 된 역설은 바로 동화와 배제의 이중성을 교묘하게 구사하며 식민지의 노예로 남을 것인지 아니면 제국의 신민이 될 것인지 양자택일을 강요했던 제국 권력의 심리적 폭력과 떼어놓고 생각하기 어려운 것이다.

이리하여 제국과 식민지 사이의 틈을 메우고자 하는 이광수의 욕망은

---

31) 이에 관해서는 宮田節子, 「내선일체의 구조」, 『일제말기 파시즘과 한국사회』(최원규 편), 청아출판사, 1988, 360~367면; 조관자, 「'민족의 힘'을 욕망한 '친일 내셔널리스트' 이광수」, 334~337면; 윤건차, 「식민지 지배와 천황제」, 『한일 근대사상의 교착』(이지원 역, 문화과학사, 2003), 269~271면 참조.

32) 다케우치 요시미[竹內好], 서광덕·백지운 역, 「근대의 초극」, 『일본과 아시아』, 소명출판, 2004, 109~110면.

식민지적 차이를 극복한다는 명분 아래 점차 제국의 시선을 의식하면서
자기 검열의 상태로 미끄러져 들어가게 되는데, 이는 그 자신 부지불식
간에 제국의 권력이 강요하는 심리적 폭력에 길들여져 가고 있음을 의
미한다. 그것은 당시 이광수에게 전향의 개념이 제국 권력의 담론과 얼
마나 닮아 있는가, 아니 그 이상으로 과도한가 하는 데서도 분명하게 드
러난다.

> 원래가 전향이란 사실에는 맞지 아니하는 용어이다. 진실로 국가에 대하여서
> 叛意를 包懷하였던 자가 새로 애국심을 자각하는 것이 정당한 의미의 전향이
> 어니와, 이런 의미의 전향자도 없지는 아니하겠지마는 그것은 아마 屈指할 만
> 한 소수에 불과할 것이다. 만일 전향이라는 이름으로 일컬어지는 수십만 조선
> 지식계급이 전향 전에 진실로 반국가적 사상을 가졌었다 하면 그것은 과거의
> 조선 통치의 효과를 부인함과 마찬가지일 것이다. 그러면 그들은 어떠한 전향
> 을 하였는가. 소극적 수동적인 피통치적인 의식을 버리고 적극적으로 자신의
> 황민화와 아울러 국책에 대한 협력을 하기로 결의한 것이 소위 전향이다.
> 그렇지 아니하고서 만일 그처럼 수십만 지식계급이 反국가적 사상(例하면 독
> 립사상)에서 일조에 황민주의로 전향하였다 하면 이것을 기적이나 허위라고 보는
> 것도 있을 법한 일이다. 이 점은 내지인의 조선인에 대하여 심히 중요한 점이다.
> (…중략…) 굴지할 만한 소수를 제하고는 조선 이천사백 만 민중은 知遇 貧富
> 를 막론하고 일본 국민으로 살아갈 운명을 저마다 자각하고 있었던 것이다. 다
> 만 국가의 조선인에 대한 의향이 철저히 알려지지 못하고 또 국가에서 조선인
> 의 애국심을 요망함도 느끼지 못하여서 수동적으로 살아왔던 것이 금차 사변과
> 미나미 총독의 내선일체의 정책 표시로 하여서 민중의 국가에 대한 신뢰와 감
> 사의 넘이 격발된 것이다. 이것이 전향의 요체이다.[33]

위의 인용문에서 선명한 것은 여기서 전향의 개념을 설파하고 있는
이광수가 끊임없이 "내지인"의 시선을 의식하고 있다는 점이다. 국가에

---

33) 이광수, 「반도민주의 애국운동」, 『매일신보』, 1941.9.4~7; 이경훈 편역, 『춘원 이광수
친일문학전집』 II, 평민사, 1995, 293~294면.

대해 반의(叛意)를 가졌던 자가 새로 애국심을 자각하는 것이 정당한 의미의 전향이겠지만, 조선의 지식인이 이러한 식으로 전향하여 독립사상에서 일시에 황민주의로 전향을 했다면 내지인들이 이것을 기적이나 허위로 볼까 두렵다는 것이 이 글을 쓰던 당시 이광수의 솔직한 심경인 것이다. 그리하여 그는 식민지 조선 민중은 이미 일본 국민으로 살아갈 운명을 저마다 자각하고 있었으며, 중일전쟁과 내선일체 정책을 계기로 민중의 국가에 대한 신뢰와 감사의 넘이 격발된 것이 바로 전향의 요체라는 식으로 전향의 개념을 바꾸어 놓고 있다. 곧 식민지적 차이를 극복한다는 명분 아래 제국 권력의 시선을 의식하면서 스스로 자기 검열로 미끄러져 들어감으로써 '가면'의 논리 자체를 내면화하고 있는 형국에 다름 아닌 것이다. 따라서 이광수의 전향은 더 이상 제국의 권력에 대한 불가피한 굴복이라는 식민지 지식인의 반감을 내포하고 있는 의식적인 '가면' 쓰기의 실천과는 거리가 멀다고 할 수 있다. 그것은 이미 제국과 식민지 사이에 엄연히 존재하는 차이를 부인 혹은 망각하고자 애쓰면서 제국과의 동일시를 지향하는 가운데 제국의 논리를 내면화한 산물이었던 것이다.

이러한 그의 2차 전향의 면모는 1942년 3월에서 10월 걸쳐 『매일신보』에 조선어로 연재되었던 『원효대사』에서 여실하게 드러난다. "나는 검열이 허하는 한 이 소설 속에서 우리 민족의 전통적 정신과 영광과 애국심과 민족의식을 그려서 천황만세를 부르고 황국신민서자를 제창하지 아니하면 아니 될 운명에 있는 동포들에게 보낸 것"(287면)이라는 「나의 고백」의 일절은 자칫 이 작품이 민족정신이 말살될 위기에 처해 있던 상황에서 민족정신을 보존하기 위해 씌어진 것이라는 식으로 오해되기 쉽다. 그러나 조선·동아 양대 일간지는 물론 각종 문예잡지도 폐간되거나 통폐합되는 등 조선어 폐지가 강요되던 시기에 조선어로, 그것도 내선일체나 대동아공영의 담론이 국책화되어 있던 당시에 민족의식을 공공연하게 내세우며 이 작품이 총독부 기관지 매일신보에 무사히 발표될 수 있었다는 것은 이 작품이 총독부 측에 거슬리지 않을 만한 내용이었거나 좀더 나아가서는 총독부의 요구에 부응하는 내용이었을 것임을 충분히 짐작케 한다. 실제로 『원효대사』는 태평양전쟁, 즉 소위 대동아전쟁의 국면 속에서 국책에 부응하기 위한 의도에서 씌어졌는데, 당시 『원효대사』의 연재를 예고하고 있는 다음의 기사는 이를 분명하게 보여준다.

> 그 시대 그 인물을 통하야 오늘날 미증유 대전쟁 속에 있는 우리들 앞에 거대한 구상을 가꾸어 오랫동안의 침묵을 깨뜨리고 붓을 든 작자 춘원을 찾아 그의 포부를 듣기로 한다. (…중략…) 나의 소설은 이 요석공주와의 인연을 맺는 것을 중심으로 원효대사를 그리는 한편 신라가 삼국통일을 할 때까지에 눈부신 화랑도와 무열·문무의 양왕, 김춘추, 김유신 등의 어진 신하며 또한 절세의 미인으로 이름을 떨친 김유신의 모당 만명을 비롯하여 당시 요란히 피었던 신라 미인의 모습을 더듬어 가면서 일체유심의 정신과 대승보살행의 정신—즉 멸사봉공하야 중생을 위한 생활에 나가던 당대의 사기를 총후의 독자에게 보내고저 하는 바이다.[34]

여기서 기자가 언급하고 있는 "미증유의 대전쟁"이란 당시 제국 권력의 야심 아래 전개되고 있던 태평양전쟁을 일컫는 것인 만큼, "멸사봉공하야 중생을 위한 생활에 나가던 당대의 사기"란 그대로 총후봉공의 이념과 연관된다고 할 수 있다. 주지하다시피, 총후봉공이란 1937년 중일전쟁 개시와 함께 총력전 또는 조선의 병참기지화와 더불어 나타난 일제의 전시동원 슬로건으로서, 소위 국민정신 총동원의 캠페인과 특히 관련되는 말이다. 그것은 한 마디로 "국민은 남녀를 물론하고 총들고 전선에 선 각오를 가질 것이다. 목표는 언제나 국가에 있다. 일거수일투족이 전혀 국가를 위한 일이오, 내나 내 것을 위하는 일이 없다"는 것으로 요약된다.[35] 따라서 "멸사봉공하야 중생을 위한 생활에 나가던 당대의 사

---

34) 「'대승보살행'의 진수, 천의무봉의 필치로 엮겨질 희대의 역작 춘원의 『원효대사』」, 『매일신보』, 1942.2.27.

기를 총후의 독자에게 보내고저" 한다는 이광수의 발언은 『원효대사』가 근본적으로 협력의 이념에 기반하여 기획된 소설이었음을 분명하게 말해주고 있는 것이다.

실제로 『원효대사』는 조선과 일본은 하나이며, 조선이 황민화를 완수하고 총후봉공할 때 일본과 더불어 광영된 앞날을 맞이할 수 있다는 협력의 이념을 배면에 깔고 있다. 우선 『원효대사』의 배경이 되고 있는 신라만 하더라도, 그것은 우리 고유의 민족정신의 상징이라기보다는 일본과의 근친성을 지닌 시공간으로서의 의미를 지니고 있다. 이경훈이 지적한 바와 같이, 당시 이광수에게 우리의 고대사란 일본과의 근친성을 강조하는 내선일체의 논리적 기반으로써 재해석된 성격을 띠는데,36) 『원효대사』에서 원효가 파계의 업을 속죄하고자 고신도(古神道) 수련을 행하고 있는 대목은 그 실상을 분명하게 보여준다. 원효의 고신도 수련 대목은 소위 신라 고유의 신앙, 풍속, 언어라는 것을 재현하고 있다. 그런데 그 가운데 특히 해[明]를 쬐고 물[淸]로 씻으며 몇 날을 참회하고 수련한다든가, "한번 내가 공이라고 깨친 뒤에는 萬行是三昧라, 무엇을 하나 다 도에 맞아 저절로 충, 효, 신, 용, 인이 되는 것"(165면)이라는 가르침은 이광수가 이해하고 있는 일본정신, 곧 청명심(淸明心)37)의 획득이라는 맥락과 그대로 상통함을 한 눈에도 알아볼 수 있는 것이다.

이러한 고신도 수련 이후, 중생 속에 몸을 던져 중생을 제도하고자 한 원효의 대승보살행의 궁극적인 목적이 뭇 중생을 나라에 충성하는 신민으로 만드는 데 있다는 점은 좀더 주목할 만하다. 원효가 세상이 미천하다 하여 비난하는 거지떼나 도적떼의 소굴에 들어가 그들을 제도하고자

---

35) 이경훈 편역, 『춘원 이광수 친일문학전집』 II, 평민사, 1995, 92~93면 참조.
36) 이경훈 편역, 『춘원 이광수 친일문학전집』 II, 평민사, 1995, 51~62면.
37) "일본정신이란 무엇인가. 그것은 밝고 맑은 마음, 즉 청명심이라고 하는 것이다. 이 청명심에서 사람은 신과 접하고 신과 일치하는 것이니, 청명심이란 곧 모든 욕심을 떠난 마음이다." 이광수, 「병제의 감격과 용의」, 『매일신보』, 1943.7.28~3.1; 이경훈 편역, 『춘원 이광수 친일문학전집』 II, 평민사, 1995, 403면.

힘쓰는 것은 진정한 대승보살행의 경지란 지옥이나 축생도에 들어가도 꺼지지 아니하는 것이라는 그의 확고한 신념에서 비롯된 것이다. 그러나 사실 거지떼와 도적떼를 제도하고자 하는 원효의 목적은 단순히 그들을 회과천선(悔過遷善)시키는 데 있지 않다. 평소에도 원효의 생각은 "이 거지의 떼와 이 도적의 떼를 나랏일에 이용할 수는 없을까"(282면) 하는 데 미쳐 있으며, 이는 몇 년 후 신라가 백제와 고구려를 칠 때 이들 거지떼와 도적떼가 용감한 장수로서 또 죽기를 무릅쓴 염탐꾼으로서 쓰여지는 결말로써 실현되고 있는 것이다. 이는 "고구려와 백제와 신라가 한 나라가 되지 아니하고는 다 망하고야 말 것"이며, "그리 하자면 신라가 강한 힘을 얻어서 두 번 큰 전쟁을 하여야 할 것"(139면)이라는 평소 원효의 신념이 실행된 전쟁인데, 여기서 내선일체를 통해 서양의 세력을 극복한다는 소위 대동아전쟁의 이념을 읽어내기란 그리 어렵지 않다. 게다가 본래 진평왕의 아들이었으나 아버지에게서 버림받았다는 생각에 "아버지를 원망하고 대궐을 저주하고 도적의 굴로 들어"(319면)갔다가 원효의 제도를 통하여 "이로부터 나라에 충성하기를 맹세할진댄 모든 죄를 용서"(338면)하겠다는 어명을 듣고 충신이 된 도적의 왕 바람의 삽화는 앞서 언급한 "소극적 수동적인 피통치적인 의식을 버리고 적극적으로 자신의 황민화와 아울러 국책에 대한 협력을 하기로 결의한 것이 소위 전향"이라는 이광수의 2차 전향의식을 환기시킨다. 이러한 맥락에서, 원효의 대승보살행에 대한 신념은 조선이 황민화를 완수하고 총후봉공하여 대동아공영의 이상을 완수할 때 일본과 더불어 영광된 앞날을 맞이할 수 있다는 협력의 이념과 그대로 맞닿아 있다고 할 수 있는 것이다.

주목할 만한 것은 이처럼 공공연히 제국과의 동일시를 향하면서도 그는 동시에 이러한 원효를 통하여 민족의 구제자로서의 강력한 동일시로 미끄러지는 모습을 보여주고 있다는 점이다. 『원효대사』에서 원효의 파계가 모종의 긍정적인 필연으로 자리매김되고 있는 것은 이와 관련이 있다. 이 작품에서 원효의 파계가 그 자체로 긍정적인 의미를 지니고 있는 것은 물론 아니다. 파계 이후 원효를 지배하고 있는 정서는 "'나는 청정한 사문이다' 하는 자신을 잃어버린"(117면)[38] 데 대한 자의식에서 비롯된 불안정함이라 할 수 있기 때문이다. 그러나 그것은 이러한 원효 의 파계가 화엄경 해석으로 대변되는 그간의 지식 중심의 수행에 회의 를 느낀 원효가 행(行)이 중심이 되는 수행으로 나아가는 길목에 자리하 고 있는 데서도 이미 암시되어 있는 것처럼, 결국 "청정한 사문"이라는 의식의 속박에서 벗어나 중생 속에 뛰어든 삶을 예비케 하는 긍정적이 고 필연적인 계기로서 자리매김되기에 이른다. 말하자면 원효의 파계는 궁극적으로 청정한 사문이라는 의식의 속박을 벗어버릴 때 비로소 진정 한 대승보살행의 경지에 이를 수 있다는 신념의 역설을 구성하는 필연 적인 한 계기로서의 의미를 지니게 되는 것이다.

이를 당시 이광수의 언어로 번역하자면, 민족의 지도자라는 명예의 속박을 벗어버리고 제국 권력의 한 가운데 뛰어드는 것만이 진정한 민 족 구제의 길이라는 얘기가 될 것이다. 이는 얼핏 『사랑』이나 『세조대 왕』의 이야기 문법을 지배하고 있던 '민족을 위한 친일', 즉 고원한 명 분을 위해 더럽힘을 각오함이라는 논리를 그대로 반복하고 있는 것처럼 보인다. 그러나 『사랑』에서 순옥의 결혼이나 『세조대왕』에서 세조의 계 유정란이 불가피하지만 부정적인 함의 속에서 모순과 갈등의 국면을 연 출하지 않을 수 없었던 데 비해, 『원효대사』에서 원효의 파계는 긍정적 필연으로 자리매김되어 더 이상의 모순이나 갈등을 찾아볼 수 없다는 점에서 분명히 구분된다. 원효의 파계에 더 이상의 모순이나 갈등이 내 재되어 있지 않다는 것은 무엇을 의미하는가. 그것은 '민족을 위한 친일' 이라 하더라도 거기에는 끝내 돌이킬 수 없는 무엇인가가 남는다는 사 실에서 비롯되었던 자책감으로부터 그 자신 헤어나올 수 있게 되었다는 것을 반증하는 것 아닐까. 다시 말해 그를 그토록 사로잡았던 그 무엇이

---

38) 『이광수 대표작 선집』 12, 삼중당, 1968.

바로 제국 권력에 대해 반감을 지니지 않을 수 없는 식민지 지식인으로서의 자기 정체성에서 비롯된 것이었다면, 그 틈 혹은 분열의 국면은 '가면'의 논리 자체를 내면화함으로써 제국과의 동일시를 지향하는 순간 저절로 해소되어 버릴 수 있었던 것이다.

이런 맥락에서, 적어도 이 시기에 관한 한, "일본에 협력하는 자로 내가 패를 차고 나선" 것은 "명예롭지 못한 희생의 길에 나섰던 것"[39]이라는 그의 변명은 솔직한 것이 못 된다. 살펴본 바와 같이, 『원효대사』는 "창씨개명한 香山光郎을 버리고 이광수라는 맨 얼굴의 글쓰기로 한 최대의 노력"[40]이라기보다 '香山光郎'이라는 '가면'의 논리 자체를 내면화한 산물로서, 제국과의 동일시 가운데서 민족 구제의 길을 보았던 그의 2차 전향의식을 분명하게 증거하고 있기 때문이다.

그러나 제국과의 동일시란 곧 스스로 자기를 식민화하는 과정에 지나지 않는다. 제국을 모방함으로써 제국과 대등해질 수 있다는 환상은 식민지 조선인으로서의 자기 정체성을 부인하고 그것을 제국의 신민이라는 거짓 정체성으로 대체하는 데서 출발하는 것이기 때문이다. 그런 의미에서, 2차 전향 국면에서의 이광수의 민족보존론의 정체는 제국 권력의 논리로 자기 식민화해 나가는 과정을 제국과 대등하게 되는 것이라 강변하는 모순을 내포한 것이었다고 할 수 있다.

이광수 자신 그것을 모순으로 인식했는지는 어떤지는 분명하지 않다. 다만 분명한 것은 그가 '가면'의 논리를 내면화하는 가운데서 종종 '가면'의 여분, 즉 '가면'의 논리를 빠져나가는 '식민지 타자성'과 맞닥뜨리지 않을 수 없었다는 점이다. 그리하여 예기치 않게 식민지 타자성과 맞닥뜨린 그는 스스로 내면화했다고 믿었던 '가면'의 논리로부터 미끄러지는 분열의 국면을 그대로 노출하기도 하는데, 협력의 이념에 기반하여 씌어진 그의 친일소설들이 대부분 중단될 수밖에 없었던 것은 바로 이

---

39) 이광수, 「나의 고백」, 『이광수 전집』 13, 삼중당, 1962, 276면.
40) 김윤식, 『일제말기 한국 작가의 일본어 글쓰기론』, 서울대 출판부, 2003, 142면.

러한 사정과 관련이 있는 것으로 보인다.

5. '식민지적 타자성'과의 맞닥뜨림과 분열의 징후들

제국과의 동일시 형식은 항상 결핍과 부재의 흔적을 갖는다. 제국에
대한 모방의 욕망은 근본적으로 식민지적 결핍과 차이에 대한 인식을 내
포한 것이기 때문이다. 따라서 그것은 종종 순수한 무차이적 기원에 대
한 불가능한 욕망을 극화하는 '식민지적 환상'으로 빠져들기도 하지만,[41]
식민지적 결핍과 차이의 외상과 맞닥뜨리는 순간 다시 머뭇거림을 낳는
다. 제국과의 동일시 과정에서 부인되고 배제된 것이지만 바로 그 때문
에 동일시 과정에 예속되지 않은 식민지 나름의 요구와 목소리를 그대로
보존하고 있다는 점에서 '식민지적 타자성'이라 할 수 있을 이 식민지적
결핍과 차이의 현존은, 그 여분으로서의 성격으로 인하여 제국 담론이

---

41) 여기서 '식민지적 환상'이란 개념은 호미 바바의 것을 빌어온 것이다. 그러나 호미
바바가 '식민지적 환상'을 주로 식민 주체가 식민주의의 공적인 지식을 행사하는 과정
에서 타자(식민지인)를 완전히 예속하는 동일성이 불가능한 데서 생겨나는 것(호미 바
바, 나병철 역, 『문화의 위치-탈식민주의 문화이론』, 소명출판, 2002, 172~173면)이라
는 관점에서 언급하고 있다면, 본고에서는 이러한 시나리오를 제국과의 동일시를 지향
하는 피식민 주체의 경우에 적용한 것이다. 이 경우 피식민 주체의 '식민지적 환상'은
식민지적 차이, 결핍으로 인해 제국과의 완전한 동일시가 불가능한 데서 비롯된다. 실
제로 파계하고 천황의 적자로 갱생하여 뭇 중생들을 천황의 충성스러운 신민으로 제도
하는 일을 떠맡은 인물로서 신라의 고승 원효를 재현하고 있는 『원효대사』나, 식민지
지식인으로서 제국에서 개최하는 대동아문학자대회에 참가했던 이광수가 자신을 일본
의 法王이라 불리는 쇼토쿠 태자에게 법화경을 진상하고 강독한 고구려 승려 혜자의
수행원으로 자처하고 있는 「삼경인상기」(1943.1)는 이러한 피식민 주체의 식민지적 환
상을 극적으로 보여주는 예에 속한다. 이들 작품은 내선일체의 기원으로서의 '고대인'
이라는 환상 속에서 식민지인으로서의 차이와 결핍을 지우려는 불가능한 욕망을 극화
하여 보여주고 있기 때문이다.

갖는 친숙한 상징을 소원화시키면서 제국 담론을 곤혹스럽게 하는 불확실성의 효과를 만들어내게 되는 것이다.[42] 물론 철저히 제국과의 동일시를 지향했던 당시의 이광수가 이러한 식민지적 타자성을 응시하면서 제국 권력의 담론을 교란시키고자 했다고 보기는 어렵다. 그러나 그가 예기치 않게 이러한 식민지적 타자성과 맞닥뜨려 머뭇거리고 있는 모습을 그의 중단된 친일소설들은 선명하게 각인하고 있다.

먼저 조선인 석란과 일본인 다케오 간의 민족적 차별을 넘어선 사랑과 그 사랑에 의지하여 두 사람이 함께 전선으로 나아가 "조국"을 위하여 헌신하는 이야기를 다루고 있는 「진정 마음이 만나서야말로」(1940)는 그 자체로 이미 내선일체에 기반한 제국의 도의적 전쟁에의 참여라는 전쟁 이념의 틀을 완성하고 있다. 특히 그것은 "마음을 허락한 사람을 위해 殉하는 것이 여자의 길"(85면)[43]이라며 전장에서 한 눈을 잃은 다케오를 부축하여 적진에서의 선무공작(宣撫工作)을 도우러 나서고 있는 석란의 행동에서 극적으로 완성되고 있는 것처럼 보인다. 그러나 여기서 간과해서는 안 될 것은 "조국"을 위하여 적진을 향해 죽음을 각오하고 의기양양하게 출발했던 이들이 결국 죽음과 맞닥뜨리고 있는 마지막 대목이 뭔가 석연치 않은 흔들림을 음각하고 있다는 사실이다.

그들이 적진의 한 가운데서 적장에게 동양 전체의 안녕과 평화라는 제국 일본의 도의적 전쟁 이념을 설파한 것을 두고 황국신민으로서 무언가 대단한 일을 해내었다는 자부심에 들떠 "즐거운 신혼여행" "그 이상"(99면)이라며 함께 즐거워할 때까지만 해도, 석란과 타케오에게 죽음이란 조국을 위한 숭고한 희생이라는 관념 차원의 것에 불과했다고 할 수 있다. 그러나 불현듯 그 죽음이 구체적인 현실로 바로 자신들의 눈앞에 닥쳐있다는 사실과 맞닥뜨린 두 사람에게서 더 이상의 태연함은 엿

---

42) 식민지적 차이가 권위의 이미지와 현존에 대해서 일종의 방해효과를 낳는 과정에 대해서는 호미 바바, 위의 책, 6장과 7장을 참조할 것.
43) 이경훈 편역, 『진정마음이 만나서야말로』, 평민사, 1995.

볼 수 없다. "이곳이 이 세상에서 최후의 숙소인지도 몰라. 내일은 총살인가?"(99면) 그것으로 좋다고, 멋지지 않느냐는 석란의 대꾸가 왠지 어색하게 두 사람 사이에는 잠시 침묵이 흐른다. 그리고 두 사람의 목숨을 재촉이라도 하듯 까아까아 울어대는 까마귀의 불길한 울음소리. 이어서 타케오의 보이지 않는 눈에서 흐르는 눈물. 그리고 결국 서로에게 해줄 어떤 말도 찾지 못한 채 두 사람 사이에 흐르는 침묵과 더불어 이 작품은 중단되고 있는 것이다.

이 장면에서 두 사람 사이에 흐르는 어색한 침묵은 분명 애초 적진을 향할 때의 죽음을 각오한 의기양양함과는 거리가 있다. 그것을 다만 황국신민으로서의 임무를 다했다는 두 사람의 자부심과 감격만으로 해석해버리기에는 무언가 개운치 않은 것이 남는 것이다. 그것은 혹시 더 이상 관념으로서의 죽음이 아닌, 실체로서의 죽음과 맞대면하게 된 나약한 인간으로서의 두려움을 동시에 각인하고 있는 것 아닐까. 다시 말해 도의적 전쟁이 황국신민에게 보장하는 눈부신 삶이라는 제국 담론의 은유란 실체로서의 목숨을 대가로 하지 않으면 안 되는 것이라는 엄연한 현실에 대한 돌연하고도 계시적인 깨달음 앞에서 이 두 사람은 멈칫할 수밖에 없었던 것 아닐까.

서사가 두 사람의 선무공작에 의해 적장은 설복되고 두 사람은 도의적 전쟁을 성공적으로 완수하는 데 혁혁한 공을 세운다는 뻔히 내다보이는 명쾌한 결말—내선일체에 기반한 도의적 전쟁 이념의 완성—을 향해 더 나아가지 못한 채, 죽음을 목전에 둔 두 사람의 침묵 앞에서 중단되고 있는 이유도 바로 여기에서 찾을 수 있다. 석란으로 하여금 제국 일본을 조국으로, 일본인 다케오를 남편으로 받들어 죽음을 각오하고 전장으로 따라나서게 한 근본적인 이유가 바로 황국신민으로서의 눈부신 삶을 기약하기 위한 것이었다면, "총살"이라는 구체적인 죽음이 발화되는 순간 그것은 죽음의 맥락 속에서 재분절되지 않을 수 없다. 이 순간 황국신민으로서의 눈부신 삶의 기약이라는 제국 담론의 투명한 진리성은 그것이 결국 식민지 조선인의 삶을 구속하고 파괴하는 것을 대가로 하는 것이라는 돌연한 깨달음 속에서 불확실한 것으로 반향되기에 이르는 것이다. 이 불길한 침묵의 반향 한 가운데서 이광수 자신 머뭇거렸던 것은 아닐까. 그리고 그 머뭇거림이 두 사람을, 더 나아가 서사 자체를 더 이상 나아갈 수 없게 만든 것 아닐까.

한편 도시코-요시오-후미코 간의 애정삼각관계의 갈등을 요시오의 군대 지원 및 출정 문제, 후방에 남은 여자들의 이른바 총후봉공의 문제 등과 결합하여 그리고 있는 「봄의 노래」(1942)는 총후이념의 완성을 의도한 것이라 할 수 있다. 요시오는 도시코를 마음에 두고 있으면서도 집안 형편 때문에 돈 많은 구장의 딸 후미코와의 결혼을 선택하는데, 후미코는 요시오가 지원병으로 훈련 나간 사이 간통하여 임신한 채 친정으로 가버린다. 훈련소에서 돌아온 요시오는 이 사실을 알고 후미코에게 복수하겠다는 마음을 품고 갈등하지만, 그것은 요시오가 군인은 "폐하께 바친 몸"(288면)이라는 자각으로 복수의 일념을 털어버리고 후미코를 대신하여 자기 집안일을 성실하게 돌보아 주는 도시코의 모습을 보며 기운을 차리는 대목에서 해소의 국면으로 접어들게 되는 것이다.

그러나 주목할 만하게도 서사는 여기서 더 나아가지 못한 채 중단되고 만다. 이와 유사한 스토리 구조를 지닌 『흙』의 경우 허숭의 인격에 감화받아 회개한 정선이 결국 남편의 사업을 돕는 일꾼으로 거듭난다는 결말로 나아갔던 점을 떠올려본다면, 총후이념의 완성을 의도하고 있는 「봄의 노래」가 나아갈 결말이란 뻔히 내다보인다. 이를테면 후미코는 요시오의 인격에 감화받아 회개하고 요시오가 출정한 사이 도시코와 함께 후방에서 총후국민으로서의 임무를 성실하게 다한다는 내용쯤이 될 것이다. 그런데 「봄의 노래」는 왜 이 분명한 결말을 앞두고 중단되고 있는 것일까.

사실 요시오가 후미코에 대한 복수의 일념을 털어버리고 동생 시즈에와 도시코를 도와 논일을 거들면서 기운을 차리고 있는 마지막 대목은 앞을 내다볼 수 없는 어떤 불확실함 혹은 불길함을 동시에 음각하고 있다. 그 불확실함 혹은 불길함은 이 대목에서 돌연 들이치기 시작한 빗발 굵은 소나기가 수반하고 있는 불길한 침묵에서 비롯된다. 요시오가 두 처녀의 논일을 거들다가 함께 점심을 먹으려던 순간 갑자기 쏟아진 소나기는 처음에는 세 사람이 우산 아래로 떨어지는 낙숫물을 받아 밥을 말아먹으며 즐거워할 만한 정도의 것이었다. 그러나 그 소나기는 가볍게 지나가는 것이 아니라, 바람까지 수반하여 점점 "지척을 분변할 수 없"(294면)을 정도로 굵어지며, 종국에는 빗속에 갇힌 세 사람을 어쩔 줄 모르게 만들고 있는 것이다.

갈등이 해소되는 국면으로 접어드는 대목이라는 점을 고려할 때, 여기서 이들 세 사람이 맞닥뜨리고 있는 소나기는 예기치 않은 미끄러짐을 낳고 있다고 할 만하다. 이 대목에서 요시오는 총후국민으로서의 임무를 성실하게 다하고 있는 두 처녀와 더불어 군인으로서의 자신의 임무를 되새기면 그뿐이었을 것이다. 그러나 세 사람 앞에 드리운 "지척을 분변할 수 없이" 내리는 소나기는 제국 담론이 지닌 그 투명한 명료함을 거부하며 그것을 불확실한 것으로 전환시키는 기표로 작용하고 있다. 다시 말해 그것은 출정하여 전방에서 싸우고 혹은 후방에 남아 총후봉공할 도시코와 요시오의 황국신민으로서의 앞날을 그리 낙관적인 것으로만 볼 수는 없게 만들고 있는 것이다. 이 의도치 않은 미끄러짐, 그것은 혹시 이광수의 피식민 주체로서의 무의식과 관련이 있지 않을까.

한편 내지인 여성 미치코에 대한 사랑을 중심으로 조선인 원구의 새로운 아버지―조국 찾기의 과정을 그리고 있는 「그들의 사랑」(1941)은 내선일체의 전제로서의 황민화 이념의 완수를 겨냥한 것이라 할 수 있다. 상류계급의 내지인이자 주인댁 아가씨인 미치코와 빈한한 조선인이자 그 집에 붙어사는 서생인 원구 사이에는 사랑이라는 이름으로도 쉽게 넘어설 수 없는 민족적·계급적 격차가 가로놓여 있다. 그러나 서사는 원구가 미치코에게서 마음을 얻는 과정을 그가 일본과 일본인에 대한 인식을 바꾸어 자신의 "그릇된 민족주의 관념"(144면)을 청산하고 "천황의 적자요 일본 나라의 신민이라는 자각과 감격"(145면)을 갖게 되는 과정을 병행시킴으로써, 그 민족적·계급적 격차를 간단히 뛰어넘고자 한다. 말하자면 서사는 원구가 충실한 황국신민으로서의 자격을 인정받고 결국 미치코와의 사랑을 실현하는 것으로 조선인의 황민화와 내선일체라는 두 가지 과업의 완성을 의도하고 있었던 것이다.

그런데 원구의 황민화 과정만 완수된다면 간단히 극복될 수 있을 것처럼 보였던 이 민족적·계급적 차이는 예기치 않은 사건과의 맞닥뜨림에서 불거져 결국 그들의 예정된 사랑이 중단되는 상황에까지 이르게 된다. 그간 미치코의 가정교사로서 생활하면서 일본과 일본인에 대한 인식을 바꾸어 자신의 그릇된 민족주의 관념을 청산하고 황국신민으로서의 자각을 갖게 된 원구가 이러한 전향의 심경을 조선인 학생들에게 고백하는 자리를 갖게 되는 사건이 그것이다. "나는 지금까지 두 마음을 가지고 오던 생활을 청산하고, 오직 한 마음으로 일본을 위하여서 충성을 다하기로 결심하였소 지금에 와서 조국에 대하여서 반항하는 감정을 터럭 끝만치라도 우리의 가슴에 남겨두는 것은 다만 국가에 대하여서 비국민적일뿐더러 조선 사람에 대하여서 큰 불행을 주는 일이라고 믿소."(150면) 몇 번의 비난과 반발에도 불구하고 굴복하지 않고 원구가 자신의 신념을 당당히 밝히고 있는 이 대목은 본래 「행자(行者)」(1941)에서도 언급된 바 있는, "荊棘의 길"을 각오하고 조선인의 황민화와 내선일체의 당위성을 계몽하는 "젊은 지사"의 모습을 의도한 것일 것이다.[44]

---

44) "그들이 일본인이 되는 수행을 하고 있다고 해서, 매우 훌륭한 청년으로서 관에서도 민에서도 칭찬받고 있다고 생각하신다면 큰 오해입니다. 조선인은 거짓말장이라는 것이 조선 官界의 통념이 되어 있습니다. 실제로 합병 이래 다수의 지식인은 당국자에 대해 계속 중대한 거짓말을 해왔으므로, 그렇게 말하는 것이 당연합니다. 차라리 자업자득이라고 볼 만하겠지요 선배들이 한 거짓말의 果報가 이들 젊은 지사들에게 돌아온 것입니다. 그러나 이 젊은 지사들은 이런 일로 힘이 빠지지는 않을 것입니다. 오히려 그들의 진로가 장미향의 꽃밭이 아니라, 荊棘의 길이라는 것을 기뻐합니다." 이광수, 「행자」, 『문학계』, 1941.3; 이경훈 편역, 『춘원 이광수 친일문학전집』 II, 평민사, 1995, 199면.

그러나 잘못된 민족적 감정을 하루바삐 청산하고 순순히 일본국민의 길을 걸어나가야 할 것을 당당히 주장하던 원구는 결국 그들에게서 뭇매를 맞는 상황에까지 이르게 되고 작품은 여기서 중단되고 있는 것이다.

여기서 서사가 맞닥뜨리고 있는 것은 식민자의 시선의 지배에서 살아남은, 자시 말해 제국 담론에 동화되지 않은 채 저항하고 있는 타자로서의 피식민 주체의 불길한 응시이다. 조선인의 황민화와 내선일체의 당위성을 내세우고 있는 원구의 주장은 그의 주관 속에서는 형극의 길을 각오한 비장한 것이었다 해도, 이에 비난하며 반발하고 있는 조선인 학생들과 맞닥뜨리는 순간 피식민자의 시선에서 재분절되지 않을 수 없다. 말하자면 원구가 지닌 황국신민관의 절대성은 이들 조선인 학생들의 반발과 저항 앞에 상대화되어 그 담론의 권위를 상실하게 되는 것이다. 황민화와 내선일체의 진의를 그들에게 제대로 깨우쳐 주어야 한다는 사명감에 결국 "여러분이야말로 용서할 수 없는 반역자오, 죄인이오, 그리고 조선 민족을 죽이는 자들이오"라는 섬뜩한 말을 내뱉고 있는 원구의 격한 외침에서, 혹시 이광수는 그것이 그 자신을 향해 반향되고 있음을 느끼고 있었던 것 아닐까. 조선 민족을 죽이려드는 자는 정작 너 자신 아닌가 하는 불길한 반향 속에서 그 자신 머뭇거리고 있었던 것 아닐까. 그리고 그 머뭇거림이 바로 황민화와 내선일체의 완수를 향해 뻔히 예정되어 있는 그들의 사랑을 더 이상 이어나가지 못하고 중도에서 그만둘 수밖에 없었던 이유 아니었을까.

마지막으로 「소녀의 고백」(1944)은 완결된 단편이기는 하지만, 이 머뭇거림의 종국에서 이광수가 맞닥뜨린 자아의 모습이 어떠한 것이었는가를 선명하게 각인하고 있다는 점에서 주목된다.

내지 명문가의 자제 가츠마로에게서 실연당한 한 조선인 소녀가 조선의 낮은 문화와 부모의 무지를 원망하며 조선을 내지와 동등한 수준으로 끌어올리기 위해 노력하겠다고 다짐하는 내용을 담고 있는 「소녀의 고백」은 얼핏 내선일체의 당위성을 이야기하고 있는 작품처럼 보인다.

한낱 소학교를 나왔을 뿐인 소녀는 내지 명문가의 대학생인 가츠마로에게서 "사랑을 요구받"고 "사랑을 바친 것"을 "언제까지나 제 가장 행복했던 날"(434면)로 기억하고자 한다. "사랑의 약속"을 주었으면서도 결국 다른 내지 명문가의 여식과 결혼해버린 가츠마로의 배신 앞에서도 소녀는 "조선 계집년"으로서 "분수를 모르는" 일을 꿈꾸었을 뿐임을 인정하며 아무런 불만이나 원한을 품지 않으며, 오히려 앞으로 자신은 조선인의 지위 향상을 통해 내선이 하나가 되도록 하는 데 힘쓰겠다는 다짐으로써 내선일체에 대한 소망을 피력하고 있는 것이다.

그러나 이와 같은 소녀의 다짐은 공허하게 울릴 뿐이다. 그것은 사랑의 실패로 인해 분열된 진리(내지인과 조선인은 같다 / 다르다)에 사로잡혀 있는 소녀가 만들어낸 사랑의 대체물에 불과하기 때문이다. 내선일체의 소망을 향한 소녀의 다짐은 언제나 내선은 하나라며 "사랑의 약속"을 주었던 가츠마로의 달콤한 말이 한낱 일시의 희롱에 불과했다는 사실, 즉 사랑의 실패라는 애초의 결핍을 언제나 환기시킨다. 남은 생을 조국에 필요한 일꾼이 되는 데 바치겠다고 굳게 다짐하고 있음에도 불구하고 소녀가 끝내 "고독하고 절박한 심경"(438면)을 떨쳐버리지 못하고 있는 근본적인 이유도 바로 여기에 있다. 가츠마로와의 사랑의 실패라는 불길한 경험을 반향하는 한, 소녀의 내선일체에 대한 소망은 내선일체의 불가능성이라는 서사와의 행간에서 머뭇거리지 않을 수 없다. 제국 권력의 요구에 희롱당하고도 그것을 오히려 미개한 조선에 대한 계몽 의지로 전도시킴으로써 은폐하고자 하는 소녀의 욕망은 그 자신 명백히 부인하고 있음에도 불구하고 결국은 "사랑에 실패한 여자의 억지"(436면) 이상일 수는 없는 것이다.

사랑에 실패한 소녀의 고독하고 절박한 심경, 그것은 결국 조선으로부터도 제국 일본으로부터도 받아들여지지 않은 이광수 자신의 고독하고 절박한 심경을 반영하고 있는 것 아닐까. 사실 "저의 장래는 평탄치 않은 것이라고 생각합니다. 집에서는 아버지께 꾸중듣고, 사회에 나간다

해도 두 번 다시 미요코님들과의 즐겁게 지내던 날은 돌아오지 않을 것입니다. 저는 많은 고통을 다 겪어내야 할 운명 아래 태어난 듯이 생각됩니다. (…중략…) 종교는 이런 경우에 생기는 것이겠지요. 염불은 저 같은 사람이 외우는 것입니까"(438면)라는 소녀의 고백의 일절은 그대로 민족을 위한 친일이라는 신념 아래 조선과 제국 사이에서의 아슬아슬한 줄타기에 실패한 자의 착잡함을 그대로 환기시킨다. 제국 권력이 지닌 힘을 동경한 나머지 조선인으로서의 정체성마저 부인하다가 결국 조선으로부터도 제국으로부터도 받아들여질 수 없었던 무국적의 어릿광대. 이광수는 상류계급의 내지인과의 사랑에 실패한 소녀에게서 바로 그러한 자신의 모습을 보고 있었던 것이다.

6. 결론을 대신하여

살펴본 바와 같이, 식민지시대 말기 소위 '민족을 위한 친일'이라는 신념 아래 스스로 '香山光郞'이라는 '가면' 쓰기를 선택했던 이광수의 초상에서 발견하게 되는 것은 제국의 물리적·심리적 폭력에 노출된 채 심각한 자기 분열을 겪지 않으면 안 되었던 식민지 지식인의 전형이다. 그것은 민족을 위한 명분으로 일신의 안전을 꾀한 위선자나, 그로써 자기 합리화를 꾀한 궤변론자, 혹은 민족 보존을 위해 전략적 굴복을 선택한 지략가의 단선적인 모습과는 거리가 멀다. 그는 한편으로 제국 권력에 대해 반감을 가지면서도 스스로를 제국 권력에 완전히 흡수시키는 비전을 가지지 않을 수 없었고, 그로 인해 내적으로는 늘 그에 대한 괴로운 자책감에 시달리지 않으면 안 되었다. 그리고 제국과의 완전한 동일시를 통하여 그 자책감에서 벗어나게 되었을 때, 이번에는 제국 권력의 논리로써 자기 식민화해 나가는 과정을 제국과 대등하게 되는 것이라 강변하는 자가당착적 논리로 미끄러져 들어갔다. 물론 그 와중에서도 식민지인으로서의 정체성을 완전히 벗어날 수 있었던 것은 아니어서, 제국의 언어로 제국의 이념을 설파하는 가운데 예기치 않게 식민지 타자성의 외상과 맞닥뜨리는 순간 다시 머뭇거릴 수밖에 없었던 것도 사실이다. 그런데 그러한 신념의 균열과 맞닥뜨리고 있던 순간에서조차 그를 사로잡고 있던 미망의 정체는 또 어떠했던가. 제국 권력의 요구에 희롱당하고도 그것을 오히려 미개한 조선에 대한 계몽 의지로 전도시킴으로써 내선일체에 대한 소망을 피력하고 있던 소녀의 안간힘이 보여주는 것처럼, 그것은 내선일체의 불가능성에 대한 그의 두려움과 절박함을 분명하게 드러내고 있지 않았던가.

이러한 그의 정신적인 파국을 향한 길이 1937년 6월, 그를 비롯한 동우회원들의 대대적 검거로 시작되었던 동우회사건에서 시작되었던 것은 분명하다. 동우회사건은 1931년 만주사변 이래 파시즘 체제를 강화해나갔던 제국의 국가 통제 기구에 의한 탄압의 일환이었고, 당시 도산의 출옥 후의 민족운동을 구상하고 있던 이광수는 민족보존이라는 명분 아래 제국과 식민지 사이에서의 아슬아슬한 줄타기를 시작하기 않으면 안 되었기 때문이다. 물론 애초에 그의 민족보존론은 피할 수 없는 제국의 폭력을 우회한다는 나름의 전략 아래 행해진, 따라서 어느 정도는 그 한켠에 제국의 권력에 대한 반감이 똬리를 틀고 있는 의식적인 '가면' 쓰기의 일환이었다. 허영에게 반감을 지니고 있으면서도 그와 결혼하지 않으면 안 되는 자신의 처지를 인과적 숙명에 의한 것으로 받아들이는 한편, 그것을 안빈에 대한 사랑의 일생을 완성하기 위한 시험과 단련이며 따라서 꿈이자 허깨비에 불과한 것으로 간주함으로써 자신에게 주어진 모순적 상황을 견디어내고자 했던 『사랑』의 순옥은 바로 민족이라는 미래의 가능성을 위해 현재를 괄호에 묶어두고자 했던 이광수의 전략적 의식의 산물이었던 것이다. 그러나 비록 의식적인 것이라 하더라도 '香山

光郎'이라는 '가면'을 선택한 이상, 그는 그 자신을 제국 권력에 완전히 흡수시키는 비전을 가지지 않을 수 없었다. 그리고 그로 인해 '과연 민족을 위한 친일이 가능한가'라는 질문에 끊임없이 끄달리면서 심각한 자책감에 시달리지 않으면 안 되었는데, 이는 단종 이하 사육신을 제거하고 자신이 대신 권좌에 오른 것은 오직 사직을 위한 것이었다고 스스로 합리화하고자 하면서도 끝내 악업의 응보에 대한 두려움을 떨치지 못한 채 죽음을 맞고 있는 비극적인 세조의 이야기를 그리고 있는『세조대왕』에서도 분명하게 드러나고 있다.

그러나 더욱 심각한 것은 이러한 '가면' 쓰기의 의식적인 실천이 부지불식간에 이광수 자신을 '가면'의 논리 자체를 내면화하는 형국으로 몰고 갔다는 점이다. 여기에는 동우회사건과 같은 제국의 통치 기구에 의한 물리적 폭력과는 또 다른 차원의 심리적 폭력이 개입되어 있다. 중일전쟁 이후 태평양전쟁에 이르는 시기 동화와 배제의 이중성을 교묘하게 구사하며 식민지 지식인들의 사상을 옥죄어갔던 내선일체론이 그것이다. 전쟁의 이념이 모든 것을 점령하고 있던 총력전체제하에서 달리 출구를 모색할 수 없었던 일부 지식인들은 내선일체론과의 관계 속에서 민족보존의 방편을 모색하는 데 매달릴 수밖에 없었다. 이광수가 제국과 식민지 사이의 이 분명한 틈을 정확하게 보고 있으면서도 오히려 제국의 시선을 의식하며 자기 검열의 상태로 미끄러져 들어갈 수밖에 없었던 역설은 바로 여기에서 비롯된 것이었는데, 그러한 자기 검열을 거쳐 이광수는 점차 자신도 의식하지 못하는 사이에 '가면'의 논리 자체를 내면화해갔던 것이다.『원효대사』에서 원효의 대승보살행이 조선은 황민화를 완수하고 총후봉공할 때 제국과 더불어 광영된 앞날을 맞이할 수 있다는 협력 이념과 그대로 맞닿아 있으면서 동시에 그것이 진정한 민족 구제의 길이라는 신념과도 맞닿아 있다는 사실은 그 내면화의 정도가 어떠했는가를 분명하게 보여준다. 그리고 그의 일련의 중단된 친일소설들은 그가 제국과의 동일시에 매달리고자 하면 할수록 식민지적 차이

를 발견하게 되는 역설에 맞닥뜨리지 않을 수 없었으면서도 끝내 제국
권력과의 동일시라는 불가능한 가능성에 매달리고자 하는 미망을 버리
지 못할 만큼 제국의 심리적 폭력에 길들여져 있었음을 분명하게 보여
주고 있다.

"나는 '민족을 위하여 살고 민족을 위하다가 죽은 이광수'가 되기에
부끄러움이 없다"[45]는 그의 주장은 분명 나름의 진실성을 지니고 있을
것이다. 적어도 그의 심정적 진실 내에서는 민족이라는 미래의 가능성을
위해 현재의 더럽힘을 각오한 것이든, 식민지적 차이를 극복한다는 명분
아래 제국과의 동일시를 지향한 것이든, 혹은 식민지적 차이를 엄연히
강요하는 제국의 실체를 인식하고도 더더욱 제국에 매달리지 않으면 안
되었던 것이든, 모두 민족을 위한 행동인 데에는 변함이 없었을 것이기
때문이다. 그러나 그것은 제국 권력의 폭력에 대한 존경심과 두려움을
그대로 내면화하면서 부지불식간에 제국 권력에 편승하여 스스로를 식
민화해 갔던 식민주의적 경험의 산물이라는 점에서 결코 옹호될 수는
없는 주장이다. 살펴본 바와 같이, 제국의 정체성을 자기의 것이라 믿으
려 애쓰면서 스스로를 부정하고 파괴하면서도, 오히려 그것을 제국과 동
일해지는 것이라 강변하며 그로부터 비롯되는 분열을 봉합하는 데 급급
해 있던 이광수의 모습은 그가 제국의 폭력을 얼마나 심각하게 내면화
하고 있는가를 단적으로 말해주고 있는 것이다.

그런 의미에서, 이광수의 민족보존론이 우리에게 주는 교훈은 역설적
이게도 그가 그러한 자기 신념의 균열을 솔직하게 시인하고 있는 대목
에서 찾을 수 있을 것 같다. 이광수는 자기 신념행의 말로에서 "나는 阿
Q같은 그런 바보"라며 스스로를 고소(苦笑)하지 않을 수 없는 국면과 맞
닥뜨리지 않을 수 없었는데,[46] 적어도 그 순간 그는 식민지의 노예로 남

---

45) 이광수, 「인과」, 『이광수 전집』 9, 541면.
46) 김소운의 『삼오당잡필』에는 「푸른 하늘 은하수」라는 제목의 이광수론이 실려 있는
    데, 거기에서 김소운은 자신이 1944년경 춘원론을 쓰기 위해 이광수를 찾아갔던 때의

을 것인지 아니면 제국의 신민이 될 것인지 양자택일을 강요하는 제국
의 물리적·심리적 폭력 앞에서 그 폭력에 대한 존경과 두려움을 내면
화해가며 어리석음을 범했던 자신의 착오를 분명하게 보고 있었을 것이
기 때문이다.

<hr>

일화를 다음과 같이 회고하고 있다. "춘원은 내 來意를 듣더니 쑥스러운 苦笑를 띄우
면서 '쓰려거든 「阿Q正傳」처럼 쓰시오' 한다. 내게는 가슴 찔리는 한 마디이다. '나는
阿Q같은 그런 바보라오.' (…중략…) 독경을 마치고 돌아앉았을 때 나는 춘원이 합장한
양으로 책상머리에 단좌하고 있는 것을 보았다. (…중략…) 부처님 앞에 몸과 마음을
내던진, 진실로 겸허하고 경건한 구도자의 모습, 참회자의 모습을 나는 그날 기약치 않
은 그 순간에 춘원에게서 보았다." 김소운, 「푸른 하늘 은하수 — 인간 춘원의 片貌」,
『삼오당잡필』, 진문사, 1955, 133면.

3_부

이광수론을 위한 몇 가지 시론들

『유정』의 이원적 플롯

이광수의 역사소설에 대하여
: 역사적 공간의 자전적 공간화 양상을 중심으로

개조론과 근대적 개인
: 이광수의 민족개조론을 위한 시론

『유정』의 이원적 플롯

1. 『유정』이 제기하는 모순된 과제

이광수의 다른 장편소설들과는 달리, 『유정』(『조선일보』, 1933.10.1~12.31)은 그간 문학사는 물론이고 비평적 연구의 관심에서도 거의 주목받지 못했다. 그 이유는 대개의 연구가 『무정』에서 『흙』에 이르는 작품들에 편중되어 있는 데서도 알 수 있는 것처럼, 연구자들이 이광수의 작품 세계의 본령을 『무정』에서 『흙』에 이르는 계몽주의적인 서사에 두고 있기 때문인 것으로 파악된다. 그러나 정작 이광수 자신이 가장 애착을 가진 작품은 『유정』이라는 사실을 상기할 때,[1] 이는 일면 아이러니라 하지

---

[1] "외람한 말이지만, 만일에 내 작품 중에서 후세에 끼칠 만한 것이 있다면 그것은 『유정』일게요. 그리고 또 외람한 말이나 외국어로 번역될 것이 있다면 그 역시 『유정』이라고 생각해요. (…중략…) 『유정』 속에 자연묘사에 이르러서는 나는 상당히 힘을 들였

않을 수 없다. 물론 그러한 작가 자신의 애착이 『유정』의 작품 성과를 뒷받침하거나 이광수의 작품 세계에서 『유정』이 차지하는 우월한 위치를 보장해 주는 것은 아닐 것이다. 그러나 그것은 "사랑으로부터 생기는 인정의 슬픈 이야기"를 "열정이 쏟는 대로"[2] 쓰고자 했다는 작가의 말과 더불어, 사랑이라는 주제가 이광수 자신에게 얼마나 주요한 위치를 차지하고 있는가 하는 것을 가늠하게 해준다.

이광수에게 사랑의 문제는 그의 초기작 「어린 벗에게」(1917)에서부터 지속적으로 천착되어 온 주제 가운데 하나이다. 「어린 벗에게」에서 보이는 사랑에 대한 갈망은 그의 고아의식과 관련하여 민족을 위한 사업으로도 메꾸어질 수 없는 근원적인 욕구로서 드러나고 있다. 이는 이광수 개인에게 개인적 열정과 사회적 이념 간의 분열이 근원적인 것임을 보여준다. 그러나 「어린 벗에게」의 경우 사랑을 향한 개인적 열정이 사회적 관습과 제도에 대한 비판이라는 계몽 이념과 결합함으로써 쉽게 그 분열로부터 벗어날 수 있었다면, 『유정』은 개인적 열정이 선택할 수 있는 사회적 이념이라는 출구가 처음부터 봉쇄되어 있다는 점에서 주목을 끈다. 그것은 주인공이 사회로부터 고립되어 있는 처지에 놓여 있다는 데서 비롯되는데, 가정과 사회로부터 이미 "위선자요, 죽일놈"으로 낙인찍혀버린 주인공에게 있어서 개인적 열정이 그 출구를 사회적 이념에서 찾는다는 것은 거의 불가능한 것이다. 그리고 그 결과 『유정』에는 개인적 열정이 도덕이라는 사회적 이념을 압도하고 있다는 자의식이 유난하게 전제되어 있다는 점에서 특징적이다.

이러한 자의식으로 인하여 『유정』에는 두 가지 서로 모순되는 과제가 주어진다. 개인적 열정은 사회적 관습이나 제도로부터 자유로운 것이면서 동시에 그럼에도 불구하고 사회적 도덕적으로 결백한 것임을 입증해

소이다." 이광수, 「『무정』 등 전작품을 語하다」, 『이광수 전집』 16, 삼중당, 1963, 304~305면.
2) 이광수, 「作者의 말」, 『이광수 전집』 3, 삼중당, 1968.

야 하는 것이다. 이 모순을 어떻게 해결할 것인가. 다시 말해 도덕적 이념이 개인적 열정을 통해서 극복해야 할 대상이면서 동시에 개인적 열정을 규제하기 위해서 견지되어야 할 대상이라면, 과연 개인이 서야 할 자리는 어디인가. 이와 같은 질문에 직면해 있다는 점에서, 『유정』은 그간 이광수가 지녀 왔던 가장 근원적인 문제의식에 대한 전면적인 재검토를 시도하고 있는 시점에 놓여 있는 중요한 작품이라 할 수 있다.

브룩스에 의하면, "자아를 있는 그대로 이해하고 제시하기 위한 과정에서 부딪치게 되는 모순들은 그 자체로 강력한 서사적 기구를 제공한다."[3] 본고에서 주목하고자 하는 것 또한 바로 이 문제를 해결하기 위해 『유정』은 어떠한 서사 전략을 구축하고 있는가 하는 점이다. 몇몇 논자들이 지적했듯이, 『유정』의 가장 큰 서사적 특징은 최석의 이야기가 일인칭 서술자 '나'에 의해 전달된다는 점이다. 그래서 그것은 액자 소설의 기본적인 기능, 즉 "이중의 서술자를 내세워 표현의 명증성을 기하려는"[4] 의도로서 설명되거나, 시점의 이중화라는 측면에서 서술자 '나'의 설정이 인물의 도덕적 입장을 객관적이면서도 효과적으로 변호하기 위한 기술적 배려[5]로서 설명되곤 했다. 그러나 액자 형식이라든가 시점의 문제를 통한 접근은 표현의 인증성이라는 일반화된 사실을 지적할 수 있을 뿐이어서, 실제로 『유정』이 지니고 있는 복잡한 서사적 특징을 제대로 설명해주지 못한다.

필자는 『유정』을 최석의 이야기가 왜 일인칭 서술자 '나'의 이야기 틀 내에 '배치'되어야 했을까 하는 관점에서 다루고자 한다. 『유정』은 작품의 3/4 이상이 최석의 일기와 편지로 이루어져 있을 정도로 최석의 서사 자체에 큰 비중이 주어져 있다. 그런데 왜 최석의 서사는 다시 일인칭 서술자 '나'의 서사를 필요로 했을까. 본고에서는 『유정』이 이러한 두

---

3) Peter Brooks, *Reading for the Plot*, New York : Vintage Books, 1985, p.32.
4) 신상철, 「'사랑' 논고」, 『이광수 연구』, 학지사, 1984, 326면.
5) 한용환, 『한국소설론의 반성』, 이우출판사, 1984, 118~119면.

가닥의 이야기 선을 필요로 했던 필연성을 밝히는 것을 목적으로 한다. 그리고 그 필연성을 밝히는 과정은 궁극적으로는 앞서 살펴본 문제제기, 즉 이광수가 지녀왔던 가장 근원적인 문제의식에 대한 전면적인 재검토의 성과를 점검하는 과제와 연결될 것이다.

2. 인물의 서사와 서술자의 서사의 이원성

앞서도 언급한 것처럼, 『유정』은 일인칭 서술자 '나'가 최석과 정임에 관한 이야기를 독자에게 전달하는 방식으로 이루어져 있다. 전체적인 서사 전개 과정을 보자면, 그것은 '나'가 이 글을 쓰는 이유를 밝히는 도입 액자에서 시작하여, 일 년 전 최석의 '편지'를 받은 이후 일련의 과정을 거쳐 최석의 '일기'와 함께 그의 죽음을 확인하게 되는 사건을 서술하고, 끝으로 독자에게 그들에 관한 오해를 풀라는 당부를 덧붙이고 있는 종결 액자로 끝난다. 여기서 도입 액자와 종결 액자에 해당하는 부분은 '액자' 서사에 해당되고, 그 사이에서 전개되고 있는 사건은 모두 '내부' 서사에 해당한다. 그리고 최석의 편지와 일기는 '내부' 서사 안에 삽입되어 있는 또 다른 층위의 내부 서사이다. 여기서 주목해야 할 것은 최석의 편지와 일기가 작품의 3/4 이상을 차지하며, 그것이 서술자 '나'가 이끄는 서사와는 독립적인 구조를 가지고 있다는 점이다. 따라서 최석과 정임에 관한 이야기가 왜 일인칭 서술자 '나'의 이야기 틀 내에 배치되어야 했는가를 살피기 위해서는 무엇보다도 '최석'의 서사가 가지고 있는 플롯 구조를 따로 살피는 일이 필요하다. 그런 이유로, 본고에서는 서사 층위를 크게 중심 인물 '최석'의 서사와 일인칭 서술자 '나'가 이끄는 서사로 나누어 다루고자 한다. 이러한 층위 구분은 물론 논의의 편의를 위한 것이지만, 『유정』의 독특한 서사 전략을 밝히는 데 도움을 줄 것이라 기대한다.

1) 인물의 서사―의지적 행동과 내적 기질의 대립

'최석'의 서사는 최석이 그 스스로 남정임과의 관계를 밝히려는 목적에서 일인칭 서술자인 N에게 보내는 편지와, 그가 죽기 직전에 자신의 솔직한 심경을 고백한 일기로 이루어져 있다. 이렇게 자신의 복잡한 심경을 고백해야 하는 입장에 처해 있기 때문에, 최석은 사실상 자신의 경험에 대해 충분한 거리를 유지할 수 없다. 물론 편지의 경우 서술자는 수신자의 시선을 의식하면서 의식적인 서사를 구성하기 쉽지만, 오히려 그러한 의식적 서술 이면에 무의식적인 욕망의 서사는 더욱 두드러지게 마련인 것이다. 본 장에서 주목하고자 하는 것도 바로 최석의 서사가 지니고 있는 이러한 분열 양상에 관한 것이다.

먼저 최석의 첫 번째 서사인 편지를 살펴보자. 이 편지는 최석이 바이칼호에 도착한 직후 (x)의 기점에서 계절이 한 번 바뀐 (x′)의 시간에 걸쳐 씌어진 것이다.6) 서술되는 시간은 '나'가 친구에게서 의탁받은 고아 정임을 데려와서 기르다가(a), 가족과 학교로부터 정임과의 관계를 의심받는 바람에 교장직을 그만두고(b, c, d), 동경에서 마지막으로 정임을 만난 후(f), 만주를 거쳐 바이칼호에 이르게 되는(g) 여정에 걸쳐 있다. 이해를 돕기 위해 이를 도표로 나타내면 다음과 같다.

---

6) (x) : 나는 바이칼호의 가을 물결을 바라보면서 이 글을 쓰오 (9면)
　(x′) : 이 편지를 쓰기 시작할 때에는 바이칼에 물결이 융융하더니 이 편지를 끝내는 지금에는 가의 가까운 물에는 얼음이 얼었오 (90면)

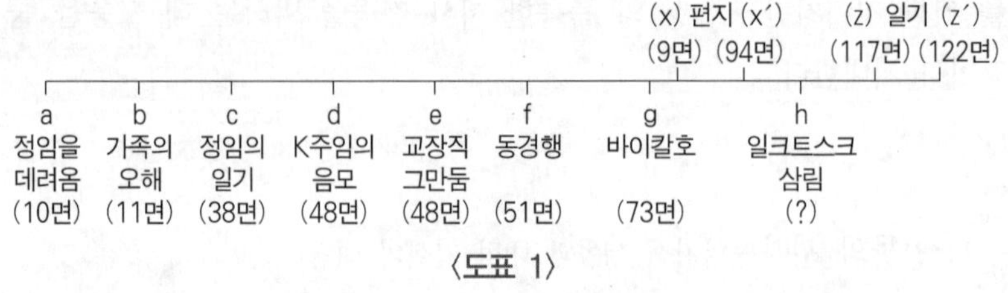

〈도표 1〉

　서술되는 시간상에서 보자면 각각의 사건은 연대기적인 시간 질서에 따라 정연하게 배열되고 있는 것처럼 보인다. 그러나 실제 이 편지에서 각각의 서사 요소가 배열되는 양상은 매우 복잡하다. 그것은 서술하는 현재와 서술되는 과거가 서로 빈번하게 교차되고 있기 때문이다. 슈탄젤 식으로 말하자면, 경험 자아와 서술 자아 간의 내적인 긴장이 존재하고 있는 것인데,[7] 그 교차의 빈도는 서술 자아가 경험 자아의 정당성을 입 증하려는 의식적인 노력을 보여줄 때 증가한다.

　b : 형도 아시다시피 (…중략…) 나는 교회의 직원으로 학교의 교원으로 그래 도 똑바로 깨끗한 길을 걸어오느라고 애를 쓴 사람이요. 그야 나도 사내니까 유시호 마음에 일종의 적막을 느끼는 때도 없지는 않았소마는 그러나 내 의지 력과 내 신앙은 그 모든 것을 눌러버리고 살아온 사람이 아니요. (16면)

　e : 가정과 학교에서 쫓겨난 나 최석은 인제는 조선에서 쫓겨나갈 프로그램이 다다른 것이요. 그러나 나는 도리어 태연하였소 (…중략…) 지금 생각하면 몇 가지 이유가 있었소. 첫째로는 하도 의외에 온 큰 타격! (…중략…) 둘째로는 도 무지 내 양심에 부끄러워 할 것이 없는 때문이겠지요. (49면)

　f : 형! 나를 책망하시오 심히 부끄러운 말이지마는 나는 정임을 힘껏 껴안아 주고 싶었소 (…중략…) 그러나 형! 나는 나를 눌렀소 내 타오르는 애욕을 차

---

7) 슈탄젤은 편지와 일기를 이른바 "유사 자전적 일인칭 서술 상황"으로 분류한다. 이 서술 상황의 특징은 주인공으로서의 자아와 서술자로서의 자아 사이의 내적 긴장이다. F. K. 슈탄젤, 김정신 역, 『소설의 이론』, 문학과비평사, 1988, 306면.

디찬 이지의 입김으로 불어서 끄려고 애를 썼소 (…중략…) 그렇지마는 내 가슴에 타오르는 이름지을 수 없는 열정의 불길은 내 이성과 의지력을 태워버리려 하오. 나는 눈이 아뜩아뜩함을 깨닫소 그렇지마는! 아아 그렇지마는 나는 이 도덕적 책임의 무상명령의 발령자인 쓴 잔을 마시지 아니하여서는 아니되는 것이요. (56~64면)

  (x´) : 그것은 열정이요. 정의 불길이요, 정의 광풍이요, 정의 물결이요 (…중략…) 그들은 내가 지금까지 옳다고 여기고 신성하다고 여기던 모든 권위를 모조리 둘러엎으려고 드오 그러나 형! 나는 도저히 이 혁명을 용인할 수가 없소. 나는 죽기까지 버티기로 결정을 하였소 내 속에서 두 세력이 싸우다가 싸우다가 승부가 결정이 못된다면 나는 승부의 결정을 기다리지 아니하고 살기를 드만두려오. (92면)

위의 인용문은, 서술 자아의 목소리가 전경화되고 있는 데서도 알 수 있듯이, 서술되는 과거의 시간이 서술하는 현재의 시간과 교차되고 있음을 보여준다. 여기서 주목할 것은 서술 자아의 목소리가 일관되게 서술되는 과거에 대해서 그 자신의 도덕적 결백함을 주장하고 있다는 사실이다. 정임에 대한 아내의 오해(b), 교장직을 그만두어야 했던 사건(e)에 대해서는 물론이고, 그 자신 정임에 대한 열정을 가졌던 사실(f)에 대해서조차도, 서술 자아는 그 자신이 얼마나 "도덕적 책임의 무상명령"을 따르고자 애썼는가 하는 자신의 의지적 행동을 피력하고 있는 것이다. 이것은 최석의 편지가 정임과의 관계를 해명하고자 하는 목적에서 씌어진 만큼, 다분히 수신자인 N형, 즉 일인칭 서술자 '나'의 시선을 의식한 결과라 할 수 있다.

그러나 이렇게 서술 자아가 경험 자아에 빈번하게 개입하고 있다는 것은 두 자아 간에 심리적 시간적 거리가 확보되지 못했음을 의미한다.8)

---

8) 슈탄젤에 의하면, 서술 자아가 성숙한 경우 경험 자아로부터 일정한 거리를 지니고 자신의 삶을 조명하는 것이 가능하지만, 두 자아간의 거리가 확보되지 못한 경우 혼란과 경험 지향의 결핍이 서술 과정의 일부를 이루기도 한다. F. K. 슈탄젤, 김정신 역, 위

사실 최석이 편지를 쓰는 기점 (x)는 정임과의 관계로 인해 교장직을 그만두고 조선을 떠나게 된 지 얼마 되지 않는 시점이다. 게다가 서술 자아의 목소리는, 의지적이지만 여전히 심리적 갈등을 보여주고 있다는 점에서, 정임과의 관계로부터도 심리적인 거리를 두지 못했음을 알 수 있다. 이런 까닭에 최석의 편지는 무의식적으로는 의지적 행동의 서사로부터 벗어나 분열되는 경향을 보여주는데, 그것은 서술 하는 현재가 서술되는 과거의 정당성을 입증하는 과제로부터 자유로울 때 은밀한 방식으로 드러난다.

서술되는 시간의 사건과는 무관한 채로 서술하는 시간의 정황이 부각되어 있는 대목은 특히 바이칼호에 대한 묘사에 집중되어 있다. 바이칼호는 최석 자신이 "평소에 이상하게도 그리워하던"(67면) 장소이며, 실제로 바이칼호를 보았을 때 그는 "거의 무의식적으로 차에서 뛰어"(73면) 내리는 모습을 보여주기도 한다. 이런 점으로 미루어 보아 바이칼호에 대한 묘사는 그의 무의식의 움직임을 살펴볼 수 있는 근거가 된다.

(x) : 나는 바이칼호의 가을 물결을 바라보면서 이 글을 쓰오 (…중략…) 보이고 들리는 것이 오직 성내어 날뛰는 바이칼호의 물과 광막한 메마른 풀판뿐이요 아니 어떻게나 쓸쓸한 광경인고 (…중략…) 지금은 밤중. 우루루 탕 하고 달빛을 실은 바이칼의 물결이 바로 이 어촌 앞에 바위를 때리고 있소. 어떻게나 처참한 광경이요? (9면)

(x′) : 이 편지를 끝내는 지금에는 가의 가까운 물에는 얼음이 얼었소 그리고 저 멀리 푸른 물이 늠실늠실 하얗게 덮인 산 빛과 어울리게 되었소 사흘이나 이어서 오던 눈이 밤새에 개이고 오늘 아침에는 칼날 같은 바람이 눈을 날리고 있소 나는 이 얼음 위로 걸어서 저 푸른 물 있는 곳까지 가고 싶은 유혹을 금할 수 없소 (90면)

의 책, 307면.

    (x´) : 저 멀리 검푸르게 보이는 것이 채 얼어 붙지 아니한 물이겠지요. 오늘 밤
에 바람이 없고 기온이 내리면 그것마저 얼어 붙을는지 모르지요. 벌써 살얼음
이 잡혔는지도 모르지요. 아아, 그 속을 얼마나 깊을까. 나는 **바이칼의 물 속**이
관심이 되어서 못견디겠소. (94면)

인용문에서 강조한 부분에서 볼 수 있는 것처럼, 바이칼호에 대한 묘
사에서도 특히 집중되고 있는 것은 "바이칼호의 물"에 관한 것이다. 바
이칼호의 물에 대한 집요한 묘사는 정임과의 관계를 분명히 하고자 하
는 이 편지의 본래 목적에서는 벗어나 있다고 할 수 있다. 그것은 서술
되는 시간에 대한 해명과는 무관한 것처럼 보이기 때문이다. 그러나 최
석과 정임의 관계가 대개 "물결은 아우성을 치는 밤"이라든가 "정의 물
결"과 같이 물의 이미지와 관련되어 묘사되고 있는 것으로 미루어 볼
때,9) 물의 이미지는 사실 최석 자신이 의식적으로 그토록 부정하고 싶
어했던 '열정'과 관련되어 있음을 알 수 있다. 여기서 "바이칼호의 물"에
대해 보여주는 무의식적인 관심은 그러한 개인적 열정의 연속선에 있는
것이다.

   중요한 것은 이러한 내적 기질에 관한 서술이, 이 글을 쓰는 목적인
정임과의 관계를 분명히 하고자 하기 위한 것임을 밝히고 있는 (x)의 서
술 시간에서, 그리고 자신의 열정을 다스리기 위해서 "눈 덮인 삼림 속
으로"(92면) "최후의 방랑의 길"(94면)을 오르려 한다는 의지를 밝히고 있
는 (x´)의 서술 시간에서, 동시에 이루어지고 있다는 점이다. 다시 말해

---

9) c : "캄캄하게 어두운 밤, 바람에 구름은 뭉게뭉게 **하늘과 바닷가 모두 열정으로 끓는**
밤에 나는 그이와 단 둘이 있는 하룻밤을 가졌다." (…중략…) 이날은 정임의 일기에 있
는 모양으로 동남풍이 많이 불고 하늘은 검은 구름으로 덮이고 **물결은 아우성을 치는**
밤이었소 (41면)
  g : 고개를 들려고 할 때에, 형이여, 이상한 일도 다 있소 그 수면에 정임의 모양이
(…중략…) 마치 환한 대낮에 실물을 대한 모양으로 소상하게 나타났소 "정임이!" 하고
나는 소리를 지르며 물로 뛰어들려 하였소 (75면)
  (x´) : 그 숨긴다는 것이 무엇이냐 하면 그것은 열정이요 정의 불길이요, 정의 광풍이
요, 정의 물결이요. (92면)

의식의 서사가 자신의 결백함을 입증하기 위해 도덕적인 진술을 하고 있는 곳에서, 무의식의 서사는 끊임없이 "성내어 날뛰는", "우루루 탕" 하고 "바위를 때리는", "저 푸른 물 있는 곳까지 가고 싶은 유혹"을 금할 수 없는, "바이칼의 물 속이 관심이 되어서 못견디겠"는 내적 기질을 향해 미끄러지고 있는 것이다.

최석의 편지에서의 분열 양상은 그의 두 번째 서사인 일기에서 증폭된다. 최석의 일기는 '나'가 바이칼호를 떠나 이르크트스크 삼림에 도착(h)한 이후 죽음에 임박하기까지의 기간에 걸쳐 씌어지고 있는데, 여기서의 분열 양상은 보다 극적이고 격렬한 방식을 보이고 있다.

(z) : 나는 동경으로 돌아가고 싶다. 정임의 곁으로 가고 싶다. 시베리아의 광야의 유혹도 아무 힘이 없다. (…중략…) 아무도 듣는 이 없는 데서 내 진정을 말하라면 그것은 이 천지에 내게 의미 있는 것은 정임이밖에 없다는 것이다. (118면)

(z′) : 내 자존심이라는 것이나, 의지력이라는 것이나, 인격이라는 것이 모두 세상의 습관과 사조에 휩쓸리던 것인가. 남들이 그러니까─ 남들이 옳다니까─ 남들이 무서우니까 이 애욕의 무덤에 회를 발랐던 것인가. 그러다가 고독과 반성의 기회를 얻으매 모든 회칠과 가면을 떼어버리고 빨가벗은 애욕의 뭉텅이가 나온 것인가. (…중략…) 어쩌면 그 모든 높은 이상들─인류에 대한, 민족에 대한, 도덕에 대한, 신앙에 대한 그 높은 이상들이 이렇게도 만만하게 마치 바람에 불리는 재 모양으로 자취도 없이 흩어져버리고 말까. (120면)

(z″) : 아아 나는 하루바삐 죽어야 한다. 이 목숨을 연장하였다가는 무슨 일을 저지르는지 모른다. 나는 깨끗하게 나를 이기는 도덕적 인격으로 이 일생을 마쳐야 한다. (121면)

최석의 일기에서 주목할 만한 것은, 열정을 압도하고자 하는 의지적 측면이 보다 부각되고 있던 편지와는 다르게, 열정이라는 자신의 내적 기질에 대한 토로가 거의 전반을 차지하고 있다는 점이다. "내 진정을 말하라면” “이 천지에 내게 의미있는 것은 정임이밖에 없다”라든가, 인류, 민족, 도덕, 신앙에 대한 그 높은 이상들이 “이렇게 만만하게” “자취도 없이 흩어져버리고” 있다든가 하는 고백은 그 자신의 도덕적 의지라는 것이 얼마나 무력한가 하는 것을 그대로 드러낸다. 게다가 그 도덕적 의지라는 것이 “남들이 옳다니까” “남들이 무서우니까” “세상의 습관과 사조에 휩쓸리던” 결과일지도 모른다는 회의, 그리고 “목숨을 연장하였다가는 무슨 일을 저지를는지 모른다”는 위기감 등은 열정의 힘을 공공연하게 과시하려는 것처럼 보이기까지 한다. 다시 말해 의지적 행동의 무력함과 열정을 향한 자신의 내적 기질에 대한 공공연한 토로는 일면 개인적 열정이 사회적 관습이나 제도로부터 자유로운 것이어야 한다는 것에 대한 주장처럼 읽히는 것이다. 그러나 최석의 의식은 거의 죽음에 임박해서까지 그 자신이 도덕적 시선으로부터 끝내 자유로울 수 없었음을 보여준다.

> (z') : “열이 나고 시침이 난다. 가슴이 아프다. 이것이 폐염이 되어서 혼자 깨끗하게 이 생명을 마치게 하여 주소서 하고 빈다. 나는 오늘부터 먹고 마시기를 그치련다.” 이러한 말을 썼다. 그러고는 “정임, 정임, 정임, 정임” 하고 정임의 이름을 수없이 쓴 것도 있고, 어떤 데는 “Overcome! Overcome!”하고 영어로 쓴 것도 있었다. 그리고 마지막에 “(…중략…) 나는 죽음과 대면하였다. 사흘째 굶고 앓은 오늘에 나는 극히 맑고 침착한 정신으로 죽음과 대면하였다. 죽음은 곧 검은 옷을 입은 구원의 손이었다. (…중략…) 나는 죽음의 손을 잡노라. 감사하는 마음으로 죽음의 품에 안기노라, 아멘” 이것을 쓴 뒤에는 다시는 일기가 없었다. (121~122면)

개인적 열정을 향한 내적 기질과 그것을 극복해야 한다는 의지적 행동간의 분열 속에서 최석이 궁극적으로 택하고 있는 것은 죽음이다. 최석에게 죽음은 “혼자 깨끗하게 이 생명을 마치게” 해주는 “구원의 손”으로 생각되고 있지만, 사실 그것은 분열의 해결이라기보다는 분열의 초월에 가깝다. 그 죽음은 내적 기질과 의지적 행동 사이의 분열은 그대로 남겨둔 채 그 분열이 가져다주는 고통으로부터의 해방을 의미할 뿐이기 때문이다. 따라서 죽음이라는 해결은 사실상 그러한 분열이 현실적으로는 양립 가능하다는 것에 대한 고백과 다르지 않은 것이다.

이상에서 살펴본 것처럼, 최석의 편지는 의식의 서사와 무의식의 서사 간의 은밀한 대립의 구조를 가지고 있다. 그리고 최석의 일기는 죽음을 그 해결책으로 선택함으로써 현실적으로는 도덕적 의지와 내적 기질이 서로 양립할 수 없음을 드러낸다. 이러한 대립 구조는 최석이 자신의 내적 기질과 의지적 행동 사이에서 자신의 적절한 자리가 어디인지에 대한 하나의 대답을 발견하는 데 실패했음을 의미한다. 분석적인 도덕 논리로는 그 자신의 개인적 열정이 도덕적으로 용납될 만한 것인가 라는 질문에 끝내 대답하지 못할 것이기 때문이다.

2) 서술자의 서사—대립의 초월적 결합 지향

'나'의 서사는 일인칭 서술자 '나'가 최석에 관한 이야기를 독자에게 전달하는 방식으로 이루어져 있다. 그것은 '나'가 이 글을 쓰는 이유를 설명하는 도입 액자 (y)에서 시작하여, 일년 전 최석의 편지를 받고(a), 그것을 가족에게 보여주어 그들의 오해를 풀고(b, c), 최석을 찾으러 떠난 정임과 최석의 딸 순임의 뒤를 따라 시베리아로 떠나고(d, e, f), 거기서 최석의 죽음을 통해 최석과 정임의 비극적인 관계를 확인하고 돌아오는 것까지 서술한 후(g, h, I), 마지막으로 그들에 관한 오해를 풀라는 독자에 대한 당부를 하고 있는 종결 액자 (z)로 끝난다.

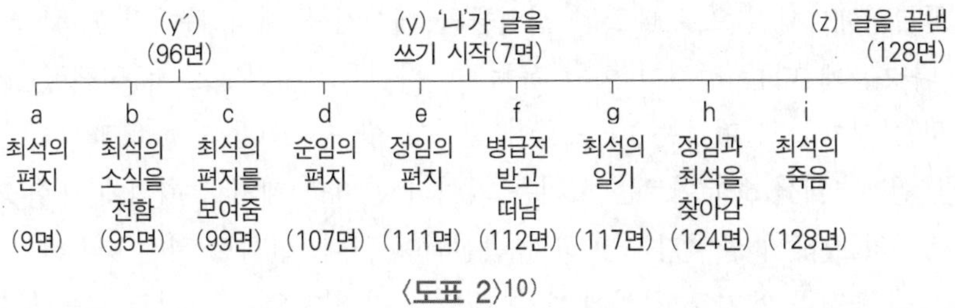

〈<u>도표 2</u>〉[10]

　여기서 주목해야 할 것은 서술자 '나'가 최석에 관한 일을 독자에게 전달하는 방식이다. 도입 액자에서도 드러나 있는 것처럼, 서술자 '나'가 이 글을 쓰는 이유는 최석에 대한 사건의 전말을 독자에게 전달함으로써 그에 대한 세상 사람들의 오해를 풀기 위한 것이다. 그런 이유로 최석에 관한 일은 이러한 서술자 '나'의 목적에 비추어 재해석되어 전달될 수밖에 없는데, 그 전달 과정에서 어떤 사건을 '사건'으로서 플롯상에 배열하고 있는가 하는 문제는 이 재해석의 문제를 살펴보는 데 중요한 관건이 된다. 서술자 '나'는 최석에 관한 일을 전달하는 과정에서, 최석에 관한 모든 일이 아니라, 최석과 관련하여 그 자신이 중요하다고 판단한 사건만을 배열했을 것이기 때문이다. 로트만은 이를 "사건에 대한 메시지에 의해 전달되는 정보가 크면 클수록 플롯의 저울 위에서 사건의 눈금은 커진다"[11]고 표현했거니와, 그런 의미에서 서술자 '나'에 의해

---

10) (y)의 기점은 도입 액자에서 서술자 '나'가 최석과 정임의 편지를 받은 후 그들의 소식을 모르는지 일년여의 시간이 지났다고 서술한 것으로 보아 e와 f 사이에 설정되어야 한다. 그러나 실제 서술되는 시간에서 e와 f의 시간적 거리는 "십여일"로 처리되고 있음을 볼 수 있는데, 이것은 신문연재소설에서 빈번하게 일어나는 작가의 착오에 의한 것으로 보인다.

11) 로트만에 따르면, 어떤 사건이 플롯의 기본 단위로서의 사건으로 인정될 수 있으려면, "비록 일어나지 않을 수도 있었지만 일어난 것"의 성격을 가지고 있어야 한다. 예를 들어 현대 소설에서 주인공이 죽을 때 그는 죽지 않았을 수도 있었다는 것, 대신에 그는 결혼해 버렸을 수도 있었다는 것이 가정되는 것이다. 그런 의미에서 사건에 대한 메시지에 의해 전달되는 정보가 크면 클수록 플롯 저울 위에서의 사건의 눈금은 높아진다. 유리 로트만, 유재천 역, 『예술 텍스트의 구조』, 고려원, 1991, 357면 참조

플롯상에 '사건'으로 배열된 사건들의 메시지를 해석하는 것은, 서술자 '나'가, 왜 다른 사건이 아닌 유독 그 사건을, '사건'으로서 선택했는가 하는 문제를 살펴보는 데 도움이 된다고 할 수 있다.

먼저 a에서 d에 이르는 사건은 최석의 편지를 계기로 최석에 대한 가족들의 오해가 풀어지는 과정과 관련되어 있다. 실제로 사건 b와 c는 최석의 편지를 계기로 최석에 대한 태도가 바뀌고 있는 부인의 모습에 초점을 둠으로써, 최석의 편지가 오해를 푸는 데 중요한 역할을 하고 있음을 보여준다. 그리고 사건 d 또한 최석의 딸 순임이 아버지를 이해하게 된 심경을 제시하고 있다. 그러면 이러한 오해의 풀어짐이라는 사건이 담고 있는 궁극적인 메시지는 무엇일까. 다시 말해 서술자 '나'는 어떠한 측면에서 오해의 풀어짐이라는 사건을 플롯상의 '사건'으로서 선택한 것일까. 그것은 최석의 편지에 구체적인 해석을 가하고 있는 순임의 편지에서 그 실마리를 찾을 수 있다.

> d : 아버지는 분명 정임을 사랑하실 것입니다. 처음에는 친구의 딸로, 다음에는 친딸과 같이, 또 다음에는 무엇인지 모르게 뜨거운 사랑이 생겼으리라고 믿습니다. 그것을 아버지는 죽인 것입니다. 그것을 죽이려고 이 달할 수 없는 사랑을 죽이려고 시베리아로 달아나신 것입니다. 인제야 아버지가 선생님께 하신 편지의 뜻이 알아진 것 같습니다. 백설이 덮힌 시베리아의 삼림 속으로 혼자 헤매며 정임에게로 향하는 사랑을 죽이려고 무진 애를 쓰시는 그 심정이 알아지는 것 같습니다. 선생님 이것이 얼마나 비참한 일입니까. (109면)

여기서 순임이 최석을 이해하는 관점은 "비참한 일"이라는 진술에 한 마디로 압축되어 있다. "달할 수 없는 사랑을 죽이려고" 시베리아의 삼림 속을 혼자 헤매야 했던 최석의 행위는 얼핏 개인적 열정을 지녔으되 그것을 억눌러야 한다는 도덕적 의지의 측면을 강조하여 최석의 편지를 해석한 결과처럼 보인다. 그러나 그러한 행위가 '비장'하기보다는 "비참한 일"로 여겨지고 있다는 것은 이러한 해석이 뒤집어져야 하는 것임을 의미한다. '슬프지만 장하다'가 아니라, '차마 볼 수 없을 정도로 슬프고 처참하다'의 정서는 최석의 도덕적 의지의 측면을 강조하기보다는 거꾸로 최석의 사랑을 허용하지 않는 현실적 도덕률을 향한 다소의 저항을 함축하고 있기 때문이다. 그리고 그것은 "제 목숨을 바쳐서 하는 일에 누가 시비를 하겠습니까"(110면)라는 정임에 대한 순임의 항변에서도 뒷받침된다. 최석의 이야기는 개인적 열정과 그것을 억눌러야 한다는 의지적 행위간의 갈등이라기보다는 개인적 열정과 그것을 억압하는 현실적 도덕률과의 갈등의 측면에서 조명되고 있는 것이다.

개인적 열정과 그것을 억압하는 현실적 도덕률과의 갈등은 이제 앞으로 전개될 비극 속에서 더욱 극화된다. e에서 i에 이르는 사건은 서술자 '나'가 최석이 위독하다는 전보(f)를 매개로 "비극"의 핵심으로 다가가는 과정의 전개이다. 여기서 비극이란 죽음에 임박한 두 사람을 만남과 관련이 있다. 사건 e에서 '나'는 병들어 죽음에 임박해 있다는 정임의 편지를 읽고나서 "무슨 큰 비극이 가까운 것"(112면)을 예감한다. 그리고 그 증명이기라도 하다는 듯 "십여 일"이 지나 순임으로부터 최석이 위독하다는 전보(f)를 받게 된다. '나'는 "사랑하는 두 친구가 목숨이 경각에 달린 것"(112면)을 생각하며 곧 일크트스크로 떠나며, 거기서 두 사람을 만나게 하는 임무, 즉 비극의 핵심을 목격하는 임무를 완수하게 되는 것이다.

그러면 비극의 핵심으로 다가가는 사건 전개가 담고 있는 궁극적인 메시지는 무엇일까. 다시 말해 서술자 '나'는 어떤 측면에서 두 사람이 비극에 이르는 과정을 플롯상의 '사건'으로서 선택한 것일까. 그것은 병든 몸으로 최석을 찾아가는 정임을 대하면서 두 사람을 적극적으로 옹호하고 있는 사건 h에서 그 실마리를 찾을 수 있다.

h : 나는 정임과 최석을 이 자유로운 시베리아의 삼림 속에 단 둘이 살게 하고 싶었다. (…중략…) 이 목숨이 끊어지기 전에 사랑하는 이의 얼굴을 한 번 대하겠다는 것밖에 아무 소원이 없는 정임은 참으로 가엾어서 가슴이 미어지는 것

같았다. (…중략…) 나는 더욱 최석과 정임과 두 사람의 사랑을 달하게 할 결심을
하였다. 하나님이 계시다면 이 가엾은 간절한 두 사람의 마음을 가슴 미어지게
아니 생각할 리가 없다고 생각하였다. 우주의 모든 일 중에 정임의 정경보다
더 슬프고 불쌍한 정경이 또 있을까 하였다. 차디찬 눈으로 덮인 시베리아의
광아에 병든 정임의 사랑으로 타는 불똥과 같이 날아가는 이 정경은 인생이 가
질 수 있는 최대한의 비극인 것 같았다. (125~126면)

위의 인용문은 서술자 '나'가 병든 정임과 함께 죽음에 임박해 있는
최석을 찾아가는 길에서 느낀 비감을 서술하고 있다. 여기서 최석과 정
임에 대한 '나'의 입장은 단순한 공감 이상의 것임을 보여준다. 병든 몸
으로, "사랑하는 이의 얼굴을 한번 대하겠다"는 집념으로 시베리아의 한
벌판을 달려가는 정임의 모습은 여기서 "인생이 가질 수 있는 최대한의
비극"으로 부각되고 있으며, 그것은 '나'로 하여금 "두 사람의 사랑을 달
하게 할 결심"까지를 이끌어내고 있는 것이다. 이러한 상황에서 두 사람
의 사랑이 도덕적 시비의 대상인가 하는 문제는 희미해질 수밖에 없다.
"우주의 모든 일 중에" 가장 슬프며 "인생이 가질 수 있는" 최대한의 비
극이라는 극적인 정서 속에서, 부각되는 것은 오직 현실적 도덕률에 억
압되고 있는 개인적 열정의 가련함일 뿐이기 때문이다. 그리고 그 가련
함은 이제 최석의 죽음 속에서 극대화된다.

I: 나는 최석의 자리옷 가슴을 헤치고 귀를 가슴애 대었다. 그 살은 얼음과
같이 차고 그 가슴은 고요하였다. 심장은 뛰기를 그친 것이었다. (…중략…) 최
석이 자기의 싸움을 이기고 죽었는지, 또는 끝까지 지다가 죽었는지 그것은 영
원한 비밀이어서 알 도리가 없었다. 그러나 이것만은 확실하다 — 그의 의식의
마지막으로 끝나는 순간에 그의 의식에 떠오던 오직 하나가 정임이었으리라는 것
만은. (128면)

병든 몸으로 사랑하는 사람을 만나기 위해 힘겹게 시베리아의 벌판을

달려 온 정임이 맞닥뜨린 것은 이미 심장이 멈춰버린 최석의 싸늘한 시신이다. 최석의 죽음은 사랑하는 이들 두 사람이 끝내 현실에서는 만날 수 없었다는 점에서 최대한의 비극적인 정서를 환기시키고 있는 것이다.

그러나 그 사건은 죽음의 순간 "그의 의식에 떠오던 오직 하나가 정임이었으리라는" '나'의 적극적인 의미부여로 인해 이들 두 사람이 현실을 초월하여 결합되는 사건으로 새롭게 자리매김된다. 서술자 '나'의 플롯상에 '사건'으로서 위치지어지고 있는 것은 그들이 결국에는 만나지 못하고 말았다는 사실이 아니라, 현실을 초월하는 순간에야 비로소 만날 수 있었다는 사실인 것이다. 현실을 초월한 만남, 이것은 그들 두 사람의 사랑이 끝내 도덕적으로 비난받을 만한 행동과는 연결되어 있지 않은 순수한 것이었다는 사실을 부각시켜준다. 다시 말해 그 순수함의 의미를 부여받으면서 개인적 열정은 현실적인 도덕률, 즉 도덕적 시비의 문제를 간단히 넘어서게 되는 것이다. 요컨대, '나'의 서사에서 최석의 이야기는 근본적으로 개인적 열정과 그것을 억압하는 현실적 도덕률과의 갈등의 측면에서 조명되면서, 죽음의 순간 그 순수함으로 보증받음으로써 개인적 열정과 도덕적 의지가 양립가능한 사건으로서 자리매김되고 있는 것이다.

3. 이원적 플롯과 모순된 욕망의 서사적 해결

이상에서 살펴보았듯이, 『유정』에서 우리는 최석에 관한 두 가지 서사를 접하게 된다. 그 하나는 '최석' 그 자신의 서사이고, 다른 하나는 최석에 관한 이야기를 전달하고 있는 서술자 '나'의 서사이다. 전자가 개인적 열정과 도덕적 의지간의 내적 갈등에 직면하여 최석이 얼마나 처절한 고투를 겪었으며, 끝내 그것을 해결할 수 없었는가에 대한 고백이라면, 후자는 개인적 열정과 그것을 억압하는 현실적 도덕률과의 외적 갈등에 직면하여 현실적 도덕률을 초월함으로써 개인적 열정과 도덕적 의지를 조화시킬 수 있었다는 내용의 보고서라 할 수 있다. 이 두 가지 서사를 논리적 담화로 정돈할 수 있는 방법은 없다. 그 이유는 두 서사는 서로 모순되고 있으며, 그러한 까닭에 한쪽의 서사가 다른 한쪽의 서사를 설명하는 데 무력하기 때문이다. 『유정』은 왜, 이렇게 서로 모순되는 두 가닥의 서사 플롯으로 구성되어야 했을까.

'최석'의 서사는 열정의 힘, 즉 개인적 열정의 어찌할 수 없음에 대한 공공연한 고백이다. 그는 물론 개인적 열정을 향한 내적 기질과 그것을 극복해야 한다는 의지적 행동간의 선택의 문제에 대해서 침묵하고 있지만, 그 침묵은 사실 개인적 열정의 어쩔 수 없음에 이끌려가는 도덕적 인간의 분열을 의미한다고 할 수 있기 때문이다. 그것은 일찍이 「어린 벗에게」에서도 드러나고 있었던 문제의식, 즉 민족을 위한 사업으로도 메꾸어질 수 없었던 사랑에 대한 근원적인 욕구의 표출이라고도 할 수 있다. 『유정』이 근본적으로 그러한 정(情)에 대한 예찬 속에서 기획되고 있었다는 사실 또한 이를 뒷받침한다.

> 나는 인생 생활을 움직이는 힘 중에 가장 힘 있는 것이 인정인 것을 믿습니다. 그리고 인생을 높게 하고 깨끗하게 하는 것도 인정인 것을 믿습니다. 돈의 힘으로도, 권력의 힘으로도 군대의 힘으로도 할 수 없는 힘을 인정의 힘으로 할 수 있을 만큼 인정에 신비한 힘이 있는 것을 믿습니다. (…중략…) 나는 二十二, 三세의 도무지 아무 것에도 구속을 받지 않는 열정에 타는 어리던 시절로 돌아가서 열정이 쏟는 대로 이 이야기를 써 보려고 합니다.

그러나 얼핏 열정이 가지고 있는 우월한 힘에 대한 당당한 예찬처럼 보이는 이 주장은 사실 "구속"이라는 사회적 시선을 염두에 두지 않을 것이라는 발언 속에서 거꾸로 사회적 시선에 대한 자의식을 드러낸다.

다시 말해 돈이나 권력, 군대의 힘으로 표상되는 사회적 관습과 제도로부터 자유롭고자 하는 열정은 동시에, 그럼에도 불구하고 그 사회적 시선에 대해 결백해야 한다는 강박 관념을 보여주고 있는 것이다.

이러한 사회적 시선에 대한 자의식은『유정』에 또 하나의 서사, 즉 서술자 '나'의 서사가 필요했던 이유를 설명해준다. 살펴본 바와 같이 서술자 '나'의 서사는 현실적 도덕률을 초월한 개인적 열정과 도덕적 의지 간의 양립가능성을 입증하려는 노력을 보여주고 있기 때문이다. 요컨대『유정』은 '최석'의 서사를 통해 다시 한번 그 채워지지 않는 근원적 열정을 향한 갈망을 토로하고자 하지만, 끝내 사회적 시선으로부터 자유로울 수 없었던 까닭에 서술자 '나'의 서사를 필요로 했다고 할 수 있는 것이다.

이렇게 모순되는 두 가닥의 서사가 공존함은 실상『유정』이 개인적 열정과 도덕적 이념 사이에서 개인이 서야 하는 적절한 자리를 찾는 데 실패했음을 의미한다. 그럼에도 불구하고 개인적 열정과 도덕적 이념이 서로 다른 플롯 층위에서 각각 자신의 지위를 주장하고 있다는 것은 작가 자신이 이 두 가지 욕망 둘 다를 포기할 의사가 없었음을 보여준다. 뒤집어 말하면, 개인적 열정과 도덕적 이념 둘 다를 향한 모순된 욕망이 이들 서로 모순되는 두 가지 서사의 공존에서 그 해결책을 찾았던 것이다. 이런 맥락에서,『유정』의 이원적 플롯은 사회적 시선으로부터 자유로울 것을 주장하면서 동시에 사회적 시선을 의식하지 않을 수 없었던, 개인적 열정의 모순된 욕망을 동시적으로 실현시키기 위한 서사적 해결책으로서의 의미를 지닌다고 할 수 있다.

이광수의 역사소설에 대하여

역사적 공간의 자전적 공간화 양상을 중심으로

1. 역사소설의 역사성과 허구성

역사소설 하면 가장 먼저 떠오르는 것은 아마도 '역사를 소재로 한 소설'이라는 통념일 것이다. 그러나 비록 그 통념이 동어 반복적인 정의에 기반한 것에 불과하다 하더라도, 그렇기 때문에 오히려 그것은 역사소설의 근본적인 개념을 잘 말해주고 있다고 할 수 있다. '역사'를 '소재'로 한 '소설'이란 이미 그 자체로 거칠게나마 "역사성과 허구성이 서로 융합되어 있는 서사 양식"[1]이라는 개념을 내포하고 있기 때문이다.

그럼에도 불구하고 지금까지의 역사소설에 대한 논의에서 중심축은 허구성보다는 역사성의 문제에 놓여져 왔다. 역사소설에 대한 최초의 본

---

1) 이재선, 「역사소설의 성취와 반성」,『현대 한국문학 100년』(유종호 외), 민음사, 1999, 119면.

격적인 논의라 할 수 있는 백낙청의 논문 「역사소설과 역사의식」만 보
더라도 거기서 가장 강조되고 있는 것은 "역사의식"의 문제이다. 그는
역사소설의 핵심을 "역사의식", 즉 "현재를 역사의 소산으로 보고 과거
를 현재의 전신으로 파악하는 정신"으로 보면서, 역사의식의 쇠퇴는 역
사에 대한 신념과 역사를 서술할 능력의 부재를 의미하며, 그런 만큼 그
러한 역사소설은 본격적인 역사소설과는 구분되어야 한다고 주장하고
있다.2)

역사소설에 대한 논의에서 이처럼 역사의식의 문제가 강조되고 있는
이유는 무엇보다도 우리의 역사소설을 민족문학운동의 일환으로 이해하
고자 하는 태도와 관련이 있다. 그것은 우리의 역사소설이 "민족적 허탈
감에 빠져 있던 대중들에게 '조선심'을 불러일으킴으로써 민족애와 민
족 미래에 대한 희망을 갖게 하려고"3) 창작되었다는 이주형의 주장에서
단적으로 드러난다. 다시 말해 우리의 역사소설은 역사의 재발견을 통한
민족의식의 고취를 목적으로 씌어졌다는 것인데, 이처럼 역사의식과 민
족의식을 두 축으로 역사성의 문제에 초점을 두고 역사소설을 이해하려
는 관점은 지금까지의 우리의 역사소설에 대한 논의에서 일종의 선험적
인 전제로 작용해왔던 것이다.

사정이 이러하니 만큼, 당시 민족문학 운동의 대표격으로 취급되고 있
는 이광수의 역사소설에 대한 논의가 어떠한 관점에서 이루어졌으리라
는 것은 쉽게 짐작할 만하다. 실제로 백낙청은 『단종애사』에서 망국의
설움과 불의에 대한 울분의 막연한 감정으로 가득찼던 이광수의 민족주
의 운동의 성격을 읽어내고 있고,4) 송백헌은 이광수의 역사소설을 두고
"역사적 위인을 그림으로써 민족주의적 계몽의식을 고취하려는 공리주

---

2) 백낙청, 「역사소설과 역사의식」, 『창작과비평』, 1967년 봄 참조.
3) 이주형, 「한국 역사소설의 성취와 한계」, 『현대 한국문학 100년』(유종호 외), 민음사,
  1999, 159면.
4) 백낙청, 「역사소설과 역사의식」, 『창작과비평』, 1967년 봄, 18~19면.

의적인 문학관"의 산물이라 평가하고 있으며,5) 김윤식 또한 이광수의 역사소설을 "작가가 현대소설에서 갖고자 하는 이데올로기를 역사적 소재를 빌어 형상화하는" "이념형 역사소설"로 분류하고 있다.6) 역사의식와 민족의식을 결부시켜 이광수의 역사소설을 이해하려는 이러한 관점은 최근의 역사소설 연구자들에게까지 그대로 이어지고 있다. 통일신라까지의 고대사회를 다룬 『마의태자』·『이차돈의 사』·『원효대사』 등이 사료의 한계와 더불어 역사를 사사화한 까닭에 현실토피적이며 흥미위주의 오락물과 가까운 데 반해, 조선시대를 배경으로 한 『단종애사』·『이순신』·『세조대왕』 등은 "과거의 역사를 통해 윤리적 교훈을 제시한다는 나름의 문제의식에 입각하여 비교적 사실에 충실하려는 노력을 보여주고 있"다고 평가하고 있는 강영주의 논의,7) 그리고 『단종애사』를 "공적 역사의 재생산" 전략을 취하고 있는 기록적 역사소설로 분류하고, 그것이 1930년대라는 시대적 상황에서 조선의 회복으로 여겨질 가능성을 언급하고 있는 공임순의 논의8) 등이 그것이다.

물론 이광수의 역사소설이 민족의식을 강조하고 있다는 점을 완전히 부인할 수는 없을 것이다. 그 자신 공공연하게 민족주의 이념을 내세워 논설을 쓰고 소설을 창작했으며, 그것은 여러 논자들이 이미 지적한 바와 같이 그의 역사소설의 곳곳에서도 산견되고 있는 사실이기 때문이다. 그러나 그의 역사소설을 민족주의 이념의 산물로서만 평가하는 것은 그의 역사소설이 가지고 있는 허구성의 축을 간과한 반쪽의 이해에 불과하다. 이후에 자세히 살펴보겠지만, 역사적 인물과 역사적 사건에 기반하고 있는 까닭에 일면 객관적인 역사적 공간을 구축하고 있는 것처럼 보이는 이광수의 역사소설은 끊임없이 그의 자전적 삶의 영역을 환기시

---

5) 송백헌, 『한국 근대 역사소설 연구』, 삼지원, 1985, 74~76면.
6) 김윤식, 「역사소설의 네 가지 형식」, 『한국근대소설사연구』, 을유문화사, 1986, 412면.
7) 강영주, 『한국 역사소설의 재인식』, 창작과비평사, 1991, 62~63면.
8) 공임순, 「한국 근대 역사소설의 장르론적 연구」, 서강대 박사논문, 2000, 60~68면.

킴으로써 일종의 '자전적 공간'9)을 구성하고 있다. 다시 말해 이광수의
역사소설은 역사적 소재를 다루고 있되 거기에 자전적 양상을 투사함으
로써 역사적 공간을 자전적으로 허구화하는 특징을 갖고 있는 것이다.
따라서 이광수의 역사소설이 기반하고 있는 역사적 공간이 자전적 삶의
영역과 공간적으로 어떻게 상호관련성을 맺고 있는가 하는 문제는 이광
수 역사소설의 특성을 이해하는 데 핵심적인 관건이 된다고 할 수 있다.
 이에 본고에서는 역사적 공간에 기반하고 있는 이광수의 역사소설이
자전적 삶의 영역과 공간적으로 어떻게 상호관련성을 맺고 있는가 하는
문제를 중심으로 이광수의 역사소설의 특성을 살펴보고자 한다. 그것은
궁극적으로 이광수의 평생에 걸친 소설 쓰기가 그러했던 것처럼, 그의
역사소설 쓰기 또한 공적으로는 민족주의 이념을 주장하고 있지만, 보다
내밀하게는 그 자신의 자전적 삶과 관련된 사적이고 내밀한 문제와 대
면하는 작업이었음을 드러내게 될 것이다.10)

2. 역사적 공간과 자전적 삶의 상호공간성

 일반적으로 역사소설은 역사를 소재로 하는 만큼, 소설 내에 역사적

---

9) 여기서 '자전적 공간'이란 작가의 자전적 삶의 차원을 가리키는 말이 아니다. 그것은
 어떤 텍스트가 작가의 자전적 삶의 재료를 사용하고 있지는 않더라도, 그것이 한 작가
 의 텍스트 전체와의 상호 연관 속에서 일정한 작가의 상을 구성해내는 경우, 그들 텍스
 트의 상호작용이 만들어내는 공간을 지칭하는 보다 구상화된 차원의 개념이다. 필립
 르죈, 『자서전의 규약』, 문학과지성사, 1998, 249~254면.
10) 그런 의미에서, 본고의 논의는 『무정』(1919)에서 『원효대사』(1942)에 이르는 이광수의
 소설이 그의 자전적 삶에서 특히 정치적 행로의 문제와 관련된 지극히 사적이고 내밀
 한 문제를 환기시키는 일종의 '자전적 공간'을 구성하고 있다는 견해를 피력한 필자의
 이전 논의와의 연속선상에 있다. 이에 관해서는 최주한, 「이광수 소설 연구」, 서강대 박
 사논문, 2000 참조.

인물과 역사적 사건을 기반으로 하는 역사적 공간을 구축한다. 따라서 독자는 일차적으로 그 공간에 대해서 사실적인 공간 감각을 구축하게 되는데, 이광수의 역사소설 또한 예외는 아니다. 특히 이광수의 역사소설은 『마의태자』·『단종애사』·『이순신』·『이차돈의 사』·『세조대왕』·『원효대사』 등과 같이 그 제목부터가 강력하게 역사적 인물을 지시하는 명명으로 이루어져 있는데, 이 같은 지시성은 독자들에게 이들 역사적 인물에 대한 호기심과 더불어 역사라는 객관적 사건을 대하게 될 것이라는 사실적인 공간 감각을 불러일으킨다. 다시 말해 이광수의 역사소설은 일차적으로 특정한 역사적 인물과 더불어 그들 인물과 관련되는 특정한 역사적 공간을 구성하고 있는 것이다.

그러나 이렇게 구성된 사실적인 공간감각은 그의 역사소설이 끊임없이 환기시키고 있는 자전적 삶의 영역과의 관계 속에서 수정되어진다. 그 이유는 그의 역사소설이 자전적 삶의 영역이라는 컨텍스트적인 공간과 이른바 '공간적인 상호관련성(interspatiality)'11)을 맺고 있기 때문이다. E. M. 포스터가 지적한 바와 같이, 역사가 증거에 근거를 두는 것이라면, 소설은 그 증거에 X를 더하거나 빼낸 것에 근거를 두며, 이 미지의 양은 소설가의 기질과 관련이 있다.12) 말하자면 소설은 소설가의 기질에 따라 역사적인 기록 그 자체와는 구별되는 다른 무엇인가를 만들어내는 것이다. 역사소설 또한 단순한 역사적 기록이 아니며 소설로서 허구화되는 과정을 거치는 만큼, 비록 특정한 역사적 인물과 역사적 사건에 기반하고 있다고 하더라도 그것은 역사적 인물과 역사적 사건 그 자체와는 구별되는 다른 인물과 사건을 구성하게 마련인데, 이광수의 역사소설을 역사적 사건 그 자체와는 구별되는 어떤 다른 것으로 만들어내는 그 미

---

11) 여기서 공간적인 상호관련성 interspatiality이란 상호텍스트성의 부수물로서, 하나의 시공간의 존재들이 다른 시공간의 존재들과 텍스트 내적으로 그리고 텍스트 상호 관련적으로 관련을 맺는 양상을 일컫는 개념이다. 마리 매클린, 임병권 역, 『텍스트의 역학』, 한나래, 1997, 210~211면.
12) E. M. 포스터, 이성호 역, 『소설의 이해』, 문예출판사, 1975, 51~52면.

지의 양 X는 곧 그의 자전적 삶의 영역과 관련이 있는 것이다.

이는 이광수의 역사소설이 특정한 역사적 인물의 특정한 감정과 정신 상태에 강한 집착을 보여주고 있다는 점에서 그 근거를 찾을 수 있다. 그의 역사 소설이 다루고 있는 인물들은 거의 대개가 의무보다는 욕망을 추구한 데 대한 자책감에 빠져 있거나 혹은 정반대로 의무를 위해 죽음도 마다하지 않았던 자존감을 지니고 있다는 점에서 특징적인데, 이는 이들 유형의 역사적 인물들에 관한 이야기가 어떤 면에서는 자전적 성격을 띠고 있음을 암시한다. 의무보다는 욕망을 추구한 데 대한 자책감이나 오로지 의무를 이행하고자 한다는 자존감은 이광수의 평생에 걸친 정치적 행로에서 비롯된 내적 갈등의 문제와 관련이 있기 때문이다.

잘 알려져 있다시피, 이광수의 정치적 삶의 행로란 한편으로 민족의 지도자로 자처하면서도 다른 한편으로 끊임없이 총독부와 타협했고 결국은 일본을 조국으로 받아들일 수밖에 없었던 모순으로 점철되어 있다. 일찍이 부모를 여읜 고아로서의 불행한 운명은 그로 하여금 "세계에 이름난 사람이 되리라"는 야심을 갖게 하지만, 한일합방과 더불어 그것을 "문장과 교육으로 동포를 깨우치자"는 한풀 꺾인 것으로 대신할 수밖에 없었던 어린 소년의 야심은 일본 유학과 더불어 제국 권력에 대해 양가 감정을 지니게 된다. 이광수에게 제국 일본은 한편으로 그 자신을 나라 잃은 고아의 상태에 빠뜨리고 조국을 수탈한 존재이자, 동시에 가진 것 없는 고아이자 나라마저도 없는 지극한 불운을 벗어버리고 떨쳐 일어나고자 하는 그의 야심을 충족시켜 줄 수 있는 유일한 현실적인 힘으로 인식되었던 것이다. 실제로 그가 총독부 기관지인 『매일신보』를 통하여 화려한 문필 활동을 확보할 수 있었던 것이나, 1921년 상해에서의 귀국 후 십 년여간 동아일보 편지국장과 동우회의 국내 책임자로서의 공적인 지위와 안정을 누릴 수 있었던 데에는 그의 타협과 그에 대한 대가로서의 총독부의 지원이 자리하고 있었다. 그러나 이광수 자신 민족의 지도자를 자처하는 위치에 있었고 보면, 제국 권력에의 타협에 기반한 야심에 편안하게 몸을 맡길 수 있는 처지는 못되었을 것이고, 이에 그의 정치적 삶의 행로는 제국 권력에의 타협과 그로부터 비롯되는 자책감 사이에서 늘 어떤 갈등을 수반했으리라는 것은 충분히 짐작할 만한 일인 것이다.

일면 역사적 인물과 역사적 사건을 다루고 있기 때문에 객관적인 역사적 공간에 기반하고 있다고 보여지는 이광수의 역사소설은 이 같은 작가의 정치적 행로와 관련된 자전적 양상이 투영된 허구화의 산물이다. 이후에 자세히 살펴보겠지만, 그것이 바로 이광수로 하여금 한편으로는 사적 욕망을 추구한 데 대한 자책감을 지닌 역사적 인물에, 그리고 다른 한편으로는 공적 의무를 시수하고자 하는 자존감을 지닌 인물에 집착하게 하게 했던 근본적인 이유이다. 이에 다음 절에서는 이 두 가지 양상을 전형적으로 보여주고 있는 『단종애사』(1929)와 『세조대왕』(1942), 그리고 『이순신』(1931)과 『이차돈의 사』(1935)를 중심으로, 이광수의 역사소설이 역사적 공간을 자전적 공간화하는 양상을 구체적으로 살펴보고자 한다.

3. 자전적 공간화의 두 가지 양상

1) 『단종애사』·『세조대왕』—사적 욕망의 추구와 자책감의 투영

『단종애사』(1929)라고 하면 흔히들 수양의 왕위 찬탈로 인해 비극적인 일생을 마친 단종의 일대기를 떠올린다. 『단종애사』를 두고 "인생의 일면도 아니요, 당년의 사회상의 검토도 아니고, 단지 소년왕의 일대기에 지나지 못한다"[13]고 불평했던 김동인의 논의는 차치하고라도, 단종의 실국(失國)을 일제침략에 의한 망국에, 그리고 수양에 저항한 사육신의 충절을 식민지 상황에서 요구되었던 이념에 대응시키는 그 이후의 논의들은 근본적으로『단종애사』는 곧 단종의 일대기라는 관점을 전제로 하고 있는 것이다.14)

그러나 사실 이광수가『단종애사』에서 관심을 가지고 있는 인물은 단종이 아니라, 수양이다. 이는「작자(作者)의 말」에서『단종애사』는 "자기의 끝없는 야욕을 채우기 위하여 옳은 사람, 좋은 사람, 귀한 사람, 부한 사람을 모조리 살육하고 또는 그런 점을 그린 것이 나는『맥베드』와 그 제제가 같은 것인 줄 압니다"라고 언급하고 있는 데서도 이미 암시되어 있거니와,『단종애사』가 단종보다는 수양이라는 인물의 감정과 정신상태에 강한 애착을 보여주고 있다는 점에서 잘 드러난다.

기존의 논자들은 수양이라는 인물을 사육신을 선악의 이분법 속에서 전형적인 악인으로 파악하고 있지만, 김동인이 정확하게 지적하고 있는 것처럼 사실 수양이라는 인물은 선인인지 악인인지 그 경계가 모호한 인물로 묘사되고 있다.

> 안평이 사사된 뒤부터 작자의 붓은 커다란 과오를 범하였다. 한참을 연속하여 수양의 정치를 극력 찬송한 것이었다. 관기진숙이며 재정쇄신 등은 물론이요, "수양이 조카님 되시는 왕께 깊은 애정을 가지게 되어 능력이 믿는껏 왕의 몸과 마음을 평안케 하고 어서 사직의 후계를 얻기 위하여 왕비를 마저 들여서 세종대왕 이후 늘 분요하는 세상이 다시 평안하게 되었다" 하였다. 이렇게 만드는 것은 이야기의 목적으로 보아서 적지 않은 과오이다. (…중략…) 수양 이전 유신들을 모도 자기 솔하에 모으고저 공작하는 데 있어서도 어떤 때는 "단매에 따려 죽이고 싶지만 인심을 사기 위하여 감정을 꾹 참고" 그들을 찾는가 하면 또 어

---

13) 김동인,「춘원연구」,『김동인 전집』(김치홍 편), 삼영사, 1984, 165면.
14) 백낙청,「역사소설과 역사의식」,『창작과비평』, 1967년 봄, 18~19면; 송백헌,『한국근대 역사소설 연구』, 삼지원, 1985, 92~94면; 강영주,『한국 역사소설의 재인식』, 창작과비평사, 1991, 54면; 이주형,「한국 역사소설의 성취와 한계」,『현대 한국문학 100년』(유종호 외), 민음사, 1999, 163~164면; 공임순,「한국 근대 역사소설의 장르론적 연구」, 서강대 박사논문, 2000, 62~68면.

떤 때는 "의와 의리를 사모하는 마음이 지극하여" 찾는다. 해서 수양이 과연 '악'인지 '선'인지—이것을 다시 뒤채어 말하면 계유년 사변이 단지 수양의 야심에서 나왔는지 혹은 원대한 계획에서 생겨난 것인지 모호하게 되었다.[15]

물론 여기서 수양이라는 인물의 모호한 성격을 지적한 김동인의 의도는 인물의 통일성을 해친 작가의 과오를 비판하기 위한 것이다. 그러나 이 같은 불통일성, 좀더 정확히 말해 양가성이야말로 사실은 이광수 소설의 인물들이 갖는 본질적인 특성이다. 실제로 『무정』에서 『원효대사』에 이르기까지 이광수의 주인공들은 항상 양가적인 가치, 즉 욕망과 의무 사이에서 갈등하는 모습을 보여주는데, 이는 수양에게서도 예외가 아니다.

수양의 패기가 애초부터 권력에 대한 사적 욕망을 향해 있었는가 하면 그렇지는 않다. 수양은 일찍이 효자이긴 하지만 몸도 약하고 국사에 무능한 형인 문종을 보면서 나라 일을 걱정해왔으며, 문종의 고명이 있기 전까지만 하더라도 어린 단종을 도와 국사를 보아달라는 고명(顧命)을 자신에게 내린다면 어린 왕을 보좌하여 주공이 되려는 생각을 품고 있는 것으로 그려지고 있기 때문이다. "'주공과 성왕' 이것이 수양대군이 그윽히 혼자 생각하고 자부하는 바였다."(51면) 말하자면 애초에 수양의 정권에 대한 야심은 단순히 권력욕이라기보다 세종 이후 기울어 가는 나라에 대한 나름의 충정에 닿아있다고 할 수 있는 것이다.

이 같은 수양의 충정이 권력욕 그 자체를 향해 나아가게 된 데는 크게 두 가지 계기가 작용하고 있다. 그 하나는 항렬로 보나 정치적 수완으로 보나 가장 마땅하다고 생각되는 자기를 두고 조정의 대신들에게 단종을 부탁하고 돌아간 문종에 대한 배신감이고, 다른 하나는 이를 이용하여 수양의 세력에 기대어 권력을 꿈꾸는 권람과 한명회, 정인지 등속의 부추김이다. 자신을 인정해주지 않은 문종에 대한 배신감에 실의한

---

15) 김동인, 「춘원연구」, 『김동인 전집』(김치홍 편), 삼영사, 1984, 161~162면.

수양은 곧바로 권람과 한명회 등속과 손을 잡고 세력을 확장해나가면서
권력의 달콤함에 빠져들게 되고, 마침내는 왕의 자리를 도모할 결심에까
지 이르게 되는 것이다.

주목할 만한 것은 이 같이 왕권 찬탈을 도모하고자 하는 수양의 모습
을 그리고 있는 서술자의 태도이다. 왕의 자리를 도모할 결심을 하고 있
는 수양의 감정과 정신 상태는 장장 다섯 쪽에 걸쳐 상세하게 서술되고
있는데, 그 가운데서도 다음의 인용문은 한편으로 권력에 대한 사적 욕
망과 다른 한편으로 자신의 충정을 인정받고자 하는 의지 사이에서 흔들
리고 있는 수양이라는 인물의 양가성을 가장 잘 드러내주는 대목이라 할
만하다.

> 총명이 뛰어난 그가 무엇인들 모를 리가 없건마는 다만 그의 억제할 수 없는
> 욕심이 모든 덕과 모든 총명을 눌러버린 것이다. (…중략…) **그로 하여금 이러한
> 비극의 주인공이 되게 한 그의 억제할 수 없는 패기는 실로 그의 숙명이었다. 이 성
> 격의 결함은 총명한 그의 힘으로 어찌할 수 없었던 모양이다.** 그는 이 패기의 날
> 랜 말에 올라앉아 그 뛰어난 총명과 예지로 자기가 달려가는 길이 무엇인지를
> 보면서도 안 되겠다 안 되겠다 하고 연해 후회하면서도 걷잡을 수 없이 그가
> 마침내 굴러 떨어진 절벽 끝으로 가버린 것이다. 그러므로 수양 대군은 옳은
> 사람에게 대하여서는 특별한 사모와 존경을 품고 있었다. (…중략…) 그는 옳은
> 뜻을 가진 선비에게 옳지 못하다고 생각되는 것을 대단히 괴롭게 여기었다. 의
> 인의 무리의 칭찬을 받는 것은 그의 간절한 소원이었다. (…중략…) 이렇게 그
> 는 의인이 되려는 간절한 소원과 권세를 잡으려는 불같은 패기와 이 두 가지
> 사이에 끼어 이 두 가지를 다 만족시키려는 어림없는 욕심을 가지게 된 것이
> 다.16) (225면)

위의 인용문에서 우선 주목되는 것은, 왕의 자리를 도모하고자 하는
수양의 야심이 다만 충정을 저버린 극악무도한 것으로 매도되고 있지

---

16) 『이광수 대표작 선집』 10, 삼중당, 1968.

않다는 점이다. 그것은 수양 그 자신으로도 "어찌할 수 없는" "숙명적"
인 "성격적 결함"에 의한 것이기에 비극적인 것으로 부각되고 있는데,
이는 수양에 대한 서술자의 태도가 다소 동정적임을 보여준다. 그런 의
미에서, 한편으로 권력에 대한 야심을 어찌할 수 없으면서도 다른 한편
으로 의인이 되고자 하는 수양의 모순적인 태도는 위선적인 것이라기보
다 자신의 야심에 대한 자책감을 극복해보고자 하는 의지로서 이해될
수 있다. 요컨대 권력에 대한 야심과 충정에의 의지 둘 다를 갖고 있는
수양의 양가성은 그 자체가 곧 수양이라는 인물의 정체성을 구성하는
중요한 요소라 할 수 있는 것이다.

　수양에 대한 성격 묘사가 수양의 "억제할 수 없는 패기", 즉 "숙명적"
인 "성격적 결함"에 초점을 맞추고 있는 것처럼, 『단종애사』에서 플롯은
수양의 야심이라는 성격적 결함에 관한 이야기, 즉 야심의 원인과 그 결
과에 초점을 맞추고 있다. 수양의 억제할 수 없는 패기가 그를 "비극의
주인공"으로 만들고 말았다는 서술자의 전언이 이미 예시하고 있는 것
처럼, 겉보기에 단종의 폐위와 함께 수양의 승리로 끝나고 있는 것처럼
보이는 『단종애사』는 사실 수양의 왕권 찬탈이라는 사건의 결과에 대한
수양의 자책감에 초점을 맞춤으로써 수양의 이야기를 비극적으로 플롯
화하고 있다.

　　현덕 왕후를 폐하고 노산군을 영월로 내어쫓은 후로는 매양 왕의 마음이 편
　안치 아니하시어 무서운 원형이 원수 같은 칼을 품고 왕의 신변을 범하는 듯한
　생각이 가끔 번개 같이 지나가서 머리카락이 쭈뼛거림을 깨달으시는 때가 있
　고, 어떤 때에는 형수님 되시는 현덕 왕후가 원망하시는 눈으로 노려보시는 꿈
　을 꾸시는 일도 있었다. (…중략…) 노산군께 문안을 보내시고 또 강원 감사에
　게 노산군을 편안히 하여 드리라는 분부를 내리신 것이 전혀는 아니라 하여도
　일부분은 이 때문도 되었다. (343면)

　위의 인용문에서 볼 수 있는 것처럼, 수양의 승리에는 수양이 왕권을

획득하고 유지하는 과정에서 자행한 무참한 살육과 단종에 대한 핍박에 대한 자책감이 어두운 그림자를 드리우고 있다. 따라서 이런 맥락에서 보면 단종의 비극적인 죽음이라는 대단원은 단종의 죽음이 가지는 비극성에 비례하여 수양의 승리에 드리워진 업보의 짙은 그림자를 나타내는 결말로써 다시 읽히게 되는 것이다. 요컨대 『단종애사』는 수양이라는 역사적 인물을 수양의 야심이라는 숙명적인 성격적 결함에 초점을 맞추어 인물화하고, 수양의 왕위 찬탈이라는 역사적 사건을 그 같은 성격적 결함의 원인과 결과를 중심으로 플롯화하고 있다는 점에서, 그 궁극적인 주제는 사적 욕망의 추구와 그에 대한 자책감의 문제와 관련이 있다고 할 수 있다.

사적 욕망의 추구와 그에 대한 자책감이라는 주제는 『세조대왕』(1940)에서 좀더 극적으로 부각된다. 이주형이나 강영주는 이 작품에서 이광수의 불교에 대한 개인적 관심과 수양론에 주목하여 "현실 극복 문제로부터의 도피 의식"을 읽어 내거나,[17) 자신은 오직 구국의 일념으로 정변을 주도했다는 세조의 자기 합리화 대목에 주목하여 "친일행각에 대한 자기 합리화를 의도한 작품"일 가능성을 타진하고 있기도 하지만,[18) 『세조대왕』을 현실 문제로부터의 도피나 친일 행각에 대한 자기 합리화를 위해서 씌어진 작품으로만 보기는 어렵다. 그것은 이 작품 전반을 떠돌고 있는 무거운 회한의 분위기 때문인데, 사에구사 도시카스는 『세조대왕』에서 인용되고 있는 경전의 성격을 분석하면서 이를 정확하게 지적한 바 있다.

작품은 세조의 사적을 사실 그대로 쫓아간 것이 아니라, 불경에 빠져드는 왕의 모습의 묘사가 중심이다. (…중략…) 특히 작품 속에 경전 등의 인용이 두드

---

17) 이주형, 「한국 역사소설의 성취와 한계」, 『현대 한국문학 100년』(유종호 외), 민음사, 1999, 164면.
18) 강영주, 『한국 역사소설의 재인식』, 창작과비평사, 1991, 56~57면.

러지는데, 이 인용문들은 역사적 인물인 세조의 내면을 재구성하려는 의도로 삽입됐다기보다 당시 작가의 심정을 대변하는 수단이었다고 보는 것이 옳다. (…중략…) 예를 들면 "生死涅槃 猶如昨夢"과 같은 구절도 죽음이 임박한 세조의 힘없는 단념의 심경을 묘사하고 있으며, 결코 흡족하고 고요한 마음을 표현하고 있지는 않은 듯하다. 스스로 '나는 보살의 화신이다. 저 무리들을 불법으로 인도하기 위하여서 세상에 나타나서 임금이 된 것이다'라고 생각하고 있는 세조의 마음을 이러한 공허함의 분위기가 끊임없이 불안쪽으로 몰아가고 있는 것이다.19)

그러나 이 같은 회한의 분위기가 어디서 비롯되고 있는가 하는 것은 경전의 인용 부분만으로는 파악하기 어렵다. 사에구사 도시카스가 이 같은 허망함이나 체념의 분위기를 두고 "당시 작가가 빠져 있었던 심적 상태를 깊이 반영하고 있는 것"(216면)이라는 막연한 추측에서 더 나아가지 못하고 있는 것도 바로 이 때문이다.

『세조대왕』 전반을 떠돌고 있는 무거운 회한의 분위기는 그것이 세조의 야심이 낳은 결과와 그 업보에 대한 참회의 이야기라는 점에서 비롯된다. 먼저 플롯의 측면에서 보더라도, 세조의 이야기는 그의 사적을 그대로 좇기보다는 업보와 그에 대한 참회라는 관점에서 재구성되고 있다. 실제로 세조 11년 그의 필생의 대사업인 대원각사 건립에서 시작하여 그의 붕어에 이르기까지의 사건을 다루고 있는 세조의 이야기를 떠받들고 있는 이야기 논리는 왕권을 획득하기 위하여 상왕 단종을 비롯하여 여러 동기와 신하를 죽인 업보에 대한 두려움과 회한, 그리고 불도에 깊은 관심을 보임으로써 이를 극복하고자 했던 세조의 참회에 초점이 놓여 있다. 이는 세조의 대원각사 건립이라는 사건부터가 "이 임금의 일생을 흐리게 하는 일", 즉 상왕 단종 이하 여러 동기와 신하를 죽이신 "업보를 면하려는 것"(10면)이라는 관점에서 기술되고 있다는 데서 잘 드러

---

19) 사에구사 도시카스, 심원섭 역, 「이광수와 불교」, 『한국문학연구』, 베틀북, 2000, 210
  ~216면.

난다. 세조가 불도에 깊이 관여하게 된 계기는 즉위 이년만에 세자를 잃은 것이 "계유정란 이래로 수없이 사람을 죽이신 것이 혹시 업보로 돌아온 것이 아닌가 하는 두려움"(21면)에서 비롯된 것이라 서술되고 있는 만큼, 서두에 내세워지고 있는 세조의 대원각사 건립이라는 사건은 업보와 그에 대한 참회라는 주제를 가장 상징적으로 드러내주고 있다고 할 만한 것이다.

이러한 업보에 대한 두려움과 회한, 그리고 참회의 이야기 논리는 세조가 노산군 이하의 원통한 혼령을 추천하고자 하는 이야기를 다루고 있는 '추천재' 장은 물론, 빼앗아 얻은 임금의 자리라 하여 신하들에게서 인정받지 못하는 괴로움 속에서 차차 몸에 병이 깊어진 세조가 금강산, 오대산 등지의 사찰로 행차하는 이야기를 다룬 '동순' 장에도 그대로 이어지고 있으며, 마침내 깊어진 병과 무서운 꿈에 시달리다가 세상을 떠난 세조의 붕어를 다루고 있는 대단원 '무상' 장까지 떠받치고 있다. 불경을 읽고 절을 짓는 등의 노력에도 불구하고 과거의 업보를 벗어날 수 없음을 깨닫지 않을 수 없었던 세조는 결국 왕의 자리를 떠나 남은 생이나마 불도 수양에 바치려는 염원 속에서 조용히 삶을 마감하고 있는데, 이 같은 참회의 성격을 띤 죽음이라는 대단원 속에서 업보에 대한 두려움과 회한, 그리고 참회라는 이야기의 논리는 마무리되고 있는 것이다.

『세조대왕』에서 플롯이 세조의 업보에 대한 두려움과 회한, 그리고 참회의 이야기 논리에 초점을 맞추고 있는 만큼, 세조에 대한 인물화 또한 그의 숱한 업적과 관련된 왕으로서의 면모보다는 과거의 자신의 업보에 대해 두려워하고 참회하는 나약한 인간으로서의 면모에 초점이 맞춰지고 있다.

실로 상감이 이처럼 불도에 깊이 들어가시기는 즉위하신 지 이 년 되는 해에 세자궁께서 열일곱 살에 애처롭게 돌아가신 일이었다. 그것은 다만 사랑하시는

아드님을 잃으신 슬픔만이 아니었다. 계유정란 이래로 수없이 사람을 죽이신 것
이 혹시 업보로 돌아온 것이 아닌가 하는 두려움이 무시로 상감의 마음을 내려 누
르는 것이 더욱 괴로우셨다. 이러한 인과응보의 무서움을 느끼실 때마다 상감은
'내 오욕을 채우려고 이 일을 한 것은 아니다. 조종의 유업을 빛내기 위하여서
요, 중생을 바로 인도하기 위하여서다' 이렇게 스스로 위로하셨다.[20] (23면)

"후세에 나를 죄 줄 자가 있을 것이요 그것은 내가 상왕을 죽이고 여러 종친
과 제신을 죽인 일이요 나는 이 일에 대하여 일찍 말한 일이 없소 내 입으로
내 일을 변명하기를 원치 아니 하였소 이 자리에서 경등에게 오직 한 마디 하
려 하오 계유정란으로부터 나는 일찍 사욕으로 움직인 일은 없다 하는 것이요.
나는 이 사직을 위하여서 그리 하였소 (…중략…) 그러나 십사 년 간 지낸 일을
돌아보니 잘 하여 놓은 일은 별로 없고 남은 것이 오직 악업뿐이요. 무서운 추억
과 무서운 꿈뿐이요."(165면)

상감의 병환이 침중하실수록 무서운 꿈이 잦았다. (…중략…) '오냐. 내가 받
을 업보는 서슴치 않고 다 받으마' 하고 비장한 결심을 하시기는 하시면서도 그것
은 견디기 어려운 괴로움이었다. (…중략…) 그러나 상감은 당신이 불경을 읽으
시고 절을 지으시고 하신 것이 필경 당신 자신의 수도를 대신할 수 없음을 깨
달으셨다. (…중략…) 이제는 때가 지났다, 이번 생의 끝은 가까웠다, 하고 생각
하면 괴로우셨다. (…중략…) 몸이 점점 쇠약하실수록 남는 것은 인행 행락의 그
리움과 사후의 염려였다. (167~171면)

첫 번째 인용문은 서두 부분으로 세조의 필생의 대사업이었던 대원각
사 준공 경찬회에서 즉위 이 년만에 돌아간 세자에 대한 회상에 잠겨
있는 세조의 심경이 분석되고 있는 대목이며, 두 번째 인용문과 세 번째
인용문은 대단원 부분으로 죽음을 앞 둔 세조의 심경이 토로되고 있는
대목이다. 이들 인용문에서 볼 수 있는 것처럼, 세조에 대한 성격 묘사
는 그의 심리 가운데 한 가지 요소, 즉 자신의 업보에 대한 "두려움"에

---

20) 『이광수 대표작 선집』 11, 삼중당, 1968.

초점을 맞추고 있다. 계유정란 이래 수없이 많은 사람을 죽였던 세조의 과거는 한편으로 "오욕을 채우려고" 혹은 "사욕으로" 그리한 것이 아니라 오직 "조종의 유업을 빛내기 위해서" "사직을 위하여서"로써 변명되고 있기도 하지만, 이러한 변명은 업보에 대한 두려움을 떨쳐버리지 못한 채 남은 생을 불도 수양과 더불어 참회하고자 하는 바램 속에서 죽어간 그의 죽음 앞에서 업보의 무게에 눌리어버리고 만다. 이에 세조라는 인물의 나약한 인간으로서의 면모는 더욱 비극적인 것으로 부각되고 있는 것이다.

이상에서 살펴본 바와 같이, 『단종애사』와 『세조대왕』은 사적인 욕망을 선택함으로써 비극적인 말로를 맞게 되는 수양과 세조라는 인물의 이야기를 중심으로 사적 욕망의 추구와 그에 대한 자책감이라는 주제에 천착하고 있다. 사실 의무보다는 사적 욕망을 추구한 데 대한 자책감이라는 주제는 이광수의 평생에 걸친 소설 쓰기가 추구한 문제 가운데 하나로서, 그의 정치적 행로와 관련하여 끊임없이 제국 권력에의 정치적 타협에 직면해야 했던 이광수 자신의 내적 자괴감과 관련이 있는데, 그의 역사소설이 여전히 이 주제에 천착하고 있다는 것은 그의 평생에 걸친 소설 쓰기의 주제이자 삶의 주제이기도 했던 이 문제가 역사소설이라고 해서 예외적인 것은 아니었음을 말해준다. 다만 『단종애사』와 『세조대왕』은 사적 욕망을 추구한 데 대한 자책감이라는 주제를 다루는 방식에 있어서 약간의 차이를 보여주는데, 이 같은 차이는 이들 작품이 씌어진 시기가 다른 만큼 각기 그 시기에 따른 문제의식을 반영하고 있는 데서 비롯된다.

먼저 『단종애사』는 1927년 1월 그의 오랜 지병이었던 폐병의 발병 이래 요양중이던 1928년 11월에 시작하여, 1929년 병의 악화로 수술을 하면서 연재를 중단하다가 다음해 1929년 12월에 어렵게 끝낸, 역사소설로서는 그의 두 번째 작품이다. 말하자면 이 작품은 1921년 상해에서의 무사 귀국 이후 국내 여론의 비난을 딛고 정치적으로 어렵게 회생한 이광수가 그간의 안정적인 공적 활동과 단절한 채 그 스스로 죽음을 각오하던 오랜 병마 속에서 씌어진 것인데, 그런 만큼 이와 관련하여 이광수의 개인적인 심경이 어느 작품 못지 않게 상당 정도 투영되어 있다. "내가 스스로 중병이 들어 죽을 의심이 있는 때나 내 가족이 그러한 때에나 나는 매양 '내가 일생에 무슨 좋은 일을 하였나' 하고 반성하는 것이 습관이 되었다"21)는 당시 그의 「병상록」의 한 구절이 잘 말해주고 있는 것처럼, 당시 죽을 고비를 여러 번 넘기면서 죽음의 문제와 대면하고 있었던 이광수는 그간의 자기 삶에 대한 성찰이라는 문제와 직면하여『단종애사』의 집필에 착수했던 것이다.

이는 무엇보다도『단종애사』가 플롯의 동력이 되고 있는 수양의 야심을 그의 "억제할 수 없는 패기", 즉 "숙명적"인 "성격적 결함"에서 찾음으로써, 막다른 낭떠러지를 예감하면서도 야심을 향한 걷잡을 수 없는 수양의 욕망의 실체와 대면하고 그에 대한 자책감의 그림자를 드리우고 있는 이야기라는 사실에서 잘 드러난다. 살펴본 바와 같이, 정권에 대한 수양의 야심은 단순히 권력욕에서 시작되었다기보다 세종 이후 기울어가는 나라에 대한 나름의 충정에서 비롯된 것이었다. 그러나 자신을 고명에서 제외시킨 문종에 대한 배신감과 이를 이용하여 수양의 세력에 기대어 권력을 꿈꾸는 무리들의 부추김 속에서 점차 권력의 달콤함에 빠져들게 된 수양은 자신의 부정한 욕망의 실체와 대면하면서도 끝내 그 욕망을 저버리지 못한다. 그 결과 수양은 한편으로 권력욕 그 자체를 향해 나아가면서도 다른 한편으로는 늘 그에 대한 자책감을 지니게 되는데, 그것은 단종이 노산군으로 강봉되어 영월에 유폐된 채 결국 죽음을 맞는 대단원의 대목에 이르러 한층 더 짙은 그림자를 드리우고 있는 것이다. 주목할 만하게도, 이러한 수양의 걷잡을 수 없는 욕망과 그에 대한 자책감의 그림자는 1921년 상해에서의 무사 귀국 이후의 정치적

---

21) 이광수, 「병마록」(1928.10), 『이광수 소설 선집』 6, 삼중당, 1973, 468면.

회생과 더불어 총독부와의 관계에 있어서 점차 종속적이 되어가지 않을 수 없었던 이광수 자신의 내적 자괴감을 환기시킨다. 그런 의미에서, 『단종애사』는 수양의 야심 속에서 제국 권력에의 모종의 타협에 기반한 야심의 실체와 대면하고자 했던 이광수 자신의 성찰적인 작업의 일환으로서의 의미를 지닌 것이었다고 할 수 있다.

다음으로 『세조대왕』은 1939년 5월에서 1940년 5월에 걸쳐 씌어진 전작 역사소설로서, 1934년 사업의 실패와 사랑하던 아들의 죽음 등의 불운을 한꺼번에 맞게되면서 법화경 행자의 길을 각오했던 이광수가 1939년 동우회사건을 계기로 소위 "민족보존론"을 내세운 전향을 결심하면서 본격적으로 협력의 걸음을 내딛고 있던 시기의 내면 풍경 그대로 투영하고 있다. 1939년 6월 북지황국위문에의 협력, 1939년 12월 조선문인협회 회장직 수임, 1940년 2월 향산광랑으로의 창씨 개명과 더불어 발표된 많은 친일적인 시가와 논설 등, 이 시기 그가 보여주었던 공적인 행동들과는 달리, 이 무렵 이광수의 내면 풍경은 그 같은 행동들 이면에 자리하고 있던 그에 대한 두려움과 회오라는 한 마디로 요약될 수 있는데, 이에 관해서는 이 무렵 자신의 어지러운 심경을 솔직하게 그리고 있는 단편 「난제오(亂啼烏)」(1940.2)에서 분명하게 엿볼 수 있다.

> 나는 내가 지금 걷는 걸음이 침착하지 못함을 느꼈다. 龍行虎步로 왜 나는 무게 있게 위엄 있게 걸음을 걷지 못하는고 하고 제 천품이 고귀하지 못한 것이 슬펐다. 薄德小福! 이것은 내게 꼭 맞는 말씀이다. 나는 내 몸에 걸친 비단옷이 황송하였다. 내 분에 넘는 의식주를 하는 것이 손복이 될 것을 믿으므로, 나는 내 아내가 없는 동안에 몇 번 회색 무명옷을 만들었다. (…중략…) '내 몸이 부처님 앞에 갈 만하게 깨끗한가?' 내 옷이 깨끗지 못한 것은 가난한 탓이었다. 구두는 길가에서 오전을 주고 닦았다. 그러나 이 모든 것이 다 불결하였다. 손에 끼인 때묻은 가죽 장갑이 내 손 그 물건의 불결함을 상징하는 것 같았다. 이 손으로 한 모든 깨끗지 못한 일들이 생각났다. 그러나 그보다도 내 입! 또 그보다도 내 마음! 나는 길가에 지나가는 사람을 대하기가 부끄러웠다.[22]

위의 인용문은 지금 병원에서 앓고 있는 아내와 아이들을 위해 돈을
변통하러 집을 나왔다가 거절당하고 돌아서는 길에 '나'에게 떠오른 상
념들이다. '나'는 지금 자신이 처한 불행이 자신의 박덕(薄德) 탓이며, 그
박덕(薄德)은 그간 자신의 행동은 물론 자신의 말과 마음이 "깨끗지 못
한" 데서 비롯된 것이라 생각하며 이를 자책하고 있는데, 이 같은 '나'의
착잡한 심경은 작품의 마지막 대목에서 K선사가 '나'에게 내어준 화두
「독남화경시」에서 압축적으로 드러나 있다.

可惜南華子　　애석하구나 남화자여.
祥麟作孽虎　　상서로운 기린이 재앙스러운 범이 되었구나.
寥寥天地濶　　고요하고 고요한 천지는 광활한데
斜日亂啼鳥　　석양에 까마귀 지저귀는 소리가 어지럽구나.

이 시에서 본디 상서로운 기린이었으나 "재앙스러운 존재가 되어버린
범"과 고요하고 광활한 천지에 "어지러이 지저귀는 까마귀"는 동일한
의미 자장에 놓여 있다. 그런 의미에서, "석양에 지저귀는 까마귀야말로
내다"(292면)라는 '나'의 자조는 앞서 자신의 "薄德小福"을 한탄하던 인
과응보에 대한 믿음과 더불어 그간의 자기 행동의 업보에 대한 두려움
과 회오를 암시한 것이라 할 수 있는 것이다.

이와 관련하여 『세조대왕』에서 주목되는 것은 『세조대왕』에서 플롯의
동기를 이루고 있는 세조의 고통과 회한이 "업보"로부터 벗어날 수 없는
무거운 자책감 속에서 그려지고 있다는 점이다. 살펴본 바와 같이, 세조
가 그의 삶을 고통과 회한 속에서 마감할 수밖에 없었던 것은 계유정란
이래 왕권을 획득하기 위하여 상왕 단종 이하 여러 동기와 신하를 죽인
업보에 대한 자책감에 기인하고 있다. 즉위 이 년만에 세자를 잃은 것을
계기로, 세조는 업보의 두려움을 깨닫고 절을 짓고 경서를 읽는 등 불도

---

22) 이광수, 「亂啼鳥」, 『문장』, 1940.2;『이광수 대표작 선집』 6, 삼중당, 1986, 289~290면.

에 깊은 관심을 보임으로써 그로부터 벗어나 보려고 하지만, 재위 기간
동안은 빼앗아 얻은 임금의 자리라 하여 신하들에게서 인정받지 못하는
괴로움 속에서, 그리고 말년에는 깊어진 몸의 병과 무서운 꿈에 시달리
는 마음의 고통 속에서 그 업보의 힘을 깨닫지 않을 수 없었던 것이다.
주목할 만하게도, 이 같은 세조의 고통과 회오 속에 드리워진 자책감의
그림자는 공적으로는 적극적인 협력의 길에 나서고 있으면서도 내면적
으로는 그 업보에 대한 두려움과 회오에서 비롯된 허망감에 젖어 있던
이광수 자신의 착잡한 심경을 환기시킨다. 그런 의미에서, 『세조대왕』은
욕망의 업보가 가져다준 세조의 고통과 회한 속에서 이광수 자신 정치적
타협의 문제와 관련된 내적 자괴감과 대면하고자 한 일종의 고백록으로
서의 의미를 지닌 것이었다고 할 수 있다.

2) 『이순신』·『이차돈의 사』–공적 의무의 사수와 자존감의 투영

『이순신』(1931)에 대한 기존의 평가는 크게 두 가지 측면에서 이루어
지고 있다. 먼저 이 작품이 1931년 동아일보사가 중심이 되어 추진한 충
무공 사당중수운동에 부응하여 씌어진 것임을 부각시키면서 이 작품의
의도를 민족의 수난을 극복하기 위한 정신적 지주로서의 우리 민족의
영웅상의 제시에서 찾는 것이 그 하나이고,[23] 그런 만큼 사실 위주로 기
술한다는 자세를 표방하면서 역사 기록에 지나치게 의존한 결과 이 작
품에서 소설적 형상화는 거의 이루어지지 못했다는 점을 지적하는 것이
다른 하나이다.[24] 그러나 충무공 사당 중수운동에 부응하여 씌어졌든

---

23) 송백헌, 『한국근대 역사소설 연구』, 삼지원, 1985, 117면; 김윤식, 『한국근대소설사연
  구』, 을유문화사, 1986, 170면.
24) 송백헌, 위의 책, 107면; 강영주, 『한국 역사소설의 재인식』, 창작과비평사, 1991, 56
  면; 이주형, 「한국 역사소설의 성취와 한계」, 『현대 한국문학 100년』(유종호 외), 민음
  사, 1999, 165면.

상당 부분 역사 기록에 의존하여 씌어졌든 그 공적이고 표면적인 의도들이 이 작품에 대해서 모든 것을 말해주는 것은 아니다.

먼저 이 작품이 역사 기록에 지나치게 의존한 결과 소설적 형상화는 거의 이루지 못했다는 평가에 대해 검토해보자. 이 작품이 역사 기록에 지나치게 의존하고 있다는 평가는 작품 내에 「난중일기」의 기록이 그대로 나온다든가 혹은 작품 구성이 연대기적 사실의 나열로 이루어져 있다는 사실을 염두에 둔 것인데, 사실 『이순신』에서 「난중일기」와 같은 사료의 삽입이라든가 연대기적 구성은 표면적인 현상에 지나지 않는다. 얼핏 공적인 사료를 중심으로 한 연대기적인 나열에 불과한 것처럼 보이는 『이순신』은 사실 시기와 질투 그리고 음모 속의 외로운 충정이라는 관점에서 허구화되고 있기 때문이다.

실제로 이순신이 전라좌도 수군절도사로 부임한 후 왜적을 격퇴하고 서거하기까지의 이야기를 다루고 있는 『이순신』의 내적 이야기 논리를 뒷받침하고 있는 것은 시기와 질투 그리고 음모 속에서도 자기의 의무라 믿는 바를 위해 죽는 순간까지 변치 아니한 이순신의 외로운 충정과 관련이 있다. 이는 이순신이 전라좌수영 도임과 더불어 거북선을 중수하는 이야기를 다루고 있는 첫머리 사건부터가 아무도 알아주지 않는, 특히 나라보다는 당파를 먼저 생각하는 조정 관료들에게서 미움을 받으면서도 오로지 자기 의무에 충실하고자 하는 이순신의 면모를 부각시키고 있다는 점에서부터 잘 드러난다. 당시 조정은 서인과 동인으로 나뉘어 국가보다는 당파의 견지에서 돌아가고 있었으며, 따라서 순신의 수륙병 존안은 그것을 반대하는 파의 미움을 받지 않을 수 없었는데, 그럼에도 불구하고 순신은 국가적 견지에서 보면 수군의 힘이 절대적으로 필요하다는 판단 아래 수군의 힘을 비축하는 데 심혈을 기울이는 모습을 보여주고 있는 것이다.

이 같은 이순신의 외로운 충정은 임진년 왜적의 침입 이후 계속되는 싸움 가운데서 점차 더욱 부각된다. 임진 사 월 이래 준비가 부족했던 탓으로 연패하던 육군과는 달리, 순신의 수군은 철두철미한 준비로 무장하여 연전연승을 거두고 있었건만, 명나라 구원병만 바라고 있는 조정에서는 순신의 수군을 중요하게 생각하는 사람이 없었던 까닭에 순신의 싸움은 외롭고 힘겨운 것으로 그려지고 있기 때문이다.

> 전국의 힘이 다 무너지고 왕과 그의 신하들이 모두 혼비백산하여 오직 명나라에 백배천배로 구원을 애걸하고 있을 때에 아랫녘 한 구석의 미관말직을 가진 일개 수사 이순신이 홀로 삼천리 조국을 두 어깨에 메고 조정에서는 알아주지도 않는 싸움의 길을 떠나는 것이다. (…중략…) 오직 하늘에 너무 나라를 위하는 충성, 목숨보다 자기의 맡은 사명을 더 중히 여기는 책임감, 하늘이 무너져 덮더라도 까딱없는 용기─이것이 순신으로 하여금 이 길을 떠나게 한 것이었다.[25] (137면)

그러나 시기와 질투 그리고 음모 속의 외로운 충정이라는 주제를 가장 극적으로 부각시키는 것은 단연 자신을 해치려는 음모로 인하여 조정에서 내쳐졌으면서도 다시금 삼도 수군 통제사로 명받자 주저하지 않고 전장에 나아갈 결심을 하는 대목이라 할 수 있다. 이순신은 대마도에서 뇌물을 받고 적장 청정을 놓아주었다는 왜적 쪽의 거짓 정보와 평소 그에게 불만을 품고 있던 원균의 음모로 금부에 잡혀간 것을 계기로, 당익에 눈이 어두운 서인 세력의 핍박을 받아 결국 백의종군하는 처지에 놓이게 된다. 그러나 원균의 통제 아래 맡겼던 수군이 칠전도에서 대패하고 이에 왜적이 수로를 통하여 전라 충청 지역까지 물밀 듯 쳐들어오자 조정은 그제서야 순신의 힘을 깨닫고 그에게 이름뿐인 통제사를 명하게 되는데, 여기서 다시금 전장에 나아갈 결심을 하고 있는 순신은 자신을 믿지 못하고 핍박하기를 일삼는 조정의 시기와 질투, 그리고 음모 속에서도 오직 나라 일만을 생각하는 외로운 충정의 화신으로 그려져

---

25)『이광수 대표작 선집』9, 삼중당, 1968.

있음을 볼 수 있는 것이다.

> "하늘이여! 이 백성을 건지소서. 내 목숨을 받으시고 이 불쌍한 백성을 살리
> 소서" 하고 순신은 빌었다. (…중략…) 그도 그럴 수밖에 없었다. 통제사라고는
> 이름뿐이요, 배 한 척이 있나, 군사가 있나, 군기가 있나, 군량이 있나, 근거지
> 가 있나, 나라 일이니 힘 닿는 데까지 목숨 있는 데까지 해야 된다, 할 수밖에 없
> 다는 결심과 의무감으로 나서기는 하였으나, 앞길이 창망하지 아니할 수 없었다.
> 순신의 앞길에는 오직 실패와 죽음이 있을 뿐이요, 그 뒤를 이어서는 조정의 모함
> 과 욕설과 모욕이 있을 뿐이었다. (243면)

이 같은 순신의 외로운 충정은 자신의 죽음을 알리지 않고 마지막 싸
움을 승리로 이끈 마지막 대목에 이르러 비장한 빛을 발하고 있다. 순신
의 죽음은 순신의 영웅적 행위에 대한 예찬의 맥락에서 그려지는 것이
아니라, 그 같은 충정마저 이후 정권을 잡은 무리들의 호화로운 꿈속에
서 묻혀버린 데 대한 탄식과 "이순신의 슬픈 인생"(283면)에 대한 애도
속에서 마무리되고 있기 때문이다. 요컨대 『이순신』은 이순신이라는 역
사적 인물과 그와 관련된 역사적 사건을 자기의 의무라 믿는 바를 위해
죽는 순간까지 변치 아니한 이순신의 외로운 충정이라는 관점에서 허구
화하고 있는 바, 그 궁극적인 의도는 공적 의무와 그것을 사수하고자 한
한 인간의 자존감의 문제와 관련이 있다고 할 수 있다.

이러한 시기와 질투 그리고 음모 속의 외로운 충정이라는 주제는 『이
차돈의 사』(1935)에서도 다시 한번 반복되고 있다. 이 작품을 두고 강영
주는 작품의 중심을 이루어야 할 사회적 갈등, 즉 불교의 공인이라는 중
요한 역사적 사건이 주인공의 개인적 갈등, 특히 연애 문제로 치환되어
있으며, 따라서 역사적 진실성과는 거리가 먼 통속적인 오락물 이외의
의미를 부여받기 어렵다는 평가를 내린 바 있다.[26] 그러나 모든 역사소

---

26) 강영주, 『한국 역사소설의 재인식』, 창작과비평사, 1991, 61~62면.

설이 반드시 역사적 진실성을 목적으로 하고 있는 것은 아니며 또 반드시 그래야 하는 것도 아니라면, 『이차돈의 사』가 불교의 공인이라는 역사적 사건의 면모를 개인적 갈등의 차원에서 다루었다는 사실을 두고 역사의 사사화를 비판하는 것은 그다지 의미가 없다. 게다가 『이차돈의 사』에서 애정 문제는 이차돈이 신라인으로서의 자신의 정체성을 세워나가는 문제와도 밀접한 관련이 있는데, 그것을 일반적인 애정 통속물과 동일한 것으로 치부해버리는 것은 작품을 이해하는 중요한 실마리를 간과하는 것이 된다.

실제로 『이차돈의 사』에서 이차돈을 둘러싼 복잡한 애정 문제는 시기와 질투 그리고 음모 속의 외로운 충정이라는 주제와 밀접한 관련이 있다. 애초에 이차돈이 신라의 조정에서 쫓겨나 고구려로 가게 된 데는 이차돈과 달님의 관계를 질투하는 거칠아비의 음모와, 임금의 자리를 엿보고 있던 차에 이차돈을 평양공주의 부마로 삼아 태자를 삼고자 하는 왕의 뜻에 불만을 품은 선마로의 음모가 개입되어 있다. 차제에 고구려로 쫓겨가게 된 이차돈은 신라와는 비교도 되지 않는 고구려의 서울 평양의 굉장함과 메주한가의 호탕한 사상, 즉 고구려와 신라, 백제는 본디 한 조상의 자손이며, 따라서 지금은 서로 화친하고 연합하여 한족과 대항하여야 할 때라는 사상에 매료되는데, 여기에 고구려로 자객을 보내어 이차돈을 죽임으로써 화근을 없이 하려는 이들의 끈질긴 음모는 결국 이차돈으로 하여금 신라인으로서의 자신의 정체성을 고민하게끔 하는 결정적인 요인으로 작용하고 있는 것이다.

이 같은 이차돈의 고민은 고구려의 왕족인 메주한가의 청혼을 계기로 표면화된다. 평소 이차돈을 비롯하여 평양에 유학 오는 신라, 백제 청년들에게 고구려와 신라, 백제는 본디 한 조상의 자손이며, 따라서 지금은 서로 화친하고 연합하여 한족과 대항하여야 할 때라는 사상을 가지게 하려고 애써 왔던 메주한가는 이차돈의 재주를 높이 사 그에게 자신의 딸 버들아기를 받아줄 것을 청하게 되는데, 처음에 국법에 어긋난다하여 이를 단호하게 거절했던 이차돈은 메주한가에게서 신라가 자객을 보내어 자신을 죽이려 하고 있다는 사실을 전해듣고 난 후 이 청혼에 대해 갈등하는 모습을 보여주고 있는 것이다.

> 이차돈은 취한 술이 다 깨어버렸다. 과연 신라는 나를 버렸다. 버릴뿐더러 나를 미워하고 죽이려 함이다. (…중략…) 그렇지마는 그렇다고 고구려 사람이 되어 고구려의 부귀를 누려? 메주한가의 사위요, 본래는 신라의 왕족, 이만하면 인물을 찾음이 급한 고구려에서 영화를 누릴 것은 확실하였다. (…중략…) '신라는 너를 버리지 아니하느냐? 너를 죽이려고 자객을 보내고, 또 적국에 너를 모함하여 적국의 손으로 너를 죽이려고 하지 아니하느냐?' 이렇게 생각하면 이차돈은 메주한가의 권하는 말에도 넉넉한 이유가 있음을 부인할 수 없었다.[27] (109~110면)

여기서 메주한가의 청혼에 대한 이차돈의 갈등은 신라인으로서의 정체성의 문제와 관련하여 모종의 정치적 선택의 의미를 띤 것이었다 해도 과언이 아니다. 그가 메주한가의 청혼을 받아들이는 것은 그 자신 명확하게 인식하고 있는 것처럼 곧 국법을 어기고 고구려 사람이 되는 것을 의미하기 때문이다. 그런 만큼, 결국 "이 몸은 신라 사람으로 났으니 신라 사람으로 죽겠다"(106면) 하여 메주한가의 청혼을 단호하게 거절하는 이차돈의 결단은 메주한가의 사위로서 고구려인이 되어 누릴 수 있는 부귀와 영화를 거부하고 신라인으로서 신라에 대한 의무를 선택한 것이라 할 수 있다.

이처럼 이차돈을 둘러싼 복잡한 애정 관계는 단순히 통속적인 흥미를 위해 차용된 것이라기보다 이차돈이 신라인으로서 자신의 정체성을 세워나가는 문제와 관련이 있다. 이는 용천암의 늙은 중을 만나게 된 것을 계기로, 달님에 대한 욕망을 억누른 채 불도에만 정진하는 이차돈의 모습에서도 다시 한번 분명하게 드러난다. 이차돈에게 모든 욕망을 거세하

---

27) 『이광수 대표작 선집』 8, 삼중당, 1968.

고 불도를 닦는 일이란 곧 신라 백성에게 불법의 길을 엶으로써 신라를 구원하고자 하는 뜻을 의미하고 있기 때문이다.

그러나 모든 욕망을 누르고 불도에만 정진한 끝에 불법을 펴기 위해 신라로 돌아온 그를 기다리고 있는 것은 여전히 조정 간신들의 시기와 질투 그리고 음모뿐이다. 이차돈은 그의 세력에 두려움을 품어 그를 없이할 계획에 몰두하고 있는 이들의 음모 한 가운데서 결국 불법을 전하는 것은 국법을 어기는 것이라는 죄명을 빌미로 자신의 목을 요구하는 무리들 가운데 놓이게 되는 것이다. 그러나 역설적이게도 이 같은 시기와 질투 그리고 음모의 한 가운데서 이차돈의 충정은 오히려 빛을 발하고 있다. 그가 신라에 불법의 길을 엶으로써 신라를 구원하고자 하는 염원에서 자진하여 내어준 목에서 떨어진 흰 피는 그를 음해하고 모함했던 무리들의 참회와 더불어 결과적으로 그의 외로운 충정이 인정받는 계기로 자리잡게 되기 때문이다.

이상에서 살펴본 바와 같이, 『이순신』과 『이차돈의 사』는 오로지 나라에 대한 충정으로 죽음도 마다하지 않았던 이순신과 이차돈이라는 인물의 이야기를 중심으로 공적 의무의 사수와 그에 대한 자존감이라는 주제에 천착하고 있다. 따라서 의무보다는 사적 욕망을 추구한 끝에 비극적인 말로를 맞게 되는 인물들의 자책감에 초점을 맞춤으로써 정치적 타협에 대한 이광수 자신의 내적 자괴감을 직접적으로 환기시키고 있는 『단종애사』나 『세조대왕』과는 달리, 『이순신』이나 『이차돈의 사』는 이 문제와는 무관한 것처럼 보인다. 그러나 이 같은 양상은 이광수가 그 자신의 정치적 행로의 문제와 관련된 내적 갈등과 대면하는 서로 다른 방식을 의미하고 있을 뿐, 이들이 다루고 있는 주제가 서로 별개의 것임을 의미하는 것은 아니다. 전자가 의무보다는 사적 욕망을 추구함으로써 비극적인 말로를 맞게된 역사적 인물들의 이야기를 다룸으로써 자신의 정치적 타협의 문제와 관련된 내적 자괴감을 고백하고 그와 대면하고자 한 것이었다면, 후자는 모든 욕망을 거세하고 오로지 의무를 지키다가

순교한 역사적 인물들의 이야기를 다룸으로써 자신의 정치적 타협의 문
제와 관련된 내적 자괴감을 보상하고 나름의 자존감을 이끌어내고자 한
것이라 할 수 있기 때문이다.

실제로 『이순신』이나 『이차돈의 사』를 집필하는 이광수의 작가적 태
도는 어떠한 상황에서도 옳음과 믿음을 변치 않았던 숭고한 인격에 대
한 숭앙과 흠모 그 한 마디로 요약될 수 있는데, 그것은 일종의 보상 심
리와 관련이 있다.

> 내가 진실로 일생에 이순신을 숭앙하는 것은 그의 자기희생적·초훼예적 그리
> 고 끝없는 충의(애국심)입니다. 군소배들이 자기를 모함하거나 말거나, 군주가
> 자기를 총애하거나 말거나, 일에 승산이 있거나 말거나, 자기의 의무라고 信하
> 는 바를 위하여 鞠躬盡瘁하여 마침내 죽는 순간까지 쉬지 아니하고 변치 아니
> 한 그 충의, 한 인격을 숭앙하는 것입니다.
>
> ─ 「作者의 말」(『이순신』)

> 나는 순교자를 가장 사모한다. 제가 순교자가 될 만한 인물이 못 되니까 그런가
> 보다. 내가 숭배하는 것은 순교자다. '옳음'과 '믿음'을 위하여서는 목숨도 아끼
> 지 아니한다는 것이 순교자의 정신이다. 내 한 몸을 죽이더라도 중생을 건지자
> 하는 것이 순교자의 정신이다. 그의 눈에는 오직 진리가 있고 중생이 있을 뿐
> 이다. 저를 완전히 잊어버린 곳에 순교자의 정신이 있는 것이다. 그것이 저를
> 완성하는 것이라고도 할 수 있을 것이다.
>
> ─ 「머리말」(『이차돈의 사』)

위의 인용문에서 볼 수 있는 것처럼, 이광수에게 이순신이나 이차돈
은 "자기의 의무라고 信하는 바를 위하여 鞠躬盡瘁"하고, "'옳음'과 '믿
음'을 위하여서는 목숨도 아끼지 아니"한 숭고한 인격자들이다. 그리고
여기서 그들이 흠모되고 있는 것은, 숭고한 인격의 획득이 곧 "저를 완
성하는 것"으로 받아들여지고 있는 데서 잘 드러나는 것처럼, 그 자신
"순교자가 될 만한 인물이 못되"는 데 대한 보상 심리에서 비롯된 것이

다. 흥미롭게도 이는 한편으로 권력에 대한 욕망으로 돌이킬 수 없는 불의를 향해 나아가면서도, 그것이 불의라는 것을 알고 있기 때문에 다른 한편으로는 의인의 무리의 인정을 받고 의인이 되고자 하는 의지를 지녔던 수양의 양가적인 태도를 환기시키는 바, 이 같은 보상 심리는 『이순신』이나 『이차돈의 사』를 집필해 나가는 이광수 자신을 지배했던 심리적 매카니즘의 주요한 동인 가운데 하나였다고 해도 과언이 아닌 것이다.

『이순신』이나 『이차돈의 사』에 이 같은 보상 심리가 작용했다는 것은 이들 작품이 시기적으로 이광수가 자신의 인생에 닥쳐왔던 몇 가지 극적인 고비를 넘기고 난 이후에 씌어졌다는 사실에서도 다시 한번 확인된다. 실제로 1931년 6월에서 1932년 4월에 걸쳐 『동아일보』에 연재되었던 『이순신』은 그의 오랜 지병이었던 폐병의 발병 이래 그 스스로 죽음을 각오하던 오랜 병마 속에서 씌어진 『단종애사』(1929) 직후의 연재물이며, 1935년 9월에서 1936년 4월에 걸쳐 『조선일보』 연재되었던 『이차돈의 사』 또한 도산의 장기 수감으로 인한 사업의 실패와 아들의 죽음, 그리고 『동아일보』에서 『조선일보』로 이직하는 과정에서 생긴 불협화음으로 회사까지 그만두게 된 불행한 시기에 씌어진 『그 여자의 일생』(1934) 직후의 연재물이다. 따라서 『단종애사』나 『그 여자의 일생』이 의무를 저버리고 욕망을 추구한 끝에 파멸을 맞게 되는 인물들의 이야기를 통해 자신의 정치적 타협의 문제와 관련된 내적 자괴감과의 직접적인 대면으로서의 의미를 지닌 것인 만큼, 그 직후에 씌어진 『이순신』과 『이차돈의 사』에서 오직 의무를 위하여 죽음도 마다하지 않았던 순교자들의 이야기가 다루어지고 있다는 것은, 이들 작품으로써 이광수 자신 이번에는 정치적 타협의 문제와 관련된 내적 자괴감을 상쇄하고 거기서 나름의 자존감을 이끌어 내고자 했음을 엿볼 수 있는 것이다. 요컨대 이광수의 역사소설에서 공적 의무의 사수와 그에 대한 자존감의 주제 이면에는 곧 사적 욕망의 추구와 그에 대한 자책감의 주제가 여전히 그림자를 드리우고 있는 것인 바, 이들 주제는 사실 동전의 양면에 불과한 것이라 할 수 있다.

4. 정치적 삶의 부침과 자전적 글쓰기

본고는 이광수의 역사소설이 대개 역사의식과 민족의식의 두 축을 중심으로 민족주의 이념의 산물로서 평가되고 있는 데 문제를 제기하고, 역사적 인물과 역사적 사건에 기반하고 있는 까닭에 일면 객관적인 역사적 공간을 구축하고 있는 것처럼 보이는 그의 역사소설이 실은 끊임없이 그의 자전적 삶의 영역을 환기시킴으로써 일종의 '자전적 공간'을 구성하고 있다는 전제로부터 출발하였다. 말하자면 이광수의 역사소설은 역사적인 인물과 역사적인 사건을 기반으로 하는 역사적 공간을 다루고 있되, 거기에 자전적 양상을 투사함으로써 역사적 공간을 자전적으로 허구화하고 있다는 관점인 것이다. 실제로 이광수의 역사소설이 다루고 있는 인물들은 대개 의무를 저버리고 욕망을 추구한 데 대한 자책감이나 혹은 반대로 모든 욕망을 거세하고 오로지 의무를 위해 죽음도 마다하지 않았던 자존감과 같이 특정한 감정과 정신 상태를 지니고 있는데, 이는 이들 인물의 이야기가 이광수 자신의 자전적 삶, 그 가운데서도 특히 정치적 행로에서 비롯된 내적 갈등의 문제와 관련이 있음을 암시해주고 있다. 이에 본고에서는 이광수의 역사소설이 기반하고 있는 역사적 공간이 그의 자전적 삶의 영역과 공간적으로 어떻게 상호관련성을 맺고 있는가 하는 문제를 중심으로 이광수의 역사소설의 특성을 이해하고자 하였다.

먼저 의무를 저버리고 욕망을 추구함으로써 비극적인 말로를 맞게 되는 수양과 세조의 이야기를 중심으로 사적 욕망의 추구와 그에 대한 자책감이라는 주제에 천착하고 있는 『단종애사』(1929)와 『세조대왕』(1942)은 조선과 일본을 사이에 둔 정치적 타협에 대한 이광수 자신의 내적 자괴감을 직접적으로 투영하고 있다. 막다른 낭떠러지를 예감하면서도 야심을 향한 걷잡을 수 없는 수양의 욕망과 그에 대한 자책감의 이야기인 『단종애사』는 1921년 상해 귀국 이후의 정치적 회생과 더불어 총독부와의 관계에 있어서 점차 종속적이 되어가지 않을 수 없었던 이광수 자신의 내적 자괴감을 환기시키고 있으며, 왕권을 획득하기 위해 상왕 단종이하 여러 동기와 신하들을 죽인 업보에 대한 세조의 자책감과 그에 대한 회오의 이야기인 『세조대왕』은 공적으로는 적극적인 협력의 길에 나서고 있으면서도 내면적으로는 그 업보에 대한 두려움에서 비롯된 회오에 젖어 있던 이광수 자신의 착잡한 심경을 그대로 환기시키고 있기 때문이다.

다음으로 모든 욕망을 거세하고 오로지 나라에 대한 충정으로 죽음도 마다하지 않았던 이순신과 이차돈의 이야기를 중심으로 공적 의무의 사수와 그에 대한 자존감이라는 주제에 천착하고 있는 『이순신』(1931)과 『이차돈의 사』(1935)는 자신의 정치적 타협의 문제와 관련된 내적 자괴감을 간접적으로 투영하고 있다. 어떤 상황에서도 자기의 의무라 믿는 바를 위해 죽는 순간까지 변치 아니한 이순신의 외로운 충정에 관한 이야기인 『이순신』과, 마찬가지로 모든 욕망을 거세하고 오로지 옳음과 믿음을 위하여서 기꺼이 목숨까지 내어놓았던 이차돈의 충정에 관한 이야기인 『이차돈의 사』는 이순신이나 이차돈과 같은 숭고한 인격에 대한 흠모 가운데서 자신의 정치적 타협의 문제와 관련된 내적 자괴감을 보상하고 거기서 나름의 자존감을 이끌어내고자 했던 일종의 보상 심리에 근거하고 있기 때문이다.

이상에서 살펴본 바와 같이, 이광수의 역사소설은 역사적 실재의 재현 혹은 역사적 실재에 대한 역사적 해석에 의미가 있다기보다 그의 자

전적 삶, 그 가운데서도 특히 그의 정치적 행로와 관련된 지극히 사적이
고 내밀한 문제와 관련이 있다. 『단종애사』와 『세조대왕』이 사적 욕망
의 추구와 그에 대한 자책감이라는 주제로써 자신의 정치적 타협의 문
제와 관련된 내적 자괴감을 고백하고 직접적으로 그와 대면하고자 한
것이라면, 『이순신』과 『이차돈의 사』는 공적 의무의 사수와 그에 대한
자존감이라는 주제로써 그 내적 자괴감을 보상하고 거기서 나름의 자존
감을 이끌어내고자 한 것이었다. 말하자면 특정한 역사적 인물과 그를
둘러싼 역사적 사건을 기반으로 한 역사적 공간 속에서, 사실 이광수는
자신의 정치적 삶과 관련된 내면의 문제와 대면하고 있었던 것이다. 그
런 의미에서, 이광수의 역사소설은 그의 여느 장편소설들과 마찬가지로
그의 정치적 삶의 부침에 대한 자기 의식적인 성찰의 산물이었다고 할
수 있다.

개조론과 근대적 개인

이광수의 민족개조론을 위한 시론

1. '개조론'을 둘러싼 문제들

민족주의적 패러다임이 한국 근대의 역사적 재현을 지배해 왔다는 주
장은 학계에서는 이미 통설에 가까운 가설이다. 국권의 상실과 식민지
경험은 '개인'보다는 '민족'을 중심으로 한국의 근대를 틀지어 왔으며,
따라서 '개인'은 언제나 '민족'이라는 이름 아래 흡수되어 버리거나 절
충될 수밖에 없었다는 식의 논의들이 그것이다. 근대 식민지 시기, 그러
한 주장을 뒷받침하는 논자로 이광수만큼 자주 거론되는 이도 없을 것
이다. 1920년대라면, 당시 문화운동의 선전기관임을 자처했던 종합지
『개벽』에 발표된 「민족개조론」(1922.5)이 훌륭한 뒷받침 자료가 된다. 그
것은 민족개조의 방법으로 "개인보다는 단체를, 즉 私보다 公을 중히
여겨 사회에 대한 봉사를 생명으로" 아는 사회봉사심의 함양을 강조하

고 있기 때문이다.

그러나 「민족개조론」보다 4개월 여 앞서 동지(同誌) 『개벽』에 발표된 이광수의 「예술과 인생」(1922.1)의 다음과 같은 구절, 즉 "사람이란 도저히 정신적인 자유와 창조의 기쁨을 생명으로 여기는 동물이니, 이것이 사람의 본성이요 眞이외다"라는 대목과 맞닥뜨리게 되면 사정은 달라진다. 이 구절은 인생의 목적은 행복에 있고, 각 개인이 행복하려면 인생을 예술화하는 것이 필요하다는 이 글 전체의 주장을 뒷받침하는 근본 관점으로, 인생을 예술화하는 것이란 곧 개인의 정신적인 자유와 창조적 충동을 만족시키는 것임을 전제하고 있기 때문이다. 자아의 창조성과 생명력의 확충에 기반한 각 개인의 행복을 근본적인 목적으로 삼고 있다는 점에서 보면, 그것은 "개성의 표현", 곧 "생명의 발현"을 통해 정신생활의 내용을 풍부하고 충실케 하는 것이 자아의 인격을 완성하는 길이자 이상을 성취하고 가치를 창조하는 길임을 주장하고 있는 염상섭의 「예술과 개성」(同誌, 1922.4) 쪽의 논의에 가까운 것이다.

그러면 이처럼 일견 상충하는 듯이 보이는 '개인'과 '민족' 담론의 공존을 어떻게 해석해야 할까. 주목할 만한 것은 이러한 '개인'과 '민족' 담론의 공존이 비단 이광수 개인에게만 국한되었던 문제가 아니라, 1920년대 초반 문화운동의 사상기관임을 자처하며 종합지로서 상당한 영향력을 끼쳤던 『개벽』지 전반을 통해서도 동일하게 확인되는 현상이라는 점이다. 그러면 이광수는, 더 나아가 『개벽』은 '개인'과 '민족'을 아무런 매개 없이, 필요에 따라 이런저런 식으로 주장하고 있었던 것일까. 그리하여 때로는 정신적 자유와 창조성을 지닌 개인을 강조하고, 또 때로는 사회봉사심의 함양과 수양을 토대로 한 민족 공동체를 강조하는 식으로 논의의 착종을 빚고 있었던 것일까.1) 아니면 "근대적 가치로 새롭게 부

---

1) 예컨대, 사회진화론과 관련하여 볼 때 당시 지식인들의 담론은 근본적으로 자유주의적 조류에 기반하고 있지만 동시에 식민지라는 조건이 그것을 전체주의적 사고에 묶어두었다면서 이를 자유주의와 집단주의적 가치의 착종이라고 해석하고 있는 박성진

각된 개인과 식민지 조선이라는 민족 현실 중 어느 것도 포기할 수 없었던 주체들의 '민족적 대의'를 내세운 절충"으로 그것을 이해해야 할까.[2]

필자가 볼 때, 그것은 필요한 논의를 이것저것 끌어들인 탓에 빚어진 혼선이나 개인과 민족이라는 서로 다른 이해관계들 간의 어쩔 수 없는 타협이 결코 아니다. 적어도 1920년대 초반의 『개벽』의 담론은 일찍이 이른바 개인과 민족 사이에서 분열되어 있으면서 민족 계몽의 명분 아래 그 분열이 봉합되어 버리는 장면을 연출했던 『무정』(1917)의 "불행한 의식"[3]과는 분명한 거리를 보여준다. 이후에 자세히 살펴보겠지만, 『개벽』에서 개인과 민족은 서로 대립하지 않는다. 오히려 개인과 민족은 하나이며, 운명적인 연쇄를 이루는 불가분의 관계로 인식되고 있다. 따라서 적어도 1920년대 초반 『개벽』의 담론은 개인의 사적인 영역과 민족에 대한 봉공의 영역이 필요충분조건으로서 서로를 허용하는 새로운 사상의 모색이라는 맥락에서 이해될 필요가 있는 것이다.

이 문제를 해명하기 위해서는 1920년대 초반 『개벽』 담론의 중심을 차지했던 개조론을 고찰하는 것이 도움이 된다. 주지하다시피, 당대의 개조론은 1차 세계대전 종전을 전후하여 윌슨의 정의·인도, 레닌의 평등·자유의 원칙에 입각한 세계질서의 이상주의적 개편을 표방한 세계개조론의 영향력 아래, 『개벽』의 주요 필진들이 지녔던 천도교의 교의적 이념인 '사람성자연주의'와 당대 일본 문화주의의 산물인 '인격주의'

의 논의는 이러한 관점을 잘 대변한다. 박성진, 「1920년대 전반기 사회진화론의 변형과 민족개조론」, 『일제의 조선침략과 민족운동』(한국민족운동사 연구회 편), 국학자료원, 1998, 62~63면.

2) 최수일, 「1920년대 문학과 『개벽』의 위상」, 성균관대 박사논문, 2002, 101~102면.

3) 서영채는 근대적 계몽주의자로 출발했지만 식민지라는 상황 속에서 민족독립이라는 또 하나의 축을 결코 포기할 수 없었던 이광수의 의식과, 영채를 선택할 수는 없었지만 그렇다고 버릴 수도 없었던 이형식의 의식의 분열에 대해 논하면서, 헤겔의 용어를 빌어 그것을 "불행한 의식"이라 명명한 바 있다. 서영채, 「『무정』 연구」, 서울대 석사논문, 1992, 70~71면.

가 가세하여, 사회개조의 전제로서 개인의 개조를 강조하는 경향을 띠고 있다. 다시 말해 그것은 사회의 개조, 더 나아가서는 세계의 개조를 지향하되, 그 출발점이자 궁극적인 지향점은 개인에게 있다는 관점으로 일괄되는데, 사정이 이러하다면 당대 개조론에서 개인과 민족을 매개하는 사상의 단서를 기대해도 좋은 것이다.

이에 본고에서는 1920년대 초반 개조론을 표방했던 『개벽』의 담론이 개인과 민족을 매개하는 방식을 고찰하고, 그것이 궁극적으로는 이상주의적인 개조론에 힘입어 민주성과 대중성을 표방하면서 각 개인의 자율적 존엄성과 연대주의에 기반한 근대적 개인상을 창출하고자 했던 당대 민족주의의 과제와 밀접한 관련이 있음을 밝히고자 한다.

2. 확장된 '인본주의' 사상으로서의 세계개조론

주지하다시피, 『개벽』은 3·1운동 이후 문화통치 체제로의 변화와 더불어 표현의 자유가 어느 정도 허용되던 시점에서 민족 계몽을 표방하며 창간된 종합지이다. 그런데 이 민족 계몽의 방향은 당시 일차세계대전 終戰을 전후하여 비판적인 목소리가 고조되고 있던 세계개조론의 추세와 밀접한 관련을 갖고 있다. 『개벽』이라는 제호부터가 이미 심상치 않은 것이지만, "오늘날 이 세계 대개조라 하는 혁신의 기운을 맛보게 되었나니" "吾人으로 이 開闢史를 쓰게 됨은 실로 時에 遇하고 事에 遇하고 정신에 遇하는 신의 요구"라는 창간사는 『개벽』의 근본적인 입장이 세계 개조의 기운에 발맞추어 조선 또한 그에 적극 동참하여야 한다는 데 있었음을 분명하게 보여준다.

그러면 당시 『개벽』의 지침이나 다름없었던 세계 개조의 추세란 어떠한 성격의 것이었으며, 조선이 이러한 세계 개조의 기운에 동참한다는 것이 의미하는 바는 무엇이었을까. 이는 창간호의 사설 「세계를 알라」 (1920.6)의 다음과 같은 구절에서 분명하게 엿볼 수 있다.

> 우리의 과거는 이성의 訴求로는 심히 不思議의 중에 있어 왔도다. 優對劣者行爲, 富對貧者行爲, 智對愚者行爲, 내지 强對弱者行爲, 物質對精神行爲, 모두가 불공평이었고 모두가 不理想이었다. (…중략…) 세계의 금일은 (…중략…) 개조하는 도정에 있으며 步一步 향상진보하는 중에 있나니 우리는 이것을 보고 여명이라 하며, 서광이라 하며, 개벽이라 하도다. 이를 추상적으로 말하면 정의 인도의 발현이오, 평등 자유의 목표라 하겠고, 구체적으로 말하면 强弱 共存主義, 病健 相補主義라 하리로다.

위의 인용문을 일괄하자면, 과거의 세계는 우열(優劣), 빈부(貧富), 지우(智愚), 강약(强弱) 및 물질과 정신 등이 모두 불공평했지만, 오늘날은 정의, 인도와 평등, 자유의 원칙에 입각하여 강약이 공존하고 병건(病健)이 상보(相補)하는 세계로 나아가고 있다는 진단이다. 여기서 정의·인도란 윌슨의 민족자결주의를, 그리고 평등·자유란 레닌의 무산계급의 해방 이념을 의미하는데, 세계는 바야흐로 이 두 축을 중심으로 개조되고 생각되었던 것이다.4) 이러한 진단에서 조선 또한 그러한 세계 개조의 기운에 힘입어 그에 동참한다면 국제 사회와 조화롭게 공존할 수 있을 것이라는 희망을 읽어내기란 어렵지 않다. 일차세계대전의 종전과 더불어 들려오는 세계 개조의 소리, 그것은 곧 약소민족의 처지에 불과한 조선이 동등한 세계의 일원으로서 새로 태어날 수 있는 절호의 계기로 인식되고 있었던 것인데, 세계 개조의 기운에 적극 동참하고자 했던 『개벽』의 비상한 이상주의적 열정은 바로 여기에서 비롯되었다고 해도 과언이 아닌 것이다.

---

4) 박찬승, 『한국근대정치사상사연구』, 역사비평사, 1992, 177~179면.

  그러나 당시 『개벽』의 이 비상한 이상주의적 열정을 다만 세계의 조화로운 공존의 가능성에 기대고자 하는 약자로서의 입장에서만 이해해서는 곤란하다. 그것은 『개벽』이 당시 세계개조론을 받아들였던 근본적인 토대였던 인본주의, 즉 '인간의 권리'라는 개인적이면서 동시에 보편적인 이념의 발견과 그것의 확장 가능성에 대한 고양된 열정이라는 측면을 간과하게 만들기 때문이다.

  실제로 세계 개조에 동참하고자 하는 『개벽』의 고양된 열정은 무엇보다도 '인간의 권리'라는 보편적인 이념에서 도출된 것이며, 그것의 확장 가능성에 대한 믿음에 근거한다. 창간호의 사설 「세계를 알라」에서 이미 분명하게 드러나고 있는 것처럼, "人이면 다같이 一로만 표준"하는 것, 이 진리를 다만 "개인과 개인뿐에만 用할 자 아니오, 전세계의 국가와 국가, 민족과 민족의 공통한 원칙으로 사유케 됨이 금일 전인류의 新覺醒"이라는 생각은 당시 세계 변화의 추세를 인식하는 『개벽』의 근본적인 시각이었다. 말하자면 인간이면 누구나 유일한 가치를 가졌으며 동등한 권리를 지닌다는 것, 그리고 그것은 비단 개인간의 관계에서뿐만 아니라 전세계 국가민족간의 관계에서도 공통된 원칙이 되어야 한다는 관점을 표방하고 있었던 것인데, 이는 당시 '인간의 권리'라는 이념이 개인들간의 관계뿐 아니라 당시의 국제 관계를 비추는 일종의 프리즘과 같은 것이어서 당시의 모든 정황이 그러한 관점에서 굴절 분산되어 인식되고 있었음을 잘 말해준다.

  이러한 프리즘에 따르면, 타인의 권리를 존중하지 않는 개인, 더 나아가 다른 민족의 권리를 존중하지 않는 국가 민족은 '인간의 권리' 그 자체를 부인하는 것이 되며, 그것은 결국 그 자신들의 존영(尊榮)마저 위태롭게 하는 것이 된다. 왜냐하면 "가치의 高下는 殆히 무한하여 上에는 上이 무한하고 下에는 下가 무한"하여, 가령 "을은 갑보다 가치가 有한 고로 갑을 학대한다 하면 당연의 보수로 을은 又 병에게 학대를 受할 일이 有하다 각오치 아니함이 불가"하기 때문이다. 따라서 각 개인 혹은 각 국가 민족이 '인간의 권리'를 정당하게 향유하고자 한다면 "세계인류 전체를 유일의 道義體系로 見做하여 差別을 철폐하고 不平을 제거"5) 하지 않으면 안 된다는 것이 그 당연한 논리적 귀결이 되지 않을 수 없다. 결국 오늘날 세계의 신사조니 개조니 하는 외침은 모두 "사람 그대로의 살기를 실현하는 수단에 불과한 것"6)이라는 주장이 단순 명료하게 표현하고 있는 것처럼, 적어도 창간 당시의 『개벽』은 정의·인도, 자유·평등의 원칙에 입각한 세계개조론을 국가 민족 단위로까지 확장된 '인간의 권리'에 대한 주창이라는 관점에서 받아들이고 있었던 것이다.7)

물론 이러한 사해일가적(四海一家的) 세계 인식, 즉 각각의 국가 민족은 연쇄를 이루며 한 몸을 이루고 있다는 인식이 제국주의 열강시대를 휩쓸었던 사회진화론의 영향력을 일거에 불식시켰던 것은 아니다. 한때 "인도정의의 최대옹호자" "세계평화 인류행복을 위한 一國超越의 권력기관"8)으로 한껏 추앙되었던 국제연맹의 활동이 현실적으로 지지부진한 것으로 드러나면서 세계는 여전히 약육강식, 우승열패가 지배한다는 인식이 다시 고개를 들기 시작하는데, "지금은 약육강자의 논리로 움직이는 시대"이니 "조선도 힘이 필요하다"9)거나, "평화니 인도니 함은 약자를 위하는 姑息語에 불과"하며 "강자선 약자악은 萬古의 鐵案"10)이라는 주장 등은 이러한 사실을 잘 대변하여 보여준다.

---

5) 「세계를 알라」, 『개벽』, 1920.6.
6) 「오인의 신기원을 선언하노라」, 『개벽』, 1920.8.
7) 이처럼 인간의 권리에 대한 주창이 국가 민족 단위로까지 확장되고 있었던 데에는 무엇보다도 일차세계대전의 전지구적인 영향력에 대한 인식이 자리하고 있다. 그러한 전지구적인 영향력을 목도하고 이에 대해 비판적인 시각을 지녔던 세계개조론자들은 "안전한 세계가 無하면 안전한 국가가 無한 줄로 認하며 一國民의 안락이 세계 평온과 好意로 연쇄됨을 覺知"하고, 따라서 각 민족의 안녕 행복은 세계를 도의체계하에 귀착케 하는 데서 비로소 가능하다는 인식을 갖게 되었던 것이다(「세계를 알라」, 『개벽』, 1920.6 참조).
8) 「인도정의 발전사로 본 금일 이후의 모든 문제」, 『개벽』, 1920.9.
9) 김기전, 「鷄鳴而起하야」, 『개벽』, 1921.1.
10) 박달성, 「동서문화사상에 現하는 고금의 사상을 일별하고」, 『개벽』, 1921.3.

그러나 일단 세계개조론을 통하여 뿌리내리기 시작한 정의·인도, 평등·자유의 원칙에 기반한 '인간의 권리'에 대한 주창은 쉽게 사그라지지 않으며, 이후에 일본을 통하여 유입된 제임스나 오이켄, 러셀, 카펜터 등의 인본주의적 개조론자들의 영향 아래 활발하게 전개되는 사회개조론의 근간이 된다. 그러면 그러한 인본주의 사상에 기반한 사회개조론이 『개벽』의 절대적인 지지를 얻은 것은 어떤 이유에서일까. 그것은 무엇보다도 사람을 중심으로 하는 개벽이라는 천도교의 교의적 이념을 표방하고 있던 『개벽』의 '사람성자연주의'가 그러한 인본주의적 사회개조론과 쉽게 맞아떨어질 수 있었다는 데서 찾을 수 있지 않을까 생각된다.

3. 인본주의적 사회개조론과 '개인'의 발견

앞서도 언급했던 것처럼, 『개벽』이 당대의 개조론을 받아들였던 근본적인 입장은 그것이 "사람 그대로의 살기를 실현하는 수단"11)이자 "사람으로서의 內包를 완전히 발휘하여 완전한 사람으로 살겠다는 운동"12)이라는 관점이다. 『개벽』이 천도교 교단의 한 사업으로 시작되었던 것인 만큼, 여기서 인내천주의, 즉 사람을 중심으로 하는 개벽이라는 천도교의 교의적 이념을 읽어내는 것은 그다지 무리가 아니다. 실제로 이러한 입장은 이후 『개벽』의 편집자로서 당대의 다양한 사조들을 섭취하며 천도교의 교의를 현대화하는 데 앞장섰던 이돈화의 '사람성자연주의' 이론을 통하여 구체적이고 명료한 입장을 표명하게 된다.

먼저 「인내천연구의 기칠(其七)―의식상으로 관(觀)한 자아의 관념」

---

11) 「오인의 신기원을 선언하노라」, 『개벽』, 1920.8.
12) 김기전, 「鷄鳴而起하야」, 『개벽』, 1921.1.

(1921.1)에서는 신칸트학파의 자기설(自己說)과 더불어 "사람의 목적은 바로 자기의 완전을 추구하는 것"이고, "人은 小我로부터 신, 즉 절대아를 체현케 하여 대우주의 大意識界와 合一致함이 인격 최상의 발달"이며, 그것이 곧 인내천 종교가 추구하는 궁극의 교화임을 밝히고 있다. 그리고 「사람성의 해방과 사람성의 자연주의」(1921.4)에서는 루소의 자연에 대한 논의를 끌어들여 사람성의 자연주의란 곧 "사람 본연의 능력이 있는 대로 양성하는 방법"이며, "평등하고 적나라한 본연의 위치에 모든 인간을 놓는 것"임을 논하고 있다. 이러한 논의는 「시대정신에 합일된 사람성주의」(1921.7)에서 러셀의 창조충동 이론과 만나 종합되면서 종국에 "사람성의 자연주의는 사람이 가지고 있는 원통의 미덕(정의인도, 평등자유, 박애자비)을 그대로 사람 자기들이 體得하고 응용"하는 것이기 때문에 "모든 이상의 건설을 사실로 化할 수 있는" 사상으로 정리된다.

이돈화의 '사람성자연주의'에 대한 논의 자체가 당대 다양한 사조와의 상호관계 속에서 이루어지고 있다는 사실에서도 이미 충분하게 드러나고 있지만, 사실 이러한 인본주의 사상은 당대 사조의 근본 바탕이기도 했다. 당대를 신지상주의, 존장지상주의, 국가지상주의, 개인지상주의를 거쳐서 '사람지상주의'를 강조하는 시대로 파악하고, "사람을 본위로 하여 사람 스스로가 개척할 능력과 권리가 有함을 주장하여" "인본주의와 기회평등주의를 주장"하는 '사람지상주의'야말로 상호부조(相互扶助)의 현대적 이념을 가장 잘 표현한 것[13]이라는 지적한 논자도 있었거니와, 실제로 『개벽』을 통하여 소개되고 있는 제임스, 러셀, 카펜터, 오이켄 등의 사회개조론자들의 논의는 근본적으로 이러한 인본주의를 사상의 근저로 삼고 있다.

먼저 심리학자이자 프라그머티즘의 주창자인 윌리엄 제임스의 사상은 「근세철학의 혁명아 제임스 선생」(1920.12)에서 절대주의, 주지주의에

---

13) 김영의, 「사람지상주의적 我의 지위」, 『개벽』, 1922.5.

서 사람본위, 인본주의 사상으로의 전환이라는 맥락에서 소개되고 있다. 근대인의 문명은 기성(既成)의 세계로써 만족하지 못하게 되었으며, 어디까지라도 자기의 힘으로써 자기가 욕구하는 신세계를 창조하고자 하는 데, 이러한 경향을 가장 선명히 표현한 것이 프라그마티즘이라는 것이다. 실용주의는 근세과학의 발흥 이후 진리의 절대성을 신봉하던 사상을 버리고, 사람이 창조하는 것인 이상 진리란 실용상의 효과에 의해 작정될 것임을 주장한 데 중요한 의의가 있다고 한다. 주목할 만한 것은 제임스의 이러한 신철학(新哲學)에는 그의 신의식론(新意識論), 즉 마음이란 수동적이고 무차별적으로 사물을 비추는 것이 아니라, 능동적으로 외계의 물을 분별하고 견인하는 작용을 가진, 즉 "객관적 실재의 여하를 불문하고 情意 생활이 자기 형편에 맞도록 임의 造出하는 것"이라는 사상이 뒷받침되어 있다는 점이다. 이런 맥락에서, 필자는 프라그머티즘 운동을 두고 "신인생, 신생명, 신생활의 창조"에 그 사명이 있으며, "오인의 노력에 제한을 不可하고 오직 생명력의 발전은 무한의 진보, 무한의 행복에 인도한다는 적극적 주장"이라고 평가하고 있다.

　다음으로 『개벽』의 논자들에게 가장 많은 영향을 주었던 것으로 보이는 러셀과 카펜터의 사상은 「사상계의 거성 뻐―츄랜드 러셀씨를 소개함」(1921.5), 「개조계의 일인 에드와드 카펜타아를 소개함」(1921.6), 「에드와드 카펜터, 먼저 당신 자신의 자아에 진리가 있을지어다」(1921.8) 등에서 본격적으로 소개되어 있다. 이들 논의에서 핵심적인 것은 인간생활을 지배하는 것은 의식보다도 충동인데, 현대의 문명은 '소유충동'에 의해 물질적 생활만을 추구한 결과 진정한 자아의 욕구와는 거리가 먼 이기적 행동으로 상호반목함에 이르렀다는 것과 이러한 사회를 개조하기 위해서는 '창조충동'을 해방해야 한다는 것으로 요약된다. 다만 러셀에 대한 논의에서는 사회개조의 유일한 방법으로 "창조적 생활을 가장 豊潤케 하고 소유의 생활을 가장 감축케 하는 신사회제도를 수립"이 지적되고 있다면, 카펜터에 대한 논의에서는 그러한 창조적 생활의 보다 구체적인 지침으로 인생의 예술화, 즉 "물질을 司配하고 此로써 재료 삼아서 자유로 一切의 자아를 표현"함으로써 각자가 예술가가 되는 때에 비로소 진정한 자아의 욕구에 가까운 참생활이 가능하다는 점이 강조되고 있다.

마지막으로『개벽』에 본격적으로 소개된 적은 없으나, 인격주의의 맥락에서 자주 거론되었던 논자 가운데 하나가 독일의 종교철학자였던 루돌프 오이켄이다. 오이켄의 철학은 19세기 중엽 반(反)이상주의적 경향(자연주의, 경험론, 실증주의, 유물론)에 반대했던 신이상주의의 조류에 속하는 일종의 범신론적 이상주의적 성격을 갖고 있는데, 그의 사상은 한 마디로 "현대는 요구, 혁신, 건설, 창조의 시대이며, 따라서 현대 사조의 중심 생명은 인간의 가치와 존엄을 높이는 영의 자각 내지 그것에 따른 전인적 노력에 있다"는 것으로 요약된다. 여기서 오이켄이 정신생활을 역설하는 근본 동기는 "인간의 가치와 권위를 무한히 高調하기 위한 것", 다시 말해 단순한 물질적 기계적 존재로 전락할 운명에 처한 현대인으로 하여금 일약(一躍)하여 "정신적 존재로서 자유와 존엄과 독립과 영원성을 가진 인격자"가 되게 하는 데 있다. 그리고 이를 위해서 정신생활은 노역(奴役)과 창조를 중심 요소로 삼지 않으면 안 된다는 것이 그의 중요한 논점이다. 요컨대 오이켄에게 "참생활은 전체의 생명을 일층 풍부하게, 깊이 있게, 내적으로, 全我的으로, 인격적으로 개선하는 心的 奴役의 과정"이며, "心的 奴役은 옛 것을 벗어나 부단히 신생활, 新實在를 창조하는 동력이자 자기를 주관적 상대적 小我의 영역에서 구제하는 동력"으로 간주되었던 것이다.[14]

---

14) 오이켄의 경우는 당시 그가 일본잡지에 기고한 것을 요약한 「오이켄 박사의 독일 자랑」(1920.8) 한 편이 실려있을 뿐,『개벽』에 본격적으로 소개된 적이 없다. 그러나 일본에서는 1910년을 전후하여 근대적 자아의 확립이 모색되던 시기에 파울젠·쇼펜하우어·제임스 등과 더불어 광범위한 인격적 요구에 응하는 논자로서 수용되기 시작했으며(미야카와 토루·아라카와 이쿠오 편,『일본근대철학사』, 생각의나무, 2001, 144~145면), 당시『개벽』의 논자들에게도 같은 맥락에서 자주 거론되고 있음을 볼 수 있다. 그래서 여기서는 당시 개조론의 전체적인 논조를 환기시키는 차원에서 稻毛詛風,『オイケンの哲學』, 大同館書店, 1924를 참조하여 그 대강의 내용을 정리했다.

이상에서 살펴본 바와 같이, 『개벽』에 수용되고 있는 이들 사회개조
론이 근간으로 삼고 있는 사회개조의 동력은 무한한 창조성과 생명력을
가진 정신적인 존재로서의 인간이다. 인간은 무한한 창조성과 생명력을
지닌 존재라는 것, 따라서 각 개인은 자신의 노력 여하에 따라 얼마든지
자신의 존엄과 가치를 드높일 수 있고 그러한 개인이 모인 사회 또한
조화롭게 향상·발전해나갈 수 있을 것이라는 신념, 그것이 바로 이들
사회개조론이 그려냈던 이상적인 밑그림이었던 것이다. 그런 점에서, 이
들 논의가 궁극적으로 모든 인간이 정당한 인간의 권리를 누리는 새로
운 사회로의 개조를 목표로 삼고 있는 것은 분명하지만, 그것은 인간의
정신적 영역의 개척을 전제하고 있다는 점에서 무엇보다도 각 개인의
개조를 우선시하고 있다고 할 수 있다. 말하자면 각 개인은 자신의 정신
적 능력을 한껏 발휘할 때 비로소 참된 인간의 권리를 누릴 수 있다는
것이 이들 사회개조론에는 전제되어 있는 것이다.

　주목할 만한 것은 이러한 사회개조론의 영향 아래, 『개벽』의 지면은
자아의 창조성과 생명력의 확충을 내적 조건으로 삼는 개체아(個體我)에
대한 주창으로 채워지기 시작한다는 점이다. "생명의 의욕은 자기 자신
의 삶을 위하여 생의 의욕을 위하여 스스로 그 무엇을 개척하려는 불가
항의 힘" 이니 이러한 심적 개척을 정체하는 자는 오직 "생의 의욕을 무
시한 자연의 반역자"15)라는 선전포고나, "생명이라 함은 내부로부터 외
면으로 향하는 운동"이니 "자기의 취미와 감정을 위하여 자기의 존재와
인격을 위하여 지위를 얻고 자유를 얻고 조화적 확장을 얻고자 함은 살
고자 하는 일"16)이라는 주장은 그 단적인 예이다. 그리고 "사람이란 도
저히 정신적인 자유와 창조의 기쁨을 생명으로 여기는 동물"이니 "사람
아, 애와 미로 너를 개조하라"는 이광수의 「예술과 인생」(1922.1)이나 "개
성의 표현" 곧 "생명의 발현"을 통해 정신생활의 내용을 풍부하고 충실

---

15) 김유방, 「개척생활」, 『개벽』, 1921.5.
16) 김기전, 「맹종으로부터 타협에 타협으로부터 자주에」, 『개벽』, 1921.6.

케 하는 것이 자아의 인격을 완성하는 길이자 이상을 성취하고 가치를 창조하는 길임을 주장하고 있는 염상섭의 「개성과 예술」(1922.5)이 이들 논의의 연장선상에 있는 것은 물론이다. 자아의 창조성과 생명력의 확충을 내적 조건으로 삼는 '개인'의 발견, 거기에는 무한한 창조성과 생명력을 지닌 정신적인 존재로서의 인간을 강조했던 인본주의적 사회개조론이 영향을 미치고 있었던 것이다.

그런데 여기서 한 가지 고려해야 할 것은 이들 서구 사상가들이 인간적 가치, 그 가운데서도 특히 인간의 정신적 가치를 중시한 데는 나름의 이유가 있었다는 점이다. 1차 세계대전에서 현대의 과학·물질문명이 가져온 폐해를 극적으로 목도한 이들은 인간의 정신성(精神性)이야말로 물질문명의 폐해를 극복할 수 있는 대안적 힘으로서의 의의를 지녔다고 보았다. 여기에 물질적 평등을 요구하며 새롭게 대두하는 노동계급에 대한 부르주아 계급의 경계심이 포함되어 있었던 것은 물론이다. 그러나 한갓 식민지에 불과한, 즉 산업이 낙후된 물질문명의 열패자(劣敗者)로서 "조선인의 금후 行路는 먼저 물질문명에 착수하는 것"17)을 동시에 외치지 않을 수 없었던 것이 당시 조선의 입장이었고 보면, 이들 논의에서 강조되고 있는 개인의 창조성과 생명력이 과학·물질문명의 폐해를 극복할 수 있는 힘으로서 받아들여졌다고 보기는 어렵다. 따라서 당시 제임스, 러셀, 카펜터, 오이켄 등의 사회개조론의 영향 아래 적극 주창되었던 자아의 창조성과 생명력의 확충을 내적 조건으로 삼는 '개인'이라는 형상은 애초와는 다른 맥락에서 강조되었을 것임을 고려하지 않으면 안 되는 것이다.

---

17) 이돈화, 「조선인의 민족성을 논하노라」, 『개벽』, 1920.11.

4. 인격적 개인과 사회적 봉공의식의 내면화

Tom Nairn은 변방 지역에서 보상적 반발로서 발생한 민족주의가 갖는 관념적 열도(熱度)를 "물질적 현실의 결핍에 대응하는 것"[18]이라고 지적한 바 있다. 말하자면 선진국을 따라 잡는 데 필요한 근대의 경제적 정치적 제도가 부재하는 변방의 국가가 나름대로의 방식으로나마 발전하기 위해서 동원할 수 있는 유일한 것이라고는 민중들뿐이었으며, 그것이 바로 민족주의라는 보상적인 이념적 무기, 즉 민중의 정신적 동력을 필수품으로 만들었다는 것이다. 당시 개조론을 표방했던 『개벽』의 논자들에게 자아의 창조성과 생명력의 확충, 즉 각 개인의 정신적 영역의 개척을 강조하고 있는 제임스, 러셀, 카펜터, 오이켄 등의 사회개조론이 유독 적극적으로 받아들여진 것 또한 이러한 맥락에서 이해될 수 있지 않을까. 다시 말해 그것은 민족의 발전 혹은 번영이라는 명목 아래 각 개인에게 잠재되어 있는 정신적 동력을 동원해야 했던 어떤 불가피한 요구와 맞물려 있었던 것은 아닐까.

사실 개조의 신시대에 걸맞은 신인물의 출현을 주창하고 있는 이돈화의 「신시대와 신인물」(1920.8)은 창간 초기부터 『개벽』이 표방했던 개조론의 민중 지향적 성격을 단적으로 보여준다. 개조의 신시대에 걸맞은 신인물이란 "자신의 힘을 철저히 발휘하며 平常에서 平常 그대로 자기의 재능을 철저히 표현하는 인물"이며, 사회의 발달은 한 명의 영웅보다 이들 "다수의 평균적인 인물이 출현함에 있"음을 주장하고 있는 이 글은, 사회의 진보와 발달의 근본적인 동력이 자각한 민중에게 있음을 명료하게 표명하고 있기 때문이다.[19] 입센의 노라나 엘렌 케이의 여성운

---

18) Tom Nairn, 「민족주의의 양면성」, 『민족주의란 무엇인가』(백낙청 편), 창작과비평사, 1981, 237면.
19) 물론 여기서 말하는 "다수의 평균적인 인물"이란 이후에 구체적인 존재로서 등장하

동이 신연애나 개인주의가 아니라, "자각적 성격을 가진 衆人의 결합으로 된 사회"의 지향이라는 맥락에서 소개되고 있는 것도 이와 관련이 있는 것은 물론이다.[20] 말하자면 이들 논의에서 개인과 사회는 충돌하지 않으며, 각 개인의 향상 발달은 사회의 향상 발달의 전제로 간주되고 있는 것이다.

그러나 사회에 공헌하는 자각한 개인이 강조되고 있다고 해서, 개인이 단지 사회의 향상 발달에 필요한 하나의 수단으로써만 간주되었던 것은 아니다. 『개벽』에 수용되고 있던 제임스·러셀·카펜터·오이켄 등의 사회개조론의 경우, 그 궁극적인 목적이 모든 인간이 정당한 인간의 권리를 누리는 사회, 즉 각 개인이 창조성을 발휘하고 생명력을 확충하여 모두가 참된 행복을 누리는 사회에 있었던 것은 앞서 살펴본 대로이거니와, "吾人이 사회에 奉貢한다 함은 사회라는 다른 대상에 대한 노예적 盡忠이 아니오 결국 자기의 본능을 발휘함이며 자기의 생을 충실케 하는 道에 불과"[21]하다는 주장에서도 볼 수 있는 것처럼, 이들 논의는 사회는 개인의 연장이라는 사고, 즉 자아의 영역을 사회로까지 확장한 개인의 관념을 전제로 한 것이기 때문이다. 요컨대 자아의 영역을 사회로까지 확장할 때 비로소 각 개인의 창조성과 생명력의 참된 확충

기 시작하는 소작인이나 노동자와 같이 무산대중이라 불리던 제4계급 부류의 사람들까지를 뜻한 것은 아니었다. 나중에 이광수를 중심으로 본격적으로 제기되는 중추계급론에서 좀더 분명한 윤곽이 드러나는 것처럼, 이들은 교육을 통해 어느 정도 인격과 경제력을 두루 갖추게 된 부르주아 계급 출신의 인재들을 의미했다. 그렇기는 해도 이 시기 부르주아 계급의 민족주의는 그 이론적 근간이 되었던 사회개조론이 '인간의 권리'라는 보편적인 이념을 토대로 인본주의를 그 사상적 근간으로 삼고 있었던 만큼, 애초에 민주적이고 잠재적으로 대중적인 성향을 내포하고 있었다고 보아야 한다.

20) 입센의 「인형의 집」은 "자각적 태도로 진정한 연애를 얻어야만 이 사회라는 것이 참으로 향상의 길을 얻는다는 주견"을 표현한 것이라는 관점에서, 그리고 엘렌 케이의 여성운동은 개인 연애의 표준이 높아지면 사회 전체가 향상되며, 사회 인류의 발달은 개인의 성질 향상에 있으므로 여자는 영혼의 교육자인 어머니 되는 것에 위대한 천직이 있다는 맥락에서 각각 소개되고 있다. 현철, 「근대문예와 입센」, 『개벽』, 1921.1; 노자영, 「여성운동의 제일인자―엘렌케이」, 『개벽』, 1921.2~3.

21) 김기전, 「사회 봉공의 근본의미」, 『개벽』, 1921.4.

이 가능하다는 사고를 전제하고 있다는 점에서, 그것은 부국강병을 유일 이상으로 삼아 개인은 그 이상에 무조건 순응함을 최대 도덕으로 삼았던 국가주의·전체주의에서의 개인상과는 엄연히 구별되는 것이다.

개인은 사회의 근간이며, 사회는 개인의 연장이라는 이러한 관념은 제임스·러셀·카펜터·오이켄 등의 사회개조론뿐만 아니라, 천도교의 이념적 교의였던 인내천주의(사람성자연주의)는 물론 일본 문화주의에서 파생된 인격주의를 수용한 논자들의 근본적인 관점이기도 했다. 인내천주의가 한 마디로 사람은 소아(小我)로부터 절대아(絶對我)를 체현케 하여 대우주의 대의식계와 합일치함으로써 자기 완전에 도달할 수 있다는 것으로 요약된다면,[22] 인격주의는 개체아(個體我)를 초월하는 보편적인 공아(公我)에 기반하여 모든 가치를 기초짓는 것을 인격적 생활의 이상으로 삼는 주의로 요약될 수 있다.[23] 말하자면 각 개인은 개체를 보편의 영역으로까지 확장시키는 데서 비로소 자기 완성에 이를 수 있다는 것인데, 여기서 개체와 보편의 관계는 점차 개인과 사회(민족)의 관계로 대체되면서 개인과 사회의 관계를 불가분의 것으로 정립하기에 이른다.

사실 이들 이론에서 개체와 보편의 관계는 개인과 사회의 관계로 곧바로 대체될 수 있는 단순한 성격의 것이 결코 아니다. 당시 인격주의에 기반한 일본의 문화주의만 하더라도, 그것은 문화에 의해서 비로소 인격 있는 사람으로서의 모든 능력을 발달시킬 수 있는 참된 문화국가가 가

---

22) 이돈화, 「의식상으로 觀한 자아의 관념－인내천연구의 其七」, 『개벽』, 1921.1.

23) 여기서 말하는 인격주의의 뿌리는 일본의 국가주의가 러일전쟁(1904)에서 승리와 더불어 극에 달하면서 그에 대한 반동으로 개인에 대해서 관심을 갖고 정신의 내면적 풍부함을 추구하고자 했던 인격주의적 이상주의로까지 거슬러 올라간다. 명치 말기에 이르러 그것은 윤리적 이상주의를 주장하는 당대 독일의 신칸트학파의 철학 사상, 영국의 신이상주의 등의 영향 아래 개체를 끊임없이 보편적인 것으로 매개하는 길을 찾아 개인 도덕과 국가 도덕의 양극을 조정하고자 하는 실천적인 성격을 띠게 되는데, 이러한 경향은 이후 1910년대 말에서 1920년대 초에 걸친 일본의 인격주의적 문화주의의 사상적 근간이기도 했다. 미야카와 토루·아라카와 이쿠오 편, 이수정 역, 『일본근대철학사』, 생각의나무, 2001.

능하다는 이상을 표방한 것으로, 이는 절대적인 국가주의의 전제와 산업주의에 대항하여 자기 존립의 근거를 확립해야 했던 일본 지식인의 자율에 대한 요구에서 비롯된 것이었다.24) 그러나 『개벽』이 표방하던 사람성지상주의나 『개벽』에 수용된 인격주의는 개체와 보편의 관계를 개인과 사회의 관계로 치환함으로써, 개인의 영역을 사회로까지 확장할 때 비로소 자기 완성이 가능하다는 논리로 나아간다. 이를테면 일 개체의 생명은 민족적 대생명(大生命)을 통하여 무궁무진히 흘러가는 것이니 민족적 사회성에 의해 더욱 그 발전을 촉(促)할 것이라거나,25) 인격이란 그 자체가 이미 사회적 관계를 표시하는 것이므로 사회에 대한 활동의 노력을 멈추지 않는 것이 진정한 인격의 가치를 실현할 수 있는 길이라는 주장 등이 그러한데,26) 이는 당시 사람성지상주의나 인격주의가 개인과 사회(민족)의 관계를 매개하는 이념으로 적극 차용되고 있었음을 잘 보여준다.

이처럼 당대 수용된 여러 조류의 개조론은 결국 창조적 개성과 자율적 도덕에 기반하여 사회에 봉공하는 것을 곧 자기의 완성으로 여기는 개인, 다시 말해 사회적 봉공의식을 자율적으로 내면화한 인격적 개인상의 정립이라는 과제로 귀결되고 있는데, 이러한 입장은 이광수의 「민족개조론」을 정점으로 하는 『개벽』의 민족개조론에도 그대로 반영되어 있다.

민족개조론 하면 우선 이광수를 떠올리기 쉽지만, 사실 그것은 당시 다양하게 수용되었던 여러 조류의 개조론이 조선의 현실에 적용되면서 정립된 것으로, 그 윤곽은 이미 이돈화의 「생활의 조건을 본위론 한 조선의 개조사업」(1921.9~10)에서 분명하게 드러난다.27) 이 글은 조선의 개

---

24) 미야카와 토루·아라카와 이쿠오 편, 위의 책, 3장과 6장 참조.
25) 이돈화, 「공론의 人으로 초월하여 이상의 人, 주의의 人이 되라」, 『개벽』, 1922.5.
26) 배성룡, 「인격발전의 도정에 대한 私見」, 『개벽』, 1922.6; 최승만, 「인격주의」, 『개벽』, 1922.7.
27) 이 글은 이돈화의 민족개조론이 비교적 구체적인 윤곽을 띠고 있는 대표적인 글이다.

조는 청년의 원기(元氣)에 의해 건설되며 청년의 원기는 종교·도덕·예술 등의 정신적 각성 여하에 의해 건설될 것을 표방하면서, 각 개인이 도덕적·예술적으로 생활을 개조할 것을 주장하고 있다. 여기서 도덕적·예술적 생활의 개조란 소극적이고 퇴굴적(退屈的)인 유교주의 도덕 관념을 개조하여 인격주의에 기반한 "自主的"28)이고 "合時代的"이며 "共同의 도덕"을 갖추는 한편, 예술과 더불어 건조한 정신에 활기와 정력을 얻음으로써 조선 개조의 서광이 될 "신생의 동경과 부활의 기개"를 갖추게 됨을 의미한다. 말하자면 각 개인이 활기와 창조력을 가지고 자주적이되 공동의 도덕을 망각하지 않는 자율적 도덕을 갖추었을 때 비로소 조선 개조의 서광은 비추기 시작할 것이라는 주장인 것이다.

이러한 주장은 이후 이광수의 「예술과 인생」(1922.1)·「민족개조론」(1922.5)에서 다시 한번 반복된다. 주지하다시피, 「예술과 인생」이 "쾌활한 웃음과 발랄한 활기와 자유로운 창조력"을 주는 예술을 통하여 각 개인이 "신흥의 기상"을 가질 것을 역설하고 있는 글이라면, 「민족개조론」은 "德體智의 三育과 부의 축적, 사회봉사심의 함양"을 통하여 각 개인이 "문명한 일 개인으로 문명한 사회의 일원으로 독립한 생활을 경영하고, 사회적 집무를 부담할 만한 성의와 실력을 가진 사람"이 될 것을 주장하고 있는 글이다. 그러나 여기서 인생의 예술적·도덕적 개조의 목적이 궁극적으로 단체나 사회에 대한 공헌을 향하고 있다고 해서 이를 곧

이외에 「공론의 인으로 초월하여 이상의 인, 주의의 인이 되라」(1922.5), 「진리의 체험」(1922.9) 등의 글에서도, 이를테면 대개 心의 자유라는 것은 자기의 心을 임의로 개조하여 가장 선한 지경에 이르게 할 가능성이 있고 그 가능성을 실현하는 데 있으며, 민족에는 그러한 개인이 많을수록 민족다운 민족이 되어 가는 법이므로, 교육의 향상, 산업의 발달, 기타 일반문화의 건설을 근거 있게 진보할 만한 진정 요소는 민족적 자유심을 고취함에 있다는 식의 논의를 찾아볼 수 있다.

28) 여기서 이돈화는 "자주적"이라는 말을 "자기 스스로가 입법자가 되며 사법자가 되며 행정자가 되어 자기의 일을 자기 스스로 능히 처변할 만한 도덕의 주체"가 되는 것으로 풀이하고 있는데, 이는 칸트적인 의미에서의 근대적 개인의 자율적인 도덕 규범을 분명하게 명시하고 있는 대목이라 할 수 있다.

바로 전체를 단위로 하여 권위와 복종, 질서와 역할에 대한 순응을 강조
하는 전체주의적 사고와 연결시켜서는 안 된다.29)

　앞서 이돈화의 논의에서 각 개인의 도덕적 개조란 자주적이되 공동의
도덕을 망각하지 않는 자율적 도덕을 갖춘 주체로 거듭나는 것을 의미
했던 것처럼, 이광수의 민족개조론에서도 사회와 개인은 상하적이거나
선후적이기보다 데모크라시적인 상호적 관계에 놓여있다. 이를테면 그
는 국가가 개인의 자유를 간섭하는 것을 불허할 만큼 철저한 개인자유
주의자인 영국인이 사회에 대한 봉사의 정신 또한 왕성하여 자기의 자
유를 희생하는 일이 흔한데, 그 희생은 "개인의 자유의 의사에서 발한
것이기 때문에 자유"라고 주장한다. 또 단체에 대한 충실이란 지도자의
지도에 순종하는 것일 뿐만 아니라 지도자를 바로 택할 줄 아는 것, 즉
"데모크라시란 지도자 없는 생활이란 말이 아니라 지도자를 民意로 택
하는 생활이란 뜻"임을 분명히 하고 있다. 요컨대 이광수의 민족개조론
은 각 개인으로 하여금 예술적·도덕적 개조를 통하여 자주적이면서도
공동의 도덕을 망각하지 않는 자율적 도덕을 갖춘, 즉 데모크라시적 심
성을 갖춘 문명한 사회의 일원을 만드는 데 있었던 것이다.30)

---

29) 단적인 예로 김현주는 이광수의 '덕의 육성'이라든가 '사회봉사심의 함양'이라는 덕
　　목을 "권위와 복종에 의해 유지되고 질서와 역할의 이념"을 강조하는 전체주의적 성격
　　을 지닌 것이라 해석하고 있는데, 이는 당대 개조론의 전체적인 맥락을 고려하지 않은
　　일면적인 해석이라 생각된다. 김현주, 「이광수의 문화적 파시즘」, 『문학속의 파시즘』
　　(김철·신형기 외), 2001, 110~111면.
30) 이는 이광수의 개조론이 갖는 데모크라시적 측면이 일본 다이쇼 데모크라시의 대표
　　적인 사상가인 요시노 사쿠조[吉野作造]와 오야마 이쿠오[大山旭夫] 등의 논의와 맞
　　닿아 있다는 점에서도 입증된다. 물론 요시노가 주로 『中央公論』을 중심으로 "정권 운
　　용에 있어서 민의의 존중"을 중핵으로 하는 민본주의를 제창하고, 오야마가 『大阪朝
　　日』을 중심으로 국제 사회에서 "공동의 도덕적 근거"에 입각한 국가주의, 즉 "국내 정
　　치면에서는 인민의 의사 존중과 참가를 원칙으로 하고, 대외 정책에 있어서는 타국의
　　국민적 의지를 존중하고 국제 공동의 원칙을 가져야 한다"는 주장을 전개하면서 일본
　　정치의 민주화 운동의 이론적 근거가 되어 주었다면, 이광수의 개조론에서 '민의 존중'
　　이나 '공동의 도덕'이란 예술적, 도덕적 개조의 측면에 국한되어 있다는 점에서 논의의
　　폭을 달리하고 있다는 점은 감안되어야 할 것이다. 家永三郎 외, 「大正デモクラシ一の

이런 맥락에서, 이광수의 민족개조론을 정점으로 하는 당대의 민족개
조론은 창간 초기 개조의 신시대에 걸맞은 신인물의 출현을 지향하며
민족 계몽을 표방했던 『개벽』의 개조론이 지녔던 애초의 민주적이고 대
중 지향적인 열정이 도달한 결산점이라 할 수 있을 것이다.

5. 결론을 대신하여

혹자는 이광수의 민족개조론에서 개인주의나 계급주의에 맞서 지도
자에 의한 대중의 통제와 지배를 바탕으로 도덕 중심의 문화적 전체성
을 확립하고자 하는 "파시즘의 대중정치학"[31]의 기획을 읽어내고, 또 혹
자는 거기에서 민족이라는 식민자에 대한 차이의 기호를 문명인이라는
식민자에 대한 동질화의 기호로 이중 기입하는 "식민화된 집단 주체의
창출"[32]의 기획을 읽어내기도 한다. 한편으로 인격과 경제력을 두루 갖
춘 부르주아 계급 출신의 인재가 민족을 이끌어가야 한다는 '중추계급
론'을 주도하며 사(私)보다 공(公)을 중히 여겨 사회에 대한 봉사를 생명
으로 아는 사회봉사심의 함양을 주장했고, 또 다른 한편으로는 여전히
실력양성론과 더불어 문명에 대한 의지를 통하여 민족의 번영과 발전을
도모하고자 했던 것이 당시 이광수의 입장이었고 보면, 이러한 해석은
일면 타당한 측면을 가지는 것이 사실이다. 그러나 그렇다고는 해도 이
광수의 민족개조론을 '개인'을 사상(捨象)한 채 '민족'만을 강조하고 있는

　勃興」,『近代日本思想史講座』, 筑摩書房, 1959, 187~196면.
31) 김현주, 「이광수의 문화적 파시즘」,『문학속의 파시즘』(김철·신형기 외), 삼인, 2001,
　107면.
32) 황병주, 「근대와 식민의 오디세이―이광수의 초기 주체 인식과 '식민화된 민족주의'」,
　『Transtoria』 제2호, 2003, 146면.

파시즘적 혹은 식민지적 전체주의로 몰고 가서는 곤란하다.

적어도 1920년대 초반 조선의 사상계는 일종의 르네상스기를 맞고 있었다고 할 수 있다. 앞서 살펴본 바와 같이, 이 시기 조선은 밖으로 일차 세계대전의 종전(終戰)을 전후하여 제국주의 열강에 의한 세계지배체제를 비판하며 정의·인도, 자유·평등에 입각한 세계 개조의 기운이 거세게 일고 있는 가운데, 안으로는 3·1운동 이후 문화통치 체제로의 변화와 더불어 어느 정도 표현의 자유가 허용되는 전환점을 맞고 있었다. 따라서 이를 기화로 하여 '인간의 권리'라는 보편적인 이념을 근간으로 다양한 조류의 개조론을 수용하면서 민족 계몽의 방향을 다각도로 모색할 수 있었던 1920년대 초반은 우리 근대사에서 인본주의에 바탕을 둔 민주적이고 대중적인 사상에 눈뜰 수 있었던 보기 드문 시기였다고 해도 과언이 아닌 것이다. 실제로 개조의 신시대에 걸맞은 신인물의 출현을 지향하며 민족 계몽을 표방했던 당시 『개벽』의 개조론은 '인간의 권리'라는 보편적인 이념을 근간으로, 개인들의 자율적 존엄성 및 그에 기반한 연대의식을 강조하는 민주적이고 대중적인 성향을 내포한 것이었으며, 이광수의 「민족개조론」을 정점으로 하는 『개벽』의 민족개조론이 그러한 당대적 사고의 결산이었음은 이미 살펴본 대로이다.

물론 이러한 대중적 민족주의 이념을 근간으로 했던 『개벽』의 개조론이 점차 체제 내적인 성격을 분명히 하게 되면서 애초의 민주적이고 대중적인 성향을 잃어가고, 사상적 분화 과정을 거쳐 사회주의에 그 바통을 넘겨주게 되는 것은 사실이다. 그러나 그렇다고 해서 『개벽』의 개조론이 애초에 지녔던 긍정적이고 창조적인 측면까지 부정(否定)되어서는 안 될 것이다. 적어도 1920년대 초반 『개벽』의 개조론은 당대의 지식인들에게 '인간의 권리'라는 보편적인 이념을 근간으로, 개인의 자율적 존엄성 및 그에 기반한 사회적 연대의식, 더 나아가서는 자주적이고 평등한 세계의 일원으로서의 의식을 갖춘 근대적 개인상을 사고케 하는 커다란 영감이 되어 주었다는 점에서 중요한 의의를 지닌다고 할 수 있다.

1. 기본 자료

『이광수 전집』, 삼중당, 1962.
『이광수 대표작 선집』, 삼중당, 1967.
이경훈 편역, 『춘원 이광수 친일문학 전집』 II, 평민사, 1995.
김원모·이경훈 편역, 『춘원 이광수 친일 문학—동포에 고함』, 철학과현실사, 1997.

2. 국내 논저

강영주, 『한국 역사소설의 재인식』, 창작과비평사, 1991.
공임순, 「한국 근대 역사소설의 장르론적 연구」, 서강대 박사논문, 2000.
구인환, 『이광수 소설 연구』, 삼영사, 1983.
국사편찬위원회 편, 『한국독립운동사』 5, 1986.
권영민, 「춘원의 문학과 김동인의 비판」, 『한국근대문학과 시대정신』, 문예출판사,
　　　1983.
김경수, 「한국 세태소설 연구」, 서강대 박사논문, 1992.
김기진, 「춘원의 『사랑』」, 『박문』 3집, 1938.
김동석, 「위선자의 문학」, 『뿌르조아의 인간상』, 탐구당, 1949(서음출판사, 1989).
김동인, 「춘원연구」, 『삼천리』, 1934~1936.6; 『김동인 평론전집』, 삼영사, 1984.
______, 「한국 근대소설고」, 『조선일보』, 1929.7.28~8.16; 『김동인 평론전집』, 삼영사,
　　　1984.
______, 「동우회와 이광수」, 『신천지』, 1949.7; 『김동인 평론전집』 6, 삼영사, 1984.
______, 「춘원과 『사랑』」, 『박문』, 1939.12; 『김동인 전집』 6, 삼중당, 1976.
______, 「춘원의 『나』」, 『신천지』, 1948.3; 『김동인 전집』 6, 삼중당, 1976.
김문집, 「『사랑』 독후감」, 『박문』 2집, 1938.11.
김붕구, 「신문학초기의 계몽사상과 근대적 자아」, 『한국인과 문학사상』, 일조각,
　　　1964.
김성태, 「진보사상이 한국 근현대 소설의 형성에 미친 영향 연구」, 서강대 박사논문,
　　　1995.
김소운, 「푸른 하늘 은하수 — 인간 춘원의 片貌」, 『삼오당잡필』, 진문사, 1955.

김양선, 「계몽이념과 주관적 시점」, 『현대소설 시점의 시학』, 새문사, 1996.

김용직, 「통념과 작품의 진실」, 『문학사상』, 1972.10.

김우종, 「이광수의 계몽의식」, 『최남선과 이광수의 문학』, 새문사, 1981.

______, 「민족의식과 훼절」, 『식민지시대의 문학연구』, 깊은샘, 1980.

김우창, 「한국 현대소설의 형성」, 『궁핍한 시대의 시인』, 민음사, 1997.

김원모, 「춘원의 친일과 민족 보존론」, 『동포에 고함』(김원모·이경훈 편역), 철학과 현실사, 1997.

김윤식, 『일제말기 한국 작가의 일본어 글쓰기론』, 서울대 출판부, 2003.

______, 『이광수와 그의 시대』(개정증보판), 솔, 1999.

______, 「반역사주의 지향의 과오」, 『문학사상』, 1972.11.

______, 「이광수 문학의 문제점」, 『한국 문학의 근대성 비판』, 문예출판사, 1993.

______, 「역사소설의 네 가지 형식」, 『한국근대소설사연구』, 을유문화사, 1986.

김윤식·김현, 『한국문학사』, 민음사, 1973.

김윤식·정호웅, 『한국소설사』, 예하, 1993.

김인수, 「1940년대 식민지 조선의 사상공간과 언어검열－최재서『국민문학』을 중심으로」, 『일본 제국주의의 지배와 일상생활의 변화』(한국사회사학회 2005년도 특별 심포지움 자료집), 2005.2.

김창식, 「연애소설의 개념」, 『연애소설이란 무엇인가』(대중문학 연구회 편), 국학자료원, 1998.

김춘섭, 「이광수의 초기소설」, 『어문논집』 21집, 고대국어문학연구회, 1980.

김현주, 「이광수의 문화적 파시즘」, 『문학속의 파시즘』(김철·김형기 외), 삼인, 2001.

김태준, 「한국 소설의 윤리적 가능성－『원효대사』」, 『명지대 논문집』 4집, 1971.

김팔봉, 「작가로서의 춘원」, 『사상계』, 1958.2.

김 철, 「친일문학론－근대적 주체의 형성과 관련하여」, 『국문학을 넘어서』, 국학자료원, 2000.

김 현, 「『무정』의 담화론적 연구」, 『현대소설의 담화론적 연구』, 계명문화사, 1995.

______, 「위선과 패배의 인간상」, 『세대』 17, 1964.10.

______ 편, 『이광수』, 문학과지성사, 1977.

동국대학교 부설 한국문학연구소, 『이광수 연구』 상·하, 태학사, 1984.

박계주·곽학송, 『춘원 이광수』, 삼중당, 1962.

류철균, 「욕망의 근대적 형식」, 『문학과사회』, 1992년 봄.

박계주·곽학송, 『춘원 이광수』, 삼중당, 1962.

박성진, 「1920년대 전반기 사회진화론의 변형과 민족개조론」, 『일제의 조선침략과
　　　민족운동』(한국 민족우동사 연구회 편), 국학자료원, 1998.
박영희, 「문학상으로 본 이광수」, 『개벽』 55호, 1925.1.
박찬승, 『한국근대정치사상사연구』, 역사비평사, 1992.
백낙청, 「역사소설과 역사의식」, 『창작과비평』, 1967년 봄.
＿＿＿ 편, 『민족주의란 무엇인가』, 창작과비평사, 1981.
백　철, 「『무정』의 미학」, 『최남선과 이광수의 문학』, 새문사, 1981.
＿＿＿, 「춘원의 문학과 그 배경」, 『자유문학』 32호, 1959.11.
사에구사 도시카쓰, 심원섭 역, 『한국문학 연구』, 베틀북, 2000.
서영채, 「『무정』 연구」, 서울대 석사논문, 1992.
성현경, 「『무정』과 그 이전소설」, 『어문학』 32호, 1975.
송건호, 「춘원 이광수론」, 『한국 근대 문학사론』(임형택·최원식 편), 한길사, 1982.
송민호, 「춘원의 초기작품고」, 『현대문학』 81호, 1961.9.
＿＿＿, 「춘원의 습작기 작품과 장편 『무정』」, 『국어국문학』 25호, 1962.
송백헌, 『한국 근대 역사소설 연구』, 삼지원, 1985.
송　욱, 「이광수작 『흙』의 의미와 무의미」, 『문학평전』, 일조각, 1969.
신동욱, 「이광수 문학의 재평가」, 『고대 인문논집』, 1977.12.
신상철, 「『사랑』 논고」, 『국어국문학 논문집』 7집, 서울대 사범대학, 1978.
신헌재, 『이광수 소설의 분석적 연구』, 삼지원, 1986.
아사까와 신, 「이광수 장편소설의 시작의 구조」, 『현대소설 플롯의 시학』, 태학사,
　　　1998.
안동민, 「춘원 이광수론」, 『현대문학』, 1955.5~6.
연세대 국학연구원 편, 『춘원 이광수 문학 연구』, 국학자료원, 1994.
염무웅, 「식민지 문학의 청산」, 『한국 문학의 반성』, 민음사, 1976.
우남득, 『소설 읽기의 새로움』, 이기출판사, 1993.
우찬제, 「현대 장편 소설의 욕망 시학적 연구」, 서강대 박사논문, 1992.
유종호, 「어느 반문학적 초상」, 『문학춘추』, 1964.11.
윤건차, 이지원 역, 「식민지 지배와 천황제」, 『한일 근대사상의 교착』, 문화과학사,
　　　2003.
윤홍로, 『이광수 문학과 삶』, 한국 연구원, 1992.
＿＿＿, 「춘원 작품 재평가」, 『한국문학의 해석학적 연구』, 일지사, 1976.
이경훈, 『이광수의 친일문학 연구』, 태학사, 1998.

이동하, 『이광수―무정의 빛, 친일의 어둠』, 동아일보사, 1992.

이보영, 『식민지 시대 문학론』, 필그림, 1984.

이상섭, 「사실의 준열성―사실주의 문학론」, 『문학과지성』, 1972년 겨울.

이선영, 「『흙』의 서사와 그 의미」, 『춘원 이광수 문학연구』(연세대 국학연구원 편), 국학자료원, 1994.

______, 「이광수론―개화 식민지 시대의 문학가」, 『문학과지성』 22호, 1975.

이재선, 『한국현대소설사』, 홍성사, 1973.

______, 『한국문학의 원근법』, 민음사, 1996.

______, 「역사소설의 성취와 반성」, 『현대 한국문학 100년』(유종호 외), 민음사, 1999.

이주형, 「『흙』의 시대인식과 미의식」, 『최남선과 이광수의 문학』, 새문사, 1981.

______, 「한국 역사소설의 성취와 한계」, 『현대 한국문학 100년』(유종호 외), 민음사, 1999.

이중오, 『이광수를 위한 변명』, 중앙M&B, 2000.

이화형, 「춘원 소설에 나타난 불교사상」, 『어문논집』 10호, 고려대, 1967.

임종국, 「이광수의 비극과 그 원천」, 『한국인』, 1985.3.

______, 『친일문학론』, 평화출판사, 1988.

임 화, 「조선 신문학사론 서설」, 『조선중앙일보』, 1935; 『임화 신문학사』(임규찬·한진일 편), 한길사, 1993.

장백일, 「춘원의 역사소설론」, 『한국문학연구』 5집, 동국대 한국문학연구소, 1982.

장소진, 「이광수의 『무정』 연구」, 서강대 석사논문, 1991.

전대응, 「춘원의 작품과 종교적 의의」, 『동서문화』 1호, 계명대, 1967.

정창범, 「계몽주의 문학」, 『월간문학』, 1974.9.

정태용, 「한국적 동키호테상」, 『현대문학』 66호, 1960.6.

조관자, 「'민족'의 힘을 욕망한 '친일 내셔널리스트' 이광수」, 『기억과 역사의 투쟁』, 삼인, 2002.

조남현, 「『개벽』에 나타난 사상연구」, 『한국현대문학사상논구』, 서울대 출판부, 1999.

조동일, 『한국문학통사』 4, 지식산업사, 1986.

조연현, 『한국 현대 문학사』, 성문각, 1969.

조현성, 「이광수의 근대성 연구」, 연세대 석사논문, 1994.

천이두, 「근대와 반근대의 이율배반」, 『문학사상』 1호, 1972.10.

최수일, 「1920년대 문학과 『개벽』의 위상」, 성균관대 박사논문, 2002.

최정석, 「작품 『사랑』의 사랑 분석」, 『효성여대 연구논문집』 8·9집, 1971.

최주한, 「『유정』의 이원적 플롯」, 『현대소설 플롯의 시학』(한국소설학회 편), 태학사, 1998.

______, 「이광수 소설의 인물구성 연구—전작 장편『사랑』을 대상으로」, 『현대소설 인물의 시학』(한국소설학회 편), 태학사, 2000.

______, 「이광수 역사소설의 자전적 공간 연구」, 『공간의 시학』(한국소설학회 편), 예림기획, 2002.

최혜실, 『신여성들은 무엇을 꿈꾸었는가』, 생각의나무, 2000.

한승옥, 『이광수 연구』, 선일문화사, 1984.

한용환, 『이광수 소설의 비판과 옹호』, 새미, 1994.

홍효민, 「귀농운동의 관념화—『흙』의 재구성 양상」, 『인문평론』 3권 1호, 1941.

황병주, 「근대와 식민의 오디세이—이광수의 초기 주체 인식과 '식민화된 민족주의'」, 『Transtoria』 제2호, 2003.

3. 국외 논저

家永三郎 외, 『近代思想史講座』, 筑摩書房, 1959.

고모리 요이치, 송태욱 역, 『포스트 콜로니얼—식민지적 무의식과 식민주의적 의식』, 삼인, 2002.

宮田節子, 「내선일체의 구조」, 『일제말기 파시즘과 한국사회』(최원규 편), 청아출판사, 1988.

다케우치 요시미, 서광덕·백지운 역, 「근대의 초극」, 『일본과 아시아』, 소명출판, 2004.

마루야마 마사오, 김석근 역, 『현대정치의 사상과 행동』, 한길사, 1997.

미야카와 토루·아라카와 이쿠오 편, 이수정 역, 『일본근대철학사』, 생각의나무, 2001.

박인기 편역, 『작가란 무엇인가』, 지식산업사, 1997.

쓰루미 슌스케, 강정중 역, 「國體에 관하여」, 『일본 제국주의 정신사』, 한벗, 1982.

Ashis Nandy, 이옥순 역, 『친밀한 적—식민주의 시대의 자아의 상실과 재발견』, 신구문화사, 1993.

A. J. Greimas, *Structural Semantics*, trans. Daniele McDowell, Ronald Schleifer, and Alan Velie, Nebraska U.P., 1983.

__________, 김성도 역, 『의미에 관하여』, 인간사랑, 1997.

Cesare Segre, *Structures and Time*, Chicago U.P., 1979.

Carl Schmitt, 배성동 역, 『정치적 낭만』, 삼성출판사, 1990.

Ed. Robert Folkenflik, *The Culture of Autobiography*, Stanford U.P., 1993.

Edward W. Said, 전신욱 · 서봉섭 역, 『권력과 지성인』, 창, 1996.

F,K,Stanzel, 김정신 역, 『소설의 이론』, 문학과비평사, 1998.

Frantz Fanon, 이석호 역, 『검은 피부, 하얀 가면』, 인간사랑, 1998.

Hannah Arendt, 김정한 역, 『폭력의 세기』, 이후, 1999.

Heinz Kohut, 이재훈 역, 『자기의 분석』, 한국심리치료연구소, 1999.

Homi K. Bhabha, 나병철 역, 『문화의 위치-탈식민주의 문화이론』, 소명출판, 2002.

Horst S. and Ingrid Daemmrich, *Themes and Motifs in Western Literature*, Franck Verlag, 1987.

Jean-Charles Seigneuret Ed,. "Love triangle", *Dictionary of Literary Themes and Motifs II*, Greenwooa Press, 1988.

Jerome Bruner and Susan Weisser, "The invention of Self : autobiography and its forms", *Literacy and Orality*, Ed. David R. Olson and Nancy Torrance, Cambridge U.P., 1991.

Jonathan Culler, 이은경 · 임옥희 역, 『문학이론』, 동문선, 1997.

Joseph Allen Boone, *Tradition counter Tradition; Love and the Form of Fiction*, Chicago U.P., 1987.

Jurij Lotman, 유재천 역, 『예술 텍스트의 구조』, 고려원, 1991.

M. Robinson, 김민환 역, 『일제하 문화적 민족주의』, 나남, 1990.

Marthe Robert, 김치수 · 이윤옥 역, 『기원의 소설, 소설의 기원』, 문학과지성사, 1999.

Marie Maclean, 임병권 역, 『텍스트의 역학-연행으로서의 서사』, 한나래, 1997.

Michel Foucault, 이희원 역, 『자기의 테크놀로지』, 동문선, 1998.

Paul John Eakin, *Fictions in Autobiography*, Princeton U.P., 1985.

Peter Brooks, *Reading for the plot*, New York: Vintage Books, 1985.

Philippe Lejeune, 윤진 역, 『자서전의 규약』, 문학과지성사, 1998.

R. Barthes, "Introduction to the Structural Analysis of Narratives", *Image, Music, Text*, Ed. and trans Stephen Heath, Hill and wang, 1977.

Richard H. Micheal, 김윤식 역, 『일제의 사상통제-사상전향과 그 법체계』, 일지사, 1982.

Robert Elbaz, *The Changing Nature of the Self*, London : Croom Helm, 1988.

Robert J. Sternberg, *The Triangle of Love*, New York : Basic Books, 1988.

Stephen Greenblatt, *Renaissance Self-Fashioning*, Chicago U.P., 1980.

Steven Cohan and Linda M. Shires, 임병권 · 이호 역, 『이야기하기의 이론』, 한나래, 1998.

Steven Mailloux, *Interpretive Conventions*, Cornell U.P., 1982.